JN319500

二見文庫

閃光

キャサリン・コールター／林 啓恵＝訳

Split Second
by
Catherine Coulter

Copyright © 2011 by Catherine Coulter
Japanese translation rights arranged with
Trident Media Group, LLC
through Japan UNI Agency, Inc., Tokyo

アントンへ

全人類のなかで、わたしのいちばんのお気に入りはあなたよ
いつもながら、心からの感謝を込めて

CC

閃　光

登　場　人　物　紹　介

ルシアナ（ルーシー）・カーライル	FBI特別捜査官
クーパー（クープ）・マクナイト	FBI特別捜査官
ディロン・サビッチ	FBI特別捜査官。犯罪分析課チーフ
レーシー・シャーロック	FBI特別捜査官。サビッチの妻
ベン・レイバン	ワシントン首都警察の刑事
ジョシュア・アッカー・カーライル	ルーシーの父
アラン・シルバーマン	ルーシーの大叔父
ジェニファー・シルバーマン	ルーシーの大叔母
コート・シルバーマン	アランの息子
ミランダ・シルバーマン	アランの娘
カーステン・ボルジャー	伝説の殺人鬼テッド・バンディの子
エリザベス・メアリー・ランスフォード	カーステンの母
ジョージ・ベントレー・ランスフォード	カーステンの義父。議員候補
ブルース・コーマフィールド	ランスフォードの側近
セントラ・ボルジャー	エリザベスの双子の妹。インテリアデザイナー
ナンディ・パティル	〈ショップン・ゴー〉店主。強盗事件の被害者
ジャスミン・パティル	パティルの妻
トーマス・ウェンケル	〈ショップン・ゴー〉襲撃犯の男

1

ワシントンDCジョージタウン
火曜日の夜

ノンファットミルクと、フリトスと、バナナと——サビッチはその三言をくり返しながら、パティルが営む〈ショップン・ゴー〉の駐車場に入った。八時過ぎ。激しいワークアウトを終えて、家に帰る途中だ。筋肉がほぐれて、心地よく体が暖まっている。早くショーンと遊びたい。買ったばかりのテレビゲーム、『ウォンキー・ウィザード』でもやるかな。サビッチは深呼吸をして、刺激的な秋の気配に胸躍らせた。雲が低く垂れこめている。あと何時間かしたらひと雨、来そうだ。ノンファットミルクと、フリトスと——あとなんだっけ？

駐車場に停まっている車は一台だけだった。夜もこの時間になると、こんなものだ。と、店先の大きな窓の向こうに目を引く素早い動きがあった。サビッチは店内から見えないようにポルシェを駐車場の外れに停めると、そっと外に出てドアを閉め、窓に忍び寄った。店内にはパンティストッキングで目鼻立ちを潰した男がおり、カウンターの前で安価な拳銃の銃口を店主パティルの胸に向けていた。底上げの靴をはいてもせいぜい百六十五センチしかなく、少なくとも七十五歳にはなるパティルが、化石のように固まっている。そしてサビッチが見る前で、両手を頭上に挙げた。男はパティルに向かってわめきちらしているが、なにを言っているかまではわからない。と、ひとりの客がサビッチの目をとらえた。カウンターの端に立つサビッチと同年配の男。レッドスキンズの真っ赤なスウェットシャツにジーンズ、そして眼鏡という格好をしている。

サビッチは胸が締めつけられた。

男の脚にまだ幼い男の子と女の子が身を寄せていたのだ。男はその肩に手をまわして抱き寄せ、どちらの子も手にしたアイスクリームのことを忘れている。

そのままくっついてろよ、とサビッチは思った。子どもが巻きこまれる可能性がある以上、警察に応援要請してサイレンの音で犯人を刺激するわけにはいかない。サビッチは店の裏手に確認に走った。まずエンジンの音が聞こえ、そのあと駐車場の外れにひっそりと停めてあるシボレー・インパラが見えた。運転席には女。助手席側に身を乗りだして店内をのぞきこんでいる。パンティストッキングをかぶっていないところを見ると、強盗に手を貸す予定はないのだろう。役目は店内の男の逃走を幇助《ほうじょ》すること。車のナンバープレートは見えないが、それはそれで構わない。さいわい、向こうはこちらに気づいていなかった。

女のことは考えなくていい。サビッチはかがんで、店の表側に駆け戻った。シグを脇につけて、口笛を口ずさみながら店のドアを開け、声を張った。「こんばんは、ミスター・パティル」パンティストッキングの男が銃口とともにふり向いた。女の子が叫ぶ。「危ない！」

犯人が一瞬、硬直した。サビッチの記憶にあるかぎり、これほど長く感じた一瞬はなかった。赤いスウェットの男が子どもふたりを床に伏せさせて自分の体でおおい、パティルが犯人がカウンターに運んだビールの六缶パックを持ちあげたとき、サビッチはシグを構えて発砲した。発砲するのは殺害目的時のみというのが原則だが、銃弾が命中したのは胸ではなく、肩だった。犯人は悲鳴とともに膝をつき、二二口径の拳銃を投げだして肩をつかんだ。

　サビッチはインパラのエンジン音を聞こうと、耳をすませた。エンジン音が大きくなり、そのあと遠ざかっていくはずだった。だが、聞こえてきたのは車のドアを叩き閉める音だった。「ミスター・パティル、かがめ！」サビッチはどなると同時に、床に転がった。店のドアが勢いよく開き、サブマシンガンから立てつづけに銃弾が吐きだされて、カウンターの奥からパティルの悲鳴がした。女の撃った銃弾をよけきれなかったのだろう。子どもたちの悲鳴に、恐怖にくぐもった父親の小声が重なる。「大丈夫だ、もうすぐ終わるからな」サビッチは体を起こし、女がサブマシンガンをこちらに向けるや、すかさずその眉間を撃ち抜いた。サブマシンガンがリノリウムの床に落ちて、カウンターにぶつかる。

　見るとパティルはカウンターにもたれて、右腕を赤く染めていた。サビッチはさっと立ちあがると、男に近づいて顔のストッキングをはぎ取った。四十がらみの、体格のいい白人で、茶色の髪はかなり寂しくなっている。男が停弾した肩をつかんで、うめく。男にとっては運のいいことに動脈をそれているので、命に別条はない。サビッチは二二口径を拾いあげ、「そのまま伏せてろ」と言って、女のかたわらに膝をついた。こちらも四十代の白人で、茶色の目を見開いたまま絶命していた。口から血がしたたり、眉間に赤い真円ができている。流血が後光のように頭の周囲を赤く染めていた。

子どもたちの目をおおっていてくれよ。

さっと革ジャンを脱いで、女の顔にかけた。パティルのもとへ駆け戻り、銃創を検《あらた》めた。なにからなにまで、神には感謝することばかりだ。「よくやってくれました、ミスター・パティル。軽傷です」サビッチはコーヒーマシンの脇にあったペーパータオルを手に取り、パティルの傷口にあてがった。「しっかり押さえててくださいよ」

911に通報し、救急車二台と警官の派遣を要請した。そして、いまだ床のうえで子どもにおおいかぶさっている父親を見た。おとなしくなった子どもたちに、父親がささやきかけている。「大丈夫だぞ、おまえたち、もうすぐ終わる――」

サビッチはふり返って、負傷した犯人が声ひとつたてずにじっとしているのを確認した。サビッチはしゃがみこんで、そっと父親の肩に触れた。健康そうな大男で、危機が去ったことに気づいて、表情をゆるめた。「もう大丈夫、わたしはＦＢＩの捜査官です。お子さんたちをよく守りとおしましたね。事件は解決、警官の到着もまもなくです。勇敢な方だ。はじめまして」サビッチは手を差しだした。「ディロン・サビッチです」

父親はゆっくりと立ちあがった。一緒に助け起こした子どもたちは、まだ父親の脚に張りついている。父親はゆがんだ眼鏡をかけなおして、力なくほほ笑み、なにか言おうと口を開いたが、アドレナリンが放出されたせいで、言葉を失っていた。サビッチの手を取って強く握りしめると、ようやく話しだした。「自分の心臓の鼓動が聞こえますよ。口から飛びだしそうだ」

「アドレナリンのせいですね。何分かすると、がっくりきますよ」

「いや、それは困る、子どもたちを連れてるんで。わたしはデイブ・ラディッチといいます。あなたが迷いなく店に飛びこんできてくれたおかげで、助かりました。あの男、なにをするつもりだったんだか。全員撃たれてたかもしれませんね。パティルさんを殺すつもりだったのは、間違いないようだし。ほら、マイケル、もう大丈夫だぞ。クリッシーの手を握っててくれるか？」

アドレナリンが切れたときに、落ちこみすぎて倒れないといいが、とサビッチはデイブを観察した。いまだ震えている子どもたちの小さな肩を撫《な》でながら、抱き寄せている。サビッチはデイブに笑顔を向けた。そして、「きみなら大丈夫だね」と、やはり笑顔で男の子に話しかけた。これがショーンだったらと思うとじっとしていられず、マイケルの頭を抱き寄せた。暴力がもたらした恐怖にこの子はどう対処するのだろう。血みどろの死によってもたらされたショックに。サビッチは大きな手で少年の背中をさすりながら、「マイケル、きみに手伝ってもらいたいことがあるんだ。もうすぐ警官が来て、おじさんはその相手をしなきゃならない。で、きみはお父さんと妹さんとしゃがんで、なにがあったか話をしててくれないかな？　警官はきみたちからも話を聞きたがるから、ふたりを落ち着かせてもらいたいんだ。やってくれるかい？」

マイケルはしゃくりあげると、垂れていた洟《はな》を手の甲でぬぐい、サビッチの腕のなかでゆっくりと体を起こした。そして、床でうめいている犯人を見おろした。そこらじゅうに血が飛び散り、犯人は肩を押さえている。続いてマイケルの視線は、サビッチが革ジャンでおおった女に向けられた。マイケルにはもう、女が死んでいること、死んだら起きあがらないことが理解できている。残るは店主のパティルだが、彼も女に撃たれて負傷しているものの、サビッチが大丈夫だと話しかけるのを聞いているので、マイケルも彼の心配はしなくていい。マイケルは胸を張った。「ぼく、やれるよ」子どもがこんなにはきはきと大人っぽく話すのを、サビッチははじめて聞いた。いくつだろう？　五歳ぐらいか？　ショーンと変わらない。ショーンを連れてきていなかったことを神に感謝した。

「クリッシー、もう大丈夫だよ」マイケルは妹の背中に手をやった。「ダディ、警官が来るから、ちゃんと話ができるようにしとかなきゃいけないんだって」

おおむね通じたようだ。サビッチは頬をゆるめた。

デイブの左眉が吊りあがり、眼鏡の上からのぞいた。息子の唐突な発言に驚いているが、サビッチと目が合うと、にこりとしてうなずいた。ただ、それも一瞬だった。クリッシーが真っ青になって、熱病に罹《かか》ったように震えだしたのだ。デイブは咳払いをした。「そうだよ、クリッシー、マイケルの言うとおり、サビッチさんがお店に入ってくる前になにがあったかを警察に話さなきゃならない。あのポテトチップスの棚のところまで移動して、どんなふうだったか三人で話をしようか？」

クリッシーはふり返って女を見ると、唇を舐《な》めた。「サビッチさんがあの人を殺したの？」

難問が飛んできたぞ。サビッチは答えた。「ああ、そうするしかなかったんだよ、クリッシー。みんなが傷ついたら、たいへんだろ？　さあ、お父さんとマイケルと一緒に向こうに行って、どんなだったかまとめてくれるかい」

サビッチの見守るなか、デイブはむごたらしい場面から子どもたちを引き離して、ポテトチップスの棚の奥へ連れていった。

サビッチは女の死体を見た。革ジャンの下から血が筋となって流れでている。よもや本人も火曜日の夜八時二十七分に死ぬとは思っていなかっただろう。

サイレンの音がした。

子どもたちが持っていたアイスクリームが床で溶けている。カウンターの背後にある大きな丸い時計に目をやると、分針が二十八分を指していた。まだ数分しか経っていないが、そのわずか数分が人の生死を分けた。

2

オハイオ州クリーブランド
ニールソンのバー&グリル
火曜日の夜

サディアスと名乗ったその男は、バーニング・リバー・ペール・エールをおごらせてもらえないだろうか、と恥ずかしそうに申しでた。おいしいビールだし、醸造元はグレート・レイクス・ブルーイングだから地元経済にも貢献できるよ、と。ふたりでエールを飲みながら、カウンターに置いてあるやけに塩からいピーナッツを食べた。アラナ・ラファティには、男の白い顔も、長めの黒い髪に黒いベレー帽をかぶったその姿も、すてきに見えた。たぶん黒の眉ペンも使っている。服装も、黒のTシャツに黒のたっぷりしたジーンズとアーティスト風だったし、痩《や》せているので、ジーンズが腰ばきになっていた。それに、話をしてみたら、愉快で感じのいい人だった。ぽんぽんと冗談が飛びだしてきた。その朝、母の家を訪ね、ろくでなしの弟に二百ドル盗まれたと訴えたのに母から笑い飛ばされてむしゃくしゃしていたので、いい気分転換になった。どうせ許してしまうのだ。母があれこれ理由をつけて落伍者の父を許してきたように。

サディアスから仕事のことを訊かれ、つい、自分で考えたスーパーヒーロー物の映画の脚本を書きたいことまで打ち明けてしまった。さらに二杯ずつエールを飲んだあと、わずか二ブロック先のブラッドリー通りにある〈メフィスト・クラブ〉でなにかやってるかもしれないから寄ってみないかと誘われた。アラナは彼を見て考えた。繊細な顔立ち。ほっそりとして長い指。黒っぽい眉。知性を感じさせる笑み。この人なら心配いらないだろう。それで、誘いに乗った。でも、明日も仕事だから、長居はできないけど。

彼の手を借りて、二週間前の誕生日に母からもらった薄手のコーデュロイ・ジャケットを着た。バーテンダーに笑顔で手を振って店を出ると、冷んやりした夜気にあたりながらふたりで歩いた。晴れ渡った空に半月がかかっていた。アラナは浮かれていた。〈メフィスト・クラブ〉か――ダンスを踊ったらカロリーを消費できるけれど、平日の夜だから、帰るのが賢明かも。彼に笑いかけて、名前を話題にした。「ねえ、サディアス、誰がそんな名前をつけたの？　お父さん、それともお母さん？」

「父親だよ。親父はサディアス・クロンダイクが好きでね。ほら、チャールズ・ヘイバーの本に出てくる、むかし懐かしい西部物のヒーローさ」

「ごめん、クロンダイクもヘイバーも、わたし、聞いたことなくて。クロンダイクっていうメーカーのエネルギーバーなら食べたことあるけど。おいしいのよ。ヘイバーはほかにどんなお話を書いてるの？」

「さあ、どうかな。ぼくは読んだことがないから」

「じゃあ、ずっとサディアスを押しつけられてるのに、中身はないのね。ニックネームは？　サッドとかデウスとか？」アラナはますます浮かれてきた。自分でも支離滅裂になってきているのがわかる。飲んだのはわずか三杯のバーニング・リバー・ペール・エール。しかもその三杯に二時間以上かけている。

「いや、ずっとサディアスだよ」タクシーを止めようと、彼が手を突きだした。「ぼくもなんとなく気に入ってる。ぼくはさ、アラナ、見たまんまの人間なんだ」

タクシーが近づいてきて止まり、少し窓を開けた。「悪いな、今夜はもう上がりなんだ」

サディアスが前に飛んで、フロントタイヤを蹴った。「ああ、そうだろうとも。おまえらは怠《なま》けてばかりいるな」

「おい、なにしやがるんだ！」運転手は悪態をついて、走り去った。

アラナがしかめ面になった。「なんでタイヤなんか蹴ったの？」

「あいつがろくでもないからさ。だって、きみはハイヒールなのに、〈メフィスト・クラブ〉まで歩かなきゃならないんだよ」

「ううん、あの人の言うとおり、わたしも今夜は上がったほうがいいかも。もう遅いから帰るわ。よかったら今週末出かけない？　時間、ある？」

男は白くて細長い指で彼女の頬に触れた。「うちまで送るよ。近くなんだろ？　バーテンダーからそう聞いたよ」

アラナは笑顔でうなずき、足元をもつれさせた。「やだ、どうしちゃったんだろ？　そんなに強くないエールを三杯だけなのに」

「あのピーナッツのせいかもね」彼は笑い声をあげると、心配いらないよと彼女を抱き寄せ、ハドソン・アベニューにある自宅まで送った。彼は先に立って二階分の階段をのぼり、明るく照らされた長い廊下を進んだ。「鍵を貸して」

男性に鍵を渡してはいけない。そんなことはアラナにもわかっていた。どんなに好感が持てて、おもしろい人でも、出会ったばかりなのだから。そんなことはよくない。でも、体格はたいして変わらないから、危険はないでしょう？　いまや気分が悪くて、胸がむかむかしていた。吐き気が込みあげてきて、唾を呑んでも追いつかない。いやだけれど、このままだと間違いなく吐く。いまはとにかくうちに入って、こんなときに効くアルカセルツァーをのみたい。バスルームの洗面台で水を汲み、二錠を溶かして。それで彼に鍵を渡した。

彼に助けられながらアパートに入ったとたん、薬を待ちきれずに吐くのがわかった。彼から離れて膝をつき、狭い玄関ホールの、磨きこまれたオーク材の床に吐いた。内臓がひっくり返って、絞りだされた胆汁で喉が詰まりそうだ。その場にうずくまり、膝を抱えこんだ。アラ

隣にしゃがんだ彼が、額に手のひらをあてくれる。やわらかくて温かな手だった。アラ

ナはつぶやいた。「ごめんね、サディアス、すごく気分が悪くて」

サディアスは彼女の額を撫でた。「気にしないで、アラナ。きみが気持ち悪くなったのは、ぼくのせいだからね。それももう、終わりにする時間が来た」

「あなたがわたしを気持ち悪くしたの？　でも、どうやって？　なんでそんなことを？」彼の手にはワイヤがあり、ワイヤをひねりながらかがみこんでくる。アラナはふたたび吐き気にみまわれ、ピーナッツとビールをぶちまけた。そして、首にワイヤが巻かれるのを感じながら、彼の悪態を聞いた。

3

ワシントンDC
FBI本部ビル、犯罪分析課
二日後となる木曜日の午前中

ルーシー・カーライルは、五人の捜査官とともに犯罪分析課《CAU》の会議テーブルを囲んでいた。

「被害者の名前はアラナ・ラファティ、三十一歳、離婚歴あり、子どもなし。オハイオ州クリーブランドのブルームフィールド・デザインという会社にグラフィック・アーティストとして勤務。同僚も友人も、彼女のことを社交的で才能がある、ごくふつうのいい人だから、ウェスト・ブレーク通りの〈ニールソンのバー&グリル〉でたまたま悪い男につかまったんだろうと、口を揃えています。店のオーナーでもあるバーテンダーによると、彼女は九時ごろ、全身黒ずくめの、ご丁寧に黒のベレー帽までかぶったゲイっぽい男性と店を出ています。別のカップルによれば、タクシーを止めようとして上がりだからと断られた男は、悪態をついてタイヤを蹴ったそうです。アラナが千鳥足だったこと、このふたりが遠ざかるときはふらふらしていて、男に腕をつかまれていたという証言も得られました。被害者と男は西へ向かっていた。二ブロック先のハドソン・アベニューの角に彼女のアパートがあります」不本意そうにクーパー・マクナイト捜査官に向かってうなずきかけた。ほんとうは彼に交替しないで、このまま続きを話したいと思っているようだ。「クープ、続きを」

クープが話しだした。「被害者の死体は昨日昼、管理人と職場の同僚によって彼女のアパートで発見され、クリーブランド市警察は司法解剖を急ぎました。最近あった四件の殺人事件と手口に類似性が認められたからです。二件はサンフランシスコ、二件はシカゴで起きており、クリーブランドでは最初の被害者となります。

三つの街、それぞれのバーテンダーが男の風貌に関して一致した証言をしています。アーティスト気取りのゲイっぽい男で、二十代後半から三十代前半、黒の長い髪に黒いベレー帽をかぶり、背は高く、がりがりに痩せている。バーテンダーのうちふたりが、顔におしろいをはたいていたようだった、指の長いほっそりとした白い手を見せびらかすようにしてボウルのナッツやプレッツェルをつまんでいたと言っています。

バーテンダーたちが警察に証言したところによると、被害者となった女性たちはみな男と初対面だったらしいにもかかわらず、すぐに意気投合していたようです。男は毎回ビールやワインをおごり、一時間か二時間すると、一緒に店を出ています。

そして毎回、女性は自宅アパートで殺されています。全被害者の血中からケタミンとロヒプノールが検出されているので、アルコールに混入されていたのでしょう。ご存じのとおり、ケタミンは麻酔剤で、レイプで人気が出たため、ブラック・ホールもしくはスペシャルKの名前で簡単に入手できます。ロヒプノールは言わずと知れたデートレイプドラッグです。このふたつを組みあわせたら、強烈なカクテルができあがる。シカゴのある刑事は、犯行には追跡捜査のしようがないごくふつうの巻いたワイヤが使用されているようだと言っていました。実行直前に必要なだけほどいて切っているようだと」

ルーシーが言った。「わたしが提出したフォルダには、それ以外の情報がまとめてあります。殺害現場の写真や、供述調書のコピー、検案書など。ですが、それは結果でしかありません」

彼女からうなずきかけられて、サビッチが先を引き取った。「この男は州境を行き来し、数日おきに人を殺害している。で、メートランド副長官から、うちで担当するよう指示があったんで、フォルダに目を通して、サンフランシスコとシカゴの事件に精通しておいてくれ。国内の主だった警察組織には、すでに手配書がまわされている。

クリーブランド市警察のアーロン・ハンドラー署長は手回しがよく、バーテンダーの証言から書き起こした似顔絵と、サンフランシスコとシカゴの警察で作成された似顔絵を比較させた」

サビッチは一枚の似顔絵を掲げた。「これはバーテンダー三人の証言をもとに作成された最新の似顔絵だ。ハンドラー署長は近隣のすべての酒場にこの似顔絵を貼らせ、地元テレビ局で流させた。見てのとおり、目立った特徴がある。黒のベレー帽に、黒のジーンズにブーツにTシャツに革ジャンと、全身黒ずくめだ。しかも、最初の手口を踏襲して、つねに近所のバーを使い、若い女のひとり客を狙っている。そしてドラッグを使用し、アパートなり家屋なり、被害者の自宅で絞殺する。つまり、女性たちが彼を自宅に連れて帰っているということだ」

ルース・ワーネッキが発言した。「みんながみんな、男から与えられたドラッグのせいで気分が悪くなってたとしたら、助けてもらおうとするのもうなずけるわ。それに、男のことをゲイだと思ってたら、性的な脅威も感じないだろうし」

レーシー・シャーロックが続いた。「ドラッグの使用には、被害者たちから抵抗力を奪う意図もあるんじゃないかしら」

ルーシーがうなずいた。「男はいわゆる芸術家タイプだったとバーテンダーたち全員が証言しています。吸血鬼のように青白くて、顔にはおしろい、ハンガーみたいに痩せていた。つまり、ドラッグを使わなければ被害者に危害を加えられなかったということです。見るからに人畜無害で、やさしい言葉つき、感じがよくて聞き上手。それと、もうひとつ。店を出る時点で、アラナ・ラファティには酔ったようすがなかったそうですから、たぶんドラッグは最後の一杯に混入されていたんでしょう」ルーシーは下を向いた。「そう、最後に飲んだバーニング・リバー・ペール・エールに」

さらにいくつかの質問や意見が交わされたあと、サビッチがまとめに入った。「さて、この事件はクープとルーシーに担当してもらう。なにかあるときは、まずふたりを通すこと。犯人やその動機については、各自検討のうえ、気づいたことすべてを書き留めてルーシーとクープに渡すように。プロファイルについては行動分析課のスティーブからまもなく届く。警察が作成したこの似顔絵と、それが地元テレビ局で流されたことによって、被疑者はリスクの軽減をはかってクリーブランドを出るかもしれないし、外見を変えて、ベレー帽を取るかもしれない。その点は向こうの出方待ちだが、いずれにせよ、この事件は最優先だ。犯人が何者であろうと、これ以上の被害者は出せない」

ルーシーが言った。「最悪です、ほんとにおぞましいわ。ディロンの指摘どおり、この男は自分が捜査の標的にされていることに気づいて、外見や手口を変えるかもしれない。なによりそれが心配です。やり口を変え、黒ずくめをやめたら、こちらは手がかりを失います」

シャーロックが言った。「なにを着るかは男しだいだけど、この男は自分にかぎって捕まらないと高《たか》をくくっているような気がするの。そんな傲慢《ごうまん》さを感じる」

ルーシーがゆっくりとうなずいた。シャーロックの意見に賛成だった。

ルーシーとクープは小声で話をしながら、席に戻った。シャーロックはサビッチに言った。「なぜルーシーとクープを組ませたの？　あのふたり、ぎくしゃくしてるのよ。見ればふたりのあいだに距離があるのがわかるのに」

「だから組ませたのさ」サビッチはこともなげに応じた。「協力することを学ばないとな。ふたりとも優秀だし、どちらも失いたくない。お互いに敬意を払って、助けあえるようにならないと、どちらかがここを去らなきゃならなくなる」

「それはわたしもいやよ。でも、あのふたり、なんでうまくいかないのかしら。ふたりともこの課に入って日が浅いから、距離があるのは、たんにそのせいかもしれないけど」

サビッチは答えた。「ルースに事情を尋ねたら、ルーシーはクープを〝人でなし〟呼ばわりしてるそうだ。複数の女性を手玉に取ってるって理由で」

「へえ、はじめて聞いたわ。ほんとに? ほんとに軽薄なプレイボーイだと思う?」

サビッチは肩をすくめ、自分のオフィスのドアを開いて、シャーロックを押し入れた。

「クープからそういう印象を受けたことは、一度もないよ。頭脳明晰で、責任感が強くて、組織捜査ができる男だ。しかも、ジムではやつのケツを蹴り放題ときた」シャーロックに笑いかけ、頬に軽く触れた。「嫌う道理がないよな」

シャーロックは笑って、彼に抱きついた。抱かれたまま顔を上げて、夫を見る。「〈ショップン・ゴー〉で発砲事件があってから、まだたったの二日よ。大丈夫なの、ディロン?」

「パティルは元気になるし、デイブ・ラディッチと子どもたちはショックにうまく対処してるし、それに、おれもぴんしゃんしてる。そうだろ、シャーロック、なんの滞《とどこお》りもなくやってるだろ?」

ほんと、強情なんだから。シャーロックは長々と夫を見つめたのち、ゆっくりとうなずいた。「そうね」ついばむようにキスして、彼のオフィスを出た。オリー・ヘイミッシュとミシシッピ州ビロクシで起きた奇妙な事件について話をしなければならない。エビ漁の漁師たちが、なにを血迷ったか、競合相手の同業者を殺してしまったのだ。

作成された被疑者の似顔絵をながめながら、ルーシーとクープが捜査情報を交換していると、彼女の携帯電話が鳴りだした。ワシントン記念病院のアントニオ・ペロッティ医師からで、ルーシーの父親が重篤《じゅうとく》な心臓発作にみまわれて危篤《きとく》とのことだった。

4

ワシントン記念病院
木曜日の夜

ルーシーは冠状動脈疾患集中治療病棟《CCU》にいた。父が寝かされたベッドのかたわらに腰かけ、父の呼吸のひとつずつを数えていた。さっき、カテーテル処置室から父を運びだすとき、話をするペロッティ医師の声には悲痛な響きがあった。父とは懇意の医師だからだ。「左の冠状動脈をどうにか開いてみたら、全体に心臓の動きが悪くなっていた。それで血圧を維持するのに、薬を使ってる。いつまで自発呼吸ができるかわからない状態だ。どの段階で人工呼吸器に切り替えるか、検討しなきゃならない」医師はルーシーの手を取った。「意識が飛んだり戻ったりすると思うがね、ルーシー、本人に苦痛がないことだけは伝えておくよ。モルヒネを使っているからね」

苦痛がないなんて、どうしたらわかるの？　父をながめながら、ルーシーは思った。父はなにも訴えることができない。それに、意識を失いながらかろうじて生きているあいだ、人はどこにいるのだろう？　横たわる自分の姿をなすすべもなくながめやりながら、つぎの展それとも自分でも手の届かない場所に行っていて、なにが起きているのか、まったくわからない状態なのだろうか。意識が戻ることを願っている？　それとも自分でも手の届かない場所に行っていて、なにが起きているのか、まったくわからない状態なのだろうか。意識が戻ることを願っている？

酸素マスクをつけた父の顔をつくづくながめた。ほっそりとして皺が刻まれ、ふさふさとした黒い髪は、こめかみにだけ白髪が交じっている。火曜の夜には一緒に食事に出かけ、闊《かっ》達《たつ》でハンサムな父と、政府の監督機関が父の個人口座を過剰に警戒して大騒ぎしているといって大笑いした。その父がいまは老けこんで見える。肉体から命が抜き取られてしまったかのように、皮膚がたるんでいる。

だが父はまだ六十二歳、高齢ではない。本人が言うとおり、銀行向けの借用計画の立案を楽しんでいた。それがいまは微動だにせず、愛おしいその顔も、もはやうわべだけのもののように感じる。本人が立ち去り、ドアが閉まるのを待つばかりのような。

やっぱりだめ、無理。受け入れられない。まだ戻ってくる可能性はある。可能性は残されている。息をしているあいだは、心臓も動いており、心臓が動いていれば――なんだろう？

希望がある。少なくとも、娘にしてみたら。

「運動してねって言ったでしょう、父さん。毎晩歩くとか。わたしの言うことを聞いてくれたらよかったのに」だが、父はそうしなかった。肥満にはほど遠かったが、だいたいの時間はお気に入りの新聞やミステリーを読んだり、延々と取引をしたり、新規計画を練ったりしていた。つねにやることがあり、なにかしらに熱中していた。取り組むことがあり、退屈を知らずにすんだのだから、恵まれた人生だったといえるだろう。

　ジョシュア・アッカー・カーライルは大いなる成功者であるとともに、愛情深い父親だった。ルーシーが知るかぎり、周囲の人たちみんなから聡明で信頼に足る誠実な人物だとみなされていた。ジャンク債やサブプライムローンといった、多くの銀行が売りだしたいんちき商品にはいっさい手を出さなかった。三行ある父の銀行はいずれも、カナダの銀行並みの高い支払い能力を誇っていた。

　気がつくとルーシーは、頭のなかで大叔父のアラン・シルバーマンが父に対して述べた賛辞をなぞっていた。父とは十歳しか違わないにもかかわらず、これも一種の親心だろうと言って、大叔父はお金をすべて父の銀行に預け、週末にはよく父とゴルフに出かけた。今日も大叔父は、一家揃って病院に来てくれた。しばらく付き添ってくれていたのだが、医者から言われて、帰っていった。唯一父と残ることが許されたルーシーは、携帯電話の電源を切った。たくさんの友人たちがお見舞いやら質問やらの電話をしてくるが、いちいち相手をしていられないからだ。

「ねえ、聞いてる、父さん？」ルーシーはそっと父の手を握った。皮膚がだらりとして、たるんでいる。肺の薬の副作用だと聞いているけれど、わかっていても、いい気分はしない。父はさっき目を覚まし、口を閉ざしたまま、混濁した目で黙ってルーシーを見つめていたが、その目がふたたび閉じた。でも、こちらの声は聞こえているかもしれない。もし、空中に浮かんで下を見おろしていたら、当然、聞こえる。ペロッティ医師は聞こえないと言ったけれど、医師の背後にいた看護師は目をぐるりとまわして、ルーシーにうなずきかけた。

だからルーシーは話しかけた。担当している事件のことも話題にした。近所のバーで飲んでいる独身女性を標的にする殺人犯が、サンフランシスコ、シカゴ、そしてクリーブランドと、どうやらこちらに近づいてきているらしいことも。そりゃそうよね。ワシントンには独身女性が大勢いるもの。事件を一緒に担当することになったのは、クーパー・マクナイト捜査官っていうんだけど、あまり好きじゃないの。プレイボーイだってもっぱらの噂。ハンサムで、それを自覚してて、いつも新しい女を連れてる。同じ課の捜査官が何人か集まって、彼がつきあった女性たちの話をしていたわ。男の浅はかさを笑いつつ、どうやったらそんなことが続けられるのかが話題になった。自分は彼にどう思われているのだろう。ルーシーにははまるでわからない。いまのところ彼は腰が低くて、気遣いがある。ベッドに誘う女の列に加えるべきかどうか、品定めしているのかもしれない。何度か冗談を言ったのも、だからかもね。女はおもしろい男を好む。彼のやり口はそれにかなっている。

ルーシーはひたすらしゃべりつづけ、父はそこに横たわったまま、ときおり脚を動かした。そして、間違いない、ときおりルーシーの手を握りしめた。静かな病室にまたもや父のつぶやきが漏れた。さっきもなにか言ったが、中身が聞き取れなかった。とにもかくにも、息をしていてくれることが救いだった。火曜日の夜、自分の上司が近所のコンビニで決死の大捕物をくり広げたことを語った。店内に子どもがふたりいるなか、武装強盗ふたりを倒したのよ。上司のディロンは、その子たちも父親もたいしたもんだと言っていたわ。「わたしだったら、どうなってたかしら。顔にストッキングをかぶって銃を所持した男がいて、その二メートル先にアイスクリームを食べてる子どもがふたりいたのよ」

　最後まで話をすると、また手を握ってくれることを願いながら、しばらく黙って握りしめられた父のこぶしをさすった。「今日の朝、ディロンのオフィスに行ったら、シャーロックがいたんだけど、彼の腕を思いきり叩いてたわ。煉瓦《れんが》でできた小屋みたいに頑丈な人だから、殴られてどうってことはないんだけど。そのあと、シャーロックは彼にキスした。きっと、彼女の頭のなかでは、まだ事件のことがくり返し再現されてるんでしょうね。ねえ、想像できる、父さん？　罪のない子どもがふたりいて、彼にはその子たちの命が危機に瀕している のがわかっていたのよ。シャーロックはその父親に電話をして、児童精神科医を教えていたわ。あの子たち、きっとしばらくは悪い夢に苦しめられるんでしょうね」

　ルーシーは父の額と頬を撫でた。皮膚が湿っている。どういうこと？　脚が片方、びくっとして、また動かなくなった。ゆっくりと、苦しげな呼吸の音だけがしている。ルーシーは父の胸に耳をつけた。「まだわたしを置いていく年じゃないでしょ、父さん。ずっとふたりでやってきたんだから、いてくれないと困るわ。よくなって、あなたやあなたのお子さんたちより長生きしますよって、ペロッティ先生に言ってよ、父さん、わたしのために」

声をたてずに泣いていると、突如、父が叫んだ。「母さん、なにしてるの？　なんで父さんを刺したの？　どうしよう、動かない。すごい血だ。なんでなの、母さん？」

さっと身を引いて、看護師を呼びかけたルーシーは、父の視線に気づいた。こちらを見て、娘だと理解している。父はルーシーの手を握った。「ルーシー」ささやくと、目を閉じて、痙攣《けいれん》したように息を吸い、そして静かになった。

ルーシーが看護師を呼ぼうとドアに急ぐと、看護師の大声が聞こえた。「コード・ブルー！」ドアにたどり着くより先に、室内は大勢の男女であふれ返った。ルーシーはひとつきりの窓のそばで、延命処置を施す看護師たちを見ていたが、そのうち部屋から出された。

午前三時六分、父のジョシュア・アッカー・カーライルは死亡の宣告を受けた。宣告したのはルーシーがはじめて顔を合わす女医だった。

ルーシーが病院の駐車場に向かって歩きだしたのは、夜明け間近だった。いっさい感覚がなかった。頭も心も空《から》っぽだった。でも、わたしはここにいる、とルーシーは思った。一歩ずつ足を前に出して自分の車まで行き、車に乗りこんで、家に帰る。で――そのあとはどうしたらいいの？

ベッドに潜りこんで、父さんの追悼式の計画を立てる。そうよ、葬儀じゃなくて。父は何度も言っていた。ぴかぴかの棺《ひつぎ》に収められて教会の前方に置かれ、その隣にみんなに見てもらえるようにまぬけ面した大きな写真を飾られるのはごめんだ、と。だから、人知れず火葬にし、その遺灰を、父がよく船遊びをしたり、泳いだり、蟹《かに》を釣って食べたりしていたチェサピーク湾に撒《ま》いてやりたい。

　はじめて涙がこぼれたのは、午前七時、大叔父のアラン・シルバーマンに電話をかけて、父の死亡を伝えたときだった。

　それきり涙が止まらなくなり、一時間後にサビッチに電話をしたときは、古いレコードのように声がかすれていた。

　最悪なのは、甲高い父の声がありありと耳によみがえることだった。「母さん、なにしてるの？　なんで父さんを刺したの？　どうしよう、動かない……」

　特別捜査官のルシアナ・クローディーン・カーライルは知ってしまったのだ。自分の父親が、実の母親が実の父親を殺す場面を目撃していたことを。ルーシーは祖父にあたるミルトンは二十二年前に行方不明になったと聞かされていた。何度尋ねても、そう言われたのだ。祖父はなにも言わず、なんの理由もなく、家族を置いてふらっと出ていった、と。やがてルーシーはその説明を頭の奥にしまいこみ、祖父のことをほとんど考えなくなった。ルーシーの知るかぎり、その後、祖父から連絡を受けた人はいない。ある日出ていったきり、二度と戻らなかった。

　でも、それは嘘だった。祖父は失踪したのではなく、二十二年前に祖母に刺殺され、それを父が目撃していた。そのとき父は四十歳。妻を亡くし、まだ幼い娘、つまりルーシーを抱えていたので、両親と暮らしていた。なぜ祖母を止めなかったのか？　もはや手遅れだったからだ。それきり父は口をつぐみ、誰にも秘密を漏らさずにきた。アラン叔父さんに尋ねてみようか？　ひょっとしたら、知っているかもしれない。いや――ルーシーはかぶりを振った。大叔父には尋ねられない。もう少し事情を探ってからでないと。自分が知らないことを、大叔父が知るわけがない。

父はこの世の去り際に自分の父親が殺害される場面をふたたび目《ま》の当たりにした。ルーシーにはそれが耐えられなかった。とうてい受け入れられない。祖母が人殺し？　あのおばあちゃんが？　祖母のヘレン・カーライルは三年前、自宅のベッドで安らかに亡くなった。その場にはルーシーも父もいて、ルーシーは祖母の額に別れのキスをした。

そうよ、信じられない。あの祖母がそんなはずない。

祖母はとても自制心が強く、しゃんとした人だった。けれどルーシーはときどき、心の奥深い部分で、それにはなにか理由があるのではないかと感じていた。

ルーシーはバスルームに入り、床に座りこんで、バスタブにもたれかかった。そうして長いあいだ、そこから動かなかった。

5

バージニア州クレイトン・バレー
ブルー・リッジ・ソサエティのホール
日曜日の午後

　どうにも体が温まらなかった。ルーシーのまわりにはいま、父の友人と仕事の関係者と大叔父のアランとその家族がいた。もう家族と呼べるのは大叔父たちしかいない。大叔父は悲痛な顔をしていた。その隣に従う大叔母のジェニファーは、ひと月前に六十四歳になったばかり、つばがカーブした黒い帽子とディオールの黒いスーツという、いつもながらのしゃれた装いだった。ルーシーから見た大叔母は、大叔母にとっての義姉――つまりルーシーの祖母――によく似ている。冷静で、穏やかで、いつもルーシーに親切だった。大叔母の子どもであるミランダとコートは、どちらもルーシーよりも年上で、いまは固い表情で座っている。ハンサムでスタイルのいいコートは、父親に似て若い貴族のようだし、ドレープのたっぷり入ったボヘミアン風の黒いドレスを着たミランダのほうは、肉付きのいい修道女のようだ。大叔父夫婦はしっかりと手を握りあっていた。

そしてルーシーは目の端でマッグルーダー夫妻をとらえた。このふたりは家政婦と庭師として、長いこと祖母の家で働いてきた。どちらも敬虔《けいけん》な伝道者のように粛々として堅苦しく、格式張った黒い服装をして、夫人のほうはパーマの強くかかった灰色の髪を地味な黒い帽子で抑えこんでいた。ルーシーはふたりに会釈してほほ笑みかけようとしたが、寒気がひどくて、いまにも歯が鳴りそうだった。そんなことになったら、目もあてられない。これから高さ五メートルほどの演壇にのぼって、百人を超える人たちを前に弔辞《ちようじ》を述べなければならない。弔辞《ユーロジー》の語源はギリシア語のエウロギアで、賛美の言葉を述べること。そう教えてくれたのは、母校プリンストン大学の教授の追悼式に出かけようとしていた父だった。

少なくとも、父の追悼式の会場選びには迷わずにすんだ。父は大人になってからずっとブルー・リッジ・ソサエティという、自然環境の保護を願う人たちが集《つど》った由緒正しい団体のメンバーとして、熱心に活動してきたからだ。

しっかりするのよ。すっと隣にやってきたクープに手を握られたときは、驚いた。彼の手のぬくもりが心地よかった。ルーシーが寒がっているのを感じ取ったらしく、両手を取ってこすってくれ、聖職者から合図があるまで続いた。ルーシーは立ちあがり、演壇の中央に置かれた聖書台へゆっくりと進んだ。父が所有していた銀行の頭取であり親しい友人でもあるミスター・ランバートが話を終えたところだった。彼は身長が低いので、マイクを上げなければならないが、平常心を失っているせいで、マイクを上向けるというただそれだけのことに手間取った。友人たちの顔が見える。その大半は大学時代のルームメートを介して知りあい、いまは弁護士をしていた。そんな人たちが自分のために来てくれていることを奇異に感じる。病院にも来てくれていたし、律儀にたびたび電話をくれた。それで最後には、ひとりになりたいから、そんなに頻繁に電話をしてこないでくれと言わなければならなかった。

ミスター・バーナード・クレイモアと目が合った。長年、家族の弁護士として助けてくれてきた人で、祖母とたいして年が違わない。すっかり腰が曲がり、老いた顔は、屋外で過ごすことが多かったせいで荒れている。父はクレイモアの機転が利くことを評価していて、弁護士ではあるけれど嫌いになれない男だ、と言っていた。ルーシーにはそれでじゅうぶんだったし、父の財産もきちんと管理してくれている。演壇からでも、彼の目の端からあふれでた涙が皺だらけの頬を濡らしているのが見える。ルーシーは胸が張り裂けそうになった。

不安感がせりあがってきて、体が動かない。その場に立ちつくしたまま、意識を集中しようと、居並ぶ参列者の顔を見渡した。見知った顔のなかに、いくつか知らない顔が交じっている。こんなにたくさんの人が父の人生にかかわっていた。突然亡くなったことをみんなどう思っているのだろう? ルーシーは彼らの表情からショックと悲しみと深い驚きを読み取り、それと同じものが自分の顔にも浮かんでいるのだろうと思った。大叔父と目が合い、彼から、自分に裏ごしした桃を食べさせたら吐かれてしまった話を聞かされたのを思いだした。そういえば、いつしか寒さが消えている。ルーシーはマイクに向かって語りかけた。

「今日は父のためにお集まりいただき、ありがとうございます。わたしの母のクローディーンは、わたしがまだ幼いころに亡くなりました。母はもううちに帰ってこないのだと、父がわたしにわからせようとしていたのを覚えています。そのときの父は、こらえきれずに泣いていました。理解できなかったわたしは、母のことを尋ねつづけました。そのたびに父は、神さまが手放したがらないから母は天国にいると答えました。おまえのお母さんは、身近な人たちに喜びと幸福をもたらす人だからね、と。そして、こうつけ加えたものです。『それにな、ルーシー、母さんのことだから、天国にいる人たちみんなを大笑いさせてるに決まってる。父さんが神さまでも、やっぱり母さんを手放さないよ』

神さまは父についても同じように思うのではないでしょうか。みなさんご存じのとおり、父は人を笑わせるのが得意で、どんなに沈んでいても、父といたら笑わずにいられませんでした。思わぬところで気の利いたジョークを飛ばし、ときにはついていけないこともあるくらいでした。父のそばにいたら、笑顔にならずにいられず、それは悶々としていた十代のころですら、例外ではありませんでした。

もうひとつ、父について言えることがあるとしたら、つねにわたしの味方でいてくれたことです。おかげでわたしに突っかかってくる人はいませんでした。なかでも十代の男の子たちは。

わたしが、気が変わった、やっぱり弁護士にはなりたくない、心からやりたいことは世界でもっとも優秀な警察組織、つまりＦＢＩのことですが、その一員になることだと言ったときの父の表情は、生涯忘れることができません。驚きに続いて、目に涙が浮かんできたのです。どうしたのかと尋ねたら、父は笑顔でわたしを抱きしめ、これも運命なのだろうと言いました。どういう意味なのかと尋ね、母が亡くなるわずか数週間前にＦＢＩの募集に応募していたのだと聞かされました。父はそのあと笑いだして、人生設計を立てなおす必要があると言いました。この先老いたときに、弁護士の娘に助けてもらうつもりでいた、ＦＢＩの捜査官を拝命すればたいがいの弁護士よりも多くの善行ができるだろうが、それによって儲かることはないだろうからな、と」

ルーシーは言葉を切り、聴衆の笑いを一身に浴びた。参列者全員が一体となり、おのおの記憶をよみがえらせているようだった。

「父は毎夜、コニャックのヘネシー・エリプスを嗜《たしな》んでおりました。お気に入りの椅子にゆったりと腰かけて目をつぶり、そしてわたしには父が母のことを考えているのがわかっていました。その父もいまは母とともにあり、天国じゅうを笑いの渦に巻きこんでいることでしょう。わたしにとっては最高の父親でした。父は永遠にわたしとともにあります」

大叔父のアランと交替するとき、彼から抱きしめられた。嗅《か》ぎ慣れた香油のにおいがして、痛烈な悲しみが少しやわらいでいることに気づいた。ぬくもりが戻ってきた。

アラン・シルバーマンは演台について、待っていた。ルーシーがクープの隣の席に腰かけると、彼女に笑いかけてから、よく響く低い声で話しだした。「わたしは弁護士ですが、ジョシュからよく同じことを言われました」

会場はふたたび笑いの渦に包まれた。

6

FBI本部ビル
火曜日の午前中

「お願いです、ディロン、仕事はできます。働きたい、働かないといられないんです」

サビッチはルーシー・カーライル捜査官の、落ち着きはらった青白い顔をながめた。苦痛を漂わせながらも、目には決意のほどが現れている。瞳の色は、曇天《どんてん》のカリブ海を思わせる濃いブルー。いつもどおり身なりをきちんと整え、夏の暑い日差しをたっぷりと浴びて彩りを増した栗色の髪は、一本の太い三つ編みにし、耳からは彼女のトレードマークである銀色の小さなフープピアスが下がっている。ただ、顔がやけに白い——いつもこんなに青白かっただろうか。悲しみは人から色を奪うことを、サビッチは知っていた。黒いブーツに白いブラウス、黒のパンツスーツを着ているが、いまの彼女には大きすぎた。五日のあいだにずいぶん体重が落ちている。

「お父さんの家はどうするんだ、ルーシー？」

なんでそんなことを訊くの？「売ります。わたしのコンドミニアムも売ることにしました」ルーシーは深呼吸をし、思いきって告げた。「祖母の家に引っ越します」

サビッチは驚きを隠せなかった。メリーランド州チェビーチェイスにヘレン・シルバーマン・カーライルが所有していた広大な屋敷があることは、サビッチも聞いていた。二〇世紀に入るころに建てられた上質な住宅だが、がらんとして広い空間は、メリーランドの冬だと暖房が効きにくいのではないか。ヘレンは慈善家としても有名な人物で、やはり有名なサビッチ自身の祖母サラ・エリオットとは友人関係にあった。

「おばあさんはしばらく前に亡くなったんだったな？」

「三年になります。祖母の死後は、父がマッグルーダー夫妻に家と庭の管理を頼んできました。ふたりは町に住んでいて、月に何度か、父と一緒に屋敷に出向いてくれていたんです」ルーシーは唾を呑み、ブーツを見おろした。つま先に泥がついている。しかめ面で、ふたたび顔を上げた。

「なぜその家に引っ越すんだい、ルーシー？」

なぜそんなことに興味を持つの？　サビッチはアスパラガスにでも真実を話させるような人なので、ルーシーは簡潔に答えた。「わかりませんが、なんとなくそれがいい気がして」

彼の黒い眉毛が吊りあがった。「それがいい気がする？」

やってしまった。サビッチにはこちらが話すより先に嘘を感知する能力がある。たんに好奇心から尋ねていただけだったのに、墓穴を掘ってしまった。

ルーシーは笑顔をこしらえた。「たとえ上司からのお尋ねといえど、ディロン、わたしにも秘密を守る権利はあるんですよ。服務規定に書いてありました」

サビッチは笑顔を返した。「一本取られたな。手伝いはいらないのか？」

首を振った。「ゆっくり気楽にやります。ですからそのあいだも働かせてください」

「だったら、こうしよう。午前中はクープとブラックベレー事件の捜査にあたって、午後は引っ越しに使う。大きい家なんだろう、ルーシー。ほんとうにそんな家で一人暮らしをしたいのか？」

「育った家ですから。大好きなんです」

サビッチが眉をひそめた。

「どうしたんですか、ディロン？」

「うん？　ああ、背筋に寒気が走った。〈ショップン・ゴー〉で警官たちがやってきたときも、誰かが外にいるような気がして、ぞっとした。でも、ありえないよな。いたら、警官たちが気づく。さて、ルーシー、助けが欲しいときは叫ぶと約束してくれよ。どんなことでもだ。いいな？」

サビッチはゆっくりとした足取りで部屋を出ていくルーシーを見ていた。ルーシーは思っていたより抵抗しなかった。この部屋を出られるなら、なんにでも同意しそうだった。ルーシーの身になにかが起きた。焼きたての軸付きトウモロコシをかけてもいい、それは父親と死に別れた悲しみだけではないはずだ。そう、それとは別のなにか、それが祖母の屋敷に関係している。残念ながら、サビッチの第六感もそれ以上のことは教えてくれなかった。ルーシーの身辺に目を光らせておく必要がありそうだ。

サビッチは席を立って、大きな窓に近づいた。晴れ渡った寒い日で、通りの向かいの公園では、早くも少なからぬ人がランチにありついていた。そのとき、また背筋がぞくりとして、あの夜のことがふと思い浮かんだ。警察が到着したとき、〈ショップン・ゴー〉の巨大なウィンドウガラスの向こうに場違いなものがなかっただろうか？　だが、集中しようという意志とは裏腹に、映像は薄れていくばかりだった。

7

半分だけか、とルーシーは思った。でも、まるきり働けないよりは、半日でも働けたほうがうんといい。サビッチの部屋を早々にあとにした。彼は鋭い。ルーシーは書類仕事を片付けにかかった。鼻歌を口ずさみながら。そうでもしないと、父親の面影がよみがえってきてしまう。哄笑《こうしょう》している顔や、ほほ笑んでいる顔、あるいはたるんだ死に顔が浮かんできて、涙で喉が詰まってしまう。一時間後、帰宅の準備をしていると、クープが声をかけてきた。

「クリーブランド市警察から電話があったよ。あるバーテンダーから昨夜、通報があって、似顔絵の男が九時ごろバーに来て、店内を見まわし、バーテンダーの鋭い視線に気がつくなり大あわてで退散したそうだ。バーテンダーは外に飛びだして男を捜したが、もう姿がなかった。そのあと警察に通報してきたってわけだ」

「じゃあ、男は自分が指名手配されていることに、気づいているのね」

クープがうなずいた。

「外見的な特徴は一致するの？」

「黒ずくめのまま、靴下ひとつ変えてない」

「今回の件で変えるかしら？」

「昨夜は肝を冷やしたろうから、別の都会に移動する方向で考えてるんじゃないかな。フィラデルフィアとかニューヨークとか。で、手口と外見を変える。

ところで、昼食をおごらせてくれないか。クロウリーにモロッコ料理店が新しくできたんだ。向こうにいる友だちに訊いたら、クスクスがすごくうまいらしい」

ルーシーは彼を凝視した。うぬぼれた色男風の気取りは感じなかった。それどころか、ふり返ってみるに、つねに感じがよかった。その点は評価できる。もし彼が釣り糸をこちらに投げてきても、飛びつかなければいいだけのことだ。ルーシーが断ろうとすると、なんと、そのときお腹が鳴った。最後に食べたのは、いつだったろう。クープがにやりとした。「ほら、そろそろ食べなきゃ。そのぺらぺらのジャケット以外に着るものはあるのかい？　外は冷えるよ」

ふたりは本部の駐車場にあったルーシーの黒いレンジ・ローバーまで行き、ルーシーは後部座席に置いてあった革のジャケットを着た。ふと手を止めて、ジャケットを見た。「革に付着した血痕って、クリーニングで消せるもの？」

「どうかしたのか？」

「ううん、わたしじゃなくて、ディロンの革のジャケットのことを考えていたの。彼が

〈ショップン・ゴー〉に強盗に入った女の頭部にかけたジャケットよ」

「訊く気にもなれないな。ところで、どうしてレンジ・ローバーにしたんだい？」

「父が卒業祝いにくれたのよ。ＦＢＩ捜査官たるもの、筋肉はいくらあっても足りないだろう、車もしかりって」クープは彼女を自分の車へと導いた。ブルーのコルベットで、黒い革の内装からはお金のにおいがした。

ルーシーはぴかぴかのボンネットに触れた。「セクシーな車ね」あなたらしいこと。評判を保つにはしゃれた車の一台もなきゃね。

彼も車のルーフを軽く叩いた。「さすがに寒くなってきたんで、二週間前にルーフをおろしたんだ。でも夏のあいだコンバーチブルとして乗りまわしてると、なかなかのもんだよ。ちなみにこの色はジェットストリーム・ブルーっていうんだ」

「浮ついた色でも、黒ほど重くもなくて、いい色ね。それにメタリック塗装が目を引くわ。ジェットストリーム・ブルーっていう、名前もしゃれてる。ほんとに、すごくセクシーよ、クープ」ルーシーは我慢しきれずに、彼に笑いかけた。わたしったら、頭がどうかしてるんじゃないの？

「母親もそんなことを言って、この前の誕生日に、この彼女をプレゼントしてくれたんだ」

ルーシーは思わず噴きだした。母親がこの車を？「あなたのベイビーは女性なの？」どうしてそれが意外なのだろう？

「名前はグロリア。プレゼントされた翌日、彼女はここ、ぼくの駐車スペースにおさまって、歌うような調子でそう名乗った」

「で、あなたのお母さんがグロリアをくれたのね？」

彼はうなずいた。「母が言うには、ぼくは三十一にもなるのにくそまじめで、自分のやり方にこだわりすぎなんだそうだ。母は孫の顔を見たがってる。兄弟がたくさんいて、八人も孫がいるからいいじゃないか、まだ三十一になったばかりなんだしと言ったら、そういう問題じゃないと説教されて、叩かれちゃったよ。大切なのはいかした車でDCを流してまわり、こちらからアクションに出ることなんだそうだ。で、セールスマンから、コルベット・グランスポーツならそういう目的にぴったりだとお墨付きをもらった。というわけで、母はグロリアに大いに期待をかけてる」

ルーシーは彼の顔をまじまじと見た。きわめてまっとうだった。自虐的で、チャーミングで、西欧世界におけるいわゆるプレイボーイとは別人種だ。ルーシーは車のボンネットを撫でた。「グロリアの値段からして、あなたのお母さんはよほどあなたの子どもの顔が見たいのね」そのあと、進んで彼のエゴをくすぐり、反応を見ることにした。「それにね、クープ、あなたはそんなことしなくても人気者よ。課のみんなが知っているわ」

彼はあんぐり口を開けていたが、やがて首を振った。「根も葉もない噂を聞いたんだろ？みんなしてぼくをからかってるんだよな。そうだ、わかった、シャーリーだな？」

「あら、いまさら、救いようのないダサいやつのふりしないでよ」

「いや、そうだ、シャーリーに決まってる。彼女がルースに、ぼくの手帳は女の子の名前でいっぱいだから、ページを足さなきゃいけないみたいよと言っててね。そのあと法医学ラボのアネッテと、人事課のグレニスがどうのと話しはじめた。ふたりともぼくの友だちなんだ。ほんとにただの友人なんだけど」

ルーシーは言った。「そうね、わかったわ。あなたは女好きなんじゃなくて、友だちがたくさんいて、それがたまたま女性だったのよね」

「ぼくがアドレス帳を繰《く》ってノースダコタの保安官の名前を探してたら、シャーリーが後ろからのぞきこんできて――アネッテとグレニスのことは、ほんとにただの友だちで、それ以上でも以下でもないよ」

ルーシーは軽やかに笑った。いい気分だったが、それも長くは続かなかった。唾を呑みこんで、顔をそむけた。携帯電話が鳴っている。友人のバーブ・ディケンズからだ。電話に出てバーブからやさしい言葉をかけられたら、泣いてしまう。それがわかっているので、留守番電話に受けさせた。

クープはそれ以上は言わずに、コルベットに乗るルーシーに手を貸した。口笛を吹きながら運転席にまわる。ほっそりとした彼女の顔に、少し血の気が戻ったようだ。少なくとも、もう笑うことに後ろめたさはなさそうだ。クスクスを気に入ってもらえるといいんだが。

8

メリーランド州チェビーチェイス
ブリッケンリッジ・ロードのカーライル邸
火曜日の夕方

時間からして、もう一度運ぶのは無理だろう。あと一時間もしたら、暗くなる。ルーシーは運んできた段ボールのうち、靴と運動用の衣類が入っている最後のひと箱を持ちあげて、レンジ・ローバーのドアをお尻で閉めた。もし彼に――あるいは彼女に――名前をつけるとしたら？　グロリアなんて考えられない。にやにやしながら板石敷きのきれいな小道を進んだ。両脇を彩る花々は冬に向かって早々にしぼみつつある。前庭を埋めつくすように植樹されたメープルとオークの巨木は目にも鮮やかなオレンジと赤と明るい茶色に紅葉し、あたり一面に落ち葉を撒き散らしていた。ミスター・マッグルーダーはなぜ落ち葉を片付けないのかしら？　こんど訊いてみなければ。考えてみればおかしなもので、夫妻どちらのファーストネームも思いだせなかった。大学進学のため家を出るまで、ふたりは変わらずそこにいた。黙っていることが多く、ルーシーには厳《いか》めしく見えていた。とても堅苦しく、彼らから見てルーシーが父親に生意気な口を利いたと思ったときや、デートからの帰りが遅すぎると思ったとき、友人たちが来て大騒ぎをしたときなどは、非難がましい視線を送ってきた。

ルーシーはしばし佇《たたず》んでから、幅の広い木製の階段を六段のぼった。そこは屋敷全体を取り囲むポーチになっており、鉢植えの花が雑然と置いてある。冬の到来を控えて、植物は枯れようとしていた。ポーチの梁《はり》に下げられたハンギングバスケットから、羊歯《しだ》とアイビーがこぼれ落ちている。人の住んでいない家を維持するのが、いかにたいへんかわかろうというもの。「そうだぞ」と、父は笑ったものだ。「おまえには想像もつかんさ」父は正しかった。ルーシーは春の雨の日、ポーチに座って家を取り囲む美しい花々に雨が降りかかるのをながめるのが好きだった。まだ十月のなかば、何日かは暖かな日があるといいのだけれど。

自分がこの家を恋しがっていたことに、あらためて気づいた。この家の雰囲気や、想い出のぬくもりが懐かしかった。少なくとも九百平米はあって、それだけの家を暖めるとなると、小さな国の国家予算並みの光熱費がかかるとしても、だ。ここには母が死んでからずっと住んできた。おまえを育てるのに助けがいるし、おじいちゃんとおばあちゃんぐらい力になってくれる人はいないからね、と父は言っていた。

大学に進学する十八歳までここに住み、そのとき、父も家を買ってここを離れた。

そしていま二十七歳になったルーシーは、自分の育った家に引っ越してきた。

メインルームとなる部屋は、クラウンモールディングと格天井《ごうてんじょう》で美しく装飾され、ローカントリー・アンティークであふれていた。何枚か敷かれた大きなペルシア絨毯《じゅうたん》は、年代物にもかかわらず、あるいは年代物だからこそ、青と赤と黄色が目にも鮮やかだった。なにもかもが古く、しっとりとしていて心地よかった。

ただ、キッチンだけ別で、六年前に祖母が改装したばかりなので真新しかった。近代的すぎて、なかに入ると目がまわりそうだ。中央に大きなアイランドがあって八人が座って朝食をとれるし、フランス料理店並みにハイテクの調理器具が揃っている。壁とキャビネットは淡いクリーム色に塗られ、床はイタリア製の暗褐色のタイル、高い天井は弧を描き、梁は薄い灰色だった。

食品庫と冷蔵庫には、ミセス・マッグルーダーがルーシーのために用意してくれた肉料理やチーズ、キャセロール、フレーバー・ウォーター、野菜が入っていた。願ったりかなったりの品揃え。こうなったら、週に何度か家の管理と掃除をしに来てもらえるかどうか、打診してみなければ。

ルーシーはスイスハムのスライスを何枚かと、自家製のライ麦パンを取りだすと、アイランドで立ったまま食べた。食器を洗って、二階に向かった。ルーシーがむかし使っていた寝室はぴんとこなかったので、広々とした祖母のスイートを使うことにした。キッチンと同時に、祖母はここのバスルームも改装していた。シンクと床のタイルは緑と黄色で、そこに淡いブルーが点々と散っている。タオルとラグの色も合わせ、ジャグジーはルーシーがこれまで使っていたベッドと同じぐらいの大きさがあった。

ルーシーは大きなジャグジーに入り、ジェット水流を最強にして、ゆっくり浸《つ》かった。そのあとパジャマを着て、着古したシェニール織りのローブをはおり、運動用の衣類と靴の入った箱を持ちだした。

たっぷり時間のかかることが、山ほどある。箱から衣類を取りだしてしまわなければならないし、本の整理もあるし、洗濯物もうんと溜まっている。そして、決断すべきたくさんの事柄。ルーシーは手にしたジム用の靴下を見おろした。どこへしまったらいいのだろう？と、ふいに涙が噴きだした。父が亡くなったことだけでなく、人生のある部分がごっそり失われたことに対する涙だった。後戻りはできず、起きたことをなかったことにはできない。人生は出来事の連続で、これからもなにかが起きつづける。この先、どんな人生が待っているのだろう？

未来はわからないけれど、このうちには、ここでなにが起きたかを読み解く手がかりがあるはずだった。祖母がなぜ連れあいを殺さなければならなかったのか、探りだしてみせる。父はそれを目撃していた。

それがなんなのか、想像もつかないけれど。

9

フィラデルフィア
チリーズ・バー
火曜日の夜

ルリーは三度、軍務についた。ベトナム戦争で二度負傷したのち、故郷に戻ってみれば、四人の兄弟と友人の多くから、あれは正しくない戦争だったとして遠ざけられた。飛行機がフィラデルフィアに着陸した数日後、ルリーはバドワイザーの六缶パックと宝くじを一枚購入した。彼の人生で自分で買った宝くじは、これ一枚きりだ。この宝くじがみごと大当たりした。そのニュースを聞きつけた家族と友人が手のひらを返したように近づいてきたが、ルリーはこれまでの人間関係を捨てて新しい家族をつくろうと決めていた。それで、当選金の面倒をみようという詐欺師どもの相手をいとわず、大量の長期債と酒場を購入し、その酒場に戦地で地雷を踏んで亡くなった仲間にちなんで〈チリーズ〉という名前をつけた。伴侶を見つけて、四人の子をなし、その四人もすべて結婚してそれぞれ親となった。あとはお迎えを待つばかりだ。

〈チリーズ〉は若い専門職の集まる人気店だった。かつてはこの界隈もロフトに改装された元工場と、ありとあらゆる媒体のアーティストと、荒れ果てたビストロが多かった。そのなかにあって、高級店に宗旨替えして十五年ほどになる。営業職の住む高級アパートがロフトに取って代わり、いまではコーヒーハウスの数もシアトルに負けていない。〈チリーズ〉も一帯の変化に合わせて変わってきた。いまでは長い仕事の帰りに勤め人が立ち寄る、落ち着いた店となった。ルリーは客たちの静かな会話とマナーのよさを気に入っている。もう十年以上、店で喧嘩の仲裁をしていない。混みあった火曜の夜の店内を、満足げにながめた。客の大半は白ワインを飲んでいる。リストに載せた最高級ワインが、かつて軽いビールをついでいたころとは比べものにならないほどの大金をもたらしてくれた。それに、法律が改正されたおかげで饐《す》えたタバコのにおいもしない。

はじめて見る若い女性がひとりで店に入ってきた。顔立ちも身なりもいい長身の女性で、カウンターまでたどり着くと、ルリーに笑いかけた。きれいな笑顔だが、美しい茶色の瞳が笑っていない。目つきからして、なにかあったんだろう、とルリーは察した。彼女は火曜日の夜のお勧めワインの一覧を見て、一杯十二ドルもするペリドット・ビネヤードのシャルドネを注文した。ルリーは、このあたりははじめてですか、と彼女に尋ねた。一ブロック先の警察署に行ってきたの。彼女はそう答えると目を閉じて、最高級のシャルドネをごくりと飲んだ。どうやら楽しい用事じゃなかったらしい。ルリーは自己紹介をして、彼女と握手を交わした。彼女はリズと名乗った。

夜が更けてくると、常連たちが就寝前の一杯を飲みに集まってきた。ルリーにはどれも見知った顔だし、名前もほとんど知っていた。ここのところルリーは、与信枠を失うといったビジネス上の大惨事を彼らが語りあうのをよく耳にしては、首を振っていた。同じことがくり返される。若い野心家だけが早口で業務の拡張や、市場占有率について語っている。それもまた、変わらないことのひとつだった。

遅まきながら休憩を取ることにしたルリーは、次女のシンディに交替を頼んだ。「リズを見ててやってくれ」娘に指示した。「沈んでる」奥のオフィスに引きあげるルリーは、カウンターに近づいてくる初顔の若い男に目を留めた。かつてのこの界隈の住人のような風体——黒いベレー帽、痩せた体に黒い服、うつむき加減の歩き方。ここではもう十年も前にそういう弱々しいスタイルが廃《すた》れて、時代遅れになっているのに気づいてないのか？　ルリーは首を振りふり、奥に引きあげた。税金のことが頭をよぎった。市が、州が、国が、その大きな手を突きだして、税金を取りあげていく。

シンディがリズに二杯めのペリドットのシャルドネを出していると、隣の男がおごらせてくれないかとリズに尋ねた。

リズ・ロジャーズは男をしげしげと見て、警戒をゆるめた。つまり、自分のほうが大きいから、万が一なにかあったら勝てそうだし、万が一もなさそうだった。ほっそりした青白い顔も、黒い瞳も、長い黒髪にかぶったベレー帽も気に入った。髪が脂ぎっていない点も好感が持てる。清潔好きな男は、それだけで評価が甘くなる。

シンディはカウンターに座った客にはつねづねそうしているように、それとなくふたりを見守っていた。若い男が女性に上等なシャルドネのお代わりをおごったおかげで、父のレジスターが嬉しそうに鳴った。その男女はおしゃべりをはじめ、一時間もすると、かなり打ち解けた雰囲気になった。

客は専門職が多いので、若い人ですら十時になると帰りはじめ、なかにはルリーの高級ワインを多少飲み過ぎの人もいる。ルリーは平素からワインだと二日酔いがひどくないと言っているし、仮にそうでないとしても、彼らは若いので、あと十年は夜ごとはめを外しても、翌日笑顔で起きて出勤できる。これが四十歳の声を聞くと、そうはいかなくなる。いずれわかることだ。

ルリーがカウンターの端に戻ってみると、千鳥足でドアから出ようとするあの笑顔の美しいリズのかたわらに、若い男の姿があった。

彼女が飲んだのはわずか三杯のワインだった。あの酔っぱらいっぷりは尋常じゃない。ルリーは眉をひそめた。ひょっとすると酒に弱いのかもしれないが、だとしても、なにかおかしい。どういうことだ？

リズ・ロジャーズはご機嫌だった。明日の朝には、ふたたび現実を突きつけられて暗くならなければならないが、それがわかっていても、いい気分だった。現実とは母のことだった。またしても母を保釈してもらわなければならない。こんどは高級ブティック〈マーニーズ〉で万引きしたのだ。そのうさ晴らしもあって、リズは母のコンドミニアムから一ブロックの位置にある〈チリーズ〉に立ち寄ることにした。ここのワインは高いけれど、トッド——dがふたつ——が悩みを聞いて重荷を軽くしてくれたうえに、高級白ワインを一杯おごってくれた。

ありがたいことに、彼はさんざん愚痴を聞いただけでなく、家まで送ると言ってくれている。それでこの近くに住んでいるのは母で自分ではないと伝えるつもりでいたのに、うっかり忘れていた。ふたりで〈チリーズ〉を出て、冷たい夜気を吸ったとたん、この男を置き去りにしてタクシーを拾わなければならないことに気づいた。

トッドに笑顔を向けて、携帯電話を取りだした。「タクシーを呼ぶわ」

「どうして？　近くなんだろ？　うちまで歩いて送ってくよ、リズ」

「ううん、近くじゃないの。この近くに住んでるのは母よ」

わずかな沈黙をはさんで、彼が言った。「だったら一緒にタクシーを拾って、送るよ」

「だめよ、そこまで迷惑かけられないわ」そう言ったが早いか、めまいが襲ってきて、ふいに胃が気持ち悪くなった。そりゃそうだ。母親のことがあって、警察署に出向き、ラッキー・タスカーとかいういかがわしい保釈金立替業者に会わなければならなかったんだから。

「大丈夫かい、リズ？」

「急にぐらっと来て——倒れそうになっちゃった。ごめんなさい、トッド、今日はいろいろあったから」

リズはタクシー会社に電話した。十分かかると言われ、笑顔でトッドを見あげた。「寒くないようにお店に戻って、なかで待つわ」

「ここにいようよ。ぼくが暖めてあげる」

吐き気が込みあげ、口から出そうだった。「むかむかしてるの、トッド。トイレに行かないと」

だが、トッドは腕をつかんで、リズを引き戻した。街灯が三メートル先にあって、長くて太い影が落ちている。その影の黒さに、リズはセールで買ったばかりのレースの下着を思いだした。

なんで下着のことなんか？　また吐き気が襲ってきて、思いきり体を引いたが、それでも彼は放してくれなかった。

「ねえ、トッド——」リズの声は大きくて、ろれつがまわらなくなっていた。そのとき、ぐでんぐでんの母がろれつのまわらない口で自分を侮蔑——それも意地悪で辛辣《しんらつ》な侮蔑——する声が耳に響いた。縮みあがった拍子に正気づき、脳の働きが戻って、頭の霧が晴れた。彼を見て、ゆっくりと言った。「なんて人なの。ドラッグを入れたわね」そして、彼の顔にパンチをくりだした。よける隙は与えなかったが、酔っぱらいのようにふらついているせいで、たいして威力はなかった。下劣な男に対する怒りと恐怖とで、吐き気が二の次になっている。トッドは彼女の手をつかんで、脇におろした。「いいや、リズ、平気だよ、心配いらない。ぼくがドラッグなんか使うもんか。さあ、歩こう。気分がよくなるよ」

誰があんたみたいなウジ虫と。リズは彼の手をふり払うと、とっさによけようとした彼の頬に爪を立てた。

トッドは叫び、出血する頬を手で押さえながらよろよろと後ずさりをした。と、リズを口汚く罵《ののし》りながら、近づいてきた。なにをするつもりなの？　リズは彼がジャケットのポケットからワイヤを取りだすのを見た。ワイヤ？　リズはのけぞって悲鳴をあげた。吐いてしまったが、口元をぬぐって、また悲鳴をあげた。いまにも死にそうな気分だった。胃はねじ切れそうだし、頭はぐらぐらする。だが、ありがたいことに、トッドは顔を押さえて走り去りつつあった。リズは膝をつき、〈チリーズ〉のバーテンダーがこちらに走ってくるのを見た。「おい、どうした？　リズ、大丈夫か？　やっぱりな、あの男、どうも怪しいと思ったんだ。警察には通報した。こっちに向かってる」

リズは答えなかった。意識を失って、横様に倒れた。

10

フィラデルフィア
聖心病院
水曜日

「ミズ・ロジャーズ、わたしはFBIのルーシー・カーライル捜査官、こちらはクーパー・マクナイト捜査官です。真っ先に言わせてもらいますが、あなたはとても賢明です」

賢明？　リズにはそうは思えなかった。どちらかというと、大きな石の下敷きになった気分。胃は内側から焼かれたようだし……でも、こうして生きてるし、自分にドラッグを与えた男を傷つけて、退散させてやったから、やっぱり賢明なのかもしれない。気がつくと、リズは笑顔で女を見あげていた。すてきな髪を三つ編みにしている。なんて深い色合いなの。この色、なんて言ったらいいんだろう？　そう、栗色だ。

「もしご気分が許せば、なにがあったか聞かせてください」

「朝、警察官に話したんですけど」

入り口のあたりから男の咳払いがしたので、クープはそちらを見た。同い年ぐらいの男だった。薄汚れた金髪を立たせ、淡いブルーの瞳を血走らせつつも、いまにも嚙みつきそうな顔をしている。クープは尋ねるように、眉を吊りあげた。

「医師のメデリンです。ミズ・ロジャーズに来客とは聞いていませんよ。すでに警察の事情聴取はあったんで、これ以上、彼女に負担をかける理由があるとは思えませんね。ついさっきすんだばかりなんです。休ませてあげないと」

クープは身分証明書を取りだした。「所轄署じゃなくて、ＦＢＩです。べつに負担をかけるわけじゃないし、むやみやたらに撃つわけでもありませんよ」

ルーシーは顔をほころばせたが、医師は応じなかった。「路上強盗にＦＢＩですか？　さあ、ひどい目に遭った彼女をしばらく休ませてあげてください」

口を開いたリズは、小さく弱々しい自分の声を聞いて、愕然《がくぜん》とした。「メデリン先生、大丈夫です。元気ですから。この人たちと話をさせてください。だってＦＢＩですよ。わたし、よっぽど重要なんだわ」

メデリン医師はルーシーとクープには目もくれず、リズに近づいて、彼女の目を調べた。そのあと細長い指を二本手首にあて、脈拍に神経を傾けた。「無理してませんか、ミズ・ロジャーズ？」

「ええ。あの下劣な男を逮捕してもらいたいんです。この人たちならやってくれそう」

メデリン医師は五分だけと言い置いて、部屋を出ていった。医者というのはサル以上に縄張り争いにうるさい。ルーシーはにやりとした。

リズがルーシーを見あげた。「わたし、そんなに賢明じゃないのよ。実を言うと、母の声のおかげで命拾いしたようなものなの」

ルーシーは頭をかしげた。「話してください」

「びっくりしたわ。酔っぱらっているときの母みたいにろれつがまわらなくなってて。母が酔っぱらうのは日常茶飯事よ。それで、一瞬、正気に戻って、ドラッグを盛られたことに気づいたの。わたしは彼に襲いかかって、こっちが血を流させてやったわ。彼がワイヤみたいなものを持って近づいてきたときは、信じられなかった。それで、大声で悲鳴をあげたの」

満面の笑みになったあと、唾を呑んだ。「吐きながら、悲鳴をあげてたのよ。バーテンダーのルリーが走ってきてくれて。そこで気を失いました」

クープはベッドにかがみこんだ。「よくやりましたね。あなたは自分の身を守っただけじゃない、そいつを逮捕する大きな力になってくれたんです。あなたが爪で犯人の顔を引っかいてくれたおかげで、こちらにはDNAが手に入りました。あなたはヒロインなんですよ、ミズ・ロジャーズ。大スターです」

リズはふたりの顔を探るように見た。「どうして？　くだらない路上強盗じゃないの？そうか、あなた方はFBIだものね。大事件が起きてるんだわ。なんの事件なの？」

クープが答えた。「あなたにお酒をおごって、家まで送りたがったトッドという男は、わかっているだけでも、五人の女性を殺してます。ニュースで観ませんでしたか？」

リズは唾を呑みこんで、うなずいた。「でも――それが彼なの？　そんな」

「あなたはご自分で危機を脱した」クープは彼女がいまにも気絶しそうになっているのを見て、手を軽く叩いた。「元気になられますよ」

そのあと十五分ほどかけて、リズからもう一度経緯を聞きだし、観点を変えてあらゆる角度から何度も質問をくり返して、メデリン医師が病室をのぞきにきてふたりをにらんだときも、手を振って追い返した。やがてリズから訊きだせることがなくなったことがふたりにもわかった。ルーシーは言った。「あなたなら、警察の似顔絵捜査官に、風貌を詳しく伝えてくれますね。その件でまたこちらから連絡させてもらいます。ほんとにお手柄です、リズ。あなたがDNAをプレゼントしてくれたおかげで、犯人逮捕に近づけました」

「笑っちゃうのは、さっきも言ったとおり、わたしを助けてくれたのが母だったことよ。めちゃめちゃな人なんだけど――娘としてどうしたらいい？」

「これからも保釈金を払ってあげてください」ルーシーは笑顔でリズを見おろした。

「いや」クープは言った。「お母さんにはもっと親切にしないと。厳しい愛情を見せる時期だと思いますよ。社会復帰施設に入れるんです。さもなきゃ刑務所行きだと言ってね」

ふたりは考えこむリズを残して、部屋を出た。患者の病室から飛びだしてきたメデリン医師とすれ違った。ナンシー・コンクリンという名札をつけた看護師が言った。「かわいそうなマーク。ＥＲから呼びだしだわ。もう二十六時間もオンコール状態なんですよ」

「お医者さんがいまだそんな過酷な労働を強《し》いられてるなんて、知りませんでした」ルーシーは言った。

「彼は研修一年めなんです」応じた看護師は、それで説明がつくと思っているらしい。

「睡眠不足の顔をしてたね」クープが言った。

コンクリン看護師はうなずいた。「そのせいで、どれだけ患者が苦しんでることか。いまならリズ・ロジャーズです。もう大丈夫だってわかってるのに、マークは彼女につきまとってて。たぶん気があるんです。じゃなきゃ、ちょっとした暇を見つけて、ここを離れてるはずだから。まったく、やんなっちゃう」

クープはメデリン医師のくたびれた顔を思い浮かべた。あれじゃあ見込みがない。

11

FBI本部ビル
木曜日の午後

サビッチはCAUの会議テーブルを囲む捜査官たちに一冊ずつフォルダを渡して、テーブルの上座に戻った。捜査官ひとりひとりを見て、ルーシーとクープで視線を止めた。「いまきみたちの前にあるフォルダには、恐竜は喫煙によって絶滅したと言うに等しい、意外な結果が含まれていると言わざるをえない。知ってのとおり、リズ・ロジャーズはブラックベレーの顔を爪で引っかき、おれたちは法遺伝学の技師がDNA検査を終えるのを待っていた。彼らはかつてないスピードでDNAのタイプを検査、分析し、全国規模のデータベースに照合をかけた」わざと言葉を切った。テーブルを囲んでいた全員が身を乗りだす。

「もっとも近かったのは、テッド・バンディのDNAだった」

捜査官たちが不審と、驚きをあらわにした。首を振る者、鼻を鳴らす者、息を呑む者。

「そんな、ありもしないことを。いいかげんなこと言わないでくださいよ、サビッチ。そうじゃなくても、浮き足立ってるのに」と、感想を述べる者もいた。

サビッチは両手を挙げて一同を制した。「冗談で言ってるんじゃない。信じられないだろうが、テッド・バンディのDNAがもっとも近かった」

クープが発言した。「テッド・バンディですか？　ぼくたちをかついでるんじゃないでしょうね？」

サビッチは頬をゆるめた。「ああ、あのテッド・バンディだ」

クープが前のめりになった。「でも、電気椅子で処刑されてるんですよ、サビッチ。八〇年代の終わりごろじゃなかったですか？」

ルースが続いた。「ええ、一九八九年にフロリダで最後に犯した殺人の罪を問われて処刑されてます。判決から処刑されるまでに、十年にわたって上訴しつづけたんですよね」

連続殺人犯を研究しているジャック・クラウンが言った。「彼は最終的に三十人以上を殺したと自供しましたが、そんなに少ない人数であることを信じるものはいませんでした。処刑されたときは四十二歳です。DNAのデータがあったんですか？」

サビッチが答えた。「DNAの型を鑑定して、データベースに入れておいたんだ。彼の死後、彼による犯罪が浮上する場合に備えて」

「でも、どうしてそいつのDNAなんだ？」デーン・カーバーは額を叩いた。「そうか、わかったぞ。婚外子がいたんだろ、サビッチ？　父親の偉業を継ぐ息子が？」

「いや」

ジャックが言った。「ですが——そんな、冗談ですよね？」

ルーシーはサビッチを見つめて、腰を浮かせかけた。

サビッチは一同に笑顔を向けた。「息子じゃない、女なんだ。統計分析によって、一親等血縁者であることがほぼ確実になった。つまり、母親か娘だ。被疑者の年齢を考えるに、娘だと考えてほぼ間違いないだろう」

シャーロックが言った。「身上関係を補足すると、バンディには恋人がいたわ。一九六七年、ワシントン大学在学中に出会ったのよ。彼女は大学卒業後、彼は幼すぎると言って、彼を捨てて自宅のあるカリフォルニアに引っ越したの。バンディは一九七三年に彼女を訪ね、成長した新しい自分を見せた。ロースクールに進んだ、人品卑《いや》しからぬひたむきな青年をよ。バンディは彼女に言い寄って求婚したけれど、それから二週間ののち七四年の新年早々に彼女を捨てた。理由は不明。その数週間後、ワシントン州で殺人に溺《おぼ》れはじめた」

「転機があったことは間違いないが、それがなにかは誰も知らない。いずれにせよ、それが引き金になった。

同時期、彼は秘書とも交際していた。こちらは六年続いた。ほかにも交際相手はいたが、名前がわかっている女性は多くない。知ってのとおり、バンディはひじょうにハンサムで、岩で日向ぼっこしているトカゲでもたらしこめた。だから、女性たちと関係を結べたと考えていい。そうした女性のひとりが娘を産んで、彼からは認知されていなかった。あるいは、妊娠したこと自体を内緒にしていたのかもしれない。この点も憶測の域を出ない」

デーンはゆっくりと言った。「だが、その女性はわが殺人犯に父親がどんな怪物であるか教えて、娘のほうは自分がバンディの狂気を受け継いでいるのに気づいたのかもな。血が血を呼んだというか」

ルーシーが言った。「シャーロック、バンディが最後に刑務所に入ったのはいつですか？」

シャーロックはノートを繰った。「一九七八年の二月十五日に逮捕されて、一九八九年に処刑されるまで刑務所にいたわ」

「だとしたら、われらがブラックベレーは少なくとも三十一歳にはなっています」ルーシーが言った。「目撃情報によると二十代の後半から三十代の前半に見えたそうですから、おおむね該当しますね」

クープは黒っぽい眉の片方をゆうに三センチは吊りあげた。「すごいことになりましたね。今朝セサミベーグルを食べてるときは、こんないい日にテッド・バンディの娘に対処することになるとは思いもよりませんでしたよ。ですが、なんで男のふりなんか」

「ほんとよ」ルースが言った。「彼の息子になりたかったから？　そのほうが重みがあるような気がするのかも」

クープが言った。「男に扮したほうが、父親に近づけるからとか？」

ルーシーは組んだ腕に顎をつけた。「逮捕したら、是非、尋ねてみたいものだわ」

サビッチが言った。「いいだろう。さて、バンディに詳しい諸君なら、彼にもうひとり娘がいるのを知っていると思う。こちらは八〇年代に元同僚の妻——そうだ、裁判所が結婚を許可した——その妻にできた子だ。だが、こちらはわれらがブラックベレーである可能性を排除できる。体つきがまるで違うし、いまはイタリアのフィレンツェに住んでいて、もう五年アメリカに戻っていないからだ。つまり犯人は、うちにはいっさい情報のない娘ということになる」

ルースは結婚して間のない夫のことを思い、笑い声をあげた。「ディックスに話して聞かせるのが待ち遠しいわ。たぶんあなた以上に詳しいわよ、ジャック。バンディの事件には入れあげてるから。ちょっと異常なくらい。仲間に入れてもらいたくて、あなたに電話すると思いますよ、ディロン」

ディックス・ノーブルのことはサビッチもよく知っていた。ディックスはバージニア州マエストロの保安官だ。「ディックスは頭脳明晰な男だからね、ルース。彼の頭脳を借りたら、いいことがあるかもしれない。おれから電話するよ」

シャーロックが言った。「くり返しになるけど、彼女の母親が誰なのか、いまも生きているのかどうかは、わからない。彼女についてはなんの情報もないの」

サビッチは言った。「彼女が八カ月前にサンフランシスコで殺人をはじめたことはわかってるから、リズ・ロジャーズが警察の似顔絵捜査官に証言した特徴をもとに、いまＭＡＸ《マックス》に探らせてる。今朝、エドマンド・クレイマー警察署長から電話があった。フィラデルフィアじゅうに似顔絵を貼らせ、サンフランシスコとシカゴ、それに国内の大きな警察組織にはすべて似顔絵を送ったそうだ。この似顔絵は、クリーブランドの警察で作成された似顔絵とともに、フォルダに入れてある。

多くの点で似ているが、バンディの娘と長時間顔をつきあわせていたリズ・ロジャーズの証言にもとづく似顔絵がもっとも信頼性が高いと思っていい。リズはしっかりと彼の特徴、いや彼女の特徴をとらえてるはずだ。フィラデルフィアの警察の似顔絵とテッド・バンディの写真を比べたら、たんなる類似以上のものが見いだせるだろう。

さて、これで運良く似顔絵から彼女を特定することが可能になった。いまMAXはサンフランシスコに記録されていて、閲覧が許可されているすべての写真をスキャンしている。もし彼女がベイエリア育ちなら、ハイスクールの記念アルバムか未成年者の犯罪記録で彼女を見つけられるかもしれない。

バンディに関してわかっている情報をシャーリーがまとめてフォルダに入れてくれてある。詳しい参照先と、バンディの娘に関するプロファイラーの要約も添付した。役に立ちそうなことを思いついたら、遠慮なくおれに教えてくれ。

バンディの娘がいまだフィラデルフィアにいるとは考えにくい。さもなければ、大変身しているかだ。しかも顔には隠さなきゃならない引っかき傷がある。リズ・ロジャーズは思いきり引っかいたと言ってるが、そのとき彼女は気を失いかけてた」

ジャックが言った。「彼女がスカート姿に戻ったと、本気で思ってるんですか?」

「あら、あたりまえでしょう?」答えたのはルーシーだった。「彼女は殺人鬼で、人を殺しているんですよ。父親みたいに逮捕されたり処刑されたりせずに殺しをつづけるには、ほかにどうしたらいいと? 女性の格好に戻る可能性はあると思うけど、アーティスト風のスタイルは今後も維持するんじゃないかしら」

クープはペンで会議テーブルをこつこつやっていた。「父親のやり方を踏襲してるとしたら、三十一になる前にも殺してるんじゃないですかね」

サビッチが言った。「プロファイラーたちは、彼女のスタートが遅れたのは、年齢が上がるまで母親から父親のことを聞かされていなかったからだと考えてる。そうあってもらいたいが、それもおれたちにはわからない」

オリーが言った。「殺しておいて、死体を深く埋めた可能性はありますよね。ですが、だとしたら、なんでいまになって表に出てきたんだか。バンディがそうだったように、引き金となるなにかがあって、数カ月前までは、ごくふつうに暮らしてたんでしょうか?」

銘々《めいめい》がその点を考えるなか、ジャックが言った。「彼女もバンディ同様、被害者の墓を訪れるんでしょうか?」

「バンディが被害者にしたことは、それだけじゃありませんけど」ルーシーは身震いした。

サビッチは言った。「たしかに。さて、いまMAXが写真を調べてるから、二時間ほどしたらまたここに集まるとしよう」

それから十分後、サビッチの携帯電話がジョージ・サラグッドの「バッド・トゥ・ザ・ボーン」を大音量で奏ではじめた。

「ベン・レイバンだ、サビッチ。先週、〈ショップン・ゴー〉であった間一髪の銃撃戦のことだが、新しい情報が入ったぞ」

「病院送りになったやつに逆ねじを食わせてくれてるんだろうな、ベン。やつがしゃべったのか?」

「いや、それがまだなんだ。おまえに撃たれた肩の傷が思ったよりひどくてな。名前はトーマス・ウェンケル。シボレーのインパラはその名前で登録されてた。女のほうは、エルサ・ハインツだ。

今日電話したのはほかでもない、昨日の夜〈ショップン・ゴー〉にまた別の強盗が入って、ミスター・パティルが何者かに撃たれたからなんだ。あたりには誰もおらず、目撃者も、銃声を聞いた人間もいなかった。被害者は店の明かりを消して、裏口に錠をかけたところで、背後から近づいてきた犯人に背中を撃たれたらしい。ミスター・パティルの財布と、預金用の袋がなくなっていた。ジョージタウンを受け持ち区域とする警官は、先週の強盗未遂事件を機に〈ショップン・ゴー〉を巡回地点に入れていたんだが、その警官は店が閉まっているのにミスター・パティルの車があるのを不審に思って、店をのぞいてみた。

ミスター・パティルは七十二歳、体重は多いときでも六十キロないんだ、サビッチ。それでも信じられないことに、三時間の手術を乗りきった。まだ生き延びられるとはかぎらないし、医者たちも安請け合いは避けている。いまだ危篤状態といっていい」

サビッチは言った。「で、なぜそんな老人を背後から撃たなければならなかったのか、悩んでるわけか。顎を一発殴れば、大金の入った預金袋が奪えたものを」

「なんとも納得がいかない」

「おれはいま、火曜の夜、ミスター・パティルに銃口を向けたトーマス・ウェンケルがどんなふうだったか、思いだそうとしてるところだ。真の目的はミスター・パティルを殺すことで、強盗は見せかけだったのか？　おれには判断がつかない。もちろん、女が――エルサ・ハインツが車で待っていたわけだが。彼女は早々に店に乗りこんできて、手当たりしだいに人を殺そうとした。彼女についてわかったことは、ベン？」

「エルサは好人物とは言えない。成人後は刑務所への出入りをくり返してきた。強盗、強奪、ありとあらゆる詐欺行為。彼女とウェンケルがどこでどうして知りあったかは、まだわかっていないが」

「わかった、考えてみるよ、ベン。事情聴取が可能な状態になったら、ミスター・パティルに話を聞かせてもらっていいか？　彼の奥さんや子どもにも」

「かまわんよ、サビッチ、元気になる保証はないが。この件に関しては、使えるものはすべて使ってでも解決したい」

「ミスター・パティルはきっとよくなる。そんな気がするんだ。また連絡するよ、ベン」

「また情報交換してくれ」

「ミスター・パティルに護衛はつけたのか？」

「ああ。最低、二日はつけてもらえることになった。ホーンといって、若いが有能な警官だそうだ。彼が老人を守ってくれるよ」

サビッチは、孫とひ孫の写真を財布いっぱいに詰めこんでいる好々爺《こうこうや》、ミスター・パティルが、近いうちにまたビールの代金をレジに打てるようになることを心から祈った。

もし最初の銃撃戦が強盗に端を発するものだとしたら、同じ界隈でまた強盗が起こる可能性はどれくらいだろう？　しかもたった一週間後に。不思議なめぐりあわせで片付けていいものかどうか。そして、つねに近くを漂っている死について思った。それに肩を叩かれたら、わかるものだろうか？

二度めの強盗ではありえない。それだけは確かだった。

12

メリーランド州チェビーチェイス
木曜日の夜

ルーシーは美しい彫刻が施された鍵を玄関の鍵穴に差しこんだ。闇が深くて寒い夜だった。冬は夜の更けるのが早い。まもなく真夜中になる。悲しみと疲れが重く、父のことを頻繁に思いだしては泣きたくなった。それでも日中は友人たちに囲まれ、もっと自分の時間がほしいこと、祖母の家に引っ越すのはそのためにもいいことなのだと、話して聞かせることができた。信じてもらえただろうか。願わくは。

ルーシーはさっきまでクープとジャックとデーンとルースと一緒に、本部ビルから適度な距離があって捜査官たちの溜まり場になっている〈スワーム〉という酒場にいて、バンディについて話しあい、娘のことを延々と推理してきた。娘は何者で、その母親は誰なのか。彼女の恐ろしい父親のどんな点が今回の事件の解決に役立つか。いまのところ、彼女の被害者は誰も拷問されておらず、父親のバンディとは大きな相違点がほかにもある。なにより重要な問いは、彼女がもっと若いころから殺しをしていたかどうかだ。デーンは個人的に知っているサンフランシスコ市警察殺人課のビンセント・デリオン刑事に電話をかけて、この十五年ほどのあいだに、彼女の犯罪の可能性のある未解決事件があるかどうかを尋ねた。

ルーシーはサビッチから金曜日の午後まで出勤するなと指示された。引っ越しをすませろというのは口実で、ひとりになる時間をくれたのだ。ゆっくり朝寝坊させてもらえるわけで、つまりまだベッドに入らなくていいということだ。祖母の書斎にある書類の一枚一枚にすべて目を通してしまいたかった。二十二年前は祖父の書斎だったのだろうか。ルーシーにはもはや思いだせなかった。

ときには、父のいまわの際《きわ》の言葉を誤解したのだと自分に言い聞かせたくなる。そう、父の幻覚か悪夢かで、実の母親による実の父親殺しを目撃したのではないのだと。だが、聞くなり真実だとわかった。最期の最期まで秘密にしていたのに、封印したはずの遠い恐怖が頭のなかで炸裂したのだろうか？　それとも前にも聞いたことがあったのか？　そうは思えない。ルーシーが警官であるにもかかわらず、いや、むしろ警官であったからこそだろう。もしそんな話を聞けば、ルーシーは結果を度外視してどう行動すべきか決断を迫られただろう。だから、もし最期まで自制心を失わなければ、秘密を墓場まで持っていったはずだ。これまで秘密を守ってきたのは、母親からやむをえない事情を聞かされたからなのか。祖父がなにか卑劣なことをしたのか？　そのことをほかに知っている人は？　たとえば、大叔父のアランはどうだろう？

ルーシーは二日酔い対策として、濃いめにお茶を淹《い》れ、アスピリンを二錠のんだ。それから書斎に向かった。天井の高い広々とした部屋で、壁三面が床から天井までの本棚におおわれていた。残る壁には大きな引き戸があり、その向こうは塀に囲まれた小さな庭で、祖母はそこに目にも鮮やかな赤いアンブレラがついた小ぶりの丸テーブルと、クッションの利いたひとりがけの椅子を置いていた。天気のいい日には、祖母はその赤いアンブレラの下にひとりで長い時間座っていたものだ。ときには本を片手に、美しい花々を愛でていた。そうしたものすべてがいまや父の唯一の相続人である自分のものだと思うと、どこか奇妙な感じがしたし、いくぶんやましさもあった。

ルーシーは大きなデスクを見た。まだ確かめていない引き出しが三つある。それがすんだら、隠し引き出しや秘密のスペースがないかどうか、もう一度調べてみるつもりだ。続けて開いた引き出しふたつには、これまでの引き出し同様、きちんとタブ付けされたフォルダがおさまっていたが、そこにあるのは銀行や公共料金やチャリティといったタブではなく、〝H・G・ウェルズ〟や〝テトラタイム〟――なんだかわからないが――やルーシーが聞いたことのない人の名前が並び、調べてみると、霊能者や神秘家やSF作家の名前だった。

ルーシーは〝テトラタイム〟とタブ付けされたフォルダを繰ってみた。どうやら祖母は一般的なものから周辺的なものまで、莫大な数の出版物と書籍を選びだしていたようで、そのすべてをこのフォルダに入れてあった。思いもよらなかった。こんなものに興味があるという話は、一度も聞いたことがない。穏やかで充足していた祖母らしくもなかった。隠れ『スター・トレック』ファンだったの、おばあさま？

時間の無駄だ、先を急がなければ。祖母が夫を殺害した動機の手がかりとなるものは、まったく発見できていなかった。

ルーシーは最後の大引き出しを取りだした。てっぺんにタブ付けされていない厚手のフォルダが載せてあり、時の経過そのものに影響を与えるとおぼしき古式ゆかしい魔術に関する記事が集めてあった。時の魔術？　祖母はどこでこんなものを見つけたのだろう？　フォルダを繰ると、スプーンを曲げる人や、あちら側にいる愛する人に話をする人、死の淵から戻る前にいわゆる白い光を見た人たちへのインタビューといった記事が入っていた。手早くさらに見てみると、地球外生物や、宇宙人による誘拐、幽霊との遭遇体験といった、多種多様な奇妙な話が集めてある。亡くなる前に白い光を見たのかしら？　ルーシーはふと父のことを思い、かぶりを振った。パトリック・スウェイジが主役を演じた『ゴースト』という古い映画を思いだして、腕に鳥肌が立った。そういえば、祖母から一度、不思議な現象について訊かれたことがある。ささやかなものでもいいから、異常ななにかを感じたことはないのか、と尋ねられたのだ。「たとえば？」ルーシーが尋ね返すと、祖母は「未来に関して異常ななにかを見るとかかね」と答えた。なにを思ってそんなことを言ったのか、当時のルーシーにはわかるはずもなく、ないと答えると、祖母も二度とその手の話を持ちださなかったので、ルーシーもそれきり忘れていた。

最後の引き出しの中身を点検しおわると、引き出しひとつずつの奥と、卓面の裏を調べた。そしてようやく、デスクの大きな椅子に身を委ねた。役に立ちそうなものはひとつも見つけられず、祖母がこの世に存在するほぼありとあらゆる超常現象に入れこんでいたことを示す証拠が見つかっただけで、祖父母のあいだの確執を示す手がかりはつかめないままだった。

気落ちするのは早い。大きな屋敷なので、隠す場所には困らない。それがルーシーには希望でもあり、頭痛の種でもあった。この件はひとりでやり抜くと決めている。友人にしろなんにしろ、人に話す気にはなれない。それを思っただけで、身震いが走った。なにも見つからなければ、そのまま放置できるかもしれない。ルーシーはあくびをして、腕時計を見た。二時だなんて信じられない。撤退しなければ。

明日は本棚を調べようか。ルーシーは壁を見まわして、この部屋は後回しにしたほうが賢明だと気づいた。ここは土曜日にして、まずほかの場所からはじめよう。

13

ワシントン記念病院
金曜日の午前中

シャーロックをクープのもとへ残したサビッチは、類似点を見つけようと、バンディの娘の似顔絵とＭＡＸがサンフランシスコの公文書で見つけた写真をじっくり見比べていた。ワシントン記念病院に電話をかけながら、エレベーターを降りて駐車場に足を踏み入れ、パティルが危篤状態を脱したのを知った。話を聞いた看護師によると、怪我の重篤さと年齢を考えるとちょっとした奇跡だそうで、この看護師はパティルのことを〝頑丈な性悪じじい〟と呼んでいる。自分がパティルの年齢になったらそんなふうに呼ばれたいものだ、とサビッチは思った。

三階のＩＣＵに入ったサビッチは、看護師のアリソン・フライに声をかけた。

看護師は言った。「あたしのほうがミスター・パティルより三十若くて、十キロ重いんですけど、あれだけの怪我をして生き延びられたかどうかと言われたら、自信がありませんよ、サビッチ捜査官。自力で呼吸する彼を見てたら、感慨にとらわれてしまって。この調子でいけばよくなります」けらけらと笑って、つけ加えた。「あんな頑丈な性悪じじいがもっと多いといいんですけどね」面会許可証にサインしながら続ける。「病室の外に護衛を置くなんて、ふつうじゃありません。どういうことなんですか？　だって、強盗の被害者なんでしょう？」

サビッチは笑顔になった。「用心には用心を重ねないとね、フライ看護師」この言葉をきっかけにして、彼女がパティルの訪問客すべてに目を光らせてくれるかもしれない。それならそれで悪くなかった。

サビッチはガラス窓からベッドを確認できる小部屋に向かい、まだ若くて顎にカミソリの傷跡がふたつあるホーン巡査にうなずきかけた。ドアの前に座っている巡査は、サビッチの足取りを目で追っている。サビッチは身分証明書を見せた。「問題はないかい？」

 アンディ・ホーン巡査は答えた。「とくには。どうしてあんなじいさまを自分が警護してるのか、みんなが不思議がってます」

「誰が来た？」

ホーン巡査は黒い手帳を取りだし、漏れのないよう読みあげた。「被害者の妻と、四人のお子さん全員――息子と娘ふたりずつが、それぞれお連れあい同伴で来られました。古い友人のミスター・アマル・アービン。この人はミスター・パティルよりさらに年配のようです。杖を使い、うんと高い位置でズボンのベルトを締めておられました。それとアービンの甥御《おいご》さんで、地元で商売をしているミスター・クリシュナ・シャマ。いかにも成功者らしい、洗練された格好でした。それにレイバン刑事と、地区検察局のミズ・マルチネスです」

「徹底してくれて助かるよ、ホーン巡査。しっかり見張っててくれ。ミスター・パティルをこれ以上苦しめたくない」

「ほんとに故意に撃たれたと思ってるんですね、サビッチ捜査官」

「ああ、そうだ」

「でも、老人なんか撃ってどうするんでしょうか？」

サビッチは黙ってかぶりを振り、ガラス窓からなかをのぞいた。幅の狭いベッドに寝かされたパティルは、身動きひとつせず、両手首に点滴の管をつながれている。あまりに痩せているので、瘤《こぶ》のようにしか見えない。だが高齢で弱々しくはかなげな外見ながら、しぶとく生きており、このまま生き延びてくれることをサビッチは心から祈った。ベン・レイバンが彼の資産状況をメールで送ってきたので、内容を精査してみた。パティルはたくさんの有価証券を所有していた。多角的に投資し、銀行残高もたっぷりあった。〈ショップン・ゴー〉は十五年前に購入し、それを足がかりとして、ワシントンDCじゅうに四店舗を持つまでになった。ほかは親族に経営させているが、ジョージタウンの店は秘蔵っ子として彼みずからが経営していた。

サビッチが美しい祖母の家に引っ越してきたとき、パティルは、あなたのおばあさんと知りあいだったんで興奮しますよ、すばらしい絵を描かれるすてきなご婦人でした、と言って、歓迎してくれた。すばらしいという褒《ほ》め言葉のなかには興味深いという意味が含まれているようで、サビッチには、祖母がほほ笑んでいるのが見えるようだった。サビッチはそっと病室に入り、ベッドのかたわらに立った。

サビッチが名前を呼ぼうとしたら、パティルが目を開いて、こちらを見た。一瞬けげんそうな顔をしたのち、笑顔になった。「おや、サビッチ捜査官。あなたにお目にかかれて、こんなに嬉しいことはありませんよ」

パティルは彼の祖国の言葉の名残である、歌うようなアクセントで英語を話した。英語とヒンズー語のほかに、フランス語とスペイン語も話せる。アメリカに来たのは二十四歳のときで、アメリカのアクセントを身につけるには遅すぎた、とかつてサビッチに語ったことがある。彼の英語は折り目正しく、しかも完璧だった。

サビッチはパティルの額にそっと触れた。「わたしも会えて嬉しいですよ、ミスター・パティル。いまのご気分は？」

「上々です。ただ、疲れが抜けませんでね。眠気が重くて、眠りに引きずりこまれそうです」

「だったら、明日出なおしたほうがいいですね」

パティルは言った。「いいえ、家族以外の方に会えるのはありがたい。みな気を揉《も》んで、わたしがもう棺に入っているような顔をするんですよ。レイバン刑事がさっき来られましたが、お尋ねの最中に寝入ってしまいました。腕は痛いですが、痛みでなにも考えられないほどではありません。なんでも看護師たちは、わたしのことを〝頑丈な性悪じじい〟と呼んでるそうですね。いい呼び名で、気に入っています」

「わたしもですよ」サビッチは応じた。「ご家族は心配なんです、ミスター・パティル。友人のミスター・アービンとミスター・シャヤマも」

「そうですね、あのふたりのことはわたしも愛しています。ですが、しばらくすると神経にさわるようになりましてね。いえ、でも親友のアマル・アービンと彼の甥のクリシュナには、会えて嬉しかったんです。このふたりは長居しませんからね。ふたりとも節度ある態度で、椅子に腰かけてわたしが寝入るまで話してました。今朝来たんです。

ですが、そのあと家内がやってきて、これがいつまでも帰りませんでね。ジャスミンは人を見れば質問で——看護師やら、医者やら、わたしに近づく人間には手当たりしだいです。どうにも納得がいかないんだって、何度もわたしに訴えるんです。二週間続けて強盗に遭うなんておかしいって。家内は偶然を信じません。この部屋の外にいる哀れな若い警官も、ジャスミンにかかっちゃ形無しです。あの警官が婚約してるって聞きつけてきたもんだから、婚約者のことで頭がいっぱいでわたしの警護がおろそかになるんじゃないかと言うんです。あの警官の顔を見ると、顔の前で指を振ってますよ」

「奥さんからもお話をうかがうつもりです。わたしになら、なにを質問してもらってかまわない。なにがあったか話してもらえますか、ミスター・パティル？」

「ええ、喜んで、サビッチ捜査官」それきりパティルは黙りこんだ。サビッチには水曜日の夜に起きた出来事が彼の頭のなかで組み立てられる音が聞こえるようだった。だが、ベン・レイバンに一度話したとはいえ、それはむずかしい作業だった。サビッチは待った。

「水曜の夜はお店が暇でしてね。それで、いつもより三十分早く店じまいすることにしたんです。そう珍しいことじゃない。ふだんどおり棚を整理して、戸締まりと電気と、冷蔵庫がちゃんと動いていることを確認しました。そのあとレジの現金を取りだし、額を数え、伝票を準備して、銀行の預金袋に入れました」

「空の預金袋があなたの隣に落ちてたのをご存じですか？」

「レイバン刑事から聞きましたよ。おかしな話です。預金袋は金庫にしまっておいて、翌朝、息子に運んでもらうことが多いんです。でも、あのときは自分で銀行の夜間金庫に入れにいくつもりでした」

「そのあとどうしたか、教えてください」

「いつもどおり店じまいをすると、裏口から外に出ました。ドアに錠をかけて、警報装置をセットしていたら、後ろから呼吸の音が聞こえたんです。それでふり返ろうとしたら、後頭部に鋭い痛みがあって、ドアに叩きつけられました。それで気絶したんでしょうね、サビッチ捜査官。それきり記憶がありませんので」

「後ろの呼吸の音ですが、男のものでしたか？」

パティルは考えこんだあと、のろのろと首を振った。「すみませんね、そこまではわから

なくて」

よく考慮された、慎重な証言だった。サビッチはさらにいくつか質問して、アービンと

シャマに関する情報を手に入れた。「ミスター・パティル、あなたをこんな目に遭わせた犯

人を見つけだすため、わたしもレイバン刑事に協力します」

「レイバン刑事から聞いたんですがね、先週の火曜日に強盗に入った男は、わたしのちょう

ど上の四階にいて、肩の傷が癒えつつあるんだそうです。手術のあと合併症に苦しんだらし

いが、よくなってきてるって。あなたも犯人と話をされたんですか、サビッチ捜査官？」

「いまから話を聞きにいくところです。さあ、休んでください。また明日うかがいます」

「火曜の、あの強盗未遂があった夜、ラディッチさんに電話をしたら、元気にしておられまし

た。落ち着いてからラディッチさんはマイケルとクリッシーを連れてまし

かどうか、ご存じですか？」

「二日前、ミスター・ラディッチと話をしましたよ。子どもたちが何度か怖い夢を見て、彼

自身も一度ひどい夢を見たと言ってました。彼と奥さんとで、子どもたちを見守ってるそう

です。わたしの妻が児童精神科医を紹介しました」

「それはよかった。いまだから言いますがね、サビッチ捜査官、あの男がやってきてわたしに銃を突きつけたとき、子どもたちのことが心配でならなかったんです。ところで、教えてもらえませんか。なぜわたしに警官がついているのか」

「レイバン刑事はどう言ってましたか？」

「とくになにも。間を置かずに二度の強盗に遭ったから、ふたつの事件のあいだに関連があるかもしれない。それが心配だからとは聞きましたが。うちの家内同様、レイバン刑事も偶然がお嫌いなようで」

パティルは警戒心をあらわにしていた。黒い瞳に灯った知性の輝きに背中を押されて、サビッチは言った。「ミスター・パティル、火曜日の夜のことを思い返してください。頭にストッキングをかぶっていた男はただの強盗目的だったと思いますか？」

「わたしを殺すのが目的だったと考えておいでですか？ それで失敗したので、二日前にまた送られてきたと？」

サビッチは言った。「それが病室の前に護衛がいる理由です」

「でも、わたしを殺したい人間などいますか？ こんな年寄りですよ。自分では敵もいないと思っています。危険が降りかかるとしたら、妻でしょう。あれはわたしや子どもや孫のことを悪く言う人間がいると、生きたまま生皮をはぐんです。気性の荒い女ですからね。あんなに恐ろしい女はいません」首を振るパティルの顔に、サビッチはかすかな笑みを認めた。

数分後、サビッチは四階のトーマス・ウェンケルに会いにいった。ウェンケルはオシニングの住人だったことがあった——シンシン刑務所に収監されていたのだ。武装強盗で十年の懲役を喰らったが、八年後に仮釈放となり、八カ月前に出所したばかりだった。筋金入りの犯罪者だが、殺人にまで手を染めるだろうか。

こちらの病室の外にも護衛がいて、名をリッター巡査といった。尋ねると、訪問客はおらず、変わったこともないとの返事だった。端的に言って、リッター巡査は退屈しているようだった。ベンに言って交替させたほうがよさそうだ。

サビッチは入り口のところで立ち止まった。ウェンケルの目は、反対側の壁の上部に設置された小型テレビに釘付けだった。昼メロをやっている。

「ミスター・ウェンケル」

トーマス・ウェンケルは濡れてしょぼついた目をサビッチに向けた。「おれの弁護士じゃねえだろ——消えな」

サビッチが鼻先に身分証明書を突きだしても、ウェンケルは見ようとしなかった。長くて太い指でベッドのシーツを小刻みに叩いている。と、サビッチのほうに顔を向けた。「おめえだろ、おれを撃ったのは」

「ああ。殺すこともできたが、それは避けた」

「ああ、それには感謝してるよ、クソ野郎。消えな」

「ミスター・パティルがこの水曜の夜、また強盗に遭って、撃たれたのを知ってるか?」

「ばかなじじいだぜ。今回は致命傷を喰らったのか?」

「そうじゃないのを知ってるはずだぞ。だとしたらレイバン刑事がおまえに会いにこないわけがない」

ウェンケルは肩をすくめた。そのせいで痛みが走ったのだろう。痙攣したように息を吸いこみ、ふたたび昼メロをじっと観だした。

「ミスター・パティルを殺すつもりだったのか?」

「おれの弁護士じゃねえだろ——消えな」

「教えてくれ、ミスター・ウェンケル。いつからエルサ・ハインツと組んでる?」

「エルサ・ハインツなんて知らねえな」ウェンケルはテレビに向かってどなった。「おい、エリカ、亭主を裏切ってそんなクズに引っかかんなよ! おめえ、アホか?」

サビッチはちらっとテレビを見てから、ウェンケルに視線を戻した。「エルサ・ハインツは四十三歳、これまで刑務所への出入りをくり返してきた。きみと同じだよ、ミスター・ウェンケル。彼女はなんできみを救いに駆けこんできた? ただの犯罪仲間じゃなくて、恋人同士だったのか、ミスター・ウェンケル?」

ウェンケルが鼻歌を口ずさみだした。テレビはCMに切り替わった。

「彼女は死んだ。撃つしかなかったんだ」

ウェンケルはテレビから目をそらすことなく、肩をすくめた。だが、口元を引き締めたのがサビッチにはわかった。

「きみたちふたりを雇ってミスター・パティルを殺そうとしたのは誰だ？」

「おれの弁護士じゃねえだろ——消えな」

ウェンケルは地方検事から持ちかけられた司法取引を蹴っていた。

サビッチは病室を出た。なんとも興味深い。通常ウェンケルのようなタイプは取引に乗ってくるものだ。なにかがおかしい。

14

FBI本部ビル
金曜日の昼前

クープは言った。「報告させてください、サビッチ。今朝、サンフランシスコのデリオン刑事に電話して、連続殺人犯がテッド・バンディの娘だと伝えたら、大興奮でしたよ。彼女のおおよその推定年齢を教えて、最新の似顔絵を送り、殺しのはじまったサンフランシスコのベイエリアに住んで学校に通ったと考えられること、ほどなく名前が判明するだろうことも伝えてあります。デリオン刑事はサンフランシスコで起きた二件の殺人についてすでに捜査をはじめていて、サンフランシスコ市警察にもこの話を聞いて興奮する人間がたくさんいると言ってました。

で、そのデリオン刑事から数分前に電話がありましてね。未解決事件をさらってみたけれど、めぼしいものはなかったとか。ただ、行方不明者が六人――これが全員女性で、関係があるかもしれないとのことです。この六人は消えたまま、ひとりも現れず、家出など考えそうにない若い女性ばかりだそうです」

サビッチは手ぶりでクープに座るよう指示した。「期間はどれくらいだ?」

「デリオン刑事によれば、最初のひとりはティーンエイジャーで、十七年前だそうです。その後、現在まで二年ごとにいなくなっていて、そうこうするうちに、ふたりの女性がサンフランシスコで殺される事件が起きたわけです。殺害現場が自宅だったため、すぐに見つかり、もしバンディの娘が女性失踪事件の犯人だとしたら、死体の発見を避けたがったはずです」

サビッチはMAXのキーをいくつか打って、眉をひそめた。「彼女が行方不明の女性たちを殺したとしたら、それは問題を根こそぎ取り除いて、自分の悪事を完了するためだ。だが、活動を再開するにあたって、なぜ手口をがらっと変えたんだ?」

MAXがビープ音を放った。

「よし、いいぞ」サビッチはさらにいくつかキーを叩いた。「来てくれ、クープ。見ろよ」

ふたりは一連の写真を見おろした。いずれも十六、七歳で撮られた記念アルバムの写真で、十八年前にサンフランシスコにあるそれぞれ別のハイスクールに通っていた三人の娘だった。

「これじゃないですか?」クープはマウント・エリュージオン・ハイスクールの記念アルバムにある娘の顔を指さした。「この真っ白な顔を見てくださいよ。髪はブロンドで服は赤ですが、髪や服装は簡単に変えられる。きれいな娘なのにどこか冷淡で、よそよそしい。そう思いませんか?」

サビッチは言った。「どことなくうわの空で、人を人とも思わない雰囲気があるな」二度キーを押すと、カーステン・ボルジャーという名の少女の顔が画面いっぱいに広がり、さらに二度押すと、彼女の髪が黒くなった。

「この目を見てください、サビッチ。底無しに黒い。黒い髪が自然に見える――きっと、記念アルバムに載せる写真を撮るために金髪に染めたんですよ」

サビッチは彼女の着衣も黒に変え、頭に黒いベレー帽をかぶせた。「よし、似顔絵と並べてみよう」

ふたりは二枚を見比べた。「そっくりだ」クープが言った。

「つぎにテッド・バンディと比べてみよう」二枚の写真が並んだ。

クープは口笛を吹き鳴らした。「すごいですね。カーステンは父親によく似てる」

「たしかに似てるな。よし、デリオンにカーステン・ボルジャーの母親を捜させよう」サビッチはしばらく黙って、デスクを指で叩いていた。「きみとルーシーでサンフランシスコまで行って、母親とじかに話をしてきてくれ。週末なのはわかってるが、デリオンに今夜、時間を取ってもらえるかどうか尋ねて、できれば三人で母親に会えるよう手はずを整えてもらうんだ」

「母親がサンフランシスコにいると思ってるんですね？」

「そうとも」

「デリオン刑事が食いつきますね。バンディの娘ですから。誰がむげにできますか？　警官なら誰だって同行したがります」

「おれはMAXを使って、カーステン・ボルジャーとその家族について探れるだけのことを探り、デリオンに結果を送っておく。デリオンも地元の利を生かして電話をかければ、カーステンについてさらに新しい情報を入手できるはずだ。期待していいぞ、デリオンは切れる。荒くれを気取るところがあるが、その実、こまやかな勘の鋭さがある。頭はむいたゆで卵のようにはげあがり、ごたいそうな口ひげをたくわえている。そいつがやつの自慢なのさ。シャーロックとおれがよろしく言ってたと伝えてくれ」

「マスコミが嗅ぎつけて、大騒ぎになりますよ。一大事ですからね、テッド・バンディの娘がまた連続殺人犯になったんですから。困ったもんだ。彼女が〈フードライオン〉で食料品をバッグに詰めてたっていう通報の電話が、国じゅうの警察にかかってきますよ」

「その点についちゃ、こちらにできることはないからな。そうなるまでに時間を稼いで、なったらなったで対処するさ」

ルーシーが十二時ちょうどにCAUにやってくると、クープは言った。「この少女は髪を染めてると言ってくれ」

ルーシーは写真を手に取り、若い娘の顔を見おろした。「ええ」

「よかった、専門家の裏付けが取れて。よかったらぼくと新婚旅行に行かないか?」

ルーシーは小首をかしげた。「結婚が先じゃないかしら、クープ? でも、ちょっと待って。その台詞《せりふ》、みんなに言ってるんでしょう？　受けがよかったのね？」

「プレ新婚旅行と言うべきだったね。それにただの台詞じゃないよ、出張だ。ふたりでサンフランシスコに行くよう、サビッチから指示された。決め台詞に聞こえるかもしれないけど、とっさに口をついて出ただけなんだ。前にも言ったとおり、たくさんの女性がぼくに飛びかかろうと待ってるなんてことは、実際ないから。でも、興味深い試運転ではあるよね。ふたりでサンフランシスコに出張して、ストレスに満ちた数日間を過ごしつつ、お互いに暴力をふるわずにいられるかどうか。プレ新婚旅行をすれば、派手な結婚式に大金を使わずにすんで助かる親たちもいるかもしれない」

ルーシーは思わず噴きだして、しばし愉快な気持ちになったけれど、すぐにその朝の三時間を思いだした。祖母の家で半ダースの部屋を調べてまわったのに、文字どおり背中が痛くなっただけで、なんの成果も得られなかった。軽くストレッチをしながら言った。「結果としてわたしがあなたを殴ることになったら、絶対にあなたのせいよ」

「どうかしたのかい？」

「ええ、背中がね。祖母の荷物が多くて、永遠に終わらないかも」

「手伝おうか？」

なにやってるんだか。余計な愚痴をこぼしたせいだ。「いいえ、そんなつもりで言ったんじゃないの。ただの感想。住んでいる期間が長ければ、おのずと荷物も増えるわよね」

超一流の警官レーダーを備えているクープには、なぜ彼女がすべてをひとりで片付けたがるのかが気になったが、あえて追及はしなかった。彼女が疲労困憊《こんぱい》しているようすだったからだ。昨夜〈スワーム〉でワインを飲み過ぎたせいというより、父親を失った悲しみのせいだろう。そんなときにあれこれ尋ねて、悩ませたくない。曲がりなりにも、彼女を笑わせられたし、彼女ももう自分のことをクズのプレイボーイだとは思っていないかもしれない。気がつくと、クープはこう話していた。「前にも言ったとおり、ぼくは女性に対して不誠実な男じゃないからね」

ルーシーはまばたきひとつしなかった。「そのうちわかるわ」

いちおうは進歩だ、とクープは思った。「いいだろう。話を戻すけど、ふたりでサンフランシスコに出張する。まずはカーステン・ボルジャーの残りの写真をじっくり見てもらって、それがすんだら荷造りだ。シャーリーがサンフランシスコ国際空港行きの四時の便を取ってくれた」

横並びにした写真を見比べて、ルーシーの心臓は高鳴った。ほんとうにカーステン・ボルジャーが殺人犯なの？　まだ調べていない祖母の家の広いスペースと書斎に並ぶ大量の本が一瞬、頭をよぎったが、それもこの事実の前には色褪せる。祖母の家の探しものは、あとでもいい。二十二年も経っているのだから、それに数日加わったところで、なんだというの？なにも逃げていかない。

ルーシーは尋ねた。「それで、サンフランシスコではどこに泊まるの?」

「恒例の〈モーテル・フォー・アンド・ハーフ〉よりいいところにしてもらえないかどうか、シャーリーにおべっかを使ってみるよ。あれ、どうした?」

「マスコミのことを考えてたの」

「なるようになるさ」

15

サンフランシスコ
金曜日の夜

サンフランシスコの夜は暖かかった。ちゃんと判断しろよ、とクープは自分に突っこみを入れながら、革のジャケットを脱いだ。ワシントンに置いてきた凍えるような寒さのあとだと、シャツ一枚のスタイルが心地よい。

サンフランシスコに来るのは四、五年ぶりだが、霧だろうと雨だろうと晴れだろうと関係のない、このきりりとして清々《すがすが》しい空気には覚えがある。深々と息を吸うと、記憶どおりの空気が入ってくる。さわやかで、わずかに刺激的で、ほんの少し磯の香りがする。

クープとルーシーの持ち物はそれぞれキャリーバッグひとつとシグが一丁ずつ。シグは、ダレス空港のセキュリティで書類の記入を含む手続きを経たうえで、ベルトに留めてきた。

市街地に向かう一〇一号線は混んでいた。クープはちょくちょくタクシーの窓から身を乗りだし、陽が落ちるにつれて明るさを増してくる月を見あげた。文句なしに美しい。ルーシーと攻撃計画を練る時間は、機内でたっぷりあった。すでに準備は整い、動きだす心構えはできている。

クープはデリオン刑事の携帯に電話をかけ、そのかたわらでルーシーはタクシーの運転手が携帯で奥さんに話しているロシア語に耳を傾けていた。奥さんじゃなくて、恋人かもしれない。ロシア語は学生時代に習ったのに、まったく歯が立たなかった。

「よお、デリオンだ。マクナイト捜査官か?」

「そうです」クープが応じた。

「カーライル捜査官も一緒なんだろうな?」

「もちろんです」

デリオンが言った。「ふたりとも腹が減ってるといいんだが。まだマスコミから問いあわせがないから、情報が漏れてないんだろう。嬉しいよ、こんなこともあるんだな」

三十分後、ルーシーとクープは〈ラ・バルカ〉を訪れていた。ロンバード街にあるここは、デリオン一押しのメキシコ料理店だった。

ビンセント・デリオン刑事はひと目でわかった。サビッチから聞いたとおりの人物だったからだ。「はじめまして」クープは声をかけた。「立派な口ひげですね。エルキュール・ポワロから抗議のメールが届きますよ」

デリオンは笑い声を響かせると、艶々《つやつや》したカイゼルひげの端を軽くひねった。芸術の域に達したみごとなひげだ。黒光りして、彼の頭と同じぐらい輝いている。

「残念ながらポワロは架空の人物だし、その生みの親のアガサ・クリスティーは亡くなった。でなきゃ、届いただろうよ」デリオンは満足げに述べた。

それぞれ握手を交わし、お互いに相手を値踏みした。クープもルーシーも、彼の目のなかに警官らしさを認めた。老成した目。苦い記憶に満ちた目、長年、多くを見てきた目だった。

そしてふたりとも、わが身をふり返った。自分たちの目には、まだそこまでの知識は蓄えられていない。デリオンにはふたりより二十年という長い年月の積み重ねがあった。

三人が席につくと、ラテン系の若者が揚げたてのトルティーヤチップスのバスケットを前に置いてくれた。三人がいっせいに手を伸ばし、三人して笑った。グラスに水をついでいた若いカルロスまでが、釣られて笑いだした。

デリオンは言った。「街一番のトルティーヤだから、しっかり食えよ、ガキども。誇り高きサンフランシスコ市のおごりだぞ。おまえたちが連続殺人犯に関する情報を持ってると警部補のリンダ・ブリッジズに言ったら、なんとまあ、経費で落とすから、おれのお気に入りの店につれていけと言われた。そのあと彼女は部内の連中に汚い口を閉じてろと命じて、造反者には仲間外れの罰を与えると脅した。そんなもの、効き目があったためしがないんだが、新入りには五分ぐらい効果があるかもしれんな」

チップスとサルサとグアカモーレで腹を満たしながら、デリオンはかつてデーン・カーバーと解決にあたった事件のことを語り、やがて話はフォーティーナイナーズの悲しい運命に移った。その話を聞きながら、ルーシーは気がつくと祖母の家の屋根裏や、家の幅いっぱいにしつらえられた広大な部屋のことを考えていた。そこにあるものをすべて確認するとなったら、一週間はかかるだろう。家に帰ったら、まず屋根裏に手をつけるといいかもしれない。あそこなら、本がいくらか残っているだけだから。

デリオンとクープが名選手ブレット・ファーブ引退後のフットボールシーンについて語るのを聞いて、ルーシーは言った。「わたしもクープと同じで、レッドスキンズが負けたときはうなだれて泣いた口です、刑事。ですが、もう耐えられません。カーステン・ボルジャーの母親が見つかったと言ってください」

デリオンはトルティーヤチップスで乾杯のしぐさをした。「ああ、見つけたとも。それがいいとも言えるし、同じぐらい悪いとも言えてな」

「どういうことですか？」

デリオンはすぐには答えなかった。担当ウェイトレスのシンディ・ルー――金髪に日焼けした肌の華やかな娘、つまり典型的なカリフォルニア娘――がビーフエンチラーダとブリトーを運んできたからだ。

「さてと」デリオンはビーフエンチラーダを大きく切り分けながら言った。「彼女の名前はもうボルジャーじゃない。別の名前になって十二年になる。ランスフォードになったんだ。エリザベス・メアリー・ランスフォード。亭主はジョージ・ベントレー・ランスフォードといって、シリコンバレーの大立者《おおだてもの》だ。インターフェース・コミュニケーションという国際的な大企業の所有者にして、議員に立候補するため莫大な資産の一部を使ってる。しかもツテがたっぷりある。想像つくだろうが、彼に借りのある人間は多い。ジョージ・ベントレー・ランスフォードにふざけた真似をするな、ともっぱらの評判さ。そいつが悪い話だ。やつの家族に近づくとなると、そうとう用心してかからなきゃならん」

ルーシーはグアカモーレが少しだけ残っているのを確認しつつ、クープがチップスを手にしているのを見て、咀嚼《そしゃく》しながら先制攻撃をしかけた。「ぐずぐずしてられないわね、クープ。悪い話だとは思えませんよ、刑事。わたしたちはこのへんの人間じゃないので、彼と揉めるのは楽しみのうちです」

デリオンは笑って、トルティーヤチップスでグアカモーレをすくった。「きみに会ったときは、ルーシー、こりゃまた三つ編みに銀のイヤリングの、きれいでおとなしそうなお嬢さまが来たもんだと思ったさ。上を下への大騒ぎは好きじゃなさそうだとね。きみがとんでもなくごついブーツをはいてることに、もっと注目すべきだったよ」

「あら、そのへんはよくわかりませんけれど」ルーシーは言った。「でも、そんな哀れな坊やはジムでわたしと会ったら泣きべそをかくことになります」

クープはにやりとした。「シャーロックときみが床で揉みあってるのを見たことがあるよ、ルーシー。ぼくの記憶が確かなら、きみはシャーロックに背後から関節を極《き》められていた」

「シャーロックが強いのは認めるけど、でも、ディロンはわたしがそんな必要はないと言っても、手加減するのよ。頭にきちゃう」

「それでいいのさ」デリオンが言った。「サビッチになら、お茶を飲みながらだって、きみの首が折れる」眉をひそめた。「だが、サビッチは乱暴者じゃない。唯一あいつを動揺させることがあるとしたら、シャーロックが怪我をすることだ。二カ月ぐらい前に彼女が撃たれたそうだな」

ルーシーが言った。「ジャクソン・クラウン捜査官が言っていましたが、サビッチは彼女が床に倒れているのを見て、気を失いそうになっていたそうです。いまはもう元気にしていますが」

デリオンはエンチラーダを平らげると、ご丁寧なことにナプキンで口ひげを拭き、椅子の背にもたれて両手を腹に置いた。そしてふたりの顔を交互に見た。「さて、ガキども、いい話を聞く準備はできてるか？　さっき言ったとおり、われらが被疑者の母親はもはやエリザベス・ボルジャーではなく、エリザベス・メアリー・ランスフォードとなった。彼女は不可思議で幻想的な作品を手がけるアーティストだ。触手やでかい目がついていて、引き伸ばされたような、おかしな形をした生き物をつくっている。漫画のキャラクターにSFを混ぜたような感じだな。で、ポスト通りで〈ファンタジア〉という名のこぢんまりとしたギャラリーを経営してる。そのギャラリー訪問がおまえたちのデザートだ。そのギャラリーに電話してみたら、今夜は地元アーティストの作品展だとかで、彼女もいるそうだ。時差ぼけがひどくなければ、このあと彼女に会えるぞ」

「たしかにいい話ですね」クープは言った。「是非、そうしましょう。ほかにもなにかありましたか？」

「いまのところはたいして」

ルーシーが言った。「口ひげがひくついてますよ、刑事。さあ、彼女について知ってることを話してください」

「彼女についてわかってることは、地元の人間であること、そして前科がないことだけだ。それ以外についちゃ、先入観を持たせたくない。あとでおれの感想と比べたいからな」

ルーシーは言った。「いまだ行方不明の娘さんたちについてはなにかわかりましたか？」

デリオンは手帳を引っ張りだし、何ページか繰った。「最初の少女ふたりは行方不明になったままだ。どちらもマウント・エリュージオン・ハイスクールの学生で、今日わかったんだが、どちらもカーステンと同じ授業をとっていた。最初の少女は十六歳の三年のとき、カーステンと生物のクラスが同じだった。ある日を境に影も形もなくなった。いい家族で、周囲ともうまくやってたんで、家出は考えられない。警察は必死で捜索したが、なんの手がかりもつかめなかった。

ふたりめの少女についても同じだ。最初の失踪事件から一年半後、最終学年の四年生のときにいなくなった。ある日ふっつり消えたんだ。やっぱりいい家族で、両親にも恵まれ、手がかりはなかった」

デリオンはふたりを見あげた。「この子はカーステンと英語のクラスが同じだった。ほかに三人、なんらかの形でカーステン・ボルジャーを知っている娘がいなくなっていた。だいたい三年の間隔を置いて、三人が順番に忽然《こつぜん》と消えた。カーステンと結びつけられない女性がもうひとりいるが、いずれ関係がわかるだろう。

最後の女性が消えたのは二年前、エルサ・クロスといって三十歳だった。カーステンが住んでいた、マーケットの南のドロレスにあるアパートの住人だった。おれは記憶に新しい彼女の事件の確認作業からはじめた。彼女が失踪すると、みんながこぞって元夫を疑ったが、彼には鉄壁のアリバイがあった。おれは彼女の両親に電話をして、娘の隣人について尋ねてみた。カーステン・ボルジャーの名前を出してな。娘さんがカーステンのことを言っていたのを母親が覚えていた。ひどく愛想が悪くて、真夜中におかしな音楽をかけているとぼやいてたそうだ。ただ、母親が知るかぎりでは、どなりあいになったり喧嘩になったりしたことはなくて、お互いに虫が好かないだけだったようだ。当時、警察はアパートの管理人や同じアパートの住人全員から事情聴取して、そのなかにはカーステン・ボルジャーもいたが、警戒信号は発動しなかった。聴取時にカーステンがどう答えたかを示すメモがいちおう残されてはいたが」

「それで、彼女はなんと？」

「エルサ・クロスのことは会えば挨拶するだけの間柄で、ほとんど知らない、感じのよさそうな人だったと、それだけだ。新しい情報が途絶えると、そのまま未解決扱いになった。

今日の午後、管理人に電話をして、カーステン・ボルジャーについて覚えていることを尋ねてみた。ひとりを好み、期日どおりに家賃を払い、いつも真っ白の服装をしていたそうだ。ほかの色は加えず、頭から足の先まで真っ白だったと。性別にかかわらず、来客は見た覚えがないと言っていた」

クープが言った。「バンディには人を惹きつける魅力があって、パーティでは人気者でした。女たちが捨てられても彼とつきあいたがったことを思うと、脅威も与えなかったんでしょうが、彼の娘のほうは物静かで、人と交わらず、ふるまいも服装もおかしい。ただし、もう白は着ていない、いまは黒です。

ただクリーブランドとフィラデルフィアのバーテンダーの証言どおりだとすると、彼女もその気になれば父親にそっくりの、愛想のよい社交家になれるようです」

デリオンはシンディ・ルーに会計をしてくれと合図して、クレジットカードを取りだした。

「どうやらわれらが被疑者には順応性があって、ある種の才能に恵まれてるらしい」

ルーシーが言った。「エルサ・クロスとなにかあったか、そのころきっかけになる別のなにかがあって、やり方を変えたようですね。そして、やがて遠征に乗りだした。最初の少女を殺したのはなぜだったんでしょう。まだ十六だったんですよね？」

デリオンがうなずいた。

クープが言った。「ひょっとすると、エルサ・クロスと同じで、その少女もなにかのことでカーステンを批判して、それが本人の耳に入ったのかもしれない」

デリオンが言った。「まあ、その可能性もあるが、こちらについてもふたりがぶつかってたという証言はなくてな。なにしろ、はるかむかしのことだ。

さて、もうひとりの女性についてだが、アーネッテ・カーペンターといって、捜査記録に目を通したんだが、カーステン・ボルジャーと知りあいだったいう記述を見つけられなかった。いま部下ふたりに指示して、カーステンとのつながりを探らせてる。で、そのふたりが関係者全員からもう一度話を掘り返すことになってる。ただし、亭主は別だ」デリオンは満足げにほほ笑んだ。「ミスター・カーペンターにはおれが電話した。明日の午前中、おれたちみずから彼を訪ねることになった」

「すごいわ」ルーシーは言いながら、カルロスに持ち去られてはたいへんと、トルティーヤの最後のかけらを手に取った。

デリオンはクレジットカードの伝票にサインをし、手帳を手にした。「アーネッテが行方不明になったときに疑われたのは亭主のロイ・カーペンターだったんだが、死体はないし、結婚生活の不協和音も聞こえてこなかったし、ほかの女が隠れてることもなかったんで、不起訴になって、そのまま迷宮入りした。この五月で三年になる。ロイは当時と同じように、リッチモンド地区の家に住んでるよ。

さあて、ガキども、モダンアートを観る用意はあるかな？」

16

サンフランシスコ、ポスト通り
ファンタジア・ギャラリー

暖かな金曜日の夜だった。サンフランシスコではこのふたつが揃うのは思いがけない贈り物のようなものなので、通りは地元民と観光客の両方で混みあっていた。ユニオンスクエアもめっきり物乞いが減った、とデリオンが言うなか、三人は地下駐車場から地上に向かった。とはいえ、デリオンはメイシーズ百貨店の近くでハーモニカを吹いていたベトナム帰還兵のオールド・ダックスを懐かしんだ。いつもブランケット三枚を肩にかけ、行き交う観光客からじょうろに小銭をもらって、みんなにやさしい言葉をかけていたもんだ、と。三人は画廊が立ちならぶポスト通りまで歩いた。

地元アーティストのための展示会のせいか、今夜の〈ファンタジア〉には観光客より地元民が多かった。ギャラリーは煌々《こうこう》と明るく、笑い声に満ちていた。スポットライトを浴びている絵が、思わず笑顔になるような奇抜な色や形ばかりだからかもしれない。ただし、ふたつの頭と、それに合わせたふたつの尻尾を持つ生き物の絵を、これから毎日、自宅のリビングで見たいかどうかはまったくの別問題だけれど、とルーシーは思った。会場の注目を一身に集めていたのは、エクセター・ランドという、すらりと背の高いスタイリッシュな男性だった。絶妙に皺の寄ったルーズなリネンのパンツに、揃いのリネンのジャケットを着ている。長くて細い指でシャンペンのグラスを持ち、取り巻きをはべらせて誇らしげに顔を紅潮させてしゃべっていた。

三人はおもに会場にいる人たちを見ながらギャラリーをめぐった。ミセス・ランスフォードの絵が十枚ほど、すべて同じ壁に飾られ、最高のライティングが施されていた。ルーシーから見ると、エクセター・ランドの絵に負けず劣らず精気に満ちている。いや、それをいったらここで扱われているすべてのアーティストが、同じファンタジーランドでこぞって歓呼をあげているようだった。

デリオンはひとりの女性に向かって、広々とした展示空間を横切った。女性は奥の壁際で白い半月が描かれた小さな濃紺の机にもたれかかり、水のボトルを手にしていた。見たところ五十代。痩せていて、とても長いストレートの黒髪にはひと筋たりとも白髪がなく、金色のクリップを使って耳の後ろでまとめていた。若かりしころの姿が目に浮かぶようだ、とクープは思った。バンディのかつての婚約者や被害者の多くに通じる容姿だった。だが、そんな彼女もいまでは年齢を重ね、自分や、自分を取り巻く環境に自信を持っているようだ。集まってきた人たちを見守り、画廊内のひとりひとりに目を配っている。買ってくれそうな人を探しているのか？　アーティストのことを思って、来訪者の多さを喜んでいるはずだ。

デリオンはクープとルーシーにうなずきかけた。三人でゆるやかな半円を描いてミセス・ランスフォードを囲んだ。

デリオンはバッジを取りだして名乗り、ふたりをFBIのルーシー・カーライル捜査官とクーパー・マクナイト捜査官と紹介した。「サンフランシスコとシカゴとクリーブランドで女性が五人殺された件でまいりました、ミセス・ランスフォード」

ミセス・ランスフォードはまったく表情を変えることなく、三人を順番に見た。ひくつくことも、眉を吊りあげることもなかった。

漆黒の瞳は穏やかなまま、かすかな興味をたたえている。「殺人事件についてお話しなさりたいの？　わたしと？　わたしがなんのお役に立てるのかしら、刑事さん、捜査官さん」

デリオンはカーステン・ボルジャーの運転免許証の写真とともに、警察で作成した似顔絵とテッド・バンディの写真を取りだし、それを彼女の背後のデスクに広げて置いた。

彼女は写真に目を走らせた。やはり、表情は変わらなかった。「少し待ってくださる？　わたしのオフィスにまいりましょう」彼女は誰にも告げずに展示スペースを出ると、螺旋《らせん》階段をのぼり、バラ色の絨毯を敷き詰めた美しい廊下を進んだ。両側の壁に売り物の絵が飾ってある。そして、ドアを開け、脇によけて三人を先に通した。

三次元のファンタジーランドだ、とルーシーはオフィスに入って、思った。色とりどりの広い空間だった。たくさんの絵と、ソファと、四脚の椅子と、コーヒーテーブル――どれも鮮やかで大胆で風変わりだった。部屋のあちこちに散らばった大きなぬいぐるみ――キリン、ライオン、馬、アリクイ。敷き詰めた絨毯は赤地で、白と黄色の大きな円が描かれている。思わず笑みのこぼれる部屋だ。

「座ってくださる？」

彼らは座らなかった。デリオンはあらためて写真をデスクに広げた。艶加工を施した黒い机で、黒いコンピュータと黒い電話が載っていた。

「もう一度、この写真をご覧いただけますかね、ミセス・ランスフォード？」

彼女は見た。「それで？」

「娘さんのカーステンがおわかりになりますか？」

「これがカーステンですの？　運転免許証のようね。たしかに、似顔絵も似ているわ。ええ、そうね、カーステンだと思うわ」

「それと、娘さんの父親もおわかりになりますか？　テッド・バンディです」

それでも、彼女は顔色ひとつ変えなかった。ふと黙りこみ、写真を一枚ずつ見てから、静かな声で言った。「なにをどうしたらそんな考えが浮かんでくるのかしら、刑事さん？」

デリオンは言った。「フィラデルフィアで殺されかけた若い女性が、カーステンの顔を爪で引っかきましてね。その組織から採取されたＤＮＡを調べたら、テッド・バンディと一部一致しました」

「すごいわね。もはやプライバシーなんていうものは、存在しないのかしら。お願いですから、ジョージには義理の娘の父親が悪名高き稀代の連続殺人鬼だと言わないでいただけます？」

ルーシーが言った。「お話しになってないんですか？　だとしても、ほどなく耳に入ると思いますよ、ミセス・ランスフォード。残念ながら、どんなにこちらが望んでも、人の口に戸は立てられません。その点については、どうすることもできないんです。ですから、ご主人に前もってお伝えください。今後、カーステンが裁判にかけられれば、あらゆることが明るみに出ます」

「あら、だったら、あなた方がカーステンを捕まえないでいてくれるか、さもなくば殺してくれることを願うしかないわね」

そうきたか。クープは言った。「警察が発表した似顔絵を新聞やテレビでご覧になりませんでしたか、ミセス・ランスフォード？　娘さんだと気づいたんじゃないですか？」

彼女は肩をすくめた。「いいえ、警察の似顔絵はちっとも似てなかったから、見すごしてました」

「ですが、そのあと別の似顔絵が出ました。そちらならカーステンとおわかりになったはずですよ、マダム」

「ひょっとしたら似てると思って、気になっていたかもしれないけど、わたしには不快なことを遮断する才能があるの。女性五人を殺したこの生き物ぐらい不快なものはないでしょう？　しかもその生き物が実は女で、その女がカーステンかもしれないなんて。いずれ誰かが話を聞きにくるかもしれないと思ってた気はするけれど、正直に言って、思っていたよりもずっと早いお出ましね。どうやってわたしにたどり着いたか、教えていただけるかしら」

ルーシーが答えた。「こちらにはカーステンの詳しい手配書と似顔絵がありました。それで殺人事件が最初に起きたサンフランシスコ周辺に捜査対象地域を絞るとすぐに、マウント・エリユージオン・ハイスクールの三年次の記念アルバムが浮かびあがってきたんです」

ミセス・ランスフォードはキリンに近づいた。彼女と同じくらいの高さがあり、片方の目に眼帯をしている。彼女はなぜかその眼帯を持ちあげ、真っ黒な目の穴をじっとのぞきこむと、ふたたび眼帯を戻して、うわの空でキリンを叩いた。「この子、ルイというのよ。そう、そんな簡単にわかったのね。被害者のひとりが攻撃を受けながらも生き延びてくれて、ほんとうによかったわ。

わたしにはなんと言ったらいいか、よくわからないのよ。カーステンにはもう一年以上会っていないの。最後に会ったのはあの子の誕生日だった。特別なプレゼントがあるからと電話をして、アサトンにあるわたしたちの家に呼んだのよ」

「プレゼントはなんだったんですか？」ルーシーは尋ね、鮮やかな青とオレンジの椅子のかたわらに座っているピンク色のカバに目を留めた。べたべたしているのだろうけれど、とんでもなくかわいらしかった。

「ポルシェ911。当然、黒よ。白の時期はもう終わっていたの」

「白の時期の髪は、ブロンドだったんですか?」

ミセス・ランスフォードはうなずいた。

クープが言った。「以前は別の色を好んだんでしょうか?」

「赤よ。長くは続かなかったけれど。ええ、白は何年も続いたの。白ずくめのあの子を見ていると落ち着かなかった。単調で、不気味で。本人にもそう言ったんですけれど、例によって無視されてしまったわ」

「カーステンはどうやって生活していたんですか、ミセス・ランスフォード?」

「ロースクールに通っていたわ。ええ、そう、知っててよ、テッド・バンディも通っていた。そのうち行かなくなって、落第した、それも父親と同じ。白ずくめの、異様な格好をしていても、娘はとてもきれいで痩せていたんで、カタログのモデルもしていたわ。でも、すぐに飽きてしまった。だいたい、働く必要なんてなかったもの。義理の父親が——」一瞬口を閉ざすと、青い馬のひづめについている小さな紙を見て眉をひそめた。かがんでそれを拾いあげ、ボールに丸めて、デスクの脇にある明るい黄色のひまわりのゴミ入れにそっと入れた。

「以前から月に五千ドルの小遣いを与えていたから。そんなことしなくていいと言ったんだけど、あきれるほど気前がよくて」

ルーシーは言った。「ミセス・ランスフォード、いつ父親がテッド・バンディであることを娘さんに伝えられたんですか？」

エリザベス・メアリー・ランスフォードは声をあげて笑った。「そんなことを娘に伝えたがる母親がいると思って？　わたしからは話していないわ。ですけど、あの子は自分で探りだしてしまった。どうしてだかわからないし、聞いても、教えてくれなかったでしょうね。あれはあの子が二十五のときだった。ふらっとギャラリーに現れたあの子は、その朝描きおえたばかりのわたしの作品を見て、あざ笑った。わたしの絵に対しては、いつもそうだった。そして、これ以上ないくらい平然とした調子で言い放ったの。『あんたがわたしを憎んでるのはわかってるわ。お父さんのことを憎んだように。お父さんはフロリダの刑務所にいたのね。処刑前に訪問して面会だってできたのに、あんたは父親のことを教えてくれなかった。ひどいクソ女だよね、あんたって、最低最悪のクソ女。お父さんに殺されちゃえばよかったのに』

どうしてそんなに正確に覚えているか不思議に思われるかもしれないけれど、デリオン刑事にならわかっていただけるんじゃないかしら。お子さんがいらっしゃるんでしょう、刑事さん？」

デリオンがうなずいた。「子どものひとりにそんなことを言われたら、やはり覚えてるでしょうね。それでどうなりました、ミセス・ランスフォード？」

「説明させてと引き留めたけど、足をゆるめもせずに出ていったわ。もちろん、ジョージにはなにも言えなかった。つぎにあの子に会ったのが去年の誕生日よ。たぶん夫は、黒のポルシェで釣って、娘を取り戻そうとしたんでしょう」

クープが言った。「では、彼女に会ってもいなければ、話もしてなかったってことですか。そう、六年とか七年とか？」

「そのとおりよ。三十二歳の誕生日までは。いまは三十三になってますけど」

「それで、どうして父親のことを知ったかわからないとおっしゃるんですね？」

「ええ。娘に尋ねてみたんだけど、教えてくれなかったわ」

クープは言った。「誕生パーティのとき、彼女はどんなようすでしたか？」

「カーステンが自分の意思に反して義理の父親のご機嫌を取った、一度きりの日になったわ。なにより、彼が娘にポルシェをプレゼントしたからでしょうね。ボンネットに大きな赤いリボンが載ったポルシェを見るなり、娘は大興奮で、笑い声をあげたのよ。ジョージはそんな娘をえびす顔で見て、娘のほうもへつらってた。精いっぱいはしゃいで、歓声をあげたり笑ったり、義理の父親に媚びを売っているようだった。でも、娘はその車で走り去る前に、わたしのほうを見るのを忘れなかった。それがぞっとするほど憎しみのこもった目だったんで、わたし、泣きたくなってしまって。父親に関する真実を隠していたことを許してもらえないのは、わかってた。これからだって同じだわ」彼女は三人に背を向けると、いまだ観光客や地元民でにぎわう暖かな通りに面した窓に近づいた。ふたたびふり返ったとき、その顔からは完全に表情が消されていた。「半年ぐらい前になるかしら。何者かが自宅のアトリエに侵入して、そこに置いてあったわたしの作品をすべてめちゃめちゃにしていったの。ええ、そう、カーステンのしわざよ。でも――ジョージにはやっぱり話せなくて、片付けが終わるまで部屋に錠をかけていたわ」

「セントラ！　あなた、ここでなにをしてるの？　来客三人と一緒にわたしのオフィスに向かったってフェリペから聞いたのよ。知らない顔だって。いったいどういうこと？」

デリオンとルーシーとクープは、オフィスの入り口に立つ女性をふり返った。いまもデスクにもたれかかっているミセス・ランスフィールドに生き写しながら、こちらは襟ぐりにダイヤモンドがあしらわれた鮮やかな黄色の長いドレスを着て、豊かな黒髪を品よくまとめていた。

セ、セ、セントラ？

「奥さん、どなたですか？」デリオンは尋ねながら、そちらに踏みだした。

「あら、エリザベス・ランスフォードに決まってるでしょ。彼女は妹のセントラ・ボルジャーよ。なんなの、セントラ、またわたしのふりをしていたの？」

17

「もう夜中だよね、一時近いのはわかってる」クープは言った。「そのへんを歩いてたら、きみの部屋のドア下から明かりが漏れてた。きみも眠れないのかい？」

ルーシーのホテルの部屋の出入り口に立つクープは、黒いジーンズに黒いTシャツにブーツというスタイルだった。一瞬、彼だとわからなかった。いつもはスーツか、袖をまくった白いシャツ姿だったからだ。そういうわたしだって、スーツじゃないけど。ルーシーは咳払いをした。「すてきな格好ね――猫の泥棒みたい」そう言って、後ろに下がった。「睡眠を取ろうとしたんだけど、どうしても眠れなくて、湾をながめてたの。ビールを飲みながら、ホンモノの母親は誰でしょうゲームでもする？」

クープは自分の部屋と同じ造りの部屋に入った。「いいね」ゆったりとソファに腰かけ、ビールを受け取って、彼女と缶で乾杯した。

「へえ、その寝間着いいね。きみには赤がよく似合う」

「あら、でも、最大の売りはべつにあるのよ」ルーシーは回れ右をして、背中を見せた。

〝口実をくれ〟という文字の下に、ライフルを構えて後ろ足で立つリスの絵が描いてあった。

クープはげらげら笑って、ソファにもたれた。「今日はミセス・ランスフォードに一本取られた。デリオンもあんなにみごとに捜査活動を停止させられたことは、はじめてじゃないか。彼女に文字どおり、部屋から押しだされた」ふたたび前のめりになり、ブーツの下に敷いてある特徴のないベージュの絨毯を見つめた。「さて、きみが言ってたゲームをしようか。きみはどちらがカーステンの母親だと思う？　双子の姉妹のセントラとエリザベスの？」

「両方を行きつ戻りつしているわ。あのとき一瞬、デリオンがあの人たち両方を撃つかと思った。セントラはしてやったりって顔でにやにやしてたし、ミセス・ランスフォードは──そうね、あの人は湯気が立つほど怒ってた。わたしたちとセントラの、どちらに対して怒っていたのかしら」

「全員にだろ」クープは言った。「セントラ・ボルジャーで検索をかけてみたけれど、双子だとはどこにも書いてなかった。ただセントラがインテリアデザイナーで、ロシアン・ヒルにある自宅を拠点に仕事をしていることだけだった。亭主のクリフォード・チャイルズと彼の一族に関しては、たくさんあるんだが。彼女に関しては拍子抜けするぐらい、情報が少なかった。

エリザベス・メアリー・ランスフォードのほうは、何百とヒットした。彼女の亭主のことや、絵やギャラリー、チャリティについても書いてあった。でも、やっぱり双子だとはどこにも記述がなかった。カーステンのことは書いてあるけど、それも娘としてだけだ」ルーシーは笑いながら、ビールの缶を置いた。「わたしも同じことをしてたのよ。デリオン刑事もひどく高ぶってたから、きっとまだ寝ないで調べてるわ」

クープが言った。「デリオンにはサビッチに似たところがあって、追いかける尻尾があればご機嫌みたいだね。いまのでっかい尻尾は、ミスター・ランスフォードが誕生日祝いに贈ったポルシェの新車だよ。金融機関の使用履歴や、携帯のアカウントはいわずもがな。まだそういうものを捨ててなければ、そこから足がつく」

「カーステンはわたしたちがここ、サンフランシスコにいるのをもう知ってるかもよ。それくらいのことあっても、おかしくないし、知っていれば、また姿を消すかもしれない」ルーシーは眉根を寄せた。やがて窓に近づき、向かいに立つふたつのビルの谷間に小さくのぞくサンフランシスコ湾をながめた。二階下のベイ通りを見おろす。街灯はわずかで、ひとけはない。この湾岸地区全体が霊廟《れいびょう》のように静まり返っていた。

「誰がこのホテルに〈エーデルワイス〉なんて名前をつけたのかしら」

クープがにやりとした。「おいおい。シャーリーはFBIで許可されてる数少ないホテルのなかから骨を折ってここを探してくれたのに、きみに興味があるのは名前かい？」夜も更けて、クープは疲れていた。一瞬、視線が定まらず、気がつくと彼女の脚を見ていた。きれいで長い脚だ。片方の足首に小さな椰子《やし》の木の飾りがついた銀色のアンクレットをつけている。それでにやにやしていたら、彼女がふり返ってこちらを見た。悲しそうな目をしている。と、それを消して彼女は言った。「セントラとの話をふり返ってたら、彼女の発言には少しおかしいではすまされないものが含まれていると思ったことを思いだしたの。どの程度、真実なのかしら。彼女が青い馬のひづめから紙切れを引っ張りだしたのを見た？　じっと見つめていたわ。あれはなんだったんだと思う？」

クープは言った。「だが、なにより疑問なのは、なんでセントラが姉のふりをしたかさ」

「わたしの頭には〝おかしい〟って言葉が浮かんできたわ。小さいころ、ふたりでそんな遊びをしてたのかもしれないけど、でも――」

「ああ。冗談にしていい話じゃない。ひょっとしたらセントラ・ボルジャーは、姉から与えられたショックや怒りをぼくたち相手に再現しようとしたのかもしれない」

ルーシーはその点を考えてみた。「それで、クープ、あなたはどちらがカーステンの母親だと思う？　セントラ、それともミセス・ランスフォード？」

クープは身を乗りだして、膝のあいだで指を組んだ。「もしセントラがカーステンの母親なら、セントラはごく初期にその役割を放棄したんだろう。カーステンが生まれる前ってこともありうる。母親がどちらかは問題になってなかった」

ルーシーが言った。「ふたりのうちどちらかのＤＮＡが採取できれば、カーステンをブラックベレーだと確定できる。どちらも喜んで協力してくれるとは思えないけど。でも、なぜセントラは姉に赤ん坊を渡さなければならなかったの？　彼女のほうが精神的に不安定そうなのは確かだけど。これでカーステンの精神状態がますます疑わしくなったわ」

「いや」クープはゆっくりと言った。「精神状態の問題じゃない。バンディは純粋に悪人だったんだ」

バンディが悪人？　だとしたら、夫を殺した祖母はどうなの？　ルーシーはそんな思いを閉めだした。「ミセス・ランスフォードから話を拒否されて、残念だったわね」

クープはビール缶を、コーヒーテーブルにあるルーシーの缶の隣に置いた。「腹立ちまぎれの行為じゃないな。なにがあったか気づいて、ぼくたちに話をする前に、亭主と対処方法を相談する時間が必要だと判断したんだろう」

ルーシーがうなずいた。「でも、あのとき彼女が銃を持ってたら発砲して、真っ先に妹を撃ち殺してたでしょうね。そして彼女の夫はこのことが選挙に与える影響を考えて、かんかんになる」

こんどはクープがうなずいた。「亭主が腹を立てるのは、避けられない。報告のためにサビッチに電話したら、さすがのサビッチも双子だった話には驚いて、『人生、なにがあるかわからないな』と言ってたよ。そのあとアストロにアップルパイを食べさせるなって、ショーンに注意してた。最後のひと切れだから、自分が食べたくなかったら、ママにとっといてやれってさ」

ルーシーはほほ笑んだ。かすかな笑みだが、笑みにはちがいない。クープは立ちあがって、ジーンズのポケットから小さな瓶を取りだした。「自分用にメラトニンを持ってきたんだ。しばらくは脳を休めさせられるけど、よかったらどう？」

ふたりは残ったビールで錠剤をのんだ。

「二十分待ってくれ」

彼女に送られてドアまで行くと、クープはふり返った。「ルーシー、おばあさんの家になにがあるんだい？」

彼女の笑みが消え、一瞬、パニックに引きつったようにクープには見えた。彼女は首を振ると、取りつく島のない声で言った。「なにもよ、クープ。その話はしないで。朝食まで間がないから、メラトニンが効くのを祈りましょう」

もう一度、彼女の笑顔が見たい。「ここまでプレ新婚旅行をしてみて、どんな感じ？」

「プレ新婚旅行には睡眠不足がつきものなんでしょうけど、そろそろ帰ってくれないと、わたしたちもそうなるわ」クープをしげしげと見た。「あなたは俺様な女たらしかもしれないし、そうじゃないかもしれない。それで尋ねたいんだけど、クープ、もしわたしにテッド・バンディの血を引く子どもがいたら、それでもわたしと結婚する？」

「ありえないね」

「わたしもそう思う」

「おやすみ、ルーシー。椰子の木がすてきだよ」閉まるドアに向かって、クープは言った。

「八時ちょうどにコーヒーショップで」

18

サンフランシスコ、リッチモンド地区
土曜日の午前中

「右側のアパートだ」デリオンは指さすと、愛車のクラウン・ビクトリアを空いた場所に駐車した。半ブロックは離れているが、クリントン通りにはここしか車を停められる場所がない。「ゴールデン・ゲートはほんの数ブロック先だぞ。なんなら、ここでの仕事が終わったら、車で公園に連れてってやろう。バッファローとお友だちになれる」

デリオンはあらかじめ電話を入れておいたので、すぐにドアが開いても驚かなかった。出てきたのは生え際の後退した瘦せた猫背の男で、真っ赤なスニーカーをはいていた。

「ミスター・カーペンター？　ロイ・カーペンターですか？」

男はうなずいた。「デリオン刑事？」

紹介を終えると、カーペンターは一同を細長いリビングに招き入れた。窓からは通りの向かい側に並ぶ車が見え、カラフルなラグがあちこちに敷かれた室内には、おもちゃが散らばっていた。ルーシーはふと悲しみを覚えた。彼に子どもがいるとは思っていなかった。

カーペンターが言った。「ちらかっていて、すみません。いま妹と甥のカイルが同居してるんです。妹のやつ、なんというか、暴力夫からようやく逃げてきましてね。それでうちに身を寄せたんです――いつまでになるやら。さあ、かけてください。コーヒーは？」

三人ともまだ〈スターバックス〉のコーヒーのなかを漂っていたので、断った。座面に凹《おう》凸《とつ》のある金色のソファに三人が並んで座ると、カーペンターが言った。「アーネッテの件でしたね」感情を排した声だった。失望しないでいいよう、期待することを避けているのが、クープにはわかった。どんなにきつい日々だったろう。失踪から三年以上経過しようと、残された家族は希望を捨てられない。いつか愛する人がまた戻ってくる、うちに帰ってきて、なにがあったか説明してくれる、という思いにすがってしまう。

デリオンは上着のポケットから小型のレコーダーを取りだした。「録音させてもらっていいですかね？」

「どうぞ」

「奥さんの件で、手がかりがつかめたようなんです、ミスター・カーペンター」

彼は身を乗りだした。期待に満ちた声に、胸が締めつけられる。「見つかったんですか？アーネッテを誘拐した犯人がわかったんですね？　家内になにがあったんです？　いまどこに？」

「残念ながら、ミスター・カーペンター、われわれは奥さんが殺されたと考えています。そして、奥さんを殺したのは、カーステン・ボルジャーという名の人物だと考えられます。その名前にお心当たりはないですかね？」

カーペンターは一瞬、虚を衝《つ》かれたような顔になり、つぎの瞬間、驚愕をあらわにした。

「カーステン・ボルジャーだって？　彼女がうちの家内を殺したっていうのか？　なんで？」

やはりつながりがあったか。デリオンは言った。「それをお聞かせ願えればと思って、お邪魔したしだいです、ミスター・カーペンター」

「そんなこと言われても、カーステン・ボルジャーに会ったのは、アーネッテがいなくなって半年ぐらいしてからですよ。向こうから電話をかけてきたんです。家内とはモデル仲間だったとかで、会って話をしないかと誘われました。悲しみにうちひしがれてたぼくは、わからないことだらけで苦しんでたんで、誘いを受けました。誰かにアーネッテのことをまだ生きている人として証言してもらいたかった。それをよく覚えてます。

彼女には〈マクダフ〉で会いました。金融街のサンサム通りにある飲み屋さんです。あのカーステン・ボルジャーがほんとに家内を殺したんですか？」

「おそらく」

「でも、そんなのおかしいですよ、デリオン刑事。なんでそんなことを？」

「その点についてはのちほど説明させてもらうとして」デリオンは前のめりになった。「もうずいぶん前のことになりますがね、カーステン・ボルジャーとなにをお話しになったか、覚えておいでですか？」

小さな子どもの叫び声がした。「ママ、クリーム！」

「ああ、カイルです。〈チェリオス〉に〈クールホイップ〉をつけて食べるのが好きなもんで。それにしたって、声がでかくて。面倒はかけないって、妹は言ってたんですけどね」咳払いをする。「カーステンはアーネッテを褒めまくってました。家内といざこざがあったって話は聞かなかったし、全然悪くも言わなくて、ただただすばらしい人だと」

ルーシーは言った。「カーステン・ボルジャーの風貌を話してもらえますか？」

「彼女には目を惹くなにかがありましたね。黒一色の格好で、鼻につけてた小さな真珠まで黒でした。うんと長くした黒髪を、若いころのシェールのように真ん中分けにしてた。それにモデル体型で、餓死しそうなほど細いんです。ぎすぎすした腕が黒いノースリーブのTシャツから突きだしててね。ありがたいことに、アーネッテはあそこまで痩せたことはなかったな。ピーナッツバターがないと生きていけないと口癖のように言ってました」声を詰まらせて、赤いスニーカーを見おろした。少しすると、また咳払いをして、デリオンと目を合わせた。

「カーステンは鋭角的で窪みの多い顔をしてました。美人ってわけじゃないんだけど魅力的で、色がひどく白かった。そういえば、異様な白さだと思った記憶がある。それでも魅力があって、カメラには愛されるだろうと思いました。

なにより印象的だったのは、飲み屋を出る直前にあったことです。彼女は暑いわねと言うと、目を瞬《しばたた》いてるぼくの前で、黒髪を取り外したんです。黒髪のかつらをね。そしたら、彼女の地毛の縮れたブロンドが出てきた。頭全体が五センチぐらいの長さのブロンドにおおわれてた。あんまりびっくりしたんで、椅子から転げ落ちそうになりました。でも、そのあと思ったんです――彼女がブロンドのはずない、目も眉も真っ黒なんだから。だとしたら縮れたブロンドは染めたものってことになる。でも、なんでそんなことをするんだろう？」

デリオンは言った。「彼女が奥さんのことを褒めちぎったとおっしゃいましたね。具体的にどう褒めていたか、覚えておられますか？」

「アーネッテはきれいで親切でみんなに好かれてたとか、アーネッテがいなくなったときは、みんな途方に暮れたとか。聞き込みの報告書を読んだら、みんなが似たようなことを言ってるのがわかります」カーペンターはしばし三人から目をそらし、椅子のかたわらに置かれた茶色のクマのぬいぐるみを見ているようだった。悩み苦しんでいるのが、ルーシーには手に取るようにわかった。どうしてだろう？「ご記憶にあることを教えてください、ミスター・カーペンター。重要なことです。カーステンはなにを言ってあなたを動揺させたんですか？」

カーペンターは泣くまいと踏んばっているようだった。深呼吸すると、一気呵成《いっきかせい》に言葉を吐きだした。「彼女は言ったんだ。アーネッテがあなたを捨てていくなんて残念だ、あなたはいい人みたいだから、と。わかると思うけど、ぼくには言葉がなかった。彼女を見つめることしかできなかった。で、なんでアーネッテがぼくを捨てていったと思うのか尋ねたんだ。誘拐だとみんなが思ってたからね。彼女は顔を寄せると、ぼくの手を片方取って、死人みたいに白い両手で包みこんだ。で、アーネッテからすべて聞いた、気の毒だけれど、あなたじゃ満足できないって、と」彼は唾を呑みこんだ。「そう言ったんだよ——あなたじゃ満足できないって、と。相手の男の名前を知っているかと尋ねたら、アーネッテから聞いたのはテディという名前だけだと言ってた」

デリオンが質問した。「名字は聞かなかったんですね？」

「ああ、テディとだけ。ぼくは警察に電話して、そのことを話したけど、それきり梨のつぶてだった」

「奥さんのファイルにはその件に関する記録がまったくありませんでね、ミスター・カーペンター」デリオンは言った。「その警官にカーステンの名前も伝えたんですか？　調べてもらえるように？」

「ええ、当然」

「その警官の名前をご記憶ですか？」

「いいえ、残念ながら。なにか事件が起きてて、電話を待たされたのを覚えてます。ドラッグの大がかりな手入れだかなんだかで、大混乱してたんでしょうね。電話の向こうからどなり声やら、悪態やらが聞こえてました」

クープにもルーシーにも、デリオンの思いがひしひしと伝わってくる。この電話を受けたばかを見つけだして、締めあげてやる。担当者——退職したドリスコル刑事だ——にひとこと伝言しておいてくれたら、カーステン・ボルジャーを逮捕できて、その後の殺しは避けられたかもしれない。

ルーシーは言った。「では、彼女があなたを飲みに誘ったのは、要するに、アーネッテがほかの男、そのテディという男と逃げたと伝えるためだったんですか？」

「ええ、いまになってみると。それ以外はたんなるお飾りだったんでしょう。よその男のことをぼくに伝えるのが目的だったんです」

「彼女の言うことを信じましたか？」

「そうですね、二秒ぐらいは。妻のことは自分のことと同じくらい、よくわかってるんで。一緒になって三年だから、そんなに長い結婚生活じゃないけど、十六のときからのつきあいなんです。男ができたら気づいたろうし、なにより彼女が話したはずです。頭に浮かんだら、つぎの瞬間には口にするタイプだったから。ぼくじゃ満足できないなんてこと、アーネッテが言うわけない」カーペンターは言葉を切った。目を潤ませ、顔を伏せた。「子どもが欲しくて、ふたりで努力してた。カーステンに殺されたとき、お腹のなかに赤ちゃんがいたかどうか、ぼくにはわからない」さっと顔を上げた。怒りがみなぎっていた。「なんでだ？　なんでアーネッテを殺した？　なんでそのあとぼくに電話してきて、テディと逃げたなんて言ったんだ？　わけがわからない」

クープは言った。「奥さんからカーステンの名前を聞いたことはなかったんですか？」

「ありません。言ったとおり、アーネッテは思ったことをすぐに口にした。それで困ったことになったりもしたけど、いっさい裏はなかった。カーステン・ボルジャーといざこざがあったんなら、ぼくに言ったはずです。カーステン・ボルジャーって、何者なんです？　当人からはモデルをしてて、それでアーネッテと知りあったってことしか、聞いてません」

「いまブラックベレーという名でマスコミを賑わせてる殺人犯がいるんですが、ご存じですか？」

「もちろん。ここでも女の人をふたり殺した男――飲み屋で出会って、ドラッグをのませ、家に連れ帰って、首を絞めるっていう、あれですよね？　レイプはしてないから、よけいに謎めいてる。それがどうかしたんですか？」

デリオンが答えた。「ブラックベレーは男じゃありませんでね。女なんです。そう、それこそがカーステン・ボルジャーでして」

絶句するとはこういうことだろう。空気までが凍りついた。ロイ・カーペンターはまるで撃たれたようだった。呼吸が浅くなり、首を振りだした。「でも、ここサンフランシスコで殺された女の人ふたりは、すぐに見つかったじゃないですか。アーネッテは違う。いなくなってもう三年半になる」顔色が真っ青になっている。「カーステンはアーネッテが見つかるのを避けたかったたってことですか？　だからよそへ運んで、埋めたと？」

「そう考えています」クープが返事をした。「お気の毒です、ミスター・カーペンター」

「でも、なんであの女はぼくを苦しめなきゃならないんですか？　ろくに知りもしないのに」

あの女があなたに電話してきたのは、彼女が邪悪な女だからよ。その思いを胸にしまったまま、ルーシーは言った。「もっともな疑問です」身を乗りだした。「お尋ねしたいのですが、ミスター・カーペンター、奥さまはアーティストではありませんか？」

「ええ、そうですけど、なんで――」カーペンターは目をぱちくりした。「本人は趣味だと言ってました。いい絵だから売れるよとぼくが言うと、そのたび笑い飛ばして。ほら、暖炉の上に飾ってあるのがアーネッテの風景画です。隣が彼女の描いた母親の肖像画。アクリル画なんですよ。アクリル絵の具が好きで。ぼくの手元には彼女の絵が数十枚あるんで、数カ月ごとに飾る絵を交換してるんです。いい絵でしょう？」

三人は立ちあがって、絵を見た。クープが言った。「ほんとですね、ミスター・カーペンター。とてもいい」新印象主義とでも呼べそうな絵だ、とクープは思った。抑えたやわらかな色合い、滲《にじ》んだ輪郭線、軽くぼかした木立。けれど美しくて深みのある色を使っていた。そして、母親の肖像画。美しい人だ、とクープは思った。きれいで、けれど思い詰めたような面差し。口元と目元に苦痛らしきものを漂わせ、長年、そこにあったことを思わせた。才能がなければ、ここまで表現できない。

カーペンターはルーシーを見つめていた。「なぜアーネッテがアーティストかと尋ねたんです？」

「そこにつながりがあるかもしれないと思ったからです。カーステン・ボルジャーはアーネッテの絵のことを話題にしましたか？」

「いいえ、それは記憶にないですけど。でも、彼女も絵を描くと言っていませんでした？」

通りの画廊を訪ねると言ってました。どう言ったらいいかわからなくて、ぼくが歩道に突っ立ったままでいると、彼女がぼくの顔を軽く叩いて、頬にキスしたんです。びっくりしすぎて、動けませんでした。彼女は小さく手を振って、黒いかつらを持ちあげ、鼻歌を口ずさみながらぶらっと遠ざかっていきました。それでぼくは、この女はおかしい、ってそのとき思ったんです。きっとそうです」

「同感ですね」ルーシーは相づちを打った。

19

ワシントンDC
日曜日の午後

サビッチはショーンとマーティにココアを出し、こぼすなよ、と三度めの注意をした。そしてシャーロックに言った。「キッチンで話してたのは、デリオンからの電話だよ。カーステンの足取りがたどれないそうだ。ランスフォードが彼女に買い与えたポルシェも、所有者の名義変更とかで手がかりがなかったというから、たぶん現金で売り払ったんだろう。銀行のほうも、シカゴで一件めの殺しを起こす前に預金をすべて引きだしてた。多額の現金を所持してるから、生き延びるのはむずかしくない。クレジットカードは捨てたんだろう。事件以来、彼女の姿を目撃した人間は、見つかっていないそうだ」

シャーロックが言った。「でも、国じゅうのテレビが彼女の正体を報じてるから、これ以上は地下に潜れないはずよ」

「そう願うよ。〈ドラッジレポート〉なんていう、超有名なニュースサイトにすっぱ抜かれたからには、それ以外に選択肢がないからな。もちろんテッド・バンディは、おいしいネタすぎて外せない。で、いまやテレビのキャスターたちがいかれた殺人鬼だとこぞってあおり立ててる。記者会見ってことになったら、おれも着替えなきゃならない。ミュラー長官はマスコミに彼女の名前を発表するとき、おれを矢面《やおもて》に立たせたがってる」

カーステン・ボルジャーがその狂った関心をディロンに向けるかもしれない。シャーロックは恐怖にさいなまれた。「バックアップはいらない?」

サビッチはショーンがココアをこぼしかけていることに気づいた。「いや、いいよ。ショーン、アストロを追いかけるときは、カップを振るなって」

サビッチの携帯からサラ・ブライトマンとアンドレア・ボチェッリがデュエットした「タイム・トゥ・セイ・グッバイ」が流れだした。シャーロックのお気に入りの一曲だ。サビッチはシャーロックと子どもたちふたりが聞き耳を立てているのを感じて、すぐには電話に出なかった。

数分後、電話を切ったサビッチは言った。「ルーシーからだ。彼女もクープも記者会見に出るよう、メートランド副長官から指示があったそうだ」

「冷静で強靭なプロを演じてきてね。ココアはわたしが気をつけてるわ」けれど、シャーロックは不安をぬぐい去ることができなかった。それもまた、彼女の職務のうちだった。

ワシントンDCの中心部にオフィスのある全マスコミが会見場に集まった。サビッチは騒然とする会場を見渡した。大勢のレポーターやテレビ関係者がカメラを設置している。

ミュラー長官はブラックベレーの正体が判明するに至った過程を概説したうえで、こう締めくくった。「この女の危険さは、どれほど強調しようと強調したりない。女の父親がテッド・バンディであることを思いだしてもらえれば、わかってもらえるだろう。こうして正体が明らかになったことで、さらに無軌道で無謀な行動に走る可能性もある。きみたちマスコミが写真を公開してくれることはわかっている。その際、どうか、彼女を見かけたら捜査機関に通報するよう、視聴者や読者に呼びかけてくれ。法執行機関の人間以外、彼女とじかに接触することは避けてもらいたい」最後にホットラインの番号を伝え、質問の声があがりだしたのを機に、サビッチに交替した。

サビッチは例によって例のごとくまずは沈黙を守り、会場に静けさが戻るのを待った。ルーシーとクープを紹介したところでまた口を閉ざし、自分を見つめる顔をひとつずつ確認してから、演台のボタンを押した。背後にカーステンの写真が映しだされた。「いまから五日前、カーステン・ボルジャーはフィラデルフィアにいました。まだそこにいるのか、別の街に移動したのか、わかっていません。この写真と同じような服装を続けているかどうかもやはり不明です」そこで間を置いて、カーステン・ボルジャーを大写しにした写真二枚を映した。そのうち一枚はブロンドに黒い服装、もう一枚はやはり黒づくめの男装で黒髪にしている。「彼女には外見を変えて、男女どちらにも見せてきた経緯があります。この写真をご覧いただけば、これまで彼女がどんな格好をしてきたか、おわかりいただけるでしょう」前のめりになり、一同を見渡した。「ミュラー長官に続いて、わたしからもお願いします。みなさんの視聴者もしくは読者には、写真の女性を見かけたら是非、通報していただきたい。身元と写真が明らかになったいま、彼女が今後どう出るかわかりませんが、父親のテッド・バンディがそうであったように、賭け金を上げてくることが懸念されます。テッド・バンディの娘であることを強く意識しているからです。では、質問があればどうぞ」

大声で放たれた質問の数々が、津波のように押し寄せた。サビッチは〈ワシントン・ポスト〉のジャンボ・ハーディを指さした。

ハーディがのっそりと立ちあがった。不潔そうでだらしのない格好をしている。晴天に恵まれた日曜日の午前中、釣りに出かけるつもりで用意したのに、急遽呼び戻されたかのようだ。「バンディの娘の母親が絵描きで、国会議員候補のジョージ・ベントレー・ランスフォードと結婚しているっていうのは、事実ですか?」

さすがハーディ。誰よりも優れた情報源を持っている。すでに情報が漏れていることにルーシーが驚いているのが、サビッチにはわかった。

サビッチは言った。「どうやらそのようです。ただし、最終確認を待っている状態です」

おっかぶせるようにして、ハーディが質問を重ねた。「ミスター・ランスフォードにはもう話を聞いたんですか?」

「いえ」サビッチは答えた。「まだです」

そのあと数十の質問が続いた。大半が娘ではなく父親のテッド・バンディに関するもので、サビッチはそのひとつずつに嘘偽りなく答えた。メートランド副長官が終わりを宣言した。

「みなさん、協力に感謝する。新たな動きがあったときは知らせる。カーステン・ボルジャーがきわめて危険な存在であることを忘れないでくれ。世間のバーテンダーには是非とも目を光らせていてもらいたいものだ」

笑い声がひとつだけあがり、さらにいくつか質問が飛んだが、それに答えるものはいなかった。クープは壇からおりながら、サビッチに尋ねた。「ミスター・ランスフォードへの事情聴取はデリオン刑事に頼むんですか？」

「いいや。おまえとルーシーとおれとの三人で行く。ミスター・ランスフォードが弁護士ふたりをつれてここワシントンにいるのがわかったんだ。電話したら、しぶしぶながら二時間後に会ってくれることになった」

ルーシーが言った。「きっと弁護士ふたりがコウモリみたいにミスター・ランスフォードにまとわりついて、わたしたちへの協力を邪魔するんでしょうね」

ミュラー長官がうなずいた。「ランスフォードの妻、つまりカーステンの母親はどうなんだ？　娘が連続殺人犯だとわかって、なんと言ってる？」

ルーシーが答えた。「よくわからないんです、長官。事情聴取に応じてもらえないので」

長官はかぶりを振った。「望むと望まざるとにかかわらず、なにかしら異常な点が見つかるもんだ。おまえたち全員、くれぐれも用心して、まめに報告してくれよ」長官は握手を交わして、背を向けた。「それにしても、テッド・バンディとはな。まさか捜査の現場でまた彼の名前を聞くとは思わなかったが。これでまたテレビに出る精神科医たち全員に長らく登場の機会が与えられるわけだ」疲れた顔をしているな、と思いながら、クープは半ダースほどの捜査官と補佐官に囲まれて遠ざかる長官を見送った。

20

ワシントンDC
ウィラード・ホテル
日曜日の午後

〈ウィラード〉の六階にあるエイブラハム・リンカーン・スイートなら国会議員志望者にはうってつけだ、とクープは思った。信頼に足る誠実な人間だとさりげなくアピールしているのか？　ホワイトハウスからわずか一ブロックという立地も、ポイントが高かった。

ノックしたドアを開けたのは、なめし革のように日焼けしてダークブルーのスーツを着た黒い髪の男だった。ランスフォードの側近のひとりだろう、とクープはあたりをつけた。男は金属フレームに色つきガラスのしゃれた眼鏡の奥から冷めた目をこちらに向けると、言葉ひとつ発するでなく、三人を応接間に招き入れた。紺青《こんじょう》色と金色で調《ととの》えられていることで有名な部屋だ。広々としたスイーツは分譲マンションほどの広さがあり、優に百平米を超える豪華かつ贅沢な空間だった。

ジョージ・ベントレー・ランスフォードは側近をもしのぐ長身で、売りだし中の政治家としてはこれもまたポイントが高い。イギリス仕立てのスーツを優雅に着こなし、一見して高価には見えないながら、重要な支援者にはそれとわかるだけの質が備わっている。五十五歳の壮健な男性で、側近ほどは日焼けしておらず、銀髪交じりの豊かな黒髪が女性有権者の支持につながっているだろうことは、想像にかたくない。そして、クープから見て、意志が強そうだった。

ランスフォードはいずれも若いふたりの男にはさまれていた。どちらも弁護士らしく、しかつめらしい黒いスーツを着ている。そして、手近な喉に嚙みつきたがっているロットワイラー犬のような目つきでクープを見た。

ランスフォードのほうは、サビッチを見据えていた。両手を脇で握りしめて、憤懣やるかたないといった風情だ。三メートルは離れたところから、「FBIの捜査官か。この際、紹介は必要なかろう。その顔は見覚えがあるぞ、サビッチ捜査官。FBIの記者会見をテレビで観たのでね。はらわたの煮えくり返る思いだ。きみと〈ワシントン・ポスト〉の記者がわたしの名前を出したせいで、議員に選出される望みが絶たれた。弁護士に聞いたら、きみたちを訴えることはできないようだが、覚えておけ、死ぬまできみたちを恨んでやる。わたしにはなんの落ち度もないのに、はじめるより先に政治家への道が絶たれてしまった。そうだ、不吉な若い娘とつながりがあったがために。さあ、こんな話しあいはさっさと終わらせよう。きみたちには一刻も早く、ここを出ていってもらいたい。で、用件は？」

サビッチは低く、穏やかな声で応じた。「大筋では仰せのとおりです、ミスター・ランスフォード。ただ、実際は半年ほど前にあなたの義理の娘がサンフランシスコで堂々と女性たちを殺しだした時点で、あなたが政治家としてやっていく芽は摘まれていた。ただ、そのときはわかっていなかっただけです。あなたのご立腹はわかりますが、わたしにも謝罪すべき点はありません。カーステンのＤＮＡが手に入って、彼女の身元が特定できた以上は、否応なくカーステンの義父であるあなたに導かれますから。

お怒りはごもっとも、理不尽だと思われる気持ちはわかりますが、人生経験豊富なあなたなら、警察だろうと、あなたが所有しておられるハイテク企業だろうと、組織にはリークがつきものであることをご存じです。今回の記者会見は、そうしたリークを受けてのものでした。あなたとカーステンの関係は、いずれ明らかになりました。ですから、記者が持ちだしたときも驚きませんでした。多少の下調べをすれば、わかることとです」

「そういう問題じゃない！　起きてはならないことだったんだ！　公《おおやけ》になっていい情報じゃないんだ。わたしたち夫婦にとっては、身の破滅だ。わかるか、破滅だぞ！」

「ご理解いただけませんか、サー。ＦＢＩやサンフランシスコ市警察は、なにもあなたに対する復讐としてこんなことをしたわけではないんです。罪のない女性五人があなたの義理の娘に殺されたことがわかっています。そして、それとはべつにさらに六人が以前に殺されていたようです」

「しかし、それは――そりゃ、もちろん、わたしも人が殺されたことには心を痛めている。いや、いまなんと言った？　以前にも殺されていたと言ったか？　六人も？　そんな話は初耳だぞ。そんなことはいっさい報道されていない」

ルーシーはここではじめて口を開いた。二メートルほど先で腕組みしているランスフォードの側近は、こちらを凝視して目をそむけない。どうしてわたしを見るの？「亡くなったほかの女性たちについてお聞きになったことがないのは、初期の被害者の死体をカーステンが隠していたようだからです。予行演習だったのかもしれませんよ、ミスター・ランスフォード。技術に磨きをかけるための。

遅かれ早かれ、彼女が殺したとおぼしきほかの女性たちのことも報道されます。こうした凶悪な犯行は、長く隠せるものではありません」

ランスフォードは優美なスーツの上着に大きな穴を開けられたような顔になった。これまで殺人のことをどこか他人事のように感じていたのに、義理の娘が両手の指にあまる数の、彼と同じように生きている人間を強引に死に至らしめたことが、ようやくわかったのだろう。舌で唇を舐めた。「予行演習？」

クープが言った。「連続殺人犯は往々にして自分の技術に磨きをかけたり、もっとも満足度の高い殺害方法を追求したりします。そうです、ＦＢＩでは彼女がさらに六人の女性を殺したと考えています。なかには若い娘さんもいる。そうした人たちが誰にも見つけられない地中深くに埋められているのです」

　怒りがしぼんだらしく、ランスフォードは打ちひしがれた顔になった。十分前、自分たちがこの部屋に入ってきたときより、うんと老けて見える。「いいだろう、よくわかった。わたしにはまったく手がかりがなかった。彼女にはこの数年のうちに数えるほどしか会っていない。いつもぶすっとした顔をして、わたしには関心を示さないと思っていたが、それだけのことだった。嘘じゃない。もし妻がなにか気づいていたら、わたしに言ったはずだ。だが、妻もカーステンには長いこと会っていなかった。わたしたちどちらも、この前の誕生パーティで久しぶりに会ったんだ。そんなにたくさんの女性を？　一ダース近い女性をあれが殺したのか？」

　クープが言った。「逮捕の暁《あかつき》には、被害者全員の埋葬場所を教えてもらいたいものです」

　サビッチが言った。「追い打ちをかけるようですが、その六人にしても現在わかっているだけの数です。すべてベイエリアの住人です。それ以外の、あるいは別の州にも被害者がいる可能性はありますが、個人的にそれはないだろうと考えています。失踪した女性は全員、カーステンの知りあいで、行きずりの犯行ではなかったからです。

　マクナイト捜査官が言ったとおり、被害者のなかには未成年者もいます。アニー・スパークスは失踪時まだ十六で、サンフランシスコのマウント・エリュージオン・ハイスクールでカーステンと物理の授業が一緒でした。義理の娘さんの被害者と思ってほぼ間違いのないほかの五人についても、お聞きになりたいですか？」

「いいや！　いいかね、行方不明の女性——少女もいるのだろうが——については、まだ被害者と決まったわけじゃない」もはや強い口調ではなかった。両手で顔をこすった。「あれがそんなことをくり返したとは——信じられない——快楽のために」

クープはこの男が嫌いになりたかったが、その目に映ったショックと絶望は痛々しいほどに本物だった。弁護士ふたりにしても、恐怖をあらわにすまいとしている。ランスフォードの側近の、ミスター日焼けなめし革は、まったく動いていない。たぶんそこが警護の定位置なのだろう。「あなたに非がないことはわかっています、ミスター・ランスフォード」クープは言った。「あなたが彼女の母親と結婚したのは十二年前で、当時カーステンは二十一歳、成人していました。そのうえで、カーステンにどんな印象をお持ちなのか。あるいは、捜査に役立ちそうな個人的な情報をいただけると助かります」

ランスフォードは応接間を行きつ戻りつしはじめた。弁護士は近くをうろついて異議を唱えたがっているが、なにが言えるだろう？　と、絶妙のタイミングで弁護士の片方が言った。「ミスター・ランスフォードには、捜査の役に立つような話はありません。ご指摘どおり、母親と結婚したとき、カーステンはもう成人していました。それに、本人が言うとおり、めったに会っていないのですから、知らないに等しい相手です」

ルーシーは言った。「誕生日のときのことをお聞かせください、ミスター・ランスフォード。黒のポルシェをプレゼントされたとか？」

ランスフォードは足を止めて、ゆっくりとルーシーを見た。「どうしてそれを？」

クープが答えた。「あなたの義理の妹さんのセントラ・ボルジャーから聞きました」

彼はいまいましげに言った。「セントラだと？　あんな女の言うことは、ひとことだって信じられない。頭がおかしいうえに、たちの悪いことに、やけに説得力があって、それらしいことを言うのが得意ときてる」

「実際そうでした」ルーシーは言った。「わたしたちがセントラに事情聴取したことを奥さまから聞かれたんですね。わたしたちは彼女のことをカーステンの母親であり、あなたの奥さまのエリザベス・メアリー・ランスフォードだと思いこんでいました」

「ああ、ああ、聞いたとも。だが、セントラはきみたちとなにを話したか言おうとせず、ただ追っ払ったと言ったそうだ」ランスフォードはルーシーとクープにうなずきかけた。「きみたちふたりは金曜の夜、彼女と一緒だったんだろう？」

ルーシーが答えた。「はい、そうです。セントラはとても堂に入っていたので、あなたの奥さまでありカーステンの母親だとしか思えませんでした。カーステンの誕生日のことですが、カーステンは珍しくあなたのご機嫌取りをしていたとセントラから聞きました。あなたにポルシェをもらって、大喜びだったとも。セントラはその場にいたんですね？」

「ああ、彼女もいた。わたしが呼んだんじゃない。エリザベスがセントラにもいてもらいたがったんだ。なんだかんだ言ってもカーステンの叔母だし、エリザベスはカーステンを家族で囲みたがった。ブルースも――」ランスフォードはミスター日焼けなめし革を顎で指し示した。「その場にいた。それはともかく、セントラは他人に成り代わるのが大好きでね。マクベス夫人を演じていたかと思うと、つぎの瞬間にはレディ・ガガになっている」

クープが尋ねた。「なぜそんなに高価なものをプレゼントしたんですか？」

ランスフォードはまたもや唇を舐めた。

弁護士の一方が言った。「父親がプレゼントをするのに、値段が高すぎるといって文句をつけられる筋合はありませんよ、捜査官」そう言うなり、弁護士は咳払いをした。「つまり、わたしとしては、こう言いたい。たとえ婚姻によって生じた義理の関係であり、子どもの成長には無関係だとしても、すばらしいプレゼントを贈ることはありえるということです、マクナイト捜査官。奥さまへの愛情表現として」

ランスフォードはクープから目をそらすことなく言った。「黙っててくれないか、コックス。真実が聞きたいかね、きみたち？　だったら言おう。わたしはカーステンが我慢ならなかった。冷淡で異様でおおむね不愉快な娘だったし、わたしが知っているかぎり、ひとりの友だちもおらず、デートに出かけたこともなく、そのくせ母親を見下していた。だが、そうはいっても彼女にはめったに会わなかった。妻もだ。だからあの子がいつも孤立していたかどうか、薄気味が悪かったかどうかはわからない。わからないが、そうだったんじゃないかとは思う」

ルーシーが言った。「でしたら、どうしてポルシェを、ミスター・ランスフォード？」

彼はきれいなソファのひとつを指し示した。「座って、三人とも座ってくれ」

ふたたび口を開きかけたコックスに、手ぶりで黙るよう指示した。「彼女にポルシェを与えたのは、妻が——彼女が言ったわけじゃないんだが——無性に娘に会いたがっていたからだ。カーステンを呼び寄せて、機嫌よくさせておくには、特別なものを用意するしかなかった。そう、だからポルシェを買い与えた。

それと、カーステンの父親が誰かは、プロポーズしたときにエリザベスから聞かされていた。当時カーステンは十九だった。エリザベスはわたしがなんらかの形でカーステンの出自について知ったとき、故意に真実を隠していたのかと疑われることすら、避けたかったんだ。それはもう、最初は信じられなかった。なにせあの恐怖の怪物テッド・バンディだからね。信じられるわけがないし、愛した女性がそんな化け物とそういう関係にあったとは信じたくなかった。具体的な話は聞きたくなかったし、さいわい彼女もやつとのあいだになにがあったのか話したがらなかった。

さっき言ったとおり、カーステンは当時十九だった。実を言うと、父親が誰かを知る前から、彼女のそばにいるのは気詰まりだった。わたしといるときはいつもぶすっとして、わたしが母親の近くにいるのを嫌っているのが伝わってきた。そのくせ、母親に対しても無愛想だったんだがね。母親の言うことには、気が向いたときにしか従わなかった。かと思うと一転して、想像を絶するいい子になり、満面の笑みで、愛想よく抱きついてきたりする。そう、あの誕生パーティのときのように。そうなんだ、彼女の態度は、妻なりわたしなりが彼女になにをしてやったかによって決まる。カーステンの父親について聞いたあとは、正直に言って、エリザベスと結婚すべきかどうか、かなり悩んだ。

だが、わたしはエリザベスに夢中だった。ぞっこん惚れこんでいたし、彼女もわたしを愛してくれていた。それでも彼女は、さらに二年間わたしを待たせた。カーステンは二十一になり、家を出てひとり暮らしをはじめて、わたしはもう彼女の近くにいなくてよくなった。わたしたちはこうしてようやく一緒になった。

正直に言おう。カーステンの生まれが世間にばれたら、わたしの仕事は打撃をこうむり、わたしたちがマスコミの餌食になるのは、わかっていた。でも、そんなことになるとは思えなかったんだ。バンディは子どもの存在を知らないとエリザベスは言っていたからね。だとしたら、どこから漏れる？」

ルーシーが言った。「セントラはあなたがカーステンの父親を知らないと言っていました」

ランスフォードが鼻を鳴らす。それが不思議と魅力的に響いた。「言ったろう、セントラは頭がおかしいと。問題を引き起こしてばかりいる嘘つきな女で、姉を苦しめるのが大好きときている。きみたちが帰る前にエリザベスが現れなかったら、どうなっていたと思う？

きみたちはいまもエリザベスと話したと思いこんでいたんじゃないか？」

「たぶんそうでしょう」クープは答えた。

ルーシーは尋ねた。「カーステンに父親の正体を教えたのが誰か、ご存じですか？」

ランスフォードの口からため息が出た。「セントラにちがいない。なにが楽しいんだか」

鼻を鳴らして、手を振った。「わたしのほうがおかしいのか？　だが、いま話題になっているのは、なにをしでかすかわからない邪悪な魔女で、しかもこれといった理由もなくそういうことをする。それもこれもふたりが双子で、エリザベスがセントラからきっぱり距離を置けないからだろう。

エリザベスが父親のことをカーステンに話さないのは、わかっている。小さなころはたびたび父親のことを尋ねられ、死んだとだけ伝えていたそうだ。それもほどなく彼がフロリダで電気椅子に座らされて、現実のこととなった。

エリザベスによると、カーステンは二十五歳のころから、目に見えて無口で不機嫌になったそうだ。要は、母親を人生から閉めだしたわけだ。エリザベスが言っていたよ。それもまた一時的なものだと信じたかったけれど、心のどこかで、カーステンがバンディのことを知ったのだとわかったとね。

そしてある日、エリザベスはカーステンの化粧ダンスの上にテッド・バンディに関する本が置いてあるのを見た。母親に見せるためわざと置いておいたんだろう。それきり誕生パーティまで彼女には会えなかった。わたしはそれでよかったが、エリザベスは気に病んでいた。カーステンはその本に載っていたバンディの写真を黄色のペンで囲み、小さなハートで飾り立てていた。はたしていまの彼女には、自分が見えているんだろうか」

21

小さなハートか。サビッチにはそれを見たときミセス・ランスフォードの胸の内を、察することしかできなかった。

ランスフォードは言った。「カーステンの父親がバンディだとわたしに伝えたとき、エリザベスは、カーステンが思春期になったらどうなるか見当がつかないとも言っていた。カーステンの言動にはつねに予測不能のところがあった。そのときエリザベスから、父親の件があるためにカーステンの挙動のおかしさにいつも怯《おび》えていることも聞かされた。サイコパス気質が遺伝するものなのかどうか、エリザベスはそれが知りたくて、ありとあらゆる本を読んだそうだ。娘の行く末を案じて、先のことを考えるだけでも怖い、動揺してしまう、と言っていた。

カーステンが逮捕されることなく二十一歳になると、エリザベスは、これで少し息がつけると言って、娘のせいでわたしとの結婚を先延ばしにしてきたことをやっと認めた。害を及ぼすかもしれない人間を、わたしに近寄らせたくなかったそうだ。それから二十五になるまで、カーステンはときおりうちに泊まったが、ときには何カ月も忘れたままでいられた。

あの黒のポルシェだが」ランスフォードが美しく整えられた髪をかきあげる。髪はすぐに落ちて元の形に戻った。「実を言うと、カーステンに会う前は黒が大好きだった。だが、カーステンが身につけるものといったらつねに黒一色だった。あのおぞましい黒。だから、黒いポルシェを買ってやった。わたしは車体に黒いリボンを結んでやりたかったんだが、エリザベスから、からかっていると受け取られかねないからやめたほうがいいと止められた。そう聞かされたときは、正直なところ、背筋がぞっとした。それで大きな赤いリボンにした。カーステンは笑顔でわたしに接し、感謝の言葉とともに十回はキスをしてきて、しかも、その先に控えている選挙戦のことまで尋ねて、熱心に話を聞くかわいい娘そのものを演じた。そう、その日は。それでわたしもつい、この子は少し風変わりなだけで、奇矯《ききょう》なふるまいも注目を集めたいからだと信じたくなった。まさか彼女が父親に生き写しだとは、夢にも思わなかった。誰がそんなことを思える？　あの日を最後に、彼女には会っていない」

サビッチが言った。「彼女にはなにをしでかすかわからないところがあったと言われましたね、ミスター・ランスフォード。具体例を挙げてもらえますか？」

ランスフォードは窓辺に寄り、静かな中庭を見おろした。そして、顔だけこちらに向けた。

「前に一度、彼女がたぶん二十四のときか、なんの前触れもなくシリコンバレーにあるわたしのオフィスに突然現れて、わたしをランチに誘ったことがあった」

クープが尋ねた。「行かれたんですか?」

沈黙をはさんで、ランスフォードが答えた。「このことを口にするのははじめてでね。自分でもたいしたことじゃないと思っていた。けれど、いまあの日を思い返してみると、わたしが誘われるままランチに行ったのは彼女が怖かったからだ。そんなわけはないと自分に言い聞かせてはみたが、それでも——初対面のときの彼女の印象が忘れられなかった。カーステンは当時十八歳、バークリーで美術を専攻していた。子どもっぽくふくれっ面をして、わたしを撃ち殺したそうだった。だが、それだけじゃない、彼女のわたしを見る目つきに、警戒心を呼び覚ますなにかがあった。なにを大げさなと思われることは承知している。いまは彼女の正体がわかっているからな。それでも、なんと言ったらいいのか、わたしは彼女の目に隠れているなにか、隠れているカーステンを見たんだ——テッド・バンディの娘を。父親と同じ、彼女も一時期ロースクールに通っていたのを知っているかね?」

「はい」サビッチは答えた。

ランスフォードは黒い瞳を上げて、サビッチを見た。「かわいそうに、妻は息も絶えだえになっている。わが子が五人もの人をあやめた殺人犯だとわかった親の気持ちがわかるかね?」恐怖をふり払おうとでもするように、首を振った。「前にエリザベスが、わたしぐらい運のいい女はいない、と言ったことがある。わたしは、てっきりわたしと出会って一緒になれたことだと思って、成層圏まで舞いあがった」短い笑い声をあげ、サビッチの目を見た。

「だが、彼女が言いたかったのは、バンディに殺されずにすんだことだった。痛めつけられることも、殺されることもなく、ただ妊娠するだけですんだと。

彼女は昨日、いとこを訪ねてシアトルに行った。ああ、知っているよ、テッド・バンディがシアトルに住んでいたことだろう？　エリザベスとの出会いはシアトルだったのか？　どうだろう、尋ねたこともないが、彼女の生家があったのは確かだ」

「セントラはどうしてるんですか？」

「金曜の夜、たまたまギャラリーに立ち寄ったら、ふたり一緒だったよ。エリザベスはそりゃ腹を立てていたが、セントラのほうは楽しい夜だったと大笑いしていた」

クープが言った。「ミスター・ランスフォード、エリザベスではなくセントラがカーステンの母親だとは考えられませんか？」

「なんだって？　いや、それは考えたことがないな。どんな理由があって、ふたりがそんなことをしなきゃならない？」

「あなたもおっしゃられたように、セントラが常識外れで母親業に向かないので、奥さまが赤ん坊を引き取られたのかもしれません」

「いや、もしそうならエリザベスはわたしに打ち明けているはずだ」

「セントラはむかしからインテリアデザイナーを？」

ランスフォードが笑い声を響かせた。「彼女の金満ぶりを知らないようだな。セントラは長年、古くよりサンフランシスコを牛耳ってきた旧家のクリフォード・チャイルズと愛人関係にある。いや、これが大金持ちでね。セントラ本人はインテリアデザイナーを気取っているが、一セントたりとも儲けたことがないし、意味のあることをしたこともなく、二十二歳のときにチャイルズと出会っただけだ。当時妻を亡くしたばかりだったチャイルズは、三十歳でふたりの息子を抱えていた。以来、三十二年間、ふたりは別れずにきた」

そのことは全員知っていた。グーグル検索によって、ふたりを写したパーティの写真が何枚も見つかったからだ。ルーシーが尋ねた。「なぜ結婚されなかったんでしょう?」

「理由は知らないが、セントラによれば、彼からの申しこみをずっと断ってきたようだ。独占欲の強い人だから、とセントラは言っていたが。チャイルズはどんなわがままも許して、彼女を女王さまのように扱っている。ふたりは社交好きのカップルでもある。チャイルズなら財産の半分を彼女に遺《のこ》しかねない。息子ふたりも、その連れあいも、父親に負けず劣らず彼女のことが大好きだっていうんだから。まったく、驚くよ。よくもこう長いあいだ、彼女が変人ぶりを隠したものだと思ってね。ひょっとすると、彼らには彼女のおかしさなど、関係ないのかもしれない。あるいはそれが楽でおもしろいからやっているだけで、彼らにはそんなふりをする必要がないのかもしれない。そうだ、幸せそうな大家族だよ。なにもかもがとんちんかんでね。実はチャイルズはサンフランシスコにおけるわたしの大口寄付者で、選挙に大金を出してくれている」

ルーシーは言った。「三十二年といったら、ほぼカーステンの年齢です。しつこいようですが、いまのお話がセントラが赤ん坊のカーステンを手放す理由にはならないでしょうか。ええ、クリフォード・チャイルズが登場したことが。セントラは二十二歳で、孤立無援のなか、赤ん坊を身ごもった。そこへ騎士が登場した。クリフォード・チャイルズがです」

ランスフォードは言った。「まあ、それなら話は通るがね、さっきも言ったとおり、エリザベスのことはよくわかっている。もしカーステンの母親でないのなら、わたしに打ち明けたはずだ。だいたい、黙っている理由がないだろう？ そうわたしに言えたら、どんなにか気が楽だったか。つまり、カーステンの母親がエリザベスであることには、疑問の余地がないんだ」

「セントラはバンディのことを個人的に知っていたんでしょうか？」

「エリザベスからはどちらとも聞いたことがない。ただ、妻のがんばりはすばらしかったとわたしは思っている。二十二歳にして絵で自活し、バークリーに通いながら、ひとりで子どもを育てたんだからね」

サビッチはうなずいた。「クリフォード・チャイルズは今回の件にどう反応するとお思いですか？」

ランスフォードは声をあげて笑った。「彼なら一時間前に電話してきたよ。例によって、セントラを中心に一致団結している。彼女のことを保護の必要な被害者だと思っているんだ。

それで、捜査官、エリザベスがカーステンに狙われる可能性はあるだろうか？　それを思うと、どうしようもなく恐ろしくてね」

サビッチは答えた。「いえ、ないでしょう、ミスター・ランスフォード。襲われる心配があるとしたら、あなたのほうです。いつもと同じことをするときは注意して、近づいてくる人物には目を光らせていてください。わたしたちがカーステンを捕まえるまでの辛抱です」

ランスフォードはバターのようにやわらかい黒革のローファーを見つめた。つと、顔を上げて一同を見た。「それまでは、わたしたち全員、気の休まる暇がないな」

22

ワシントン記念病院
日曜日の午後

パティルは元どおり元気になるという医者のお墨付きを得て、外科病棟のベッドに移された。

サビッチが出かけてみると、ありがたいことに、ミセス・パティルが彼のかたわらに立っていた。パティルの自宅に行ったときはいなかったし、そのあとはカーステン・ボルジャーが人生に雪崩《なだ》れこんできたために、再訪する機会もなかった。だが、彼女に事情聴取をしたベンによると、めざましい手がかりも洞察も得られなかったとのことだった。

ミセス・パティルは軽く前のめりになり、夫の肩に手を置いて、小声で話しかけていた。サビッチに気づいたパティルは、嬉しそうにほほ笑んだ。「おや、サビッチ捜査官。家内のジャスミンに会うのは、はじめてでしたね。この部屋から離れようとしないんですよ。わたしの治りが遅いって、文句ばかりつけて。医者からわたしの命が危ないと聞かされたときは、さんざん彼らをこきおろしていたのに、わたしがよくなるとわかったらころっと手のひらを返して、奇跡の人だ、マザー・テレサだと、プリチェット先生を褒めちぎってます」

ミセス・パティルは早口のヒンズー語で話しだした。まったく理解できないサビッチは、彼女が話しおわるのを待った。パティルが言った。「妻が言うにはですね、サビッチ捜査官、あなたがとってもハンサムだから、いちばん年長の孫娘のシンシアをやってもいいそうです。あなたと同じで、根っからのアメリカ娘ですよ」

サビッチは笑顔になった。「恐縮です、ミセス・パティル。ですが既婚でして」

「がっかりだわ」ミセス・パティルはそう言いつつ、にっこりした。「でも、シンシアはふわふわした子ですから、あなたのことをあがめ奉って、怖がるかもしれませんね」そのあとふたたび、高速のヒンズー語で夫に話しかけた。夫に負けず劣らず流暢《りゅうちょう》に英語を話すのに、なぜだろう？　サビッチはミセス・パティルを観察した。夫よりも二十歳は若いから、五十代だろうが、四十代の後半ぐらいに見える。そう、おそらくは上手にフェイスリフトしてもらったおかげで。黒い瞳に煌《きら》めきを宿したきれいな女性で、黒々として白髪一本見あたらない髪は耳の下あたりで切りそろえられている。孫娘のシンシアを引きあいに出すまでもなく、アメリカナイズされていた。

彼女が話しおわると、サビッチは尋ねた。「アメリカ生まれですか、ミセス・パティル？」

「いいえ、わたしが十七のとき、両親がこちらに来ました。そのせいで、少し訛《なま》りが残ってしまって」自分の髪を撫でつけ、そのあと血管の浮きでた夫の手を撫でた。

パティルはうっとりと妻を見あげた。

パティルのファーストネームが思いだせない。サビッチがそんなことを考えていると、ジャスミンが彼のことをナンディと呼んだ。魅力的なこの老人はナンディというのか。ぬくもりがあって、感じがよくて、ぴったりな名前だ、とサビッチは思った。彼らには男女ふたりずつの四人の子どもと、上は二十歳から下は二歳まで、八人の孫がいる。こんないい人に敵なんかいませんよ、とミセス・パティルが訴えた。押し込み強盗が二件あった、それだけのことです。だってそうでしょう？ みんなに愛される〈ショップン・ゴー〉の店主を嫌う人なんて、いるもんですか。お客さんにホットドッグとビールを売り、嘘も盗みもごまかしもしない。ばかで欲張りな強盗のせい。捕まえてください。

つまりうちの夫は聖人だから、さっさと犯人を捕まえろというわけだ。たしかにそうかもしれない。そうかもしれないが、パティルのような小柄で高齢な男が夜間に撃たれるとは、どうにも釈然としない。

パティルが言った。「サビッチ捜査官、わたしにも不思議ですよ。なぜわたしを撃った男がまだ捕まっていないんでしょう。コンビニ強盗を働く狼藉者《ろうぜきもの》は、おたくのデータベースに入っていないんですか？」

「いましらみつぶしにしてるところです、ミスター・パティル」

ジャスミンが言った。「強盗に決まってますよ、サビッチ捜査官。いもしない悪の帝王がナンディを殺しにきたわけじゃないんです。だって——そんな理由がないでしょう？　ええ、強盗、そうよただの強盗だわ」

五分後に病室をあとにしたサビッチは、ジャスミン・パティルのことを考えていた。部屋を出るとき、彼女から流し目を使われたのだ。

23

メリーランド州チェビーチェイス
日曜日の午後

ドアを開けるなり、ミセス・マッグルーダーの声が飛んできた。「ルーシー、ちょっと待ってください！」

笑みを張りつけてふり向くと、大好きなダークパープルでまとめたミセス・マッグルーダーが巨体を揺すってステップをのぼり、玄関ポーチまでやってきた。その背後には、地味な作業着に古くてごつい作業靴をはいた彼女の夫が控えていた。

「おふたりに会えて、嬉しいわ」ルーシーは夫妻と握手をした。「父の葬儀に来てくださって、ありがとうございました」声がひび割れたので、息を殺して、涙をこらえた。

ミセス・マッグルーダーが両手を握りしめてくれる。「わかりますよ、わかりますとも。つらいことです、とりわけお嬢さまには。仲の良い親子でいらっしゃいましたものね。そうでしょう、ミスター・マッグルーダー？」

ルーシーはほほ笑みそうになった。妻が夫のことを名字で呼ぶのは、百年ほど前の習慣ではないだろうか。不思議な魅力があると、むかしから思っていた。

マッグルーダーは腕を掻《か》いて、おまえの言うとおりだ、とうなずいた。

ルーシーは言った。「寄ってくれてよかったわ。おふたりに話があったの。冷蔵庫に食料を詰めておいてくれてありがとう、ミセス・マッグルーダー。今後は自分で買い物します。でも、週に一度来て、手を貸してもらえないかしら？　掃除とか片付けとか」

「ええ、もちろんですとも。なんなら毎日うかがいますよ、ルーシー」

だが、ルーシーは他人を排除しておきたかった。広大な家のなかを探ってまわるには、ひとりのほうが都合がいい。いいえ、そこまでしていただく必要はないわ、とミセス・マッグルーダーに答えた。さらになにかを言われる前に亭主のほうを見て、表側の芝生をきれいにしてくれたとお礼を言った。今朝やったんです、と彼が応じた。

ふたりをうちのなかに招き入れたくなかった。やらなければならないことが山積みになっている。だが、夫妻のほうもとくに入りたがっているようすはなかった。ミセス・マッグルーダーが言った。「ミスター・ジョシュアが亡くなられて、どんなにお寂しいか。いいお式でしたね、ルーシー。それに、大奥さまのこともお懐かしゅうございます。ほんとにいい方でした。いろんなことに興味を持たれ、つねに他人に慈悲をかけられ、読み物をされたり勉強をされたりしてらっしゃいました。それはそれは聡明な方でした。そうでしょう、ミスター・マッグルーダー？」

うなずいたマッグルーダーはその場を離れ、石畳の歩道に一枚落ちていた黄色いオークの葉を摘んだ。

「わたしの祖父を覚えてる、ミセス・マッグルーダー？」ルーシーは尋ねた。

「それをお尋ねになるなら、ミスター・マッグルーダーですよ。大旦那さまとは大親友でしたからね、そうでしょう、ミスター・マッグルーダー？」

「そうですとも」マッグルーダーは落ち葉を持って、上体を起こした。「いい方でしたよ。いなくなられたときは、寂しい思いをいたしました。突然すぎて、理解が追いつきませんでした」首を振る。銀色の頭髪が動かないのを見て、ルーシーは、ポマードで固めてあることに気づいた。

「いなくなる前は、沈んでいましたか？」

「ミスター・ミルトンがですか？　いえいえ、まったく」奥さんのほうが答えた。

「ああ、そうでした」重ねるようにして、亭主のほうが言った。「沈んでいるというのとは違うかもしれないが、びくびくして落ち着きがなかったですね。気になって尋ねてみましたが、なにが気になっているか話してくれませんでした。そのあといなくなられたんです、こんなふうに」指をパチンと鳴らし、悲しそうに首を振った。「災難は続き、みな消えてしまう。自分に残された時間を考えてしまいますよ」

なんとも楽観的な感想だこと、とルーシーは思った。もう一度お礼を言って、ふたりを帰した。

それから五分とせずに、ルーシーは古ぼけたジーンズをはき、タートルネックのセーターにFBIのスウェットを重ねて、厚手の靴下をはいた足をスニーカーに差し入れていた。いつもの習慣で、ジーンズにシグのホルスターを留めつける。気が急くのは、日が落ちてから屋根裏で作業をしたくないという、単純な理由だった。日が落ちて、すべてが寝静まったあとの屋根裏と地下室には、ルーシーをびくつかせるなにかがあった。

ぐずぐずしていられない。二階の廊下の先には小さなドアがあった。立ち入ってはいけない屋根裏のドアとして、子どものころはいつも錠がかけてあり、いまもエール錠がかかっていた。屋根裏には一度しか入ったことがない。アパートで使える家具を探したかったのだ。あれは祖母が亡くなってすぐだったから、もう三年前になる。ルーシーはシグを手に取り、銃把《じゅうは》の部分を何度か打ちつけて、錠を開いた。影に沈んだ屋根裏へと長い階段をのぼっていく。一段上がるごとに気温が下がり、湿度が高くなっていくようだ。暖房器具がないから寒いのはわかるとして、どうしてこうじめじめしているのだろう？　ここしばらく雨は降っていなかった。見ると、屋根裏の天井は梁《はり》がむきだしで、断熱処理が施されていない。夏は茹《う》だるような暑さになるだろうし、冬を間近に控えたこの季節は、外気と同じぐらい寒かった。

明かりのスイッチを押した。広々とした空間を占めていた長い影が消えて、明かりがあふれた。百ワットの裸電球がひとつ天井から下がっているが、それよりも、ひと組の蛍光灯によるところが大きかった。すぐに気分がよくなり、怖がっていた自分が子どもっぽくて愚かに思えた。さあ、しゃんとして。ここはただの天井裏、テッド・バンディは住んでないのよ。周囲を見まわすなり、屋根裏を簡単に調べおえられると思っていた楽観主義がもろくも崩れ落ちた。こんなに広かったのか。古い家具と封をした箱とはるかむかしのスーツケースがところ狭しと置いてある。そのなかには、祖父母が五十年前にこのうちを買った以前のものも含まれているかもしれない。ふとそんな思いが頭をよぎったものの、それでどうなるわけでもない。どちらにしろ、中身を検《あらた》めるしかなかった。

それで、なにを探したらいいの？

現時点ではまったくわからなかった。ただ、それを目にしたとき、探していたものが見つかったことにすぐ気づくことを祈るしかない。

運のいいことに、箱にはすべて中身のラベルが貼ってあった。台所用品から、主寝室のリネン類、書籍。

ラベルに〝ルーシー／十代〟とある箱が見つかった。我慢できずに箱を開け、二年生のときのアルバムを取りだしたそのとき、携帯が鳴った。「はい？」

「わたしの天使、ルーシーかな？　アランだよ。下で呼び鈴を鳴らしてるんだが、返事がないもんだから。いまどこにいるんだい？」

「屋根裏よ、叔父さん。すぐに行くわ。ジェニファー叔母さんも一緒なの？　コートとミランダは？」

「いいや、わたしひとりだ。ジェニファーからよろしくと言付《ことづ》かってきた。コートとミランダについちゃ、ま、なんだな、心の安定のためには知らないほうがいい。おまえが大丈夫かどうか、ジェニファーが気にしていたよ」

なに言ってるの？　大丈夫なわけないのに。「すぐ行くわ、叔父さん」

アラン・シルバーマンは祖母の末弟なので、実際は大叔父にあたり、物心ついたときからそこにいた。いま七十代、銀行によって世界が奈落に突き落とされたあと大急ぎで引退した。大叔父自身がどれほど怪しげな金融商品を世に送りだしてきたかを思うと、皮肉な気持ちになる。結婚は遅く、コートとミランダというふたりの子に恵まれた。実際はルーシーの父親のいとこにあたるので、年齢もずいぶんと離れている。ルーシーから見ると多少変わり者だけれど、どちらも独身で、三十代のいまも浮ついた生活を送っている。コートはジム通いが趣味で色男を気取っているから、それが理由――自分が好きすぎて、ほかの人を呼び入れる余地がないのかもしれない。小売業で成功し、ＤＣ地区にビタミン剤を扱う〈ライフ・マックス・ナチュラル・サプリメント〉という店が三店あり、どこも大成功だった。

ミランダのほうはヒッピー崩れだった。よみがえったフラワーチルドレンのようなものだが、肝心の清々しさや精彩に欠けていた。茶か灰色か黒かの、重苦しい雰囲気の服を着ている。長い髪は真ん中分けのストレート。もう少し頻繁に洗えばいいのに、とルーシーはつねづね思っていた。フレンチホルンの腕前はかなりのもので、ルーシーが知るかぎり、ミランダが精魂を傾けた唯一のことだった。前に一度、ミランダからアパートでの降霊術に誘われたことがある。あれはミランダが恋人と別れて両親の家に戻る数カ月前のことだった。大叔母のジェニファーはその男のことをノミと呼んでいた。ルーシーはせっかくのお誘いだけれどと、丁重に断った。

ドアを開けるやいなや、ルーシーは大叔父に抱き寄せられていた。大叔父はしっかりと抱きしめて、背中をぽんぽんと叩いた。「元気にしていたかね、ルーシー?」

両腕にもたれかかって、笑顔で大叔父を見あげた。「わたしなら大丈夫――ええ、なんとかやっているわ。そりゃ、父さんのことは恋しくてたまらないわよ。でも、テッド・バンディの娘の事件の担当に指名されたでしょう? それが、いい気分転換になってる」

「おまえに危害が及ぶ心配はないんだろうな? おまえとマクナイト捜査官が上司のサビッチ捜査官とともに記者会見室にいるところをテレビで観たよ。そんな大役を任されるとは、たいしたもんだよ、ルーシー。だが、もし犯人の女が見ていたら、これでおまえのことが知られてしまった。だから、くれぐれも用心すると約束しておくれ、スイートハート」

「喜んで約束させてもらうわ、叔父さん。さあ、入って」

大叔父を美しいリビングルームへと導いたものの、部屋の中央で足を止め、鼻をうごめかした。住む人がいないかのようにかびくさい。ルーシー自身、引っ越してきて以来、この部屋にはほとんど足を踏み入れていなかった。だが、いずれ入らざるをえない。ここには物を隠すのに絶好のこまごまとした場所がたっぷりある。FBIのスウェットを通して、冷気が押し寄せてくる。「ここは寒すぎるから、キッチンにしましょう。さっきコーヒーを淹れたところなの」

キッチンに移動してみると、気後れするようなステンレススチールの調理器具に囲まれてはいるものの、心地よくなじんだ生活のにおいがした。ルーシーは笑顔でミルクと人工甘味料《スプレンダ》を取りにいった。軟弱な大叔父のコーヒーには、どちらも欠かせない。

キャビネットに手を伸ばしながら、背後の大叔父に尋ねた。「叔母さんはどうしてる？」

「悲しがって、少し落ちこんでいるがね、それはわたしも、コートとミランダも同じだよ。ジェニファーは、わたし同様におまえのお父さんを愛していた。長いつきあいだったからね」黙りこんで、なにを見るともなく反対側の壁をながめた。「ジョシュはまだ若かったよ、ルーシー。亡くなるには若すぎた」

涙が目に染みたので、急いで大叔父にコーヒーのカップを手渡した。ありがたいことに、ミルクとスプレンダをふたつ入れるという、いつもながらの儀式を行ううちに、大叔父の涙はおさまっていた。

カップに口をつけ、椅子に深く腰かけて、ルーシーに笑いかけた。「あらためてふり返ってみるに――信じられるかね、わたしがジェニファーに会って三十五年近くになる」大叔父の目が煌めいた。「それでもジェニファーのほうがうんと若いが。そしてわたしたちはコートとミランダという子どもを授かった。もっと欲しかったんだが、それはかなわなかった」

ふたたびコーヒーカップに口をつけた。「人生というのは先が見えない。そうだろう?」

ルーシーはうなずいた。ええ、そうね、よくわかる。マッグルーダーにも賛同してもらえるだろう。

「なぜここに戻ったんだね、ルーシー?」

父が死ぬ前に訴えたことのせいよ。でも、それは口にしなかった。とても言えない。証拠もないのに、むやみに口外するのは、誰のためにもならない。「むかしからこの家が大好きだったからよ。赤の他人の手に渡らせたくないの。少なくとも当面はね」

「いくらなんでもひとりじゃ広すぎるだろう? ジェニファーはそれがおまえにとっていいことじゃないと思ってるんだよ、ルーシー。隅っこにたくさんの幽霊が棲《す》みついてると言っていた」

「幽霊?」ルーシーはほほ笑んだ。「まだ一度も肩を触れあわせたことがないわ。ねえ、叔父さん、わたしなら大丈夫。わたしがむかし使っていた部屋が、ついさっきまで十代の少女がいたみたいに保たれていたのを知ってる? おばあちゃんはなにひとつ変えてなかった。その必要もなかったものね。ほら——寝室がいくつあるかしら。十くらい?

なにも問題ないから、叔母さんにも心配しないように言って。もし幽霊に出くわしたら、そうね、楽しくおしゃべりして、スプレンダをたっぷり入れたコーヒーをご馳走するわ。ここにはまだ公的に住んでるわけじゃないから、たとえバンディの娘だってこちらの住所は入手できないし、わたしがいつも銃器を携帯した危険な女だってことを、忘れないでね」

「あのコートですら、ジムでのおまえには感心しきりだよ。知ってのとおり、あいつは相変わらずせっせとジムに通っている」

おしゃれで粋ないとこ違いのコートと、つねにその顔に浮かんでいるにやにや笑いを、あらためて思い浮かべた。コートはむかしから、自分がいけていることを意識していた。そして妹のミランダを毛嫌いして、ミランダのほうは彼を愛しているのに、自分が嫌っているのと同じくらい嫌われようとした。ルーシーは一度、ミランダが彼の鼻にパンチをくりだすのを、見たことがある。彼はびっくりしすぎて、やり返しもしなかった。ルーシーは声をあげて笑った。いい気分。サンフランシスコでホテルの部屋にクープがやってきて笑ったのが、最後だ。いや、そういえば、同じ日の昼過ぎ、ランスフォードが泊まっていた〈ウィラード〉のスイートから出たとき、彼に手を叩かれたときも笑った。クープはルーシーの手を叩きながら、ランスフォードが弁護士を見もせずに黙れと一喝したのは痛快だったと、輝くような笑顔を見せた。

アランは、たっぷりのミルクでぬるくなったであろうコーヒーにふたたび口をつけ、テーブルをトントンと指で叩いた。言いたいことがあるのに、どう切りだしたらいいか、決めかねている。そう思ったルーシーは、さっきクープからされたように大叔父の手を叩いて、言った。「言ってよ、叔父さん。なにを聞かされても大丈夫よ。どうしたの？」

大叔父はもうひと口コーヒーを飲み、マグをナプキンの中央にそろそろと戻すと、ようやくルーシーの顔を見た。「ジェニファーもわたしも、おまえをしばらくうちに呼びたいと思っているんだよ、ルーシー。心配なんだ」

どういうこと？　なぜ心配なのだろう？　首を振りながら、答えた。「ありがたいけど、ここにいなきゃならないの」少しそっけないかもしれないと気づき、言葉を添えた。「行けないのよ、叔父さん。いまはやらなきゃならないことだらけだし、ここでも片付けたいことがあるし――」言葉を濁した。ＦＢＩの捜査官たるものが、いま口から飛びだそうとしていることに没頭したがっているなどと、どうしたら言えるだろう？

「そりゃ、やることは山のようだろうな。この家は大きい。若い女性がひとりで住むには、大きすぎる」

最後の言葉を無視して、ルーシーは言った。「手伝ってくれる人がいるわ。ミセス・マッグルーダーが料理と食材の調達をしてくれるし、庭の面倒はミスター・マッグルーダーがみてくれる。さっきまでいたのよ。引きつづき来てくれるから、なにも心配いらないわ」

「彼女の料理はまずい」

「そりゃ、ジェニファー叔母さんみたいに料理名人じゃないかもしれないけど、料理なら自分でしてもいいし。何年も自炊してきたのよ。心配しないで、叔父さん。なにも問題ないから。家に招いてくれたおふたりには感謝してる。でも、わたしなら大丈夫」ルーシーは立ちあがった。日が傾いてきている。日が落ちたら一秒たりとも屋根裏にいたくないから、早く仕事に取りかからなければならない。

立ち去りかねていることが、大叔父の表情からわかった。大叔父の姉である祖母へレンを思いださせる顔だった。ただ大叔父のほうが、祖母よりもうんと若い。いくつ違うか何度聞いても忘れてしまうのだけれど。決して仲の良い姉弟ではなかったけれど、アランは甥にあたるルーシーの父ジョシュをたいそうかわいがった。そして、伴侶に先立たれた父がルーシーを連れてここへ引っ越してくると、週に何度も訪ねてきた。ルーシーは笑顔で大叔父を見おろした。

大叔父はゆっくりと立ちあがった。ルーシーの父より背が高く、体を鍛えていることを誇りにしている。コートに組んでもらったプログラムに沿って、熱心に鍛えているのだ。ルーシーの知るかぎり、コレステロール値が高いことと、軽い関節炎があるぐらいで、あとはこれといって問題がないのだから、七十代にしては上出来だ。実際、いつもより痩せている。悲しみのせいだろうか。ルーシー自身、二、三キロ体重が落ちていた。

「来てくれてありがとう、叔父さん」ルーシーは大叔父を玄関まで送った。「ジェニファー叔母さんと、コートとミランダに、よろしくね。ところで、ミランダはどうしてるの?」

叔父は鼻を鳴らした。「一日じゅう、部屋でフレンチホルンを吹いているよ。頭がどうかなりそうだ。それ以外のときは、まだ性懲《しょうこ》りもなくコーヒーハウスに出かけていく。おおかた、家に逃げ帰る原因になったのと同じようなクズと会ってるんだろう」

笑うしかなかった。「そう言えば、叔父さん、訊きたいことがあったの。おばあちゃんが超感覚的知覚《ESP》や秘儀や霊媒やタイムトラベラーといった、超常現象に関する文書をたくさん読んでいたのを知ってた？」

大叔父はルーシーを見つめたまま、ぴたりと止まった。ゆっくりとうなずいた。「ああ、ヘレンは一時期、奇妙な現象に入れあげていた。奇妙であればあるほど興味を持って、手あたりしだいに買い入れた。それがどうかしたかね、ルーシー？」

「おばあちゃんのデスクにしまってあったファイルを何冊か読んでみたら、そんなことばかり、たくさん書いてあったの。わたしは聞いたことがなかったから、意外だったけど、叔父さんには話してたのかなと思って」

「こっちはたいして興味がなかった」アランは言った。「考えてみてくれ。わたしは銀行なんていう、とびきり俗っぽい世界に身を置いてきたからね、ルーシー。きみの父親と同じだ。魔術とは遠く隔たっている。おまえはどう思ってるんだね？」

ルーシーは肩をすくめた。「誰もがなにかしら信じてるのかもね。友だちにもいるのよ。すごくまともな人なのに占星術にどっぷりはまりこんでて、水星が逆行してるかどうかわからないと、一日がはじめられないの。たとえばってことだけど」

「その友だちだけじゃない、姉さんもそんな感じだった。おまえに話さなかったのは、なんとなくわかるよ。おまえの父親がいい顔をしなかっただろう」大叔父はルーシーの肩にそっと手を置いた。「そのことと、おまえがここに住むことには、なにか関係があるのかい？おまえにはべつに自宅がある。父親の家もある。それなのになにを好きこのんで、こんなばかでかいうちに住むんだか」

大叔父はなにか知っているのだろうか。いや、そんなはずはない。

ルーシーは穏やかで常識的なFBI捜査官の仮面をかぶりなおした。こうしていれば、尻尾をつかまえられずにすむ。「どうしてそんなことを尋ねるの、叔父さん？」

「そうだな、おまえがなにかのことで頭がいっぱいで、わたしを排除したがっているような気がするからかもしれない」

「まさか。カーステン・ボルジャーのことが気になってるからよ。どこかで元気に生きていて、こうして話しているあいだにも、態勢の立てなおしを図っているかもしれない。いろいろ頭が痛いわ」

「おまえの父親なら、おまえがここに引っ越すことをどう思っただろう」

「父はわたしがこの家を好きなのを知っていたわ。だからおばあちゃんが亡くなったあとも、売らなかったのよ」真っ赤な嘘。十年もすれば資産価値が上がると信じて、ルーシーのために売り控えていただけだ。

「売らないと知ったときは、驚いたよ」叔父が言った。「姉さんのファイルを見たと言ってたが、なにかおもしろいものは見つかったかい？」

肩をすくめて、首を振った。「この先、時間をかけて、じっくり目を通したら、見つかるかもね。何冊かのファイルを見たのは確かだけど、意外だったからで、正直言うと、死者との会話とか宇宙人とか、いまのところわたしにはあまり興味がないの。なにかおもしろいものがあるんだったら、教えて」

「そうだな、テレビでやってる吸血鬼物に詳しくなったら、結婚生活に刺激が生まれるかもしれない。どう思う？」

ルーシーは玄関のドアを閉めるとそれまでの笑みを消し、階段をのぼって屋根裏に行った。作業に使える時間は二十分ほど。日が落ちたら最後、明るさを求めて階下《した》に戻らなければならない。

24

ルーシーは片隅に積まれたスーツケースの山を見た。ありとあらゆるサイズのスーツケースに、キャリーケースが十数個。古いものは車輪が取れているが、それらすべてが手前に積んであった。その奥には特大サイズのスーツケースとダッフルバッグ、さらに奥の壁際には、むかし懐かしい薄くて幅の広いスチーマートランクが五、六個、立てかけてある。汽船《スチーマー》で旅した時代はこんなトランクが使われていた。いずれも二、三〇年代のアールデコの趣《おもむき》がある特大サイズで、その前に積みあげられた小型の仲間たちを守っている歩哨《ほしょう》のようだった。

祖父の死にかかわるなにかが見つかると本気で期待しているわけではないけれど、〝古い銀食器〟というラベルが貼ってある箱を調べるのは確実な一歩だし、それに、スーツケースになにかをしまっておく人は多い。あるかないかは、調べてみるしかない。

山のいちばん上にあったキャリーケースを手に取り、ファスナーを開いた。出てきたのは安全ピンひとつだった。ふたつめのキャリーケースは黒で、スーツケースとセットになっていた。サイドポケットに大むかしの歯ブラシが一本、それに古い二十五セント硬貨が一枚入っていた。硬貨を宙に跳ねあげて、ジーンズのポケットに突っこんだ。さらに十個ほどのキャリーケースを開けてみたが、見つかったのは干からびた赤いマニキュアが一本と、崩れかけの蜘蛛の巣のような古いヘアネット、数枚の硬貨、それに七〇年代に出版されたシドニィ・シェルダンの古い小説二冊だった。大きなスーツケースのほうに移ったときには、まだ期待があった。さっきの黒と組になったものだ。最初のスーツケースから出てきたのは、女性物の綿のパンティが一枚、男性物の黒いソックス、それに体臭防止剤が一本だけだった。積んであるスーツケースが残すところ三つになったときには、希望を失いかけていた。手を伸ばし、その重さに取り落としそうになった。心臓がどきどきしてきた。ファスナー式の蓋《ふた》を開くと、几帳面に折りたたまれた男性用の衣類が出てきた。ズボンにシャツ、スーツ、下着、靴、ハンカチ、ソックス、ベルト。上に置いてあったハンカチを手に取った。イニシャルの刺繍は入っていない。ルーシーは屋根裏の反対側にある、衣類をかけるための長いポールに目をやった。ビニール袋に入れた衣類がみっしりとかけてある。なぜこのスーツケースの衣類はポールにかけてないのだろう？〝紳士服〟と書かれた箱が五、六個ある。わざわざたたんでスーツケースにしまったのは、なぜなのか。

残された大型のスーツケースも開けた。ここからも紳士服が出てきた。三つ揃えのスーツとドレスシャツが大半だったが、そのほかにバーバリーのきれいなコートに手袋、男物の帽子がいくつか、靴が三足あった。いずれも上等な品ながら時代には取り残されている。古い映画の小道具のようだった。ルーシーはごく幼いころ、祖父がこんな服を着ていたのを思いだした。祖父が持ち去ったように見せかけるため、スーツケースに詰めて隠したの？

ルーシーはさらに作業を進めた。半ダースほどのダッフルバッグは、ほとんどが空だった。古いシュノーケリングの道具をおさめてあったのがひとつ、もうひとつには手つかずのコンドームの箱が入っていて、興味を惹かれた。

そしてついに、スチーマートランクにたどり着いた。ここまで来たら、止められない。スチーマートランクにはたくさんの仕切りやファスナーのついたポケットがあるので、ものを隠しやすい。でも、なにを？　せめて手がかりがあればいいのに。どうせ出てきても、安全ピンや小銭ぐらいだろう。どうせならいちばん大きなトランクからはじめよう。

ルーシーは壁に立てかけられた大きなトランクを観察した。黒い革のバンドのついたライトブラウンの革製で、傷んではいるけれど、贅沢な旅客船に乗せられたかつての日々と同じように頑丈そうだった。たくさん貼られたトラベルステッカーは、いつのものだろう？　九十年ぐらい前？　もっとも大きなステッカーには、蒸気を吐きだしながらこちらに向かってくる三隻の巨大な客船がアールデコのタッチで描いてあった。効果優先で比率を無視して描かれた西半球の地球のステッカー、当時なら間違いなくステータスシンボルであったであろう遠く離れた目的地のステンシルが十以上。〝パリ〟という文字にそっと触れて、しばし心を遊ばせた。ニューヨークから豪華客船に乗って、ロンドンやパリやカイロへと旅する裕福なアメリカ人や、彼らのトランクを台車に載せて運ぶお仕着せ姿のポーターの姿がすんなりと浮かんできて、それにつられて、満月を照り返すサテンのドレスを着た女たちの裸の肩や、細い口ひげをたくわえた男、バラの香水、まばゆいばかりの宝石といったイメージが呼び覚まされた。ルーシーは壁際に立ててあったいちばん大きなスチーマートランクをゆっくりと手前に動かした。ひどく重たい。なんとかひと隅を壁から離すと、脚まで使って蓋が開けられるようにさらに傾けた。古くてかびくさいにおいがする。そして掛け金を四つとも外したが、まだ蓋が開かないので、作業できる場所まで引っ張ってきた。このトランクをここまで運んだ人は、それきり中身を出すのを忘れたのか?

見ると、トランク中央に取りつけられた革のフラップの下に、隠すようにして南京錠が取りつけてあった。揺さぶってもびくともしない。ルーシーは目を凝らした。二〇年代のものではない。もっと後世のしっかりとした造りの南京錠だから、鍵がないと開きそうにない。

そのときふと、ルーシーは明るさをもたらしてくれているのが頭上の蛍光灯の明かりだけになっていることに気づいた。窓の外はとっぷり暮れて真っ暗になっているのに、気づいていなかったのだ。当初思っていたよりもうんと長居して、とうに二十分を過ぎていた。暗い窓を見つめるうちに、急に怖くなってきた。でも、怖いってなにが? 自分でもよくわからないながら、なにかが記憶の端に引っかかっていた。なにか朦朧《もうろう》として、膜に包まれたものがある。

とても小さな自分が、古ぼけたタンスのかたわらにしゃがみこんでいる姿が見えた。そして声が聞こえてきた。顔は見えないけれど、なぜか声の主はわかっている。そう、知った人だ。心臓が大きく打ち、口がからからになって、怖がっている。ちょうどいまの自分と同じように。

ルーシーは首を振った。どうなってるの？　心臓がドキドキしている。ばかげている、と自分にくり返し言い聞かせても、心臓は鎮まろうとせず、木がきしむようなささいな音がいちいち耳についた。奇妙な空隙にはまりこみ、現在に過去が重なって、それに伴って恐怖までが引き寄せられるようだった。ルーシーはもう一度、首を振った。暗いだけよ、ばかじゃないの。ほんとに小さかったころのなにかを脈絡なく思いだして怯えるなんて、話にならない。しゃんとしなさい。

こんなスチーマートランクどうってことない、とルーシーはトランクを蹴った。外が暗いからというだけで怖がる自分に腹が立った。そう、そして奇妙な記憶のせいもある。いや、記憶じゃない、脳がふいに説明のつかないなにかを浮かびあがらせて、それに縮みあがっている。ジーンズのホルスターからシグを抜き、屋根裏のドアの錠を開けたときと同じように銃把で錠を叩いた。錠は三度めで壊れた。

なにかを引っかくような小さな音を聞いて、旧約聖書のなかで塩の柱となったロトの妻と化した。しんとしている。家がきしむ音を聞いたか、壁のなかにネズミでもいるのだろう。

臆病風を吹かせてないで、いまいましいトランクを開けなさい。首を切り落とす鬼が潜んでいるわけじゃないのよ。万が一、鬼が飛びだしてきたとしても、撃てばいい。記憶にびくついているけれど、それは当時のことで、いまここにはいないのよ。

ルーシーは暗い窓と影に沈んだ屋根裏の隅から目をそむけると、ひとつ深呼吸をして、スチーマートランクの蓋を開いた。カツンという音とともに、背後のトランクに当たった。

古いかびのにおいが立ちのぼってきて、鼻を直撃した。それほど強烈ではないが、なにかの死臭のようだとわかる程度には濃厚だったので、のけぞってくしゃみをした。もう一度くしゃみをして鼻をこすり、手で鼻を押さえてトランクをのぞきこんだ。白い厚手のタオルがかけてあり、タオルの上には少なくとも一ダースほどの室内用消臭剤が置いてあった。すでに中身はないが、固形のタイプだ。ふたたび心臓がドキドキしてきたのがわかった。

心臓よ鎮まれ、しっかりして。あなたは捜査官でしょう、捜査しなさい。でも、どうして消臭剤なんか？

消臭剤のケースをどけて、白いタオルの端をつかんだ。なにかが引っかかったが、ポキリという大きな音とともに持ちあがった。見おろすと手があった。だが、もう肉はついていない、骨だけだ。タオルについて外れた一本の指をのぞくと、あとは原型を留めていた。ルーシーは背後に手をついて大あわてで遠ざかり、押しとどめようもなく悲鳴を放った。息を吸い、何度か唾を呑んで、ふいに湧きあがった恐怖を鎮めようとした。

ＦＢＩの捜査官なんだから、死体ぐらい見たことあるでしょう？　さあ。手を伸ばして、タオルを取り払い、トランクに詰まった骸骨を見た。こうなってしまうと、もはや誰だかわからない。

ルーシーは立ちあがり、滑稽にもシグを手に取ると、意を決して開いたトランクの前に立った。そして、もはやその大半が崩れ去っているものの、カジュアルな服をまとった男の骸骨を見おろした。頭蓋骨を見た。空っぽの眼窩。ショックにぽっかりと開いた口。

この骸骨は二〇年代までさかのぼれない。

ちょうど二十二年前のものだ。

トランクから後ずさりをしながら、シャツのポケットから携帯を取りだし、サビッチの番号を押した。

二度めの呼びだし音で彼が出た。「サビッチだ」

「ディロンですか、ルーシーです。スチーマートランクに詰められた白骨化死体を発見しました」

一瞬の沈黙をはさんで、彼が尋ねた。「場所は？」

「わたしの祖母の屋根裏です」

「大丈夫か？」

「いえ、ですがすべきことはできています」

「その調子だ。すぐに階下《した》におりてくれ。おれはこれからチェビーチェイス警察署の殺人課にいる知りあいの刑事に電話して、そちらで彼らと落ちあうように手配する。それまでにブランデーを一杯ひっかけておけよ、ルーシー。あとは心配いらないからな」

「それが、そうはいかないんです、ディロン。実を言うと、この白骨はわたしの祖父なんです。殺したのが祖母なのはわかっています。それでも捜査する意味があるでしょうか？」

声には出さないようにしているけれど、サビッチの驚きが伝わってきた。彼は穏やかな口調で、同じことを言った。「階下に行ってろ。十五分でそちらに行く」

ルーシーはなにも考えずにクープに電話をかけ、いきなり言った。「クープ、いますぐわたしの祖母の家に来て。あなたが必要なの」

「いま向かってる。すぐに到着するからな、ルーシー」

ルーシーはもうトランクを見なかった。脇目もふらず屋根裏の階段をおり、明かりを消して、ドアを閉めた。ノブを握ったまま、絨毯敷きの廊下にしばらく佇み、動悸がおさまるのを待った。あれはもちろん祖父だ。みんなが言っていたように、ふらっと出ていったのではなかったということだ。そう、自分の妻に殺されていた。父が亡くなる直前に叫んだとおりだった。死体はスチーマートランクに隠匿《いんとく》され、白いタオルをかけられて、消臭剤で死臭の拡散を防いであった。屋根裏のドアに錠がかけられ、ルーシーの立ち入りが禁じられていた理由がこれでわかった。

あの白いタオル——恥知らずな。祖母と父は死体を埋めることなく、屋根裏に運びあげた。強い恐怖感に襲われたのは、そのせいだったの？　スチーマートランクのひとつに祖父が詰めこまれていると、どこかで察していたから？

廊下の壁にもたれて、ゆっくりと呼吸をした。恐怖を閉めだして、鼓動を鎮めたかった。逃げることはできない。この問題に対処しなければ。

身元の特定方法はたくさんあるから、その点はむずかしくない。男性物の衣類の詰まったスーツケースが手がかりになるだろう。心の奥深くの、恐怖とともに事実を認識している部分では、その衣類が祖父のものだと気づいていたのだろうが、論理をつかさどる脳の部分は、スチーマートランクが開けられるまで、それを受け入れることを拒んでいたらしい。

距離を置くのよ。そう命じて、自分の内側に目を向けた。呼吸をゆっくりにして、屋根裏と祖父の死体入りのスチーマートランクのせいで引き起こされた恐慌を追い払いたかった。時間はかかったが、恐怖が消えると、苦痛と怒りが残った。祖父があんなところに。自分がここに住んでいたあいだもずっと、スチーマートランクのなかで朽ちていた。腐敗した肉は落ち、骨だけになった。祖父のために正義はもたらされず、いま自分がこうして怒っていても、祖母が死んでしまった以上、今後もそれは実現しない。一端をになっていた父もすでに亡く、その秘密を死の間際まで胸に秘めていた。

玄関のドアまで来ても、まだ息が荒かった。これ以上、家のなかにはいられない。ブランデーなどもってのほか。考えただけで、吐きそうになる。

そのときけたたましいタイヤの音とともに、クープのグロリアが私道にすべりこんできた。

25

クープはグロリアから飛びだし、ルーシーに駆け寄った。白い顔を見るなり、躊躇なく彼女を抱きしめた。「大丈夫だからな。サビッチと話をして、きみがおじいさんの白骨化死体を見つけたと聞いた。殺したのがおばあさんだと言ってることも。サビッチと所轄の刑事もすぐに来る。たいへんだったな、ルーシー、ひどい目に遭って」ポーチの明かりのもと、クープはただ黙って彼女を支えていた。彼女は泣いていなかった。深い部分で凍りついていて、涙が出ないのだ。

彼女の髪に話しかけた。「ぼくには話さなくていいんだ。なにがあったかは、みんなが来てから話してくれればいい。さあ、深く息を吸って。そう、その調子。気持ちをしっかり持てよ。ぼくはここにいる。一緒に対処すればいいんだからな。寒いのか?」

首筋にあたった彼女の頭が、横に振れている。「父さんも手を貸したのよ、クープ。あの人が夫である祖父を殺して、そのあとふたりで屋根裏に運び、スチーマートランクに押しこんだ。父さんはこの家に十二年住み、その間ずっと、屋根裏のトランクのなかで自分の父親が白いタオルをかけられていたのを知っていたの。ふたりはにおいを防ぐために、消臭剤も入れていたわ。どうしたらそんなことが耐えられるの？　あのね、屋根裏には錠がかかっていて、わたしは入るのを禁止されていたの。そしていま考えてみると、一度も入ってみたいと思ったことがなかった」

「わかった、ルーシー、もういい。みんなで考えよう。きっと答えが見つかる。なかに入るか？　凍えそうだよ」

「いいえ、入りたくないの。入らなきゃならなくなるまで、ここにいさせて」

クープはなめし革のコートを脱いで、彼女に着せかけた。

ルーシーは大きなコートをかき寄せた。震えている。「父はずっと自分の父親が屋根裏にいて、それが自分の母親に殺されたからなのを知っていた。そのことが頭を離れない。父が正気でいられたはずがないわ。でも、父は祖母のため、亡くなる間際まで秘密を守った。こんなに長いあいだ、自分のしでかしたことを自覚しながら、母親を守りたい一心で大きな秘密を抱えて、罪悪感やストレスにさらされていたら――寿命が縮まると思わない？」彼女は返事を待っていない。助かった、こんなときになにを言ったらいいのか、クープにはわからなかった。「でも、祖母が死んでもまだ死体を残しておいたのはなぜなの？　どこかへ移動して、ひっそり埋葬してやろうとは思わなかったの？」

「いずれわかるさ、ルーシー。とりあえずこのあとは、サビッチのポルシェを先頭にして車が押し寄せてくる。相手できるかい？」

ルーシーが顔を上げた。「もちろんよ」

所轄の刑事は女性警官をひとりルーシーの元に残して、あとの全員で屋根裏に向かうことにした。それでもルーシーがかぶりを振って立ちあがるので、刑事は彼女に指を突きつけて、「残ってください」と指示した。

十分後、クープが書斎に戻ると、ルーシーは両脇で手を握りしめてバーガンディ色の革でできた大きな安楽椅子のかたわらに立ち、女性警官はキッチンでコーヒーの準備をしていた。ルーシーの肩にはまだなめし革のコートがかかっている。クープは近づいて、彼女の手を取った。「すべて見分してきたよ。心配いらないからな、ルーシー。みんなで力を合わせて解決しよう」

「なにをどう考えたらいいの？」

「ああ、そうだな。きみの叔父さんと叔母さんに電話しようか？　ほかに誰かいるか？」

ルーシーはアランとジェニファー、コートとミランダを思い浮かべた。そして、この一週間、自分の願いどおり、距離を置いて見守ってくれてきた親友たちのことを。いや、彼らには電話できない。父親の葬儀に参列しただけで、すでに心を痛めてくれている。ルーシーは首を振った。「いいえ、叔父さんには朝になってから電話するわ。コーヒーを飲む、クープ？」アラン叔父さん、叔父さんはこのことを知っていたの？

クープは首を振った。「ルーシー、どうした？　さあ」ふたたび彼女を引き寄せ、なめし革のコートごと抱きしめた。

無言のまま、頬を涙で濡らしている。クープはそれを指で払った。「きついよな、ルーシー。ひとつ聞かせてくれないか。きみのおじいさんだとわかるなにかを見つけるとか、持ち去るとか、したか？」

「いいえ」

クープは彼女の髪に話しかけた。「サビッチはクワンティコで検視をさせようとしてる。刑事が上司におうかがいを立てたら、こちらの監察医をひとりつけるという条件で決裁がおりた。当然ながら屋根裏は犯罪現場だから、これから数日は鑑識の連中が上がりこむことになる。死体のシャツと胸元に血痕があったから、おそらく凶器は銃かナイフだろう。現時点で明らかなのはそれくらいだ。あとは解剖を待つしかない」

「ナイフよ。まだ開けてないスチーマートランクのひとつに入れたままになってるかも」

なぜわたしはナイフだと断言できるのか、クープにもすぐにその理由がわかる。落ち着いて理路整然と話ができていることが、ルーシーには嬉しかった。

「あのね、クープ、大量の人員を投入する必要はないの。殺されたのはわたしの祖父よ。そして祖母が殺したこともわかってる。それだけ。事件は解決、もうおしまいなの」

クープが言った。「わかるけど、踏むべき手続きがあるからね。それに、きみの口からすべてを説明してもらわなきゃならない。ナイフが見つかれば、なおいいし。男性用の衣類の詰まったスーツケースを見たよ。あのなかに身元を特定するものがあるかもしれない」

ルーシーはようやく、自制心を取り戻しつつある手応えを感じた。「クープ、また外に出たいんだけど」

ふたりは並んで外に出ると、ポーチの階段の最上段から、鑑識ふたりがルーシーの祖父の死体を詰めた緑色の死体袋を運びだすのを見た。ルーシーは言った。「もしＤＮＡ鑑定に必要なら、わたしの口内をひと拭きしてもらってかまわないんだけど」

「そうなるだろうな」

暗い夜だった。月は細く、遠き星の輝きが低く垂れこめた雲を透かしていた。鑑識のふたりがバンの脇で話している声や、家のなかの声が、聞こえてくる。

ルーシーは言った。「ひょっとしたら父は、自分の父親の死体にまた触れて、どこかへ運び去るのがつらかったのかもしれない。それならわたしにも痛いほど理解できる。考えてもみてよ、クープ。日常をこなしつつ、まだ幼い娘――つまりわたしのことだけど――には穏やかかつ自然に接しなきゃならなかったんだから、必死だったはずよ。しかもそんなことをした母親なのに、殺意を抱くどころか、ちゃんと敬っていた。わたしが見るかぎり、父は祖母のことを愛して、大事にしていたわ。でも、どうやったらそんなことができたの？　結局、動機はわかったのかしら？」

クープはコートごと彼女を抱きしめ、自分のほうが少し寒くなってきたことに気づいた。サビッチがやってきて、ルーシーの肩に手を置いた。「今夜はうちに泊まれよ、ルーシー」

ルーシーは笑顔で上司を見た。「いいえ、ここにいさせてください。わたしなら大丈夫、心配いりません。怯えていたのは事実ですが――」

刑事が背後で言った。「はい、はい、わかりますよ。あなたは泣く子も黙るＦＢＩの捜査官、すぐにでもいつもの強面《こわもて》に戻るってことでしょう？」

ルーシーは疲労困憊しつつも、うっすら笑った。「捜査の輪のなかに入れてくれて感謝しています」

刑事はこともなげに言った。「どういたしまして」

クープはルーシーに話しかけた。「おやじさんの葬儀のあとここへ引っ越してきたのは、このせいだったんだな、ルーシー？　だから、やけにこそこそしてたんだろう？　おじいさんを見つけたかったから」

「ううん、祖父が見つかるとは思ってもいなかった。なにかを探してはいたけど。そもそも祖母が祖父を殺さなければならなかった原因を明らかにしてくれる手がかりがあればと思っていたの」首を振る。「屋根裏のトランクのなかに隠すなんて、信じられない」

この話に、刑事がまばたきをした。「あなたのおばあさんがですか？」

「ええ、わたしの祖母がです」

「おばあさんがご主人を殺したと、なんでわかったんです?」

ルーシーはクープから離れて、男三人と向きあった。身を守るブランケットのように、やわらかくて大きなコートをかき寄せた。「わたしは大丈夫だけど、クープが寒いはずよ。なかに戻りましょう」

畏《かしこ》まったむかしながらのリビングルームに入ったルーシーは、緑色の大きなウイングチェアに座って、大きく息を吸いこんだ。「父は心臓発作を起こして、意識が遠のいたり戻ったりをくり返していました。わたしのことがわかることもあれば、わたしをただ見ているだけで、わかっていないこともあった。

そして亡くなる直前にぱっと目を開き、ぞっとするほど取り乱した声で、はっきりとこう叫んだんです。『母さん、なにしてるの? なんで父さんを刺したの? どうしよう、動かない。すごい血だ。なんでなの、母さん?』と」顔を伏せて続けた。「生きているかぎり、忘れられそうにありません」

おれもだ、とクープは思った。なんという重荷だろう。まず父親が背負わされ、それがいま娘の背に移った。クープは彼女の顔を見た。青ざめた頰が涙に濡れて、汚れている。編みこんだ髪がほつれて首筋に落ちているが、膝に載せた手は開いて、もう震えていない。それで彼女が落ち着きを取り戻していることがわかった。たいしたものだ。

ルーシーは一同を順番に見た。「なにがあったのか、突きとめる必要があったんです」

サビッチが言った。「それで、この一週間手がかりを探していたのか?」

「ええ。書斎はもうすみました。机の引き出しを探ったたし、たくさんの本がありましたけれど、なにも見つからなくて。それで屋根裏を調べてみることにしました。ドアにはむかしから錠がかかっていました。いまなら、その理由も明らかですね。錠前は簡単に壊せました」

「ルーシー、お父さんは屋根裏には近づくなと指示したとき、どんな言い方をした?」サビッチが尋ねた。

ルーシーは虚を衝かれたような顔になった。「それが、覚えていないんです。父の言いつけを破ってまで屋根裏に行きたいと思っていなかったことは、確かですが」口をつぐみ、ふたたび話しはじめた。「ご覧のとおり、屋根裏は整理整頓されていて、箱にはラベルが貼ってあったし、着なくなった衣類はビニール袋に入れて木製のポールにかけてあります。スーツケースのたぐいもきちんと積みあげてありました。少なくとも、わたしが動かすまでは」

刑事は小さな黒い手帳を取りだした。「少し確認させてください。おじいさんが殺されたとは、まったく思っていなかったんですか? お父さんが亡くなられる間際まで? 亡くなられたのはいつです?」

「父が亡くなったのは、一週間と少し前です。ええ、そんなことは少しも」

「おじいさんがいなくなって、寂しかったですか? 当時のことを話してください」

「祖父が黙って家族を捨てて家を出たと聞かされたのは、わたしが六歳になる少し前のことなので二十二年前になります。わたしと父はもうここに住んでいました。母が死んだあと、父の両親のもとに身を寄せたんです」

刑事は手帳にペンを構え、じっとルーシーの顔を見ている。「では、お父さんは母親が自分の父親を殺害する場面を目撃したんですね」

「ええ。直接ではないにしろ、その直後を」

「それをお父さんは、あなたにひとことも漏らさなかった？」

「ええ」

「ほかに話した可能性のある人はいませんか？　親友とか、信頼できる親戚とか」

「あるとしたら祖母の弟のアランですが、それらしいことは聞いたことがないので、わたしが知るかぎり父と祖母だけです。ただ、大叔父には聞いてみる価値があるでしょうね。どうせ、今回のことを話さなければならないし。わたしと同じくらい、ショックを受けるわ。父が死んだ直後だから、なおさらです」

「叔父さんとそのご家族には、こちらから話をします」刑事は言った。「あなたがこちらに引っ越していらしたのは、どうしてそうなったのか理由を探るためでしたね」

ルーシーは苦しげな笑みを浮かべた。「ええ、さっきも言ったとおり、理由を解明する材料はまだ見つかっていませんが、引きつづき探るつもりです。どうしてこうなったのかを知る手がかりが、なにかあるはずです」言葉を切って、手を見おろした。膝の上で固く握りしめている。ふたたび顔を上げてクープを見た。すっかり青ざめている。「祖母は高価な白いタオルをかけ、消臭剤を置いて、祖父をトランクのなかに隠した」一瞬黙りこみ、サビッチを見た。「屋根裏にいたとき、トランクの錠前を見ていて、なにかを思いだした気がしたんです。わたしは小さくて、怖がっていて、でも――」

ルーシーは顔を伏せて、泣きだした。

腕がまわされるのを感じて、そこに身を委ねた。温かくてやわらかな首筋に顔を押しつけ、花のかおりを嗅いだ。シャーロックだ。いつからここにいたの？

シャーロックが髪に顔をおしつけたまま、ささやいた。「もう心配いらないわ、ルーシー。あなたはひとりじゃない。わたしたちみんながついてる」

26

ジョージタウン
月曜日の午前中

ルーシーはショーンと並んで〈チェリオス〉を食べていた。どちらのボウルにもシリアルとスライスしたバナナが山盛りになっている。ルーシーは自分でも意外なほど、空腹を感じていた。そして、シャーロックとサビッチの家で過ごした前夜、ショーンの部屋の隣にあるすてきなゲストルームでぐっすりと眠った。ドアを開けておいたので、夜のあいだ何度か、ショーンの寝言が聞こえた。ネフェル王はずるいとかなんとか言っていた。ここへ連れてきてもらってよかった、とルーシーは心から感謝した。

サビッチが言った。「あと少ししたら、クワンティコまでドクター・ヒックスに会いにいくぞ、ルーシー」

「クープに電話をして、向こうで落ちあうことにしました。彼にもいてもらいたいんです、ディロン。いけない、アラン叔父さんに電話するのを忘れてた。すぐですから――」ルーシーの携帯が鳴った。「すみません。ああ、アラン叔父さん、おはよう。いま電話しようと思っていたところよ」

サビッチはショーンに手を洗わせながら会話に聞き耳を立て、洗った食器を食器棚に戻しているシャーロックも同じだった。大きくなったり小さくなったりするアラン・シルバーマンの声には、聞きのがしようもなく失意が滲んでいた。

数分後、ルーシーは電話を切った。きれいになったショーンの手に触れながら、言った。

「刑事が今朝早く大叔父の家に立ち寄って、なにがあったか話していったそうです。そりゃそうですよね、信じられなくて、ひどいショックを受けています。わたしが大叔父だったら、やっぱり同じ——で、大叔父も大叔母もわたしが心配だから、うちに来いって。でも、無理だからと断りました。そしたら大叔父から、葬儀の話が出たんです。やらないほうがいいだろう、やったら、すべてが明るみに出て祖母の名が汚されるからって。大叔父は祖父の遺体を密葬したがっていて、わたしもそれがいいだろうと思います。胸の悪くなるような話を三流紙に提供したって、ひとつもいいことはありませんから」

27

一時間後、クープとサビッチとルーシーはクワンティコのジェファーソン・ドミトリーにあるエマニュエル・ヒックス医師のオフィスを訪ねた。

ヒックスは、ＦＢＩでも一、二を争う優秀な精神科医だった。本人はナイフの刃のように痩せているのに、痩せていることを唯一の悩みとしている。エルビス・プレスリーの物真似をするのが好きなのに、痩せているとなかなかエルビスだとわかってもらえないからだ。ルーシーの手を取ったヒックスは、目をのぞきこんだ。「ルーシー、わたしに会うことを承諾するには、勇気がいったことと思う。きみが屋根裏でなににそう怯えたのか、過去にさかのぼって思いだすため、わたしに手伝わせてくれ。なにかが引き金になって、奥深くに眠っていた子ども時代の恐怖がよみがえったのではないかというサビッチの意見に、わたしも賛成だ。それで、きみは当時五歳だったかな？」

「六歳直前でした。ヒックス先生、わたしもじっくり考えてみました。でも、そんなに重要なことを忘れるなんて、考えられないんです。だから、あの感覚は現実に即したものじゃないかもしれません」

ヒックスはこともなげに応じた。「信じられないと思う人は多いよ、ルーシー。それで、ふいに湧いてきた感覚をなかったことにしたがる。だがね、わたしはこれまでそんな人たちを見てきた。蓋を開ける前から、きみは心の奥深くのどこかで、なにか恐ろしいものがトランクに入っているのを知っていたはずなんだ。それともきみは、きみの感覚、つまり恐怖を感じる理由をつけたくて、幼い女の子——きみだな——をでっちあげたと考えたいのかね？」

ルーシーは身を乗りだし、期待をこめて言った。「それで説明がつきませんか？」

話にならない。ヒックスは思いながら、彼女の手に手を重ねた。「わたしたちがここにいるのは、そこをはっきりさせるためじゃないかね？　過去にさかのぼることに、異論はないんだね、ルーシー？」

「はい。あんな恐怖はもう味わいたくありませんが、それ以外に真実を探りだす方法がないのも承知しています。ですから、いつはじめていただいてもけっこうです、ヒックス先生。催眠術ははじめてです。もしかからなかったら、どうするんですか？」

ヒックスは言った。「眠りにつくように、すんなりかかるはずだよ、ルーシー。きみは直感力が強い。たしかきみがそう言ったんだったな、サビッチ？」サビッチのうなずきを受けて、ヒックスは続けた。「そういう人のほうが、うんとかかりやすい」

サビッチが言った。「直感力ではすまない能力があるかもしれない」

「まさか、そんなことはありません」ルーシーは否定した。

ひとつきりの窓辺にひっそりと佇んでいたクープが言った。「カンザス・シティでの一件を思いだすよ。きみは椅子に座るなり、捜してる殺人犯はお隣の老人だというほうにズロースを賭けると言いだした。彼の外見から、その目を見たらわかったと。もちろん、犯人はその老人だった。そうだよ、きみには直感力以上のものがあるんだ、ルーシー」

ヒックスが言った。「どうしてそういう結論に至ったか、教えてもらえるかね、ルーシー？」

「そういうことじゃないんです、ヒックス先生」ルーシーは反論した。「たった一度、まぐれ当たりしたっていうだけで。ご存じのとおり、この部屋で超常的な能力があるとしたら、ディロンです。ＦＢＩの不変の伝説ですから。みんなでわたしを持ちあげて落ち着かせようとしてくれるのはありがたいですが、さっさと先に進めてもらえませんか」

「すっかり準備ができているようだな」ヒックスは彼女を見おろした。「不思議な能力については、きみは自分が思っている以上にサビッチに近いかもしれない」

サビッチが言った。「そのくせ、きみはなにか困ったことがあると、そのまんま顔に出るんだ、ルーシー。だろう、クープ？」

「ええ、ポーカーで彼女がブラフをかけると、みんな大笑いです」

にこにこ聞いていたヒックスは、ベストのポケットから金鎖のついた古い金時計を引っ張りだした。「これは祖父から譲り受けた時計でね、種も仕掛けもない、ただの時計だ。なにより大事なのは、きみがリラックスすることだよ、ルーシー。さあ、深呼吸して、頭のなかからストレスの原因になるもの、頭の痛い疑問をすべて、追いだしてくれ。ただ時計を目で追って、わたしの声に耳を傾ける。そう、深呼吸。椅子に深く腰かけ、時計を見てくれ」

ルーシーに話しかけながら、彼女の目の前でゆっくりと時計を揺らした。二分もしないうちに、ヒックスはうなずいた。「サビッチ、彼女に質問するかね?」

サビッチは身を乗りだして、だらんとしたルーシーの右手を両手ではさんだ。「ルーシー、お父さんとふたりで祖父母の家に引っ越したときのことを覚えているかい?」

話しだしたのは、ルーシーの声ではなかった。もっと小さな子どもの声。高くて小さなささやきだった。「誕生パーティを覚えてる」

「きみはいくつだった?」

「二歳」

「そのパーティのことを話して」

彼女が眉根を寄せた。「おっきな足のピエロがいたの。風船で動物をこしらえてたけど、あたしは嫌いだった。おっきくて、おっかなかったから」

「パーティのときのことで、ほかに覚えてることは?」

「ピエロから離れたくてトイレに行ったら、父さんが泣いてた。わんわん泣いてたんだよ。あたし、あのピエロが大嫌いだった。おばあちゃんはチョコレートケーキを焼いてくれた。あたし、チョコレートケーキが大好きなの。あたしの母さんもそうだったんだって。父さんがそう言ってた」

「いいぞ、ルーシー。そこから時間を進めてもらいたいんだ。きみは五歳、もうすぐ六歳になろうとしてる。六歳の誕生日にも、パーティが開かれるのかな？」

また眉根が寄ったが、くしゃくしゃになったのはルーシーの顔というより、幼い少女のそれだった。幼児らしさはなく、ただぽつんとして寂しそうだった。

サビッチは彼女の手を握った。「大丈夫だよ、ルーシー。いまなにが見える？」

「どうして誕生パーティをしてもらえないのかな。父さんはおじいちゃんが行っちゃったからだって言ってたけど。お店やさんに行ったのかって訊いたら、父さんは何度も何度も首を振ったよ。それにすごく困った顔したおばあちゃんと、父さんが見える。アラン叔父さんも、キッチンのテーブルでうなだれてた。叔父さん、すごく静かにそこに座ってて、ミルトンがこんな仕打ちをするなんて信じられないって言ってた。不満がありそうには見えなかったのに、なんで黙って消えたんだって。叔父さんはそれっきり、黙っちゃった。ジェニファー叔母さんはずうっとあたしを撫でてた。みんなが泣きそうな顔だったし、みんながひそひそしゃべってた。で、あたしが見るとにこっとするんだけど——それって、にせものの笑顔なんだよ」

「なんでそんなふうに笑顔をつくるのか、訊いてみたかい？」

「ちょっとだけ。みんな、たいしたことじゃないからって言ってて、あたしにはほんとじゃないってわかった。おじいちゃんはもう戻ってこなかった」

「おじいさんがいなくなったのは、誕生日のどれぐらい前だった？」

一同の視線を浴びながら、彼女は指折り数えた。「一週間ぐらいかな」

「わかった。こんどは一週間ぐらい戻ってくれるかい、ルーシー。いまどこにいる？　うちのなかかい？」

彼女がうなずく。子どもがよくやる、鳥が頭を下げるような、短くて急な動作だった。

「なにが見える？」

「なにも見えないけど、父さんが叫んでる。怖いのと怒るのが一緒になったみたいな声で。あたしまで怖くなったけど、父さんには見つかりたくない。いないことになってるから」

「どこにいるはずだったんだい？」

「隣のマジョリーのおうち。でも、バスルームのなにかが壊れて、水浸しになっちゃったから、うちに帰ってきたの。マジョリーのママにも言わないで」

「お父さんとおばあさんの叫び声を聞いたとき、ふたりはどこにいたの？」

「上のどこか」

「それじゃあ、なにがあったか知りたくなったよね。きみはどうした？」

　彼女が激しく首を振っている。

　ヒックスが口をはさんだ。「大丈夫だよ、ルーシー。わたしたちがいるから、きみを守ってあげられる。きみがひどい目に遭うことはないからね。わかるかい？」

　彼女は時間をかけてやっとうなずくと、少女の声で不安定な吐息を漏らした。「階段をのぼって、隠れたの。廊下の向こうで父さんが屋根裏に上がってくのが見えた」

　サビッチが言った。「おばあさんもいたのかな？」

「ううん。おばあちゃんはもう上に行ってた」

「お父さんはなにかを運んでた？」

「わかんない。でも、泣いてた。また母さんのことで泣いてるのかなと思った」

「きみは階段をのぼって、屋根裏に行った？」

「ううん。ふたりが音を立てて動きまわってるのを聞いてたけど、怖くて行けなかった。ふたりに見られたらたいへんだから」

「ふたりが屋根裏でなにをしてるか、わかった？」

「見てないから。でも、口げんかしてて、父さんはまた泣きわめいてた。あたし、怖くて動けなくなっちゃった」

「ふたりがなにを言いあってるか、わかったかい？」

「おばあちゃんはずっと叫んでた。悪いことをしたって、自分のせいでなにもかもめちゃめちゃだって」

ルーシーが黙りこみ、頭が片方に倒れた。催眠状態を脱して眠ってしまうのではないかとサビッチは思ったが、ヒックスは彼女の肩を揺さぶって眠らせないようにした。

サビッチがふたたび尋ねた。「お父さんがおばあさんに言っていることで、なにかわかったことはあったかい？」

「父さん、声が震えてる。わめきちらしてて、おばあちゃんは泣いてる」

「おばあさんはなんと言ってる？」

「『わざとじゃないんだ、ジョシュア』って。おばあちゃんは父さんのことをいつもジョシュアって呼んでるの。アラン叔父さんやジェニファー叔母さんは、ジョシュって呼ぶよ」

「おばあさんは、なにがわざとじゃなかったか、言ってるかい？」

「わんわん泣いて、おんなじことをくり返してる。『あの人が全部だめにしたんだよ、ジョシュア。わたしの指輪を投げ捨てて、金輪際《こんりんざい》、見つからないって言ったんだよ。わたしには耐えられなかった』って」

「そのあとどうなった？」

「ふたりがおばあちゃんの部屋に行ったから、隠れてるところから出られなくなっちゃった。またふたりが戻ってきて、こんどはお洋服とか靴とかをいっぱい持ってた。行ったり来たりしてたから、あたしはふたりが屋根裏にいるあいだにそこを出て、キッチンに逃げたの」

「そのあとふたりは、きみがそこにいたことを知ったのかい、ルーシー？」

「ううん。あとで二階に上がってみたら、父さんが自分の寝室のドアのとこで泣いてた。あたしを見て、おいでって言ったから、走ってったら、ぎゅっとされた」

「お父さんになにも言わなかったのかい？　おばあさんにも？」

「うん。怒るに決まってる。叩かれたくなかった」

「ルーシー、おばあさんのこと、話してくれる？」

彼女の顔にとまどいが広がる。子どもには質問が複雑すぎた、とサビッチは気づいた。

「おばあさんのこと、好きかい？」

こんども鳥が頭を振るように、彼女はうなずいた。「あたしが大好きなピーナッツバタークッキーを焼いてくれるんだよ。ご本を読むときは、隣に座らせてくれるし。おばあちゃんいつもご本を読んでるの。でも、リビングルームにいることが多くて。あたし、あそこ嫌い。死んだみたいなお部屋で、息ができない」

「おじいさんのことは好きかい、ルーシー？」

ぱっと顔が明るくなった。「おじいちゃんはあたしが脚の上に座ると、喜ぶんだよ。あたしのお馬さんだって言って、体をぴょんぴょんさせるの。おじいちゃんからは、ビーフジャーキーのにおいがする。ビーフジャーキーって大好きだったんだけど——」

「だけど？」

「おじいちゃんは出かけてって、帰ってこなかった。父さんと同じくらい、おじいちゃんも働き者でたくさんお金を儲けたって、父さんが言ってた。いなくなる前のある日、おじいちゃんが怒りながら仕事から帰ってきたことがあったの。おばあちゃんをどなりつけて、使っちゃいけない言葉を使ってた。父さんはあたしを連れだして、アイスクリームを買ってくれた。このことは忘れて、ああいう言葉を使うんじゃないよって言われた」

「おじいさんがどこで働いていたか知ってる、ルーシー？」

考えこむ顔になったが、彼女はかぶりを振った。

サビッチはその場を離れてクープの隣に立ち、ヒックスが催眠を解くのを見守った。「よくがんばったね、ルーシー。これからわたしが指を鳴らす。きみの鼻先で鳴らしたら、きみはすぐに目を覚ます。穏やかでゆったりとした気分で、いま話したことをすべて思いだすんだ。いいね？」

「はい、ヒックス先生」

ヒックスが指を鳴らした。瞬時に戻ってきたルーシーは、穏やかなようすだった。「答えが出ましたね」

「ああ」サビッチは言った。「なにがあったか、これで大筋が明らかになった」

クープは彼女の顔の変化を観察していた。悲しげな表情をしている。涙がゆっくりと頬を伝いだした。「想像できますか」ルーシーはささやくような声を喉に詰まらせながら続けた。「わたしの父は母親が父親を殺すのを目撃したあと、母親をかばい、父親をトランクなんかに詰めこんで、白いタオルをかけていた。こんな恐ろしいことがあるでしょうか？　父はそんな過去を抱えて生きてきた。誰にも話さず、心の奥深くにしまいこんできて、ついに我慢できなくなったんです。再婚しなかったのは、そのことを秘密にしていたせいかもしれない。父の頭にはその光景が鮮明に焼きついていて、最期の最期になって、その恐ろしい出来事を吐きだしたんです」

ルーシーは手で顔をおおって泣きだした。自分のためというより、父を思っての涙だった。クープは肩に手を置いて、彼女が泣きやむのを待った。そして、淡々と言った。「きみのお父さんが実家に残ったのは、だからだったかもしれないね。きみと母親の両方の面倒をみてたんだ」

ルーシーは顔を上げて、彼を見た。「そういえば、父はわたしを絶対に祖母とふたりきりにしなかったわ。読書する祖母の隣に座っているときも、つねに父が近くにいたの」

サビッチが言った。「これで明らかになったから、もう手放さないとな」

ヒックスはルーシーの腕を叩いた。「これで大丈夫だ、ルーシー・カーライル。きみは逆境をくぐり抜け、曇りのない目で物事を見ている。もう心配いらない」

ルーシーはゆがんだ笑みを浮かべた。「わたしの目の曇りがとれたって言うんですか？

少しもそんな気がしないんですけど」

そっと彼女の手を握って、ヒックスは言った。「いや、じきにわかるよ。さあ、サビッチ捜査官とマクナイト捜査官にピザでもおごってもらって、ひと息ついたらどうだね?」

「アカデミーに来たのは、久しぶりです」そう応じつつ、先が続かなかった。「どうしたら大丈夫になるんでしょう?」

「当面、心配事は禁止だぞ、ルーシー。消化しなければならないことが多すぎる。ここにこいつらがいるのは、なんのためだ? くよくよ悩むのはふたりに任せろ。いいな?」

長い時間をはさんで、ルーシーはうなずいた。それでも彼女が悩まずにいられないのが、クープにはわかった。

ルーシーはサビッチを見た。「ディロン、解剖はもう終わったんでしょうか?」

「訊いてみよう」数秒後、サビッチは携帯をポケットに戻した。「終わりしだい、ドクター・ジャッドがじかにきみに電話してくれるそうだ」

「彼女は――実際、祖父を刺していた。そんなことがあるなんて。で、その原因が指輪をめぐる口論? 指輪ごときでなぜそんなことに?」

「そこは謎として残るかもしれない、ルーシー」サビッチが言った。「わかるだろう」

彼女はうなずいた。

クープは彼女を立たせた。「さあ、ピザを食いにいこう」

28

ニューヨーク市ウォール街
エンリコのバー
月曜日の夜

「〝ティペラリーまでの道のりははるか、でもぼくの心はそこにある〟」

「わたし、その歌、大好き」ジェネビーブ・コネリーは、会ったばかりのトーマスに向かってグラスを掲げた。トーマスは若々しい顔をほころばせ、拍手を聞くと、スツールに座ったままふり返って、深くお辞儀をした。

ジェニーは手にしたモヒートをもうひと口飲んだ。「ティペラリーがどこにあるかも知らないんだけど」まだ酔いが足らず、口調が固い。そう思いながら、もうひと口飲んだ。酔っぱらいたかった。月曜の夜で、明日も仕事だというのに、酔っぱらわずにいられない。トイレの便器にしがみついている自分の姿が目に浮かぶけれど、腹立たしいやら、落ちこむやら、むしゃくしゃするやらで、かまっていられない。もうひと口飲むと、バーテンのビッグ・エドにモヒートのお代わりを注文してくれたトーマスに笑いかけた。それからほどなく、ジェニーはトーマスがモントリオール出身で、東八〇番街の〈フィフス・ホイール〉で週六十時間働き、夜は詩を書いていることを知った。彼は、二一世紀のE・E・カミングスが誕生しつつある、と真顔で語った。

気がつくとジェニーは彼に打ち明け話をしていた。あと少しで婚約の運びだったこと、でもそれはなくなったこと、原因はレニーが依存症持ちのクズで、それを知らなかったことだと。そうよ、あのクズ、いまごろアトランティック・シティでギャンブルにうつつを抜かしてるわ。

モヒートは、案に相違して、怒りをかき立てるより憂鬱をもたらした。「仕事が終わってから、〈モリー〉に出かけたの。ディナーの約束だったのに、レニーは来なかった。それで彼の母親に電話したら、あの女、なんて言ったと思う？」ジェニーは物真似しているのが明らかな、少し愚痴っぽい感じの、悲しそうな小声で言った。「あの子、わたしのお財布から四百ドルも盗んでいったから、きっとまたアトランティック・シティよ。ちょっとした問題があるってこと、あの子、あなたにお話ししてなかったのね？」

「ちょっとした問題って、どっちよね？　盗み、それともギャンブル？　とにかくそれ以上聞いてられなくて、電話を切ってやった。あの女、どうせわたしのこと好きじゃなかったんだろうから、いいわよね？　ちょっとした問題って言ったのよ」

「ぼくの兄貴もギャンブル好きなんだ」トーマスが言った。「で、おやじとおふくろは兄貴をうちから追いだしちゃった」

「そんな話、彼から聞いたことなかったの」ジェニーはカウンターの奥の鏡を見ながら、三杯めのモヒートを飲みほした。「お化粧を直してくるわ、トーマス」そう言い置いて、女子トイレに向かった。

五分後、口紅をきれいに塗りなおし、髪を整えて席に戻ったジェニーに、トーマスは言った。「でさ、ジェニー、つまりぼくは、アッパー・イーストサイドでばか高いスパゲッティを気取った連中に投げつけることに自分の若さを費やしてる詩人ってわけ。で、きみはなにしてるの？」

ジェニーはもう一度、鏡のなかの自分を見た。ところがこんどはゆがんだ顔の輪郭しか見えない。ほんとうに顔があるかどうか、頰に手をやって確かめた。「わたしは財務分析、つまり企業の業績動向や予測を検討するのが仕事よ。退屈なことにかけては、踏み車をまわすネズミに負けてないわ」店内を見まわした。「今夜は知りあいがいないわね。〈エンリコ〉はわたしの仕事仲間うちでは人気の飲み屋さんなんだけど」トーマスからグラスを渡されるまま、ジェニーはがぶりと飲んだ。しゃっくりをして、けたけた笑う。「見てよ、この顔――ひどい酔っぱらいよね。でも、いいの。なによ、あんなクズ。ギャンブルに目がくらんで、わたしのことなんかすっかり忘れちゃって」

トーマスはジェニーに目をくれて、ふたたび歌いだした。「この歌は知ってる？〝モンテズマの間から、トリポリの海岸まで――〟」

今回は店内じゅうが唱和した。ビッグ・エドまでグラスを磨きながら、一緒に歌った。

「感染性の下痢《ミスター・モンテズマ》に一度、会ったことがあるわ。おかげで五キロも痩せちゃった」本人は気づいていないが、ジェニーはもはやトーマスが支えていないとスツールから転げ落ちそうだった。トーマスは笑った。「あのさ、ジェニー、もういい時間だから、運命に殉じたほうがいいんじゃないかな」

「わたしの運命って？」

「アスピリンを半ダースぐらいのむこと。でも、心配いらない。ぼくが家まで送ってあげるから、ひとりで二日酔いを堪能して」

「どうあがいたって、ひどいことになりそう」ジェニーはろれつがまわらなくなっていることに、いまさらながら気づいた。残ったモヒートをグラスのなかで回転させながら、知らない人に送ってもらっていいものかどうか考えた。すごくやさしい人だけれど、彼には今夜はじめて会った。ジェニーはできるだけ冷静に是非を問い、ついにうなずいた。「そうね、もう帰ったほうがよさそう」そして、彼にしなだれかかった。「楽しませてくれてありがとう、トーマス」

彼はジェニーの肩を叩いた。「いつでもどうぞ、ベイビー」

ふたりで店を出るとき、トーマスに向けて拍手が起きた。彼は笑顔で小さく手を振ると、ジェニーを外に押しだした。歩道に出るなり、ジェニーは冷たい風に頬を叩かれて、涙目になった。大泣きしたいところだけど、突き刺さる風のせいで涙が滲んだだけですんだ。タクシーを探して、悪態をついた。人っ子ひとり見あたらない。ただ寒いだけで、がらんとしている。これぞ夜のウォール街。若い女が狭苦しい職場から逃げだすが早いか、できる連中はこぞってアッパー・イーストサイドかコネチカットかハドソン・バレーにくりだす。そしてレニーはアトランティック・シティで、幸運を願いつつサイコロを転がしている。

なによ、あんなクズ。

トーマスの腕に手をかけて、腕を握った。痩せていて、あまり筋肉がついていない。「パイン・ストリートの部屋があるの。ここからたった三ブロックよ」

〈エンリコ〉から、長い金髪をふり乱し、両手をばたばたさせながら、ひとりの女が駆けだしてきた。「待って!」

金髪の女がジェニーの腕をつかんで、トーマスから引きはがそうとした。「大丈夫?」

「え、わたし? もちろん大丈夫よ。トーマスが一緒だもの。どうかしたの?」

「すぐに大丈夫じゃなくなるわ。あなたがトイレに立った隙にこいつがあなたのグラスになにかを入れるのを見たの。賭けてもいい、レイプドラッグのロヒプノールよ」

「ロヒプノールって?」

「ルーフィって知ってるでしょ、デートレイプドラッグの。聞いたことあるはずよ」女はトーマスから目を離さなかった。

「彼がわたしにルーフィを？」

「そう。あなたのモヒートに入れたの。そろそろ吐き気がしてくるはずだけど、違う？」

またもや裏切り。耐えられない。ジェニーは大爆発した。トーマスのほうを向くなり、両方の手の付け根で彼の胸を突いた。倒れそうになった彼は、両腕をまわしてバランスを取った。「クズ！」

「ちょっと待ってよ！」

腹に蹴りを入れると、トーマスは横様に倒れて車道に転げ落ちた。仰向けになって、息を荒くしている。

ジェニーは泣きたい気持ちで、友だちだと思っていた男を見おろした。信じていたのに、やさしくて、感じがよくて、すてきな歌声だったのに。それに親身に話を聞いてくれた。

「あなたがそんな人とは思わなかったわ、トーマス」

「ぼくはそんなことやってないって！」彼は金髪の女にどなった。「なんなんだおまえ？なんでそんな嘘を言うんだよ？」

「わたしはモニカ。あんたがやるのを見たのよ、この人でなし！　あなた、ジェニーでしょう？　彼と店を出るのを見たら、いてもたってもいられなくなっちゃって。こいつがあなたをひどい目に遭わせようとしてるんだもの」

トーマスは腹を押さえた。「ジェニー、嘘じゃない、ぼくはなにも入れてないよ。ぼくじゃないんだ。そんなことをする理由がないだろ？」

モニカは大きな黒いバッグに手を突っこみ、携帯を取りだした。「なによ、嘘つき。ここに警察を呼んで、あんたをぶちこんでもらうわ」

ジェニーはモニカの手をつかもうとして、つかみそこねた。酔っているから？　それともルーフィのせい？　「いいえ、警察には電話しないで。ここから離れられたら、それでいいの」

ジェニーは膝立ちになったトーマスを見た。「あなたがドラッグを盛ったのね」彼女は言った。「目がまわって、気分が悪いのは、そのせいよ」怒りが突きあげてきて、立ちあがる彼をもう一度蹴ろうとしたが、うまくいかなかった。

「ほっときなさいよ、ジェニー。もう行きましょう。うちに帰ってまだ気分が悪いようなら、そのとき警察に電話すればいい。みんな彼の顔を見てるから、牢屋にぶちこめるわ」くるっと回転して、電柱にもたれているトーマスと向きあった。「いい？　つけてこないでよ」

「行きましょう」ジェニーは言いながら、苦いものが込みあげてくるのを感じた。ああ、勘弁して、気持ちが悪くなってきた。

タクシーは影も形もなかった。「そうね。うちは近いんでしょう、ジェニー？」

ジェニーは答えられなかった。まっすぐ立って、足を交互に出すのが、やっとだった。

自宅のあるパイン通りの建物までの一歩一歩が苦行と化し、長い道のりになった。だが、モニカの手を借りてなんとかたどり着くと、外側のドアの鍵穴にどうにか鍵を差しこんだ。

すでに十二時をまわっていた。誰もいなかった。ドアマンのシドニーまでが、夜になるとカウンターの奥の物置に引っこんで、寝てしまうのだ。

モニカに支えられて、エレベーターに乗った。ジェニーは文字盤を長いことにらんで、ようやく四階のボタンを押した。エレベーターのドアが開いたときには、息が上がってほとんど歩けなくなっていた。「たどり着けないかも」

「なに言ってるの。もうちょっとよ、ジェニー、がんばって。わたしがいるから、心配いらないわ」

通路のいちばん奥にあるジェニーの部屋まで来ると、モニカは彼女の手から鍵を取りあげた。ドアを開けて、ジェニーを押し入れる。

「さあ、ジェニー、着いたわよ。偉いわ、なかに入りましょう。そしたらあとはなんの心配もなくなるわ」

29

メリーランド州チェビーチェイス
火曜日の午前中

ルーシーの携帯から、競馬のファンファーレが鳴り響いた。はっとして手を動かした拍子に、ベティ・ブープのマグからコーヒーがこぼれた。

「はい、ルーシー・カーライルです」

「カーライル捜査官ですね。ドクター・エーモス・ジャッドです。ご遺体の解剖が終わりました。サビッチ捜査官からあなたに直接電話するように指示されていましたので」

ルーシーは唾を呑んだ。「はい、ドクター・ジャッド、ありがとうございます。それで、なにかわかりましたか？」そう、いまの祖父は遺体だった。

「背中側の肋骨二本に、大きな平刃によって生じる刺創がありました。たとえば肉切りナイフといったものですね。それが胸を貫いていた。胸椎にも鋭い刺創があり、これは刃物が心臓に向かって深く突き刺されたことを示しています。おじいさまは即死だったと思われます、カーライル捜査官」

ルーシーはジャッドに礼を述べて、携帯を切り、マグにコーヒーをつぎたした。けれど口はつけず、握って手を温めた。

ふたたび携帯が鳴った。

こんどは家族の弁護士として長いつきあいになるバーナード・クレイモアだった。

老いたとはいえ、その声は驚くほど力強く確かだった。挨拶を終えるとすぐに、こう切りだした。「今日電話をしたのはだね、ルーシー、早急にきみに会わなければならないからだ。二十二年前、わたしはきみのご祖父上から一通の封筒を託され、きみのお父上が亡くなられたらきみに渡すよう指示された。残念なことに、思っていたよりも早くそのときが訪れてしまった。渡したいのでこちらに来てもらえるかね」

ルーシーは携帯を見つめた。おじいちゃんから封筒？　心臓がドキドキしてきた。ひょっとしたら、求めていた答えかもしれない。

それから一時間後、ルーシーは封筒を握りしめて、M通りのクレイモア・ビルディングにあるミスター・クレイモアの優雅なオフィスをあとにした。弁護士によると、封筒になにが入っているのか見当もつかない、この二十二年間ただ金庫に保管してきた、とのこと。ご祖父上のご依頼をまっとうできた、と弁護士は胸を張った。

さらに三十五分後、ルーシーは駐車スペースに愛車のレンジ・ローバーを入れようとしていた。大きな車体に見あわない狭さだったが、駐車には慣れているし、得意でもある。わずか数センチの隙間を残して駐車した。そのときふたたび携帯が鳴った。ルーシーはしばらくハンドルを指で叩いていたが、ため息をついて、電話に出た。「カーライルよ」

「やあ、カーライル。マクナイトだ」しばしの間。「なにか問題があったのか?」

どうしてみんな問題があると決めてかかるのだろう? さいわい、こんなに元気で、落ち着いてるんですけど。たしかに、思考のなかで近づきすぎるたびに怯えてしまうような出来事を催眠術によって思いだすのは、異様な体験だったけれど。クープの顔が目に浮かぶようだった。面長な顔に思い詰めた表情を浮かべて、こちらの声に細心の注意を払っている。彼がナンパ男じゃないことは、もうわかっていた。むしろこれという相手を見つけたら、脇目を振らずに誠実に向きあう男にちがいなかった。それを思って、ルーシーは頬をゆるめた。聞き耳を立てたって無駄よ、あなたに聞かせることなんてないから。「べつにないわよ、クープ。問題なんて、ひとつも。ただ——今朝のうちに片付けておかなければならない用事ができたの。祖父がらみなんだけど。昼にはそちらに行くわ」

「それなら、ぼくのほうからそちらに出向いて、その用事を手伝うっていうのはどうかな? そしたら、どうしてるかきみからじかに聞けるしね」

ええ、そのとおりね。でも、なにが言えるだろう? 金庫の中身については、クープには関係がないから、教える必要がない。言いたくないのであれば、スフィンクスのように沈黙を守るだけのこと。貸金庫のなかからなにが出てくるだろう? 自分がエネルギーに充ち満ちていて、興奮が高まってくるのを感じる。でも、ただの興奮ではない。負ける気がせず、カーステン・ボルジャーを敵にまわすのも怖くなかった。「もちろんよ、クープ、そうして。わたしは、ええっと、チェビーチェイスのファースト・ナショナル銀行の前にいるわ」

「ぼくが行くまで待ってるんだぞ」

ルーシーは携帯を切り、またため息をついて、ハンドルを握りしめた。待つべきだろうか？　いや、このまま銀行に入ろうか？　通りの向かいに〈スターバックス〉があり、あまり混んでいないのが見えた。

クープがブルーのコルベットでやってきた。物見高そうに首を伸ばす人たちを見て、ルーシーはほほ笑んだ。彼がその派手なマシンをルーシーのと同じくらい狭い駐車スペースに入れているあいだに、レンジ・ローバーを降りた。

もの憂げに近づいてくる彼が、黒いサングラスの奥からこちらの表情をうかがっているのがわかる。今日は寒いので、なめし革のコートを着ていた。ルーシーはにっこり笑って、蓋のついたコーヒーのカップを差しだした。彼の好みのブラックだ。ルーシーは敬礼した。

「わたしのためにありがとう、クープ」

クープはサングラスをコートのポケットにしまった。「いや、なに、お安いご用だよ、カーライル捜査官。来ないと、今日はきみに会えないんだ。これから数時間後にシャーロックとふたりでニューヨークに飛ぶ。昨日の夜、またブラックベレー殺人が起きてね。こんどは有力な目撃者がいる――彼女とじかに話した男だ」

「サビッチはわたしには電話してこなかったわ。なんでわたしが排除されてるの？」

「あんなことがあったあとだから、サビッチと一緒にこちらに残ってもらいたいんだろ。そんな顔するなよ、ルーシー、わかるだろ。きみはスチーマートランクに入っていたおじいさんの死体を発見して、そのあと催眠術にかけられた。ドクター・ヒックスの命令だって、サビッチが言ってたぞ。たぶんきみにも電話がある」罪深いほど苦いコーヒーに口をつけて、小さく身を震わせた。「こいつを飲むと、胸毛が立ちあがるよ」

「そうじゃないかと思ってた」

彼がこちらをちらっと見る。「はっきりさせよう。そうじゃないかって、なにがだ？」

ルーシーは笑い声をたてた。「わたしがここへ来たのは、祖父のものだった貸金庫の中身を検《あらた》めるためよ、クープ」

「ほんとに？　いまから？　いまから金庫の中身を見にいくのか？」

「そうなの」

彼女の興奮と不安がはっきりと顔に出ていた。そして目に表れているのは――恐怖か？

彼女の世界を破壊するなにか、祖父の死体がスチーマートランクに入れられるに至った理由を解き明かすなにかが見つかるのが、怖いのか？

銀行内のメインロビーで分かれようとするルーシーを無視して、クープは彼女についていった。コンピュータで貸金庫の番号を調べた銀行の従業員によれば、ルーシーが来るかもしれないという覚え書きがあったとのこと。だが、この貸金庫を開けにきた人は、この二十二年間で正真正銘これがはじめてだというから、驚きではないか。

そう、びっくりだ、とクープは思った。だが、彼女の祖父が死んだのも二十二年前だった。数々の疑問が口をついて出てきそうだったが、ルーシーはクープなどいないふりをしている。女性従業員について遠ざかり、エレベーターに乗って、行ってしまった。

腕組みして壁にもたれながら、貸金庫を維持してきた人物を思った。それに彼女はなんで今日まで貸金庫を開けにこなかったんだろう？　最近、存在を知ったのか？

二十分後、エレベーターから彼女が降りてきた。バッグしか持っていないが、それがぱんぱんにふくらんでいる。女ってのは、実際どこまで重い物を運べるものなんだ？　あんなことをしていたら背中が悲鳴をあげてしまう。

「で、なにが入ってたんだい？」

彼女がバッグを胸に抱きかかえる。クープは厳戒態勢に入った。

「教えてくれよ、ルーシー。第二次世界大戦の国家秘密かい？　そのバッグのなかにしまいこんだものは、そんなに大切な秘密なのか？　話したらぼくを殺すか、結婚するかしなきゃならないぐらいに？」

彼女の口元にしぶしぶ笑みが浮かんだ。「プレ新婚旅行ならもうすんでるけど」

「あんなんじゃ足りないよ。またリスの寝間着が見たい」

「金庫の中身は個人的なものだから、忘れて」彼女はクープと並んで、銀行を出た。それ以上はなにも言わず、目をきらきらさせている。いまにも走りだしそうだ。すごいものを発見したのだ。二十二年前の出来事に関係のあるなにか。クープは知りたかった。彼女を守りたい一心だった。だが、なにから守ればいいんだろう？

「おじいさんが金庫に入れたものを、教えてくれないのかい？」

「ええ、忘れて、クープ」

「きみの力になりたいんだ、ルーシー。わかってるだろ？」

ルーシーは晴れやかでぴかぴかで、紛《まご》うことなき愛想笑いを投げかけてきた。「もちろんよ、クープ。でも、力になってもらう必要がないの。さあ、シャーロックと合流して、ニューヨークに飛ばなきゃならないんでしょう？」

30

ニューヨーク市
火曜日の午後

セリンダ・アルバ刑事は連邦捜査官の来訪を苦々しく思っていた。ハドソン川に蹴り落としてやれたらいいのに。あの川に落ちた人間は汚染されたヘドロか、おのれのエゴが重しになって、ひとり残らず溺れ死ぬ。殺人事件が起きた。自分の仕事のはずなのに、連邦捜査官が偉そうに首を突っこんできた。バンディの娘がサンフランシスコとシカゴとクリーブランドの前にも人を殺していたからといって、それがなんなの？　逮捕できなかったのだから、関係ないでしょう？　自分はいまここニューヨークにいる。連邦捜査官がしゃしゃり出てこなければ、こちらで対処してきっぱり決着をつけるのに。

セリンダには優秀な警官だという自負があった。十五年の経験のあるベテラン刑事だ。殺人事件に鼻が利き、とくに今回のような特異な犯人を得意とした。バンディの娘とは——相手にとって不足はない。相棒《パートナー》のヘンリー・ノリスのほうは、まだ新しい靴が鳴るほどのぴかぴかの新米だが、あと数年もしたらその靴で悪党を踏みつけるようになる。ヘンリーは人から信頼されやすく、みな彼を前にすると、胸の内をぺらぺら話す。あとは、彼が抱いているらしい連邦捜査官に対する崇拝の念をうまく捨てさせてやればいい。

いよいよ連中がこちらの陣地に乗りこんできて、スローター警部から引きあわされた。いつもどおり、疲れてうんざりしたような顔をした警部は、こちらに冷ややかな目をくれた。言いたいことは明らか、感じよくしろと言っている。協力の姿勢を見せて、波風を立てるな。前にも同じことを注意されたことがある。セリンダは連邦捜査官と握手を交わしたうえ、愛想笑いまで浮かべた。ヘンリーが口をぽかんと開いて、痩せた長身の女の赤い巻き毛を見ている。なんという名前だろう。シャーロックとは、かんべんしてもらいたい。しかも、この気取った格好。ズボンと革ジャンとアンクルブーツはすべて黒。それに白いシャツを合わせている。その隣に並んだ黒髪の男は、スローター警部よりもさらに背が高く、汗ひとつかかずに敵を叩きのめしそうな顔をしている。たしかに、この男の顔は眼福だけれど、それがなになるだろう。ふたりが消えることだけが望みだった。男のほうも黒ずくめで、赤毛の女と合わせてふざけた双子のようだが、ネクタイだけは赤色のものを締めていた。

これも反抗の一種？　彼の靴下の色を気にしつつ、セリンダは警部に言った。「警部、どうしてニューヨーク支局の捜査官じゃないんですか？」

スローターは苦虫を嚙みつぶしたような顔で部下を見た。セリンダがニューヨーク支局の捜査官とつきあい、ひどい別れ方をしたのを知っているからだ。この女のことだから、どうせ迎え入れるなら、よそ者より知っているヘビのほうがましだと思っているのだろう。「上からの指示だ、アルバ刑事。シャーロック捜査官とマクナイト捜査官の求めに応じて、力を貸してさしあげろ」そして、水牛にでも意味が通じるように、彼女をもうひとにらみした。

スローター警部が離れると、セリンダは言った。「シャーロック捜査官、おふたりはトーマス・ハーリーから話を聞きたいのだとか」

シャーロックはセリンダから放たれる敵意を感じ取った。誰だかわからないが、ニューヨーク支局の捜査官が彼女を怒らせたにちがいない。あのカウボーイ気取りの連中ときたら、相手かまわず怒らせてまわり、そのなかにはワシントンの上役たちも入っている。そして用心深いスローター警部は、シャーロックたちが自分たちを同じように扱うのではないかと恐れている。シャーロックは言った。「ええ、アルバ刑事、いますぐミスター・ハーリーに会わせてください。重要参考人として取り調べを継続中だと聞いています」

かっこいい女性だ、とヘンリー・ノリスはシャーロックのことを思った。めちゃいけてるし、名前だって完璧だ。少しだけ、彼女のほうに身を乗りだした。「はい、そうです。セリンダ、ぼくがおふたりをミスター・ハーリーのもとへ案内しようか？」

このばか、いまにも彼女の靴を舐めそうな顔をして。かわいい子犬を連邦捜査官に踏みつぶさせるわけにはいかない。セリンダは言った。「いいえ、ヘンリー、あなたには引きつづき目撃者の証言を聞き取ってもらうわ。ハーリーのところへはわたしがお連れするから」

シャーロックとクープは、ベテラン刑事と新米刑事の視線が背中に突き刺さるのを感じながら、女性刑事について取調室に向かった。ひびの入ったリノリウムと、淡いグリーンに塗られた壁という、とうに古びてしまった味気ない廊下を進んだ。

シャーロックはなにげなく言った。「カーステン・ボルジャーの手によって六人が殺されたことは、すでにご存じね。うちではさらに六人の女性が、彼女が育ったサンフランシスコ周辺で殺されたとみています」

「ええ、すべて把握してますよ。スローター警部が話してくれたので。このあたりの人もすぐに知るでしょうね。マスコミだって例外じゃありません。そこらじゅうに伝えまくって、テレビの下辺にもキャプションで流れるんじゃないですか。そうなったらバンディの娘は穴に潜りこんで、二度と見つけだせなくなります」

「いや」クープはあっさり反論した。「カーステン・ボルジャーは逃げ隠れするタイプじゃないですよ」

女を骨抜きにする声だ。セリンダはクープの声にそんな感想を抱きながら、取調室の閉じたドアの前で立ち止まり、腰に手をあてた。「なんでハーリーからなにか聞きだせると思うんですかね？　こっちでも話を聞いたんですよ。参考人調書はご覧になったはずです。漏れのない、完璧な調書です。これ以上、彼にはただの一滴だって残ってやしません」

シャーロックは笑顔にならなかった。「ＦＢＩが取り調べを担当したら、なにが飛びだすかわからないのよ」

クープは女性刑事の顔にシャーロックを叩きのめしたそうな表情を認めた。筋肉質の大柄な女だから、シャーロックとも互角の戦いをするかもしれない。彼女から協力を得られないのは残念だが。なぜ自分たちを嫌うのだろう？　一瞬そんな疑問が頭をよぎったものの、すぐにやり過ごした。最近は、カーステン・ボルジャーや彼女がつぎにどう出るかを考えていないときは、ルーシーの心配をしていることが多い。さっきから何度か電話をかけているが、彼女は携帯の電源を切っていた。留守番メッセージは大嫌いで、残す気になれない。そもそも、彼女は自分と話をしたくなくて携帯を切っているのだろう。貸金庫の中身と関係があるにちがいなかった。

女性刑事がドアの前から動かないので、シャーロックは押しの強さを滲ませた。「案内してくださってありがとう、アルバ刑事。この先はわたしたちに任せてください」

そして一歩踏みだし、よけるか留まってぶつかるかの二者択一を迫った。女性刑事はとっさに左によけ、取調室に入ったシャーロックとクープは、遠慮会釈なく彼女の顔の前でドアを閉めた。傷だらけの金属製のテーブルの奥に若い男が座っている。トーマス・ハーリーだ。ぐったりとして顔色が悪く、びくびくしているようだった。

「ミスター・ハーリー？」

トーマスはうなずいた。

「いえ、そのままで。わたしはＦＢＩから来ましたシャーロック捜査官、こちらがマクナイト捜査官です」

彼が元気づいた。「本物のＦＢＩ捜査官なんですか？　ほんとに？　ＦＢＩの捜査官には会ったことがないんですよ」立ちあがって、手を差しだした。シャーロックは笑顔で握手に応じ、クープが続いた。

シャーロックは手ぶりで座るようにうながし、クープとともに身分証明書を取りだした。トーマスが受け取ったＩＤをためつすがめつしている。だが、確認のためというより、ＦＢＩの盾の紋章がどんなふうだったか、友だちに話すために注視しているようだ。

シャーロックとクープは彼の向かいに座って、身分証明書が戻ってくるのを待った。シャーロックは言った。「お時間を割いてくださってありがとうございます、ミスター・ハーリー。あなたのお力が必要なんです」

「アルバ刑事からここにいろと言われました」トーマスは肩をすくめた。「はっきり言って、彼女にそう言われたら、市長だって震えあがってその場に釘付けされちゃいますよ」

クープが前のめりになった。「わたしたちが拝見した供述調書によると、あなたの行動にはなんら問題がありません」

「でも、ジェニーを助けるふりをして近づいてきた女をやっつけなかった」ペンをいじりながら、トーマスは答えた。「ぼくがなんとかしていれば、ジェニーは死なずにすんだかもしれない」クープに向かって、弱々しくほほ笑んだ。「でも、知ってますか？　ぼくを殴ったり、蹴り倒したりしたのは、ジェニーだったんですよね、モニカじゃなくて。彼女はすごく強かったし、ぼくも警戒してなかったし」

シャーロックが言った。「あなたがお疲れなのは承知してます、ミスター・ハーリー。昨晩、ジェニー・コネリーの身に起きたことで、気を病んでいらっしゃることも。また、何度となく事情を聞かれたこともわかっていますが、もう一度、最初からお話しいただきます。あなたは彼女を殺した犯人とじかに会っておられる。モニカ、と本人が名乗っていたんですね？　そして長い金髪だったと」

トーマスはシャーロックを見つめた。殴られ疲れたようにふらふらなのに、気がつくと、口が勝手にしゃべりだしていた。「うちの妹も赤毛なんです。でも、あなたとは全然違いますよ、シャーロック捜査官。シャーロックって、本名なんですか？　詩の一節に使えるかもな。それがぼくの本業、ぼく詩人なんです。ふだんはウェイターをしてますけど」

話すのをやめて、彼女の手を見つめた。

シャーロックが言った。「ありがとうございます、ミスター・ハーリー。あなたはＦＢＩ捜査官に会うのがはじめて、わたしは詩人に会うのがはじめてなんですよ。それで、その女はモニカと名乗ったんですね？」

トーマスは身を乗りだした。「ええ。ジェニーの酒にルーフィを入れたって、ぼくを非難したんです。あまりのことで、呆気にとられちゃって。ルーフィなんて嘘です、わかってると思いますけど」

「ええ、わかってます。ミズ・コネリーのモヒートにこっそりドラッグを入れたのは、その女のほうです。店内で座っていたときに、モニカが近づいてきた記憶はありますか？　たしかカウンター席だったとか」

「彼女に会ったのは、〈エンリコ〉から、待ってといって飛びだしてきたときがはじめてです。間違いありません」

「トイレには何度立ちましたか、ミスター・ハーリー？」

彼はしばらく考えた。「一度だと思うけど。でも、ジェニーが席にいたから、モニカがそんなことできたかな……？」

「気をそらしたんですよ、ミスター・ハーリー」クープが言った。「いいですか、よそを向かせて、ほかのなにかに注意を向けさせるのは、むずかしいことではありません。モニカはとても長い金髪だったそうですね。いまふり返ってみて、カツラだったと思いますか？」

「カツラ？　ノリス刑事もそんなこと言ってたけど、そのときは考えてもみなかったから、どちらとも言えないな。すべてがあっという間の出来事だったんです。ぼくはジェニーに殴られてたし、地面に倒されたうえに、モニカから人でなしと罵倒されてたから、ジェニーはぼくがなにを言っても耳を貸してくれなかったと思う。ああ、なんてことだろ、ジェニーが死んじゃうなんて」彼は涙を呑みこんで、少しすると言った。「ジェニーが〈エンリコ〉にいたのは、なんでだか知ってますか？　昨日、彼氏がアトランティック・シティでギャンブルをしてて、夜になって彼氏にギャンブルの問題があるって知ったからなんです。それはともかく、彼女はむしゃくしゃして、落ちこんでて、酔っぱらってそいつを忘れたがってた」トーマスは下を向いて、テーブルの上に置いた手を握ったり開いたりしだした。「かわいい子でね。ぼくはすごく気に入ってた。もしあほな彼氏が店に入ってきたら、殴り倒してたと思う」顔を上げ、やるせなさそうにふたりを見た。「でも、彼女は死んで、この世から消え、だからなにがあったたってもう関係なくなっちゃった。

テッド・バンディの娘に殺されたって、アルバ刑事から聞きました。刑事はぼくがモニカと知りあいで、ジェニーを殺すのに手を貸したと思ってるみたいで。でも、そうじゃないんです、違うんです」

「わかってます、ミスター・ハーリー」クープが言った。「あなたはジェニーの殺人にはいっさいかかわっていない」

「バンディの娘なんてさ――嘘みたいな話だね、信じるのがむずかしいよ。ほんととは思えない。ぼくの詩と同じで、誰かがこしらえた話みたいだ。あのモニカがほんとに本物のテッド・バンディの娘って、確かなの？　あのテッド・バンディの？」

31

クープはうなずいた。「残念ながら事実のようです、ミスター・ハーリー。あなたの記憶を別の形でたどらせてもらえますか。目を閉じて、楽にして、わたしの言うとおりにしてください。そう、それでいい。居心地の悪い椅子に深く腰かけて、深呼吸を二、三度したら、モニカを思い浮かべるんです。はっきりと描けたら、なにが見えるか教えてください」

トーマスが目をつぶってうなだれた。一瞬、クープとシャーロックは眠りに落ちたのかと思った。と、ぱっと目が開き、ふたりはそこに怒りを見た。怒りは悪くない、集中力を高めてくれる。「痩せた女で、顎が尖ってた。リース・ウィザースプーンとかジェニファー・アニストンほどじゃないけど、やっぱり尖ってた。髪はうんと量があって、ブロンドで、まっすぐで、それが背中の真ん中ぐらいまであった。顔は真っ白で、白い粉を塗ったみたいな白さだった。目は黒々してた。たくさん着こんでたんで、脚ぐらいしか見えなかったんだけど、細い脚に細身のぴたっとした黒いロングブーツをはいてた。目は離れてて、小さめの口は突きだしたみたいな形だった。でも、なぜかきれいだった。通りですれ違ったら、ふり返って見ちゃうかも」

「父親もハンサムでしたからね」クープはブリーフケースからカーステン・ボルジャーの写真を取りだした。「モニカですか?」

「ノリス刑事からも同じ写真を見せられたよ。最初は違うと思うと答えたんだ。この女性の髪は黒いからね」

クープは言った。「それで、刑事から髪を無視してと言われたんですね?」

「そうです。で、そうしてみたら、彼女だとわかった。ええ、これはモニカです。ジェニーの前にも女の人をたくさん殺してたって、ほかの刑事さんたちが話してた」

シャーロックはうなずいた。「ミスター・ハーリー、昨夜のことを思いだしてください。ジェニーはカウンター席。スツールからふり返れば、店内の全員が目に入ったんじゃありませんか?」

「ええ、まあ」

「店内を見まわして、じっくりと人の顔を見てください。モニカが見えますか? いえ、首を振らないで、見つづけて。ブース席からテーブル、ゆっくりと室内をスキャンするんです。踊っている人はいますか?」

「いえ、ひとりも」トーマスの沈黙は長く続いた。ぴくりともしない。ようやく顔を上げ、シャーロックの目をまっ向から見た。「思いだしました、彼女が見えました。奥の壁際のブース席にいたんです」

「ひとりでしたか?」

トーマスは椅子にかけたまま軽く身を引き、驚きをあらわにした。「ちょっと待って、どうかな――いや、ひとりじゃない。男が一緒だ。陰になってるけど、目に入った。ぼくが歌ったときは、一緒に歌ったりして。モニカは歌ってなかったと思うけど」

「見たままを描写してください、ミスター・ハーリー」

「彼女はテーブルについてた。前にはグラスがあって、でも、ただの水みたいだった。ビッグ・エドが小さな器に入れて全部のテーブルに置いてるピーナッツも食べてなかった。テーブルに肘をつき、重ねた手に顎を載っけて、ぼくを見てた。じっくり観察するみたいに」

シャーロックは彼の手にそっと手を重ねた。「見てたのはあなた? それともジェニー?」

一瞬、トーマスが答えに詰まった。「ああ、そういうことか、彼女が見てたのはジェニーかもしれない」

シャーロックは滞りのない声で、あくまで穏やかに言った。「彼女はテーブルに肘をついて、重ねた手に顎を載せているんですね」

「ええ」

「もう一度目を閉じてもらえますか。ええ、そう、いいですよ。彼女の手を見て、トーマス。

指輪はありますか？　ブレスレットや腕時計はどう？」

トーマスは目を閉じたままの状態で答えた。「とくになにも見えないんだけど――いや、彼女がウェイトレスに手を振った。連れの男のためにビールを注文するつもりみたいです」

「どちらの手？」

「右手」

シャーロックは彼の手の甲をそっと撫でた。「トーマス、彼女の右手に注目して。宝飾類は見える？」

彼はうなずいた。「ああ、右手に指輪が。大きなシルバーの指輪。手に比べて大きすぎるから、おかしな感じがする」

「その指輪に意識を集中して、どんな指輪だか教えて」

数分後、トーマスは目を開いた。「あの、輝きが見えたから、指輪にはなにか石がついてるんだと思う。エメラルドの気がするけど、どうかな、そう感じるだけで保証はできない」

「店の外で彼女からどなられたときも、その指輪を見ましたか？　そう、そうです。目を閉じて、彼女の姿を思い浮かべて」

「彼女は両手を振りまわして、その両方の手に指輪をつけてる。それが、どっちも同じ指輪みたいで」目を開いた。「なんで同じ指輪を両方の手につけてるんだろう？　ぼくの見間違いかもしれない」

シャーロックは身を乗りだし、彼の手を叩いた。「そうともかぎりませんよ、トーマス。実際同じ指輪だったのかも。彼女と一緒にいた男性の人相や特徴を似顔絵捜査官に話してもらえますか?」

「試してみます、シャーロック捜査官」

トーマス・ハーリーが似顔絵捜査官のダニエル・ギブスと協力して作業するなか、セリンダ・アルバが入ってきた。黙って近づき、ダニエルの肩越しに似顔絵をのぞいた。

セリンダは言った。「これはなんなの? バンディの娘の写真はもうあるのよ。いまさら似顔絵なんて時間の無駄でしょう?」

シャーロックは、才能豊かなダニエルの指先から、ゆっくりと表れでる男の顔を見つめていた。「カーステン・ボルジャーの似顔絵じゃないのよ。〈エンリコ〉でモニカと同じ席にいた男の似顔絵なの」

驚きに続いて、冷ややかな怒りが波となってセリンダを襲った。「なんですって?」トーマスを床に殴り倒しそうな剣幕だった。「ハーリー、彼女が男と一緒だったなんて、わたしたちには言わなかったじゃない。あなた、彼女を感心させたくて、話をでっちあげたんでしょう?」

トーマスは震えあがった。「そんな、でっちあげなんて、まさか!」

シャーロックはさらりと言った。「アルバ刑事、わたしと一緒に外に出ていただけます?」

セリンダはそこにいたかった。そこで愚か者の皮をはいでやりたい。

「刑事、さあ、出ましょう」

廊下に出ると、シャーロックはそっとドアを閉めた。「彼に尋ねたんですか、刑事?」

「いいえ、でも、向こうから話すべき――」

「これはわたしが経験上、学んだことです。あなたもご存じでしょうけど、ミスター・ハーリーのように暴力を間近に感じた目撃者は、明らかに精神的外傷を負っていて、さまざまな物質が脳内にあふれています。そういうときは、ゆっくりと時間をかけて話を聞きだしてやる必要がある。それに、念のために言っておきますけど、彼はひどく疲れています」

「まあ、そりゃあ、多少は疲れもあるでしょうけど、そういう問題じゃないですよ」

シャーロックは片方の眉を吊りあげた。「ねえ、アルバ刑事、だったらなにが問題なのかしら。大事なのは目撃者から最大限の証言を引きだして、怪物を捕まえることじゃないんですか?」

「まあ、そりゃ、そうですけど――」

シャーロックは聞くのをやめた。取調室のドアを開けてなかに入り、ふたたびドアを閉めた。錠がかかればいいのに。ダニエル・ギブスの手にある似顔絵を見おろした。あと少しで完成する。

数分後、ダニエルが尋ねた。「この男ですか、ミスター・ハーリー?」

トーマスは似顔絵を見つめて、まばたきした。「わあ、すごいなあ」シャーロックを見て、言った。「じっくり見た記憶はないんですが——この人です。信じられないよ」

シャーロックにも信じられなかったが、奇妙にも腑に落ちた。こちらを見あげていたのは、ジョージ・ランスフォードの側近だった。周到なサビッチはどんなささいな点に関しても輪を縮めておく努力を惜しまず、課内の全員にジョージ・ランスフォードとの面談時にその場にいた人物の写真を見せて名前を伝えた。似顔絵になっているのは、サビッチとルーシーとクープを黙ってスイートルームに押しこんだという側近に間違いなかった。パイロット用のサングラスも一致している。名前はなんといっただろう？　変わった名前だった。『コーマ』という古い映画に似た名前だったけれど。そう、思いだした。ブルース・コーマフィールドだ。クープに似顔絵を見せるのが、待ち遠しい。きっと度肝を抜かれるだろう。

シャーロックはトーマス・ハーリーに笑いかけて、手を大きく揺すった。「あなたにどれだけ助けられたか、言葉では言い表せないほどです、ミスター・ハーリー。もしモニカを逮捕できたら、あなたの視覚記憶の確かさが事件解決に大きく貢献してくれたことになります」

セリンダ・アルバが、今回はノックをしてから入ってきた。似顔絵を見おろした。「この眼鏡をかけた道化師は何者？」

「ミスター・ギブスは腕がいいわね、アルバ刑事。これはパイロット用のサングラスよ。つねにはめているんでしょう」

「なんでそんなことがわかるんです？　え？　この男を知ってるんですか？　そんなこと考えられない、嘘でしょう」

シャーロックは満面の笑みで応じた。「それがそうなのよ、アルバ刑事。会ったことはないけれど、写真を見たことがあるの」

「ミスター・ギブス、ミスター・ハーリー、いい仕事をしてくださって、感謝します」

シャーロックは両方と握手を交わし、ブリーフケースにそっと似顔絵をしまうと、女性刑事には言葉もかけずに部屋を出た。

「ちょっと待って、その男は誰なんですか？　こちらにも知る権利があ――」

「いずれそのうち」シャーロックはふり返りもせずに答えた。

32

シャーロックはビッグ・エドから話を聞くため、タクシーでクープの待つ〈エンリコ〉に向かった。運転手は大げさな顔をして、肩をすくめた。「仰せのままに」三分とせずに〈エンリコ〉に到着し、シャーロックは大笑いとともに、運転手に気前よくチップを渡した。

薄暗い店内に入ると、男の声が聞こえてきた。「なあ、マクナイト捜査官、おれは本名をエドアルド・リビンスっていうんだ。とんでもない名前だろ？　だから、言いたくないんだ、とくに店では。あのかわいい娘さん、ジェニーといったか？　そう、ジェニーの身にあんな悲劇的な恐ろしいことが起こるとは。こんなこと、この店じゃ前代未聞さ。彼女を殺した女はまだ捕まってないんだろ？」

顔を上げたビッグ・エドはシャーロックを見た。一瞬たりとも客とは間違えず、カウンターのほうに手招きした。シャーロックは自己紹介をして席につき、手ぶりで続きをうながした。ビッグ・エドは言った。「そりゃもう、何度も考えてみたがね、マクナイト捜査官、彼女のことはろくに見ちゃいなかった。十分ぐらい奥で休憩を取ったときに、たまたまふり返ってカウンターに近づいてくる彼女を見たのを覚えてる。おれのあとを引き継いだボニーに聞いてみてくれ」ビッグ・エドはふり返って、叫んだ。「ボニー、来てくれ！」

ボニーがエプロンで手を拭きながら、奥から出てきた。モニカのことを尋ねると、「ええ、覚えてるわ。めちゃ痩せて、つんとした子でしょ。長いブロンドの髪をした」

クープが尋ねた。「カツラだと思う？」

「うーん、どうかな。そうかも……うん、そうだと思う」

クープは写真を引っ張りだして、ビッグ・エドとボニーの両方に見せた。「髪がブロンドだと思ってください。この女性ですか？」

唇を嚙んだり眉をひそめたりしていたボニーが、ついにうなずいた。「ええ、この子だよ。間違いない」ビッグ・エドもうなずき、カーステン・ボルジャーの写真に一瞥《いちべつ》を投げた。

クープはボニーに尋ねた。「カウンターに近づいてきたあと、彼女はどうしました？」

「わたしのことをネズミでも見るような目で見て、挙げ句、なにも注文しないまま、そこに突っ立ってた。トーマスはトイレに行ってたんだけど、たしか、誰かが大声で歌いはじめたの。みんなも手拍子を打ちながら一緒に歌ってた。それがすごく大きな声で、ジェニーはスツールの上でふらふらしてた。そうこうするうちに、大忙しになって、つぎに顔を上げたときは、彼女はテーブルに戻ってたわ。壁際の七番テーブルよ」ボニーは眉根を寄せた。「注文もしないのになんでカウンターまで来たんだろうって、思ったわ」

クープが言った。「男が一緒だったことに気づきましたか？」

ボニーは首を振った。「あそこの担当はミズ・ダーリーンよ。ミズ・ダーリーン！　こっちに来て」

ミズ・ダーリーンに幸あれ。あと少しで七十に手が届こうというビッグ・エドの母親は言った。「覚えてるよ。男前の、若い男だったね。このあたり、ウォール街のヤッピーが好むコンサバスタイルで、メタルフレームのサングラスがよく似合ってた。そうそう、日焼けして、ずいぶんと色が黒かったよ」

シャーロックはブルース・コーマフィールドの似顔絵をブリーフケースから取りだした。

「ミズ・ダーリーン、この男性ですか？」

クープは息を吞んだものの、ミズ・ダーリーンがじっくりと似顔絵を確認するのを、黙って見守った。「ああ、この男だよ。この人、株式仲買人かなにかかい？」

「いえ、実際は重要人物の側近です。ミズ・ダーリーン、店から出ていった金髪を覚えていますか？」

「いや、悪いね。数分後にテーブルを見たときには、男女ともいなくなってた」

ボニーは言った。「彼女がジェニーを追いかけて出ていくのは見たけど、男のほうは、どうだったんだか。非常口からなら出られたと思うけど、通ったら、警報音が鳴り響くはずなんだよね」

ビッグ・エドがミズ・ダーリーンにうなずきかけた。「ボニーの言うとおり、非常口から出たとは思えない。店じゅうの人間が耳をおおったはずだからね」ビッグ・エドはカウンター沿いに移動して、水平に渡されたまぐさ石の上に赤い照明がついているドアのところまで行った。その隣に男性用と女性用のトイレの案内表示がある。彼は首を振りながら、戻ってきた。「警報装置の配線が切られてた。あんたの言ってる男のしわざだろう。そうだろ、母さん？　じゃなきゃ、母さんが見てたはずだもんな」

ミズ・ダーリーンは目を興奮に輝かせた。「そうだ、あの男が切ったのさ。ドアを抜けたらその先は路地だからね。そのあとモニカとジェニーに合流して、ジェニー・コネリーを殺すのを手伝ったのかね？」息子のほうを見た。「エドアルド、おまえ、毎日店に入ってくるときに警報装置を解除してるんだろ？　今朝、配線が切られてるのに気がつかなかったのか？　どういうことだい？」

ビッグ・エドがいっきに十二歳の子どもの顔になった。「ああ、母さん、スイッチをはじいただけで、見ちゃいなかったんだ」

ミズ・ダーリーンは息子の腕をこづいた。

33

〈エンリコ〉を出て第一分署に向かって歩きだすや、シャーロックは満面の笑みで、似顔絵を取りだした。「覚えてるわよね、クープ？　ブルース・コーマフィールドよ」

クープはあらためて似顔絵に目を凝らした。「あなたがミズ・ダーリーンにこれを見せたときは、シャーロック、正直言って、目を疑いましたよ。トーマスの証言にもとづいて作成したんですか？」

シャーロックはうなずいた。

「考えてみれば、そう驚くことでもないわ。ミスター・ランスフォードの側近なら義理の娘も知ってるものね。それで、彼とカーステンだけど——ふたりとも今回の殺人騒動にかかわってると思う？」

「手がかりはありませんけど、突きとめなきゃなりませんね」

「で、彼は非常口から出たとして、どこへ行ったのかしら？　カーステンと落ちあったのかしら？　落ちあったとしたら、ジェニー・コネリーを殺す前、それともあと？」

「いい質問ですね。トーマス・ハーリーに特大のキスをあげてもよかったんだけど、そんなことしたら、詩に書かれちゃいそうで」

それから十分後、ふたりは求めに応じる形でスローター警部とその部下たちに会った。警部は会うなり、言った。「アルバ刑事によると、ダニエル・ギブスに似顔絵を描かせたそうですね。カーステン・ボルジャーと一緒にいた男だとか」

セリンダ・アルバが言った。「ハーリーがちゃんと話してれば、こちらで作成できたはずなんです」

スローターは手を振って彼女を黙らせ、シャーロックが机に置いた似顔絵を見おろした。

セリンダはシャーロックを見た。「シャーロック捜査官はこの男をご存じだそうです」

スローターは白髪交じりの眉を吊りあげた。

シャーロックは彼に似顔絵を差しだした。「この似顔絵のコピーを取って、サンフランシスコとシカゴ、クリーブランド、フィラデルフィア各署の殺人課にファックスしていただけますか。それがすんだら失礼します。もし、この似顔絵の男がこちらの想定している人物だったことが判明したときは、すぐにお知らせします」スローターは似顔絵を部下に託した。

ヘンリー・ノリス刑事が言った。「少なくともこれでカーステン・ボルジャーの父親じゃないことだけはわかりました。それだけでも感謝ですよ」

「そう言ってもらえると助かります」シャーロックはノリスに笑いかけた。「お世話になったわね。あなたの考えと、今後関係者の参考人供述調書ができたら、すべてこちらに送ってもらえると、ありがたいんだけど」

「はい、わかりました」スローターが言った。「笑ってますね、シャーロック捜査官。なにか隠し球をお持ちのようだ」彼は似顔絵を戻し、シャーロックは折れないようにブリーフケースにおさめた。スローターの腕に触れた。「ええ、たぶん」

「この男に関して知っていることを話して」セリンダが背後でどなっていた。「言ってるでしょ、わたしたちにも知る権利があるのよ」

「確認が取れたらね」シャーロックは答え、背後をふり返ることなく、指をうごめかして別れの挨拶に代えた。たいして差しさわりはないが、にしても、セリンダはやっかいだった。一瞬、〈エンリコ〉の店でも同じ情報が入手できた、と言ってやりたくなった。そう、尋ねる気さえあれば。ワシントンに戻ったら、スローター警部にひとこと忠告してやらなければならない。

34

メリーランド州チェビーチェイス
火曜日の午後

チェビーチェイスまでの道すがら、ハンドルを握るルーシーは空を飛べそうなほどの興奮を味わっていた。渋滞に巻きこまれて、車を止めるたびに、助手席に置いてある指輪でふくらんだ封筒を見つめずにいられなかった。

祖母の家に着くと、書斎に向かった。繊細な陶器を運ぶような手つきで運んできた封筒をデスクの上に置き、立ったまま見おろした。ゆっくりと封筒を開け、逆さにして中身を手に受けた。大きくて重い金色の指輪だった。ごつくて不格好な形をした、その純金製の指輪をじっくりとながめた。上の部分の中央がほぼ尖っている。先端の部分は三つのルビーが三角形をなしている。いや、ルビーではない。平らでまるで光沢のないカーネリアンだ。ズボンでこすってみたけれど、やはりぼんやりとしたまま、輝きも煌めきも出てこなかった。祖父が祖母から奪ったというのは、この指輪なのか。この指輪が原因で、祖母は祖父を刺し殺したのか？

封筒から祖父の手紙を取りだして、もう一度最初から読んだ。

かわいいわたしのルーシーへ

この手紙を読むときには、亡くなった父親のことでひどく胸を痛めていることと思う。おまえにもわかっているだろうが、あれはおまえのことを全身全霊で愛していた。わたしもだよ、ルーシー。

この手紙でおまえにショックを与えることを、どうか許してほしい。最後におまえを抱いてから、長い年月が経っていることは間違いない。わたしは熟慮のうえ、おまえのためを思ってこの手紙を書いている。これを読むおまえはもう中年期にさしかかっていることだろう。そして、なぜもっと若いころに教えてくれなかったのかと思うかもしれない。おまえを守るためであり、わたしのひとり息子であったおまえの父親に対する敬意の表れだ。あれは生きているかぎり、わたしがおまえに指輪とともにこの手紙を渡すことを快く思わないだろう。だから、あれが亡くなるまでは指輪と手紙がおまえに渡らないように手はずを整えておいた。

いまおまえは指輪を見るなり、手に握るなりしていることと思う。おかしな形の指輪だろう？　とても古くて重く、そしてきわめつけに醜いその指輪には、不可思議な模様が刻まれ、くすんだ石が埋めこまれている。だが、その指輪にはそれ以上の意味がある。生まれながらにして、おまえはそれを引き継ぐ権利を持っている。

わたしがはじめてその指輪を見たのは、おまえが二歳のころ、おまえの母親のクローディーンがあの無残な交通事故で奪われた夜のことだった。おまえのおばあさんとわたしはすぐ後ろを走っていて、事故を目撃した。ラルストン画廊までホイッスラー展を見にいく途中だったのだ。おまえのおばあさんは悲しみに打ちひしがれて酔いつぶれ、ほぼ空になったウォッカのボトルが枕の下からのぞいていた。あんなにぐでんぐでんになったあれを見たのは、あのときがはじめてだった。

おまえのおばあさんは、嫁のクローディーンが死んでしまったからには、自分には生きている資格はないと、何度もくり返した。たいへんな苦しみようで、自分を傷つけるのではないかと心配になった。だが、あれは指輪のことを話しはじめた。あの指輪をはめてさえいたら、事故を止められて、クローディーンはいまも生きていたはずだと。「指輪？　指輪があればどう違ったというんだね？」答えがなかったので、わたしは重ねて尋ねた。おまえのおばあさんは、涙に汚れた顔に絶望に濁った目でわたしを見ると、ベッドサイドテーブルのいちばん下の引き出しから、靴下に包まれた奇妙な古い指輪を取りだした。輝きのない赤い石がはめこまれていた。ひどくみっともない指輪だと思ったわたしは、それはなんだと尋ねた。おまえのおばあさんは、母が亡くなる前にくれたもので、自分の娘以外の誰にも話してはいけないと誓わされた、と言った。つまり、娘のいないヘレンの場合だと、彼女の孫娘、つまりおまえに指輪を渡すときにということだ。ヘレンは泣きながら、言葉を詰まらせていた。魔法の指輪だと言っていた。それが怖くて、ずっとしまいこんでいた、だからクローディーンが死んだのは自分のせいだ、と言った。指輪をはめてさえいたら救えたのに、と。わたしはあれが現実に耐えかねて、おかしくなりかけているのだと思った。だが、そのあと見せてくれたんだよ、指輪の力を。

その夜を境にヘレンは変わり、元に戻ることはなかった。少なくとも、わたしの見るかぎり。つねに指輪を身につけ、存在を確認できるようにしていた。それが高じて、口を開けば指輪の話しかしなくなった。彼女が指輪を使ってなにかしでかすのではないか、ほかの誰かに話したらどうなるだろうか。わたしはしだいに怖くなっていった。だが、なによりの恐怖はあれが正気を失うことだった。

わたしは指輪を奪わなければと思うようになった。けれど、クローディーンを救えていたら、わたしたちの人生がどれほど違ったかも、思わずにいられなかった。あの夜、悲しみに麻痺して、おまえの隣でうずくまっていたジョシュのこともだよ、ルーシー。そしておまえ、わずか二歳で母親のいない人生を歩みださなければならなくなったおまえのことを。すべては愚かな酔っぱらいが車を衝突させてクローディーンを即死させたからだった。

そんなわけでね、かわいいルーシー、おまえのおばあさんから指輪を取りあげるべきだと決めるまでに、さらに数年の歳月を要した。おまえはいままだ五歳で、将来に待ち受けているものに無頓着でいる。この指輪はおまえのものになる。使いようによっては有益になりうるものだが、使い方を語るのはわたしの任ではない。おまえがおばあさんから能力《ギフト》を受け継いでいれば、教えられずともおのずと使い方がわかるはずだし、受け継いでいなければ、わたしの言葉などたわごととして聞き流すだろうからね。身の安全のために、命を懸けられると思う相手以外には話してはいけないよ。この指輪を受け取るにふさわしい人物がいるとしたら、かわいいルーシー、それはおまえなのだから。

いまおまえにこの手紙を書きながら、ふと考えてしまう。わたしが天に召されるまでに、おまえとどれだけの月日を過ごせるだろうかと。そして、この手紙を読むときおまえがいくつになっているかを。この手紙と指輪をおまえに渡すのは、おまえの父親が死んだとき、というのがわたしの指示だ。ジョシュが長い人生をまっとうして、そしてルーシー、人生のなかばを迎えたおまえが知恵に恵まれ、おのれと同胞に対する洞察を深めていることを祈ってやまない。おまえには娘がいるだろうか？

おまえの人生が愛と喜びに満ちた、実り豊かなものであることを祈っているよ、ルーシー。これからも変わらずにおまえを愛している。

おまえの祖父、ミルトン・ゼビアー・カーライル

ルーシーはデスクに手紙を置くと、指輪をつまみあげ、手のひらに載せてゆっくりと握り

しめた。驚いたことに、指輪からはぬくもりが感じられた。しかも、手にすっぽりとなじむ感覚がある。

なにげなく、中指に指輪をはめた。ぶかぶかなので、手を握って指輪を固定してみる。卓上ランプをつけ、明かりの近くにかざした。三つのカーネリアンの下に模様が刻んである。平らな面を上にした半円。金星や女性のマークに似た、逆さ十字のついた円。それに、なんのへんてつもない二等辺三角形。彫りが浅くて薄れているので、目を凝らさないとよく見えない。この模様にどんな意味があるのだろう？　古代の象形文字なの？　指輪の内側を見てみた。そこにはっきりと読み取れる大きな黒い文字で、ただ一語〝ＳＥＦＹＬＬ〟と刻んであった。

ウェールズ語だろうか。そっと口にしてみて、途中で舌がもつれた。

もう一度、発音してみた。正しい発音を探してでもいるように、口からなめらかに出るまで、何度か言い方を変えてみた。その言葉を口に出していうと、間違いない、卓上ランプの明かりに小さな震えが走った。奇妙だけれど、たんなる光のいたずらで、さしたる意味はないのだろう。

携帯が鳴った。一度、二度、三度。だがルーシーは出なかった。スピーカーボタンを押して、留守電にメッセージを残させた。サビッチの低い声が流れてきたが、聞こうとも思わなかった。

親指で指輪を撫で、もう一度、「SEFYLL」とつぶやいた。

サビッチの声が唐突に途切れた。まるで空気自体が止まったようだ。それも一瞬のことで、すぐにふたたび携帯からトランペットの音色が放たれ、呼びだし音が一度、二度、三度。そしてサビッチの声で、さっきと同じメッセージがくり返された。

まるでテープが巻き戻されたようだ。ルーシーは倒れるようにして、大きな革張りのウイングチェアに座りこんだ。強いとまどいと、恐怖とで、心臓が早鐘を打っている。なにが起きたの？　サビッチはさっきと同じ言葉をくり返している。まばたきとともに、「つまり、昨夜ウォール街に現れたのはカーステンで、協力者を連れていたわけだ。電話をくれ」という言葉を聞いた。

なんと不思議な感覚だろう。彼が言うことをあらかじめ知りながら、話に耳を傾けるというのは。サビッチが途中で電話を切り、もう一度かけてきて、同じ話をくり返したの？　ルーシーは携帯をつかんだ。さあ、彼はなんと言ってた？「ディロン、ルーシーです。カーステンが協力者を連れていたと、言われましたか？」

一瞬の間があった。「大丈夫か、ルーシー？」

「え？　ええ、わたしなら大丈夫ですけど」

もう一度、一瞬の間。「ドクター・ジャッドから、解剖の結果報告があっただろう？　気の毒だったな」

では、サビッチにも連絡がいったのだ。当然か。「ありがとうございます、ディロン」

「きみが電話に出ないから、おれからかけてみてくれと、クープが頼んできた。向こうのふたりはトーマス・ハーリーに話を聞いて、似顔絵を描かせることができたそうだ」

だが、ルーシーはいまも中指に心地よくおさまっている大きな指輪にみとれていた。

「ルーシー？」

「すみません、ディロン。ひとつ訊いていいですか。いまうちに一度かけた電話を切って、もう一度電話してきましたか？　それとも一度だけ？」

「一度だけだ。すぐにきみから折り返し電話があった」

「だったら、わたしの誤解ですね。ごめんなさい。たいへんな一週間だったもので。でも、心配いりませんから、ディロン」

サビッチはとっさにルーシーが酔っているのではないかと思った。だが、酔いとは違う。彼女はどこかうわの空の話し方をしていた。こちらの話を聞いていないか、聞いていても話半分か。なにかがおかしい。

「ルーシー、おれに話したいことはないか？」

彼に話す？　そんなことをしても、異常者に見えるだけだ。この指輪と手紙のせいで、震えあがっているとでも言うつもり？　話題を変えないと！

「いいえ、大丈夫です。この家も今朝のうちに片付けてもらったんで、犯罪現場には見えません。でも、ご心配をおかけするといけないので、念のために言っておきますけれど、屋根裏には行きません」

「こうしないか、ルーシー。きみがそこにいてくれたら、おれがテイクアウトでなにかを運ぼう。シャーロックとクープは飛行機の遅れで、帰りが遅くなる。じゃあ、あとで」

ルーシーはろくに聞いていなかった。携帯を切り、指輪を見つめた。〝SEFYLL〟という言葉を正しく口にすると、時間が一、二秒、止まって、そのあと再現されるような気がする。突拍子もない話。頭がおかしくなったのかしら？　指輪に向かってその言葉を言うと、それが一種の催眠暗示として作用して、そんなふうに感じるのかもしれない。

ルーシーは深呼吸をして、サイドテーブルにあった中国製のランプを手に取り、暖炉に向かって投げつけた。ランプが割れる。彼女ははっきり「SEFYLL」と言った。

すべてが停止して、ランプがふいにサイドテーブルに戻った。どこも欠けのない、手つかずの状態で。時そのものが小さく震えるのがわかった。さらに数秒が過ぎた――なにも起きない。ランプに駆け寄り、両手をつけて、さらに数秒待った。それでもなにも起きなかった。さっき暖炉に投げつけて、粉々に壊れたはずの中国製のランプは、傷ひとつなく元どおりの形でテーブルに載っていた。ルーシーは祖母のデスクに戻り、革張りの椅子に腰かけて、前方をにらみつけた。頭がおかしくなったのではない。信じがたいなにか、とてつもないなにかが起きたのであれば、ただ愚かに怖がるのではなく、理解したい。

そこで実験してみることにした。

指輪を握って――握っていなければ効果がないことは、もうわかっていた――はっきりと言葉を口にした。そのたびに携帯電話のデジタル時計が止まり、ちょうど八秒前を表示するや、そのままふたたび通常どおりに時間を刻みだした。そのあと三度にわたってさっきと同じようにランプを暖炉に投げつけて、腕時計の秒針に目を凝らした。前と同じようにランプはおのずと元どおりになり、時計の秒針はつねに八秒きっかり逆戻りして、そこからふたたび前に向かって進みだした。

この八秒を使って、望みどおりになにかを変えられるのだろうか？

ルーシーは革張りの椅子に戻った。中指にはめたままの指輪が動かないように、手は握ったままだった。祖父はその指輪を盗んで、隠した。祖母に二度と使わせないためだ。祖母がしようとしていることを恐れたからだろうか。いや、たぶん祖母がおかしくなりそうで怖かったのだろう。だが、ルーシーにその指輪を使えるかどうか、祖父にはわかっていなかった。わたしにこれが使えるのは、祖母の孫だから。そう考えて間違いない。

父は自分の母親が父親を刺殺するのを目撃した。では、指輪のことは知っていたのだろうか？　まったく知らなかったとは思えない。祖父が死んだ日も、祖母は父に向かって指輪のことをわめき散らしていた。

そのとき呼び鈴が鳴ったが、ルーシーは反応しなかった。聞いていなかったのだ。

と、誰かがドアを叩きだした。サビッチの声が聞こえた。「ルーシー！　開けてくれ！」

部屋の片隅に置かれた巨大な時計を見た。とうに六時を過ぎて、暗くなっていた。

指輪を外すと、首にかけていた金色の鎖に急いで通し、シャツの内側にしまった。玄関に向かって走りながら、指輪をはめているあいだ温かかった中指が冷たいことに気づいた。

「ルーシー、早く開けないと、押し入るぞ」

「いま開けます、ディロン。もうすぐですから」言いながらも、涙が目を刺した。おばあちゃん、お母さんが酔っぱらいに衝突されたとき、どうしてこの指輪をはめていてくれなかったの？

サビッチならほんとうに扉を破りかねない。そう思いながら、ルーシーはようやくドアを開けた。サビッチは彼女の目のなかに、あふれんばかりの興奮の色を見て取り、「ごめんなさい、ディロン。洗い物をしてたもんだから」とやけに明るい声で言う彼女をじっくりとながめながら、彼女の守りの堅さを感じた。とりあえずは。

35

それで、ルーシーの好物であるキクラゲ炒めを含む中華料理の入った袋を手渡すと、ベジタリアン向けの料理を食べるべく、明るいキッチンまで彼女についていった。サン・リーというシャーロックとサビッチのお気に入りのウェイターに是非にと勧められたおいしいホットティーをちびちびと飲みながら、シャーロックとクープがニューヨークの第一分署で突破口を開いたことを伝えて、シャーロックからメールで送られてきたブルース・コーマフィールドの似顔絵のプリントアウトを見せた。

ルーシーは体をはずませて、大喜びした。「シャーロック、すごい！　ほんとに、彼だわ。とんでもない展開です、ディロン。同じサングラスをかけてるなんて、信じられない。どうしていますぐ捕まえにいかないんですか？　さっさととっ捕まえてやりましょうよ」

「残念ながら、それはもう考えてみた。ランスフォードによると、おれたちが〈ウィラード〉を訪ねた夜以降、誰も彼の側近を見ていないそうなんだ。どこにいるか、いまのところ情報は入ってきてない」

「わたしたちが警戒させてしまったんですね。これまでの犯行現場についても、この男が一緒にいなかったかどうか、目撃者全員に尋ねなおさないと」

サビッチはうなずいて、ベジタリアン向けのチャーハンをもうひと口食べた。

ブルース・コーマフィールドか。ホームベースまであと一歩と迫っている。ルーシーは感嘆しつつ、サビッチを見た。シャーロックにしてもそうだ。もし自分だったら、そのトーマス・ハーリーという目撃者からそれだけの情報を聞きだして、似顔絵の作成までこぎ着けただろうか。答えはわからないけれど、大発見の現場に立ち会いそこねたことは確かだった。

そのときふいに、指輪が生き物のように肌に張りつくのを感じた。祖父が命を落とす原因になったとてつもない指輪だ。いますぐ理解したり、対処したりできる代物《しろもの》ではないから、とにかくいまはこの場に集中するしかない。なんとしてもコーマフィールドを見つけだしたかった。そして、サビッチから心配されるのではなく、仕事を任せられると思ってもらいたかった。いますぐにでもカーステン・ボルジャーの追跡に乗りだせるというところを見せたい。と、ルーシーはサビッチの直感の鋭さに思い至った。どんな嘘をついても、簡単に見破られてしまう。この人になら力になってもらえるかもしれない。

「ルーシー、よかったらチャーハンも食べないか？」

瞬時に現実に引き戻された。気がそぞろになっていて、それを彼に気づかれてしまったことを強烈に意識した。

スプーンでチャーハンを大きくすくって、口に運んだ。冷めているが気にならない。朝から食べていなかったので、お腹がすいていた。口を動かしながら、罪の重さがのしかかってくるのを感じた。最後のひと口を飲みこみ、顔の前で手をぱたぱたさせた。「いろいろありすぎたので。心配かけたり、不安にさせたりしたくなかったんですが。わざわざ来てくださって、ありがとうございます。食事を運んでもらったうえに、ブルース・コーマフィールドの話も聞かせていただいて」

黒い眉が吊りあがった。サビッチは低く穏やかな声で言った。「おれに話してみないか、ルーシー。いまなにを感じて、なにを考えているか、嘘のないところを聞かせてくれ」

やましげな顔をしているのだろう。わかっていても、やめられなかった。口を閉じていられるという理由だけで、そうしていた。首を振った。

彼はこちらの顔を探っていたが、やがて、それならそれでいい、というようにうなずいた。

「あとはクープに任せよう。クープとシャーロックは今夜遅くにニューヨークから戻る。ブルース・コーマフィールドが関与していることが判明したから、この先はスムーズに捜査が進むんじゃないかと思う。コーマフィールドが現実世界からの補給線の役割を担っていたとしても、この先はそうはいかない。日がな一日、彼女と一緒だ」彼は卓面を指で小刻みに叩いた。「それよりきみのことが心配でね、ルーシー。クープから聞いたが、今日貸金庫を開けにいって、おじいさんの遺品を取りだしてきたそうじゃないか」

ルーシーはうなずいた。「はい、そのせいで動揺してます、ディロン」大きく息を吸いこんだ。「貸金庫のなかには古い指輪が入っていました。でも、それだけなんです」顔を伏せて、嘘だとばれないようにした。そしてシャツの内側から指輪を引っ張りだし、彼に見せた。

サビッチは手を突きだした。彼女はしぶしぶながらも、鎖を外して、手のひらに指輪を受けた。そして一瞬躊躇したものの、すぐに差しだし、指輪を見分するサビッチを見守った。

「どういう指輪だか、説明は入っていなかったのかい？」

嘘をつくしかない。「いいえ、でも、祖母がわめき散らしていた指輪じゃないかと思います。祖父を刺し殺す原因になった指輪、祖父が奪ったという指輪です」その言葉がふたりのあいだに漂った。サビッチが言った。「それで、おじいさんは受取人をきみにして、貸金庫にこれを残したのか？」

「はい」

サビッチは少し待ち、彼女がそれきり説明しないとわかると、言った。「今日の午後はなにをしてた？」

いぶかしげな、けれど穏やかな彼の顔を見て、足元に身を投げだしたくなった。三歳以降に犯した罪を洗いざらい告白したい。「少し寝ました。あまり調子がよくなかったので。そしたら、悪い夢を見てしまって。祖父の夢でした」

サビッチは椅子の背にもたれ、料理の残りを脇に押しやった。手のひらの指輪をあらためて見る。「この指輪はおじいさんにも、おばあさんにも、重大な意味があったんだろう。皮肉だと思わないか？　彼女は夫を殺して、スチーマートランクに入れ、白いタオルをかけた。夫がこの指輪を貸金庫に入れてきみに残したとは、夢にも思わずにね。ここでひとつ質問していいかい、ルーシー？　おじいさんが行方不明になったとき、きみはまだ六歳にもなっていなかったのに、彼はきみのために指輪をしまった。どうして貸金庫にあるのがわかったんだ？」

「むかしからうちの家族がお世話になってきた弁護士さんが電話をくれました。父が死んだあと渡すようにと、祖父からそう依頼されていたそうです」

さらに数多くの疑問が浮かんでいるだろうに、サビッチはこう言って、ルーシーを安堵させた。「ひどく古い指輪のようだな。この先端の三角は、曇ったルビーなのか？」

「ええ、とても古くて、不格好な指輪ですから、たぶん、たいして価値はありません。石はルビーじゃなくてカーネリアンだと思います。なぜ祖父がこんな指輪をわたしに残したのか、見当もつかなくって」

ああ、もう、嘘をつくのがなんて下手なの。でも、この件については嘘をつくしかない。

サビッチは動揺を誘いたがっているが、信頼というのは不思議なものだ。

彼は言った。「このシンボルだが、おれには見覚えがない。きみは？」

「いいえ、わたしもはじめて見ます」

「なんらかの結社なり、セクトなり、カルトなりを表すのかもしれない。それに刻まれたこの文字〝SEFYLL〟」

ルーシーは息を詰めた。そう言ったとき彼は指輪を握っていたが、なんの反応も示さなかった。自分と同じように、指輪の秘密に気づき、ショックを受けるはずだった。もし八秒前にさかのぼって、そこからすべてが再現されたら。あるいは、光が揺らぐような震えを感じたら。それとも、祖父がわたしにあると言っていた能力《ギフト》とはこのことで、誰もわたしのようには経験できないの？

尋ねずにいられなかった。「その言葉を知ってますか、ディロン？」

「これくらい簡単に調べがつくぞ」携帯電話を取りだした。

数分後、ふたりはその言葉がウェールズ語だと知った。

サビッチが言った。「止まっていること、固定されること、動きを停めることを意味する。なんでそんな言葉が指輪に刻んであるんだ？」

ルーシーはだんまりを決めこんだ。

「きみがかまわなければ、携帯で何枚か写真を撮らせてもらえないか。そうしておけば、MAXとおれとであとから調べられる。何本か電話をかけるかもしれない」

最高。こんなことになるなんて。

写真を撮ったサビッチは、ルーシーの青白い顔に目を留めた。「もう寝たほうがいいな。短期間にたくさんのことがありすぎた」差しだされたルーシーの手を見て、指輪を返した。ルーシーは金色の鎖に通しなおして、シャツの内側にしまった。

「ええ、もうくたくたです。ですが、明日は仕事に復帰して、クープと協力してブルース・コーマフィールド探しの準備にかかりますので。カーステン・ボルジャーの事件処理に遅れを取りたくないんです」

サビッチは彼女の顔を見つめた。ルーシーはなにを秘密にして、どの部分で嘘をついているんだろう？　かなりしてから、うなずいた。「いいだろう。じゃあ、明日の朝」サビッチはいとまを告げて、空っぽの家に帰った。こんなにいやなことがあるだろうか。ショーンとアストロは今夜、ペリー家の世話になって、マーティと眠っている。いつもなら板石の階段を上がりだすやアストロが吠える声がするのに。サビッチはその声を懐かしみながら、玄関に向かった。

36

FBI本部ビル
水曜日の午前中

ルーシーはグロリアの助手席に座り、クープがシートベルトを着用するのを待った。「さあ、〈ウィラード〉に出発よ。ブルース・コーマフィールドのことがさらにわかるといいわね。ランスフォードとの面談に同席していた全員の人定《じんてい》写真を用意して、課内の全員に見せておくなんて、ディロンってすごいと思わない？　そのときはそういう根回しを鬱陶《うっとう》しいと感じるんだけど、ちゃんと結果がついてきたわ。シャーロックがすぐにコーマフィールドだって気づいたんだもの」

「すでに人定は完全に判明してる。膝の裏にホクロがあることも、政治学でCを取ったことも――立法府の一員になりたい側近にしちゃ、お粗末だよな。いや、元側近か」

「立法府の一員になりたい夢も、これでおじゃんね」

クープは彼女の全身に目を走らせた。「〈ウィラード〉のあとでうちの母親の家に寄ってもいいかな。ぼくがかわいい子ちゃんをグロリアに乗せてるとこを見せたいんだ。念のために言っておくけど、ぼくが連れていくかわい子ちゃんはきみがはじめてだからね」

「あーら、そう、信じるわ。かわい子ちゃんね」

「いや、わかったよ、いけてる美女。これでいいかい？」

「ええ、だいぶまし。さあ、詳しい話を聞かせて、クープ」

〈ウィラード・ホテル〉に着いたふたりを待っていたのは、ランスフォードが数時間前にチェックアウトして、サンフランシスコに飛ぶべくダレス空港に向かったという知らせだった。公式に選挙戦から撤退すると決め、選挙運動を終了するとのことだった。彼の携帯に電話をかけても、直接、留守番電話につながった。

クープとルーシーはベルボーイや給仕係、受付係、客室係から話を聞いたが、その全員が月曜日の早い時間からブルース・コーマフィールドを見かけていないと証言した。ギフトショップで、月曜日の午前中にシェービングクリームを彼に売ったという無邪気な若い女性が見つかった。コーマフィールドは、解雇された、と言ったとか。変ですよね、と彼女はふたりに語った。首になって落ちこむどころかうきうきしてるみたいだったんですよ。

クープはサンフランシスコにいるランスフォードの秘書に電話をかけて、裏付けを取った。秘書はコーマフィールドがすでにいないことを認めた。これ以上やってもらうことがなかったので、やめてもらったのだ、と。

たぶんコーマフィールドは、ニューヨークのカーステンの元へ飛んだのだろう。そして、そのことを楽しみにしていた。彼に関する広域指名手配には、いまだ反応がなかった。

本部ビルに戻ったルーシーとクープは、エレベーターに乗って五階にあるCAUに向かった。ルーシーは自分でもそれと気づかないうちに、にやにやしながら、彼に話しかけていた。

「もし時間に余裕があったら、ほんとにお母さんのところへわたしを連れていくつもりだったの？」一瞬の間。「かわいい子ちゃんを見せに？」

「いまは別嬪《べっぴん》さんがいいかなと思ってる」

「いいわね。気に入ったわ」

「でさ、今日の仕事が終わりしだい、うちの母親のところへ行かないか？　そうだな、七時とか。かわいい子ちゃんと別嬪さんの両方を試してみて、母親の反応を見てみたいんだ」

クープが彼女の目に見たのは、たしかに失望だった。だが、それもすぐに消えて、代わりに——なんだろう？　諦観《ていかん》か？「ごめんなさい、クープ、わたしは行けないわ」

「気にしないで。ぼくはきみに張りついて、きみのようすを見守り、必要とあれば助けに乗りだす。近くにいると、なにかと便利な男なんだぜ、ルーシー」

彼女はそっと彼の腕に手を置いた。「悪いこと言わないわ、クープ、わたしなんかに張りついていないほうがいいわ」

CAUの手前数メートルでクープの携帯が鳴りだした。「はい、マクナイト」

ルーシーは電話に耳を傾ける彼の顔を見ていた。喜びに顔を輝かせている。電話を切るなり、ルーシーは尋ねた。「なんだったの?」

「ボルチモアの〈テキサス・レンジ・バー・アンド・グリル〉のウェイトレスから、サビッチに通報があった。昨日の夜、テッド・バンディの娘が店に来たそうだ」

「やったわね。こうなることを願ってたの。いまや合衆国じゅうの飲み屋さんの、全従業員が、カーステンの顔を知っているはずよ」クープとハイタッチした。「これで全員揃って、一路ボルチモアね」

37

バージニア州フェアファックス
水曜日の午後

サビッチが愛車のポルシェを停めたのは、フェアファックスのアッパーミドルクラスの住宅街にある、瀟洒《しょうしゃ》な家の前だった。私道には値の張る車が三台停まっている。ＢＭＷが二台とレクサスのＳＵＶ。ミセス・パティルが在宅中なのはわかっており、彼女の車はＢＭＷの７５０ｉ、亭主のパティルがサビッチに自慢したところによると、夢のような乗り心地で、後部座席ならリビングのソファに座っているのと変わらないのだとか。ほかの二台は誰の車だろうか。

手入れの行き届いた表の庭を見渡した。すべてに金も手もかかっている。

ドアをノックすると、小柄でバーバリーのコートを着た中年のアジア人男性が出てきた。剃りあげた頭に白い包帯を巻いている。男は頭を下げて挨拶した。

「ＦＢＩのディロン・サビッチ特別捜査官です。ミセス・パティルにお目にかかりたくて来ました。電話をしてあります」

「ええ、承知しておりますよ。夫人に頼まれて出がけにドアを開けました。いまさっき彼女の柔術の稽古を終えたところなのです。さあ、こちらへ、サビッチ捜査官。彼女はミスター・アービンとミスター・シャマとともに、リビングでワインを飲んでおられます」

サビッチは病院ではじめてミセス・パティルに会ったとき、彼女の年齢を五十代と見ていた。だがはずんだようすのいまの彼女は、四十五歳くらいにしか見えない。上下白の稽古着を着て、足ははだし、足の爪は淡いコーラルピンクに塗ってある。サビッチを見あげた彼女の顔には、彼のなかの男を全面的に警戒させるなにかがあった。

「ミセス・パティル、お邪魔します」サビッチは言った。

立ちあがった彼女は、リビングを小走りに横切り、サビッチの手をつかんで、引っ張った。

「ようこそ、サビッチ捜査官。ナンディの親友のミスター・アマル・アービンと、彼の甥のミスター・クリシュナ・シャマをご紹介いたします。こちら、FBIの特別捜査官をしておられるサビッチさんよ」

サビッチがシャマと握手をするのを、彼女は一歩下がって笑顔で見ていた。クリシュナ・シャマは四十八歳、自動車修理業で財をなし、この四年で店舗を六店まで増やした。子どもは三人、いずれも成人しており、妻には先立たれている。ベン・レイバンから聞いた話によると、国務省に勤める二十三歳の女性と同棲中らしい。精悍《せいかん》な顔立ちだ、とサビッチは思った。身なりもよく、ランニングの習慣があるのか、体も引き締まっている。そしてサメも恐れをなすほどの鋭い目つき。病室の前で警護にあたっていた巡査からも、いかにも成功者らしい垢抜けた男だと聞いていた。

アマル・アービンに関しても、巡査の見立ては正しかった。パティルよりもさらに高齢のようだ。どうぞそのままとサビッチは言いたかったが、アービンはゆっくりと立ちあがり、サビッチの手を握った。ベルトが大げさでなく胸の位置で締めてあった。感じのいい老紳士で、多少干からびてはいるものの、黒い瞳が知性に輝き、合わせて六本の白髪が頭頂から妙な角度に突きだしていた。サビッチが調べたところによると、彼はとうに隠居の身で、数世代にわたって繊維業で財をなしてきた一族の出だった。タウソン・コーナーズという本人所有の何棟もある集合住宅の、豪勢な一区画を自宅にしている。パティルとのつきあいは古く、その友情は子ども時代にさかのぼる。

どちらの男もパティルのことを深く案じているようだった。

全員が席につくと、ジャスミン・パティルが言った。「いま大事なお友だちふたりに、今朝、ナンディが歩いたって報告していたところなんです。ねえ、信じられる、アマル。ナンディが歩きまわったのよ！　看護師さんが何人も、歓声をあげてくれたわ」

それを信じたにせよ信じなかったにせよ、アマル・アービンはうなずくと、あろうことかベルトをさらに引っ張りあげ、満足げな顔になった。シャマがまったく訛りのない、低くなめらかな声でいった。「彼は驚くべき人だからね、ジャスミン。六歳のころそう思ったのを、思いだしたよ」指で膝を小刻みに叩きはじめた。「できたら、コーヒーをもらえないかな」

ジャスミンは明るい笑みとともに立ちあがり、シャマの顔を軽く叩いた。エンドテーブルにあった鮮やかなピンクの携帯をつかみ、ボタンをひとつ押した。「エルスカ、コーヒーをポットでリビングまでお願い。それと、あなたのおいしいラスグッラもね」

彼女が大げさな身ぶりとともに、一同に笑顔を振りまく。シャマはよく焼けたハンバーガーでも見るような目つきで、彼女を見た。彼女はサビッチに説明した。「ラスグッラというのは、スポンジ状のチーズボールを甘いシロップに漬けたお菓子なんです」

それから五分もしないうちに、サビッチはコーヒーのカップを受け取り、軽くひと口飲んで、ソーサーに戻した。罪深いほどに濃厚なコーヒーで、自分の淹れるコーヒーに負けず劣らずおいしい。お茶を頼めばよかった、とサビッチは思った。そしてラスグッラを受け取り、ひと口食べて、料理人を褒めた。自分には甘すぎるけれど、心地よい後味が残る。「ミセス・パティル、ご主人はいつ退院のご予定ですか？」

「ジャスミンと呼んでくださらないと、サビッチ捜査官。いまの調子で体力が戻れば、つぎの火曜日にはとお医者さまに言われました。でも、正直に言って、ここには戻したくないわ。自宅にいたら危ないかもしれないって、おふたりから言われていたところよ。なにせ、二度も強盗に遭ったんですものね。あの人を殺そうとした人が、またやるかもしれない。きれいな若い男の子に見守られながら、病院にいたほうが安全よ。あの人を殺そうとした人を捕まえてくださらないと、サビッチ捜査官。ディロンとお呼びしてもいいかしら?」

サビッチは笑顔で返した。「どうしてわたしのファーストネームを、マダム?」

彼女がむっとしたのがわかった。だが、笑顔を崩すことなく答えた。「ホーン巡査にお尋ねしたのよ――ディロン」

サビッチはうなずき、詫びを言いつつ、パティルが背中を撃たれた夜、それぞれどこにいたのかを三人に尋ねた。三人ともが〈ショップン・ゴー〉の近くにはいなかったと答え、それを裏付けてくれる人物の名前を挙げた。

サビッチは一度めの事件についても尋ねた。三人はやはり同様に答え、アリバイを述べた。

サビッチは後退した。シャマが撃ち殺したそうな顔で、こちらを見ている。アービンのほうはジャスミンに向かってほほ笑んでいた。

サビッチは言った。「みなさん、何者かがミスター・パティルを殺したがる理由に思いあたる節はありませんか?」

三人とも、ナンディ・パティルの白髪一本にしろ、傷つけたがる人間がいるとは思えないとのことだった。ただ、アービンは、頭のおかしい人間がなんらかの理由でナンディに恨みを抱いたにちがいない、と主張した。

個別に話を聞かなければならない、とサビッチは思った。だが、そんな時間があるのか?

カーステンの事件でやることが山積みになっている――三人それぞれから事情を聞くよう、

ベン・レイバンに頼むしかない。サビッチは席を立ち、ひとりずつに会釈した。「ミスター・アービン、ミスター・シャヤマ、ありがとうございました」

「お見送りするわ、ディロン」

そして今回もあの顔つきをした。そう、男としてのサビッチを理解しているといわんばかりの、訳知り顔を。それでいて、年の離れた夫を敬愛しているようすだし、夫のほうは、嘘偽りなく彼女にのぼせあがっている。サビッチがふり返ると、男ふたりは小声で話をしていた。アービンがふと顔を上げてサビッチと目を合わせ、その黒い瞳の奥に理解の色をのぞかせた。

玄関まで来ると、ジャスミン・パティルはサビッチの腕に触れて、体を寄せてきた。「孫のシンシアは、ほんとに惜しいことをしたわ。あなたが結婚してるなんてねえ、ディロン」

サビッチはうなずいた。「ええ、マダム。わたしはまったく惜しいとは思いませんよ。妻は特別な存在ですので。またお話をうかがわせてください、ミセス・パティル」そして、フェアファックスのすてきな屋敷に彼女を残し、立ち去った。ふり返ろうとは思わなかった。彼女が玄関を開けたまま、自分を見ているのがわかっていたからだ。あの三人のうちの誰かが、こちらの聞きたい答えを持っているのは、間違いない。

ベン・レイバンに電話すると、留守電に切り替わったので、メッセージを残した。

さしあたっては、ミセス・ケリー・スパイサーに集中しなければならない。〈テキサス・

レンジ・バー・アンド・グリル〉のベテランウェイトレスである彼女が、見学がてらＦＢＩ本部まで事情聴取に来てくれることになっていた。

38

FBI本部
水曜日のランチ

〈テキサス・レンジ・バー・アンド・グリル〉のベテランウェイトレスにして、オーナーのゲイター・スパイサーの妻であるケリー・スパイサーは、二十二歳の浮ついた小娘ではなかった。華やかで太陽のような笑顔を持つ五十代の女性で、お客さんに向かって「テキサス・レンジから来たばかり」だと言うときは、その笑顔を煌めかせることにしていた。ちょっとした嘘ですけどね、わたしの神さまは気になさいませんよ、神さまも女ですから。ケリーは自分の冗談に声をたてて笑い、派手にふくらませたテキサス風の髪を揺すった。銀色のフープピアスが耳で揺れ、これ見よがしにボタンを三つ外したブラウスのみごとな胸元に相手の視線を集めた。

サビッチとルーシーとクープは、彼女とともに、FBI本部ビルの七階にあるカフェテリアにいた。

クープはケリー・スパイサーに目を奪われたまま、いまにも身震いしそうになっていた。

胸の谷間にはもちろん気づいている。なんだかんだ言っても、まだ死んではいない。彼女がここにいること自体に興奮し、ターキー・チリを食べることすら忘れて身を乗りだしていた。彼女の口から言葉を引っ張りだしたかった。

ルーシーも負けず劣らず興奮しており、いまにもトレイからビーフ・タコスを落としそうだった。

サビッチはシシカバブのロースト野菜をすべり落としながら、ケリーに寿司の味を尋ねた。生魚と聞いただけで我慢がならないルーシーは、下を向いてタコスを食べていた。クープはただスプーンをいじりまわすだけでチリには手をつけず、彼女が寿司をふた口食べるのを待っていた。それを開始の潮時とみなしていたのだ。「すでにボルチモア市警察から似顔絵を見せられているのは承知しています、ミズ・スパイサー。昨夜、あなたがご覧になった女は、カーステン・ボルジャーに間違いないんですね?」

「間違いありませんよ、マクナイト捜査官。それより、すてきなお名前ね。馬に乗って駆けつけるアイルランドの騎士みたい。風変わりな娘だって、ゲイターにも言ったんです。ゲイターっていうのは亭主のことよ。ずっとむかしはフロリダにいたんです。なにはなくともフットボール、彼の人生はフットボールを中心にめぐってましてね。いまはフットボールシーズンになると、巨大なテレビのスイッチを入れて、うちのお店はスポーツバーに早変わりするんです」

ルーシーが尋ねた。「フロリダにいらしたんなら、なぜ店名にテキサスと？　フロリダにちなんだ名前にしようとは思わなかったんですか？　〈フロリダ湿地《スワンプ》〉とか」

「あらあら、お利口さんなお嬢さんがなにを言っているのかしら」ケリーはとびきりの笑顔をルーシーに向けた。「わたしはこの名前が気に入ってるんです。実を言うと、ゲイターがお店を買ったとき、もうこの名前がついていて、お店で出すテキサス・エスプレッソが有名だったんですよ。それに、まだ客を乗せるアイバンって雄牛がいたから、〈テキサス・レンジ〉の名前を残すことにしたんです。あら、なんの話でしたっけ？　そうそう、昨日の夜でしたね。八時きっかりでしたよ、あの女が入ってきたのは。最初はひとりで、カウンターがよく見えるブース席に腰かけて、炭酸入りのミネラルウォーターを頼んだんです。そのうち男がやってきて、彼女のとこへ行くと、同じブースの席につきました。で、顔を寄せて、話しはじめたんです。そのときはまだ、わたしも確信がなくて。でも、リンダがやってきたのがきっかけでした。リンダは同じ通り沿いにある美容室の美容師で、めっぽう気立てのいい娘さんなんです。週に三、四回はおしゃべりに来る常連さんでしてね。そのときです、はじめてあの女に注目したのは。いえ、リンダのことをじいっと見てましてね。そのあとにこっとして、男に話しかけました。席を立って、こっちへ来るつもりだったんでしょうね。でも、リンダは母親の車にガソリンを入れてやらなきゃならないからって、店を出ていったんです。あの女は席に戻って、ふたりでしばらく話してました。ふたりが出ていったのは九時ぐらいだったんじゃないかしら」

クープが言った。「ミセス・スパイサー、ワシントンまでわざわざお越しいただいたのは、カーステンを目撃したと言う人たちのなかにあって、あなただけが彼女が男といるのを目撃して、男のようすを覚えておられるからです」

クープはカーステンとブルース・コーマフィールドの写真を取りだし、ケリーの前にすべらせた。「あなたが目にしたのは、この男女に間違いないですか？」ケリーは写真を見ると、顔を上げて、満面の笑みを浮かべた。「ええ、そうですよ。でも、実を言うと、最初は彼女がわからなかったんです。短い髪を真っ赤に染めて、つんつんに立てていたものだから。でも、リンダを見る目つきで、テッド・バンディの娘だとぴんときたんです。わたしのピンヒールを賭けてもいいわ。ゲイターがなんと言うか、楽しみだこと。あの人、わたしの証言なんかまともに取りあってもらえないと思ってたんですよ。ばかげてるって言って、わたしが通報するのにも反対だったんです。夫の言うことなんか、聞きゃしませんけどね。いつものことなんで、これでいいんです。お利口さんなんですよ、わたしのゲイターは」ケリーは厚切りにした生のマグロを口に運んだ。咀嚼するあいだも、笑顔が揺らぐことはなかった。

ルーシーはむかむかしてきた。

「こっちに来て、あいつらをとっ捕まえるんですよね？」

「はい」サビッチは言った。「今夜さっそく」

「よかった。リンダがあのまま店にいたら、どうなっていたことやら。テッド・バンディの娘が近づいて、酒をおごったんじゃないですかね」

ケリーは寿司を食べおわると、希望していた研究所の見学に向かい、お日さまのような笑顔で近づいた技術者をことごとく虜《とりこ》にした。サビッチは彼女をボルチモアまで車で送り届けるよう手配し、彼女と握手をしながら念を押した。「いいですか、わたしたちを見ても、知らんぷりしてくださいよ。お店の人たちにも、知らせずにいてもらったほうがいいですね。行く時間が決まったら、お知らせします」

「口にファスナーをかけておきますよ」ケリーは言った。

「よし」それから数分後、ＣＡＵの会議室でクープは言っていた。「これで本日のスープならぬ本日のカーステンが捕まえられますよ。赤いブレザーに黒のジーンズとブーツ。髪は立たせたショートの赤毛。目立たないのがむずかしい格好です。ただ、こんなことは言いたくないんですが、ブルース・コーマフィールドが一緒なら、ぼくたちは誰も店内に入れません。やつに気づかれて、全部ばれてしまう」

「挙げ句、向こうが発砲したら負傷者が出ることになります」ルーシーが言った。「そこがいちばんの問題点ですね。誰も傷つけることなく、公共の場でふたりを取り押さえなければなりません」

サビッチが言った。「こちらの計画としては、きみとクープとで彼女が店に入る前の段階で捕まえるしかない。万が一、彼女が入店した場合に備えて、シャーロックにカウンターでビールを飲んでてもらおうと思う」

ルーシーは言った。「コーマフィールドのほうもどうにかしたいんですよね。カーステンほどぶっ飛んでいなければ、うんと確保しやすいはずです。ランスフォードには連絡がついたんですか？」

「まだ航行中だが、乗務員に力を貸してもらってスカイプで連絡が取れた。最初は信じてもらえなかったが、いったん理解すると、爆発しそうになってた。ブルースはカーステンをろくに知らなかったはずだと言うのにも、しばらく時間がかかった。ブルースが夜間、頻繁に出かけていたことは認めたよ。それで不便もしたらしいが、頭が切れて有能な男だったんで、受け入れていたらしい。ブルースからは母親が病気なので、できるだけ訪ねたいと言われていたそうだ。末期のガンだからとね。ブルースの母親がいまもオクラホマ州タルサで二軒の花屋を元気に経営していることは、言わずもがな。ミスター・ランスフォードにカーステンが五人の女性を殺した日付を伝えた。ブルースがその夜に出かけていたかどうか、勤務記録を調べてくれるそうだ。

あとはみんなも知ってのとおりだ。ブルースがミスター・ランスフォードのもとで働くようになって四年だった。最初は秘書として勤め、ミスター・ランスフォードが政界に打ってでると決めると、ブルースは政治学の学位があることをアピールし、彼の希望に添う形でいくつか提言した。個人秘書としてはたいしたことがなかったが、補佐官としては優れていたそうだ。だから政治家としての将来がついえたときに、解雇された。それと、黒のポルシェをカーステンの誕生日プレゼントにしたらどうかと助言したのは、ブルースだったそうだ。それを思いだして、腹立ちがいっそう強まったようだが。さすがに彼のことが気の毒になった。大打撃にはちがいないからな。そうこうするうちに、またぞろＦＢＩに八つ当たりをはじめた。ミュラー長官がマスコミに漏らしたせいで事実が明らかになって、ひどい目に遭ったと」

「電話を切ってやったんですか？」

「いや、そうしたいのは山々だったが。彼には手がかりがなかったんだから、ブルースとカーステンに関係があるとはわからなくて当然だと慰めてやった。まだ力になってもらえるかもしれないからね」サビッチはルーシーを見やった。彼女はぼんやりした顔で、まったく別のことを考えているようすだった。昨夜もちょくちょくそんなことがあった。もちろん、祖父と指輪の件だろう。いっぺんにたくさんのことがあり、彼女なら、いずれ自分なりの方法で乗り越えることはわかっていた。問題は今夜、彼女が仕事に集中できるかどうかだ。

「ほんとに今夜、ボルチモアまで一緒に来ても大丈夫なのか？」

「もちろんです。すっかりその気になってます」

「ルーシー、クープにかまわないでほしいと言ったらしいな。どういう意味なんだ？」

こんなことを言ったら、クープとふたりきりになったときにルーシーが彼をなじるかもしれない。そう思いつつも、サビッチは尋ねずにいられなかった。ルーシーはサビッチの左肩の向こうにいるクープに目をやって口ごもっていたが、やがて意を決したように言った。「わたしは、あの、わたしにはやることがあるからと言ったんです、ディロン。彼につきあってもらう必要はないんです」顎をそびやかし、ほつれ髪を三つ編みに戻した。「クープにということではなくて、誰にもです」

ルーシーには自分が憂鬱そうに見えているのがわかっていたし、実際、ひどく憂鬱だった。わたしは嘘つきだ。そのことをクープもディロンも、いや、たぶん課内の全員が知っている。これから一生、誰にも指輪のことを話せないの？

「わたしは大丈夫です。いまはカーステンとブルース・コーマフィールドを逮捕することだけを考えています」

「ルーシー、ドクター・ヒックスにもう一度催眠術をかけてもらったらどうだろう？　おじいさんの件で、事態の収拾に役立つことがさらにわかるかもしれない」

ルーシーはたしなめるように彼を見た。「お気遣いは嬉しいですけど、ディロン、それはないと思います」

「そうだな」サビッチは言った。「自分でもどうかと思うよ」席を立って、首だけふり返った。「今夜六時に〈テキサス・レンジ〉の前に全員集合して、各自配置につくぞ。バックアップはたっぷりいるから、心配ない」

「ボルチモア支局にも連絡するんですか？」

「今回はやめておこう。退屈なふりをする捜査官が多すぎたら、かえって、ふたりの疑いを招く」

39

ボルチモア、レイバン・ストリート

テキサス・レンジ・バー・アンド・グリル

水曜日の夜

隠しマイクの上からシャーロックはやわらかなブルーのチュニックを着て、細身の黒いジーンズをはいた。靴は黒のハイヒール、髪は金色のクリップふたつで留め、出した耳にはやはり金色のフープピアスを下げている。結婚指輪は外す。

シャーロックには隠しマイクまで使用する必要があるとは思えなかった。カーステンがディロンの脇をすり抜けて入店する確率は、どの程度だろう？　仮にそれができたとしても、店内に配置されたほかの捜査官たちが自分に目を光らせている。例によって例のごとく、ディロンはあらゆる不測の事態を想定して準備万端だった。

シャーロックはテキサスの自家醸造酒に口をつけた。これがテキサス・エスプレッソと呼ばれるこの店特製の酒だが、自分の演技を見守っている四人の捜査官の苦労に報いるため、落ちこんでいるふうを装っていた。店の外でルーシーとクープがカーステン・ボルジャーとブルース・コーマフィールドを逮捕する場面を見られないのは残念だが、万が一に備えて、誰かが店内で自家醸造酒とともに苔生《こけむ》していなければならない。

せめて店内に配置されたルースとデーンとジャックとオリーが飲み物を楽しんでいてくれることを願いたい。

ぶつぶつ言ってないで、憂鬱な顔してなきゃ。シャーロックが一度だけうなずきかけると、ミセス・スパイサーがクリスマスのサンタのようにぱっと明るくなった。カーステンがいなくてよかった。ひと目見るなり、怪しまれてしまう。シャーロックはバーテンダーを見やった。棒きれのように痩せた若い女性で、前歯が欠けている。絶え間なくしゃべりながら三人のウェイトレスの注文をさばいているのに、間違えることも、酒をこぼすこともなかった。ありがたいことに、シャーロックの正体は知らないらしい。ミセス・スパイサーがいまにも歌いだしそうにしているので、よけいだった。

店主のゲイター・スパイサーがまだ来ていないのも、好都合だ。デュエットを聞かされてはたまったものじゃない。ミセス・スパイサーには、カーステンは店に入る前に捕まえるから、シャーロックたちFBIの捜査官を意識せずにいつもどおり仕事をしてもらいたいと頼んであった。本人は努力しているのだろうが、誰がどう見ても目立っている。

「お客さん、ここへは前にも？」注文の波がおさまると、バーテンダーが声をかけてきた。

「いいえ、はじめてよ」バーテンダーの左胸にあるネームタグを見た。字が薄れている――

トリシャ。やはり、トリシャはなにも知らないの。「ろくでなしの元彼に腹が立ってしかたないんで、気分転換したくて来たの。あいつ、ライトブルーのきれいなコルベットを盗んだの。うんとゴージャスで、ラングラーに包まれたブレット・ファーブのお尻よりもセクシーなわたしのコルベットをよ。で、お店の看板を見て、ビールでも飲もうと思って入ったわけ。一杯じゃすまないかも。でも、このテキサス・エスプレッソ、パンチが効いてるわね」

トリシャがさらに三杯のテキサス・エスプレッソをついで、大きくて厚手のグラスを押しやると、ウェイトレスは流れるような動きでそれをトレイに載せた。トリシャはシャーロックに言った。「ここはビールを飲むには、いい店だよ。でも、チップで暮らしてるバーテンダーにとっちゃ残念な店だけどね。わたしはマティーニが得意なのに、ここじゃ頼んでくれるお客さんが少なくて。ここに来るのは、もっとビールが欲しくなるように塩気のきいたピーナッツをぽりぽりやりながらビールをがぶ飲みして、カントリーを聞きたいって人たちだもの。で、ちょっと飲みすぎた人は、機械仕掛けの雄牛に乗るわけ。アイバンっていう名前なんだけど。アイバンはたくさんの都会派カウボーイたちを振り落としたんだよ」

「それだけのことを息継ぎせずに話しながら、注文のビールを二杯もつぐなんて、すごいわね」シャーロックはバーテンダーに向かって乾杯のしぐさをした。

「まあね、こういうのは得意なの。むかしはカウンターをまわすって言ったけど、いまだとマルチタスクってやつ」

「アイバンはいくつなの？」

「わたしより古顔なんだよね。そうだな——こんどの十二月で九年かな。お客さんはああいうのに乗るほど、いかれちゃいないみたいだね」

「このテキサスご機嫌ドリンクをあと二杯飲ませてくれたら、乗ってみせるかもよ」シャーロックはため息をついた。「ほんとは飲みながら、うじうじ考えてたんだけど。トリシャ、このビール、がつんとくるわ」

トリシャは白いタオルを掲げて敬礼した。「本物のテキサス・ビールを飲み慣れてないからだね。実は、わたしもなの。飲んでみろって言われたときは、いまのあなたよりゆっくり飲むんだから。テキサス便所《ジョン》でビールを混ぜてるんじゃないかって、ゲイター——この店のオーナーなんだけどね——には言ってるんだけど」

「それは強烈ねえ」

一時間が経過した。シャーロックはビールを少しずつ飲むふりをしながら、カウンターで交わされる会話に耳を傾けていた。いちばん長く話した相手は、カウボーイハットをかぶったおじいさんで、レノでギャンブルに負けてすってんてんになり、シボレー・インパラの後部座席で暮らしながら、運命の女神がふたたび窓を叩いてくれるのを待っているとのことだった。

前夜、カーステンが来店したのは八時。そして八時ちょうどになった。シャーロックは警戒心を高め、銃声を聞かずにすむことを祈った。ディロンが殺人鬼をてきぱきとすばやく倒して、銃器を使わずにすめば、関係のない人たちを巻きこまずにすむ。

その後は遅々として時間が進まなかった。業を煮やしたシャーロックは言った。「あと三十分して現れなければ、カーステンはもう今夜は来ないかもしれないわね」

隠しマイクからの一方通行なので、もちろん返事はない。トリシャの手は目にも留まらない速さで動き、カウンターには二重の人垣ができていた。

一杯めの最後のひと口を流しこんでいると、右耳のすぐ後ろでもの憂げな声がした。

「ハーイ、カノジョ、ひとり?」

40

にわかに心臓が高鳴った。カーステンがここにいる。外の歩道で顔を伏せ、骨張った手首に手錠をはめられて、権利を読み聞かされているはずのカーステンが。ディロンとクープとルーシーの目をどうやってかいくぐったのだろう？　ブルース・コーマフィールドもすり抜けてきたのだろうか。ショーンの大事な小型バスケットボールに賭けてもいいが、ディロンならカーステンを見落とすわけがなく、街の外れにいても嗅ぎつけるはずだった。つまり、カーステンは裏口から入ってきたのだろう。路地に面したドアに錠がかかっていることは、クープが確認していた。つまりブルースがディロンの目を盗んで店内に潜りこみ、奥に忍んでいって、カーステンのために裏口のドアを開けたのだろう。昨日も同じ方法を使ったのか？　ふたりが慎重になるのは理にかなっている。残念ながら、ミセス・スパイサーはそこまで気がまわらなかった。

球技の種目が変わり、ルールが変わった。それでもなお正義の味方が勝つことを祈らずにいられない。

シャーロックはカーステン・ボルジャーの細面《ほそおもて》を見あげた。死体のように青ざめているのに、ミセス・スパイサーと同じくらい目が明るく輝いている。髪は短く立ててあるが、今日は赤ではなく、お化け一家アダムズの母親と同じくらい真っ黒だった。少し変えてきたということだ。黒のタートルネックセーターに赤のブレザーを重ね、下は黒いジーンズをはいて、赤いベルトを低い位置にゆるく締めている。ここへ来るまでに十人以上を押しのけなければならなかったろう。

「女子ね」シャーロックは言った。「声だけじゃ、わからなかったわ。すてきなかすれ声。喫煙者じゃないといいんだけど」

「ええ、ありがたいことに女子よ。それに、そんな穢らわしいものには手を出したことがないわ。でね、今夜のあたしのなにが最高かって、ひとりなことよ。なによあんな男、あたしの親友がパンツに手を突っこんで鍵をまわしたとたんに、さっさと行っちゃったのよ。あの尻軽女め」

シャーロックは空っぽのグラスを掲げた。「世界じゅうの尻軽に乾杯。そういう女は、銀行員や弁護士と一緒に海の底に沈んじゃえばいいのよ」

カーステンは笑い声とともに、顔を寄せてきた。周囲の喧噪がいちだんと激しくなっているからだ。こんなにたくさんの人がいる。これだけいると、誰も傷つけずにカーステンを倒すのがますますむずかしくなる。カーステンが言った。「じゃあ、浮気男はどうすんの?

ちょっと待って」バーテンダーに声をかけて、ビールを二杯注文した。

シャーロックは眉をひそめて、彼女を見あげた。「わたしにビールをおごりたいの？」

カーステンは笑って、真っ白な手をよしてよとばかりに振ってみせた。長くて細い指の先に、短くて丸まった爪がついている。右手に大きな銀の指輪をはめ、同じ指輪が左手にもあった。「それと、同性には興味ないから。彼氏の話、嘘じゃないの。あたし、寂しいの。で、一緒にいてほしいと思ってるほうがおごるもんだと思うんだけど。でしょ？」

「さあ、どうかしら。寂しいなんて思ったの、今夜がはじめてだから。ツツガムシ並みの脳みそしかない元彼に、車を盗まれちゃって」

「ツツガムシってなに？」

「ほら、ちっちゃくて気持ちの悪いクモみたいな虫。夏になると、背の高い草むらにいて、刺すやつよ」

「彼、なんでそんなことしたわけ？」

トリシャはふたりそれぞれの前にビールのグラスを置き、ピーナッツのボウルを押してよこした。カーステンを品定めするように見てから、注文された半ダースのビールをつぐため跳ねるようにして離れた。ジュークボックスの音量がいよいよ大きくなり、音楽に負けじと、客たちが叫んでいる。この調子だと、いつガラスが割れてもおかしくない。シャーロックはビールに口だけつけた。「そりゃ、あのウサギの糞《ふん》脳男、自分のちいちゃくて白いミアータのふにゃケツより、わたしのブルーのコルベットのほうが気に入ってるからよ。自分の車じゃ安心感がない、コルベットのほうがママが感心してくれるなんて言っちゃってさ。よく言うわよ、犬みたいな髪をしたあばずれ女が待ってるに決まってるのに。そうそう、ビール、ありがとう。発情した山羊みたいなわたしの彼氏がお手つきした、すべての尻軽女に。海藻と一緒に海底で漂ってればいいのよ」

女ふたりはビールのグラスで乾杯した。

カーステンはグラスを軽く指で叩きながら、顔を寄せてきた。と、客のひとりにぶつかられて、その男をにらみつけた。「でね、あたしの名前はステファニ。最後がiで終わるやつ。たぶん大量に薬を投与されたせいで、母さんがそこで気を失っちゃったのよ。あたしは帝王切開だったんだって。十八歳の誕生日にどうにか親元を離れたんだけど、それまで毎日、そう聞かされて育ったのよ。びっくり、あれから来週で十年だなんて」ふと押し黙り、ビールグラスの底をのぞきこんだ。

どうでもいい年齢のことでなぜ嘘をつくのだろう？　騒々しい環境ではあるけれど、マイクからの音声を聞いている捜査官たちにカーステンの声が届いていることを祈った。

カーステンはふたたび、控えめにビールを飲んだ。

そう、自分は素面《しらふ》でいたいわけね。手際よくきれいにわたしを殺したいから。

カーステンが尋ねた。「あなたはなんて言うの？」

シャーロックは眉をうごめかした。「スージィよ。Zがふたつの」

カーステンはきれいに揃った真っ白な歯を見せて、にこりとした。

シャーロックは言った。「うちの母親もどうかしてたんだと思う。もちろん、わたしは帝王切開はごめんだけど」デーン・カーバーとルースが座っているはずの脇のブースに視線を向けたが、人がいっぱいで見えない。そのうちに、ようやくデーンと目を合わせることができた。彼が顎を使ってカウンターの端にいる若い男を指し示したので、そちらに目をやって、そのあと顔をそむけた。一分後、ふたたび男の顔を探り、早々に切りあげた。やりすぎは禁物だ。デーンはこの男がコーマフィールドだと思っているの？　なにを考えているのか、男は顎ひげにスキンヘッドという妙な組みあわせに、垢抜けないツイードのジャケットとチノパンツを身につけ、パイロット用のメタルフレームの眼鏡ではなく、太い黒縁眼鏡をはめていた。彼でないとは言いきれない。もしコーマフィールドなら、うまく変装している。連れはおらず、ウォッカのストレートとおぼしき液体をちびちび飲んでいるが、たぶんただの水なのだろう。ようやく男が顔を上げて、ジュークボックスのほうを向いたとたん、シャーロックの血が凍った。ブルース・コーマフィールドだ。

あのスキンヘッドでサビッチたちの目をすり抜けたのだろう。さらに目立たないよう、人混みのなかにまぎれこんできたにちがいない。やるわね。

シャーロック自身、正直なところ、デーンが顎で指し示してくれなければ、コーマフィールドだと気づかなかった可能性が高い。これだけは間違いないといえることがひとつある。サビッチは危険を避けるため、店にすら入ってこないだろう。ましてや店内で発砲など、ありえなかった。ここには罪のない人たちがたくさんいる。ポケットにワイヤを忍ばせているカーステンが、銃を持っていないとはかぎらない。コーマフィールドにしてもそうだ。そうだ、サビッチなら、カーステンが千鳥足で酔っぱらったふりをしたシャーロックを連れて外に出たところを逮捕する。だが、あまりに人が多く、その全員が話し、飲み、ダンスをして、ふらふらと店内を行き来し、つねに新しい客が入ってきている。いっそのこといますぐシグを抜いて、カーステンの肋骨に突きつけ、外へ連れだそうか？　いや、カーステンひとりなら可能だが、不確定要素となるブルース・コーマフィールドがいる。それでもいざとなったら、自分ひとりでカーステンを確保できることはわかっているし、サビッチにもそう伝えた。だが、残念ながら彼はシャーロックの肩に手を置いて、こう言った。「上司の命令には従ってもらうぞ。じかに命じるから、しっかり聞けよ。万が一、なにかの偶然で彼女に近づけたとしても、独力でなんとかしようと思うな。わかったか？」

そして、念の入ったことにシャーロックがうなずくのを待った。そうでもしないと、信用できないとでもいうように。食えない男。シャーロックはため息をついた。ま、少なくとも自分には演ずべき役割がある。中央祭壇に置かれた、縛られし子羊という役割が。

カーステンが言った。「あの情けない雌牛には、帝王切開よりひどいとこがあってさ」

「そうなの？　なにがあったの？」

「あの雌牛、自分は全身をダイヤモンドで飾り立てて、新しい亭主の腕にすがりつきながら、あたしには実の父親の存在をずっと隠してたんだ」

おっと。

「お父さんのこと知らなかったってこと？　なんでお母さんは彼のこと話してくれなかったの？　でも、結局は話したんだよね。それでよくない？」

カウンターにたどり着きたいひとりの女がカーステンの肩をぽんと叩き、脇をすり抜けた。カーステンが全身をこわばらせる。彼女からどす黒い怒りが立ちのぼるのが、目に見えるようだった。そのあとカーステンはふたたび笑顔になり、シャーロックに近づいた。「あたしの父さんは善人じゃなかった。あの雌牛はようやく口を開いたと思ったら、そう言った」

「じゃあ、お母さんが父親から遠ざけててくれたんでしょ。傷つけられたかもしれないし、それでよかったんじゃない？」

「いや、父さんはそんな人じゃない。あたしのことを愛して、すごいと思ってくれたはず。それに、知ってる？　あの女は父さんに子どもがいることを教えなかったんだよ。つまり、あたしって娘がいることをさ。父さんはあたしの存在を知らずに死んじゃった」

シャーロックは言った。「お父さん、亡くなったの？　どうして？」

カーステンの目から光が消え、凍った黒い淵のようになった。「怪物どもに殺されたの。父さんには勝ち目がなかった」

続きを待ったが、カーステンはそれ以上は言わなかった。シャーロックは気安げな調子で言った。「両手に同じ指輪をしてるのね。どうして？」

カーステンは手を見おろした。まず左手、そのあと右手をつくづく見ているようだった。

「完璧でしょう？」

「それはわかんないけど、変わってる。珍しい指輪ね。誰か特別な人がくれたの？」

「ええ、すごく特別な人。片方の指輪は父さんのものだった。もうひとつはあたし用の特別あつらえなの。それで、いまは両方つけてる。これでもう絶対にひとりになることないもの。わかる？」

「そうね、よくわからないけど、でもいいの。わたしの問題なんか、あなたには興味ないでしょうね。めちゃくちゃにしてった元彼の話なんて」

凍りついていた黒い淵がふたたび動きだした。カーステンはわれに返り、笑顔を向けてきた。「試してみなよ、スージィ。そいつがあなたの車を盗んだんだったよね？」

「そう。犬みたいに息のくさいあほ男が、わたしのコルベットを盗んだの」

「腹が立つのはわかるけど、返してくれるんでしょ？」

「たぶんね。あほだけど、ばかじゃないから」

「へえ、あんたっておもしろいね。犬みたいに息のくさいあほ男とか、あんたの表現をそのうち試してみたいな。そう言ってやったら、彼氏が立ちあがって遠吠えしたりして。いまは親友に横取りされてるけど、そのうち取り返してやんなきゃ」

「あなただっておもしろいわ。ねえ、ステファニ、わたしトイレに行きたくなっちゃった。一緒に来る？」

トイレでならあなたを逮捕できる。粛々と確実に。ふたりきりのときなら、サビッチもわかってくれるだろう。さあ、わたしと一緒に行きましょう。

「ううん、混んでるからやめとく。あんたのビールを見とくね」カーステンは軽く笑って、シャーロックのグラスに手で蓋をした。「もみくちゃにされないようにね。がんばれ、zふたつのスージィ・なんとか。早く帰ってきて」

がっかり。シャーロックは内心肩を落としながら、人混みを縫って進んだ。あまりに混んでいるので、踊っている人たちもその場で体を揺することしかできずにいる。ビールの載った小さな円卓をはさんで向かいあわせに座るオリーとジャックの脇を通りすぎた。ふたりには目をくれず、歩きつづけた。出口の標識と男女兼用のトイレのマークが上下に重なった扉まで来るのを待って、声を出した。「ビールにドラッグを混入するチャンスを与えるため、これからトイレに入るわ。心配しないで、ビールは飲まないようにする。ドラッグなんか盛られたら、行動分析課の連中とヒックス先生はとんぼ返りを打つかもね。彼女の発言を聞いたら、たくないもの。ディロン、このとおり、わたしは単独行動には走らない。ここには大勢の人がいるから、早まったことをしないでね」

カウンターに向かって歩きだすと、男からダンスに引っ張りこまれそうになったので、手首の神経を軽く押さえた。男は悲鳴をあげて、引っこんだ。

さあ、カーステン、もうわたしのビールにドラッグを入れたの？　ルースがその場面を写真におさめてくれているといいのだけれど。

シャーロックは血が沸きたつのを感じた。わくわくしすぎて、高いビルから飛びおりても、空を飛べそうな気がする。

さあ、いよいよ佳境に入るわよ。

41

シャーロックはカウンターのカーステンの脇に体を押し入れた。彼女はいまだ立ったまま、ふたり分のビールとシャーロックのスツールを確保していた。シャーロックは我慢できずにつぎたてのテキサス・エスプレッソに目をやった。飲むふりをするべきだろうか。ブルース・コーマフィールドの視線を感じ、こちらを見ているのがわかる。こっそり床にこぼそうと思っていたけれど、ふたりから見張られているのでは、あきらめるしかない。

カーステンがグラスを合わせてきた。「さあ、スージィ、飲んじゃって」

コーマフィールドが自分の行動を監視している。飲みたくない。飲みたくはないけれど、深呼吸をして、ひと口飲んだ。もうひと口。味に異常は感じないが、このあと不快な目に遭う予感がする。人はぶつかるものだから、ぶつかられたふりをしてグラスを取り落とすこともできる。けれど、それでどうなるだろう？　シャーロックはふたたびグラスに口をつけた。

いまや体を寄せてきているカーステンから、香水のにおいがした。バイオレットの香り。

「あのさ」カーステンが言った。「あたし、引っ越そうかと思ってんの。ボルチモアにうんざりしちゃって。あんたはどこに住んでるの？」

「二ブロック先の、インナー・ハーバーからちょっと行ったところ」

「なにしたら、金色のフープピアスをはめつづけられるの？」指でピアスの片方をはじいた。

シャーロックはあえてもうひと口、ビールを飲んだ。「ショッピングモールにちょっとした小物屋さんを持ってるの。港に入ってきた船がよく見えて、けっこう楽しいのよ。あなたは？」

「あたしはこっから一ブロック先。カルバートから入った大きな高層ビルに住んでる。安くって、ドアマンなんか四カ月前にいなくなったきり。あんたんとこ、セキュリティはちゃんとしてるの？」

カーステンがドラッグ入りのビールをちらっと見るし、ブルース・コーマフィールドの視線も感じたので、さらにもう少しビールを飲んだ。「ううん、うちもセキュリティはからきしなんだよね。仕事はなにしてるの、ステファニ？」ろれつがまわらなくなってきているのに気づき、シャーロックはドラッグの即効性の高さに驚いた。ほんの少し飲んだだけなのに。

「カリオペ・ギャラリーでアートの販売をしてるわ。カリオペって知ってる？　古い納屋とか墓地とかふらふら飛ぶ幽霊とか、そういう、エドガー・アラン・ポーの小説みたいな絵がほとんどなんだけど、あまりうまくいってなくて」

「どうして？」

カーステンは笑い声をあげた。「あたしが墓石に留まってるいまいましいワタリガラスを全部撃ち落としちゃうから。やだ、冗談だって。ボスが嫌いでね、いま仕事を考えなおしてるところ。お金が足りなくなってるのよね。ねえ、どう思う？　あたし、アーティストのモデルとかやれるかな？」狭苦しい場所にもかかわらず、カーステンはモデルのようにポーズをつけてみせた。

「わたしがアーティストだったら、即行であなたを雇うわ」

いまや言葉が不明瞭になっているのがわかる。動くべきときが来ていた。カウンターを離れて、サビッチの待つ店の外へ向かわないと、吐瀉物《としゃぶつ》できれいな黒いハイヒールを台無しにしてしまう。

スツールからおりた。軽くふらついて、カウンターの端をつかんだ。ふりでもなんでもない。できることならどうにかビールを捨てて、残りは演技にしたい。吐き気が込みあげてきて、頭に靄《もや》がかかるのを感じた。「どうしちゃったんだろ？　テキサス・エスプレッソ三杯で倒れそうになるなんて」

「けっこう強いからね。うちまで送ってこうか、スージィ・なんたら？　ううん、気にしないで、あたしも帰るとこだから。それより、あんたのスカンク脳の元彼はどうしてるかな？　あんたを待ってたりして」

「あの脂ぎったばかのこと？　来るのは車を返すときよ。妙なことしたらわたしが警察に通報するって、わかってるから」

シャーロックは足を踏みだそうとして、人だかりにぶつかった。カーステンが腕をつかんで起こしてくれる。「だったらいいけどね、お嬢ちゃん。さあ、スージィ、うちまで送ったげる。なに、この人混み。つるつるすべってくれたらいいのに」

シャーロックはとろんとした顔で、ほほ笑んだ。演技ではない。「そうね、あなたならいいわ、ｉで終わるステファニ」一歩踏みだしたシャーロックは、テーブル席についていた髪をふくらませた女性に倒れかかりそうになった。こんどもステファニが腕をつかんで、引き戻してくれた。

「まじでビールが苦手みたいね。機械の雄牛に乗りたがらないでくれて、よかった。見てよ、あそこで大騒ぎしてる連中。後ろに投げだされちゃって、ばっかみたい」

「雄牛は遠慮しとく。ブルーのコルベットに乗りたい。あのあほちん、あの子を傷ひとつなく無事に返さなかったら、ただじゃおかないから」

視覚の隅で、ルースとデーンがすぐあとをついてくるのを確認した。よかった、ふたりが追ってきてくれている。「ヤッホー！」という叫び声が聞こえた。男がアイバンから振り飛ばされると、はやし立てるような笑い声とブーイングが続いた。店内の人たちの意識が少しずつアイバンのほうに集まりつつあるように感じる。ブルース・コーマフィールドがカウンターに紙幣を投げて、トイレと裏口のあるほうへ向かうのが見えた。オリーとジャックが彼を追ってくれることを祈るしかない。グラスのいっぱい載ったトレイを手にしたミセス・スパイサーが、店の真ん中にもかかわらず、興奮の面持ちで立ちすくんでいる。カーステンが気づいていないことが救いだ。

と、ミセス・スパイサーが喧噪に負けじと声を張りあげた。「ご気分はいかがですか?」なんたること。

カーステンが身をこわばらせて、シャーロックの腕を握りしめた。

シャーロックはミセス・スパイサーのほうに指をひらひらさせて、カーステンに言った。「次回はあの機械の雄牛を試してみるかも」酔っぱらった顔でカーステンに笑いかけた。ミセス・スパイサーの視線が自分たちに注がれるのを感じつつ、カーステンがそれをあまり気にしないぐらいこの先の殺人に集中していてくれることを祈った。

シャーロックはカーステンと足並みを揃えてふらふらと店を出た。いずれも酔っぱらった男四人が笑ったり、互いに罵ったりしながら、そのあとに続いた。ふたりよりは年上の男たちのひとりが「グッドナイト・アイリーン」を歌いだした。

シャーロックは自分がいまにも吐きそうになっているのがわかった。ぐずぐずしてはいられない。いままでの被害者たちもこんなに早く気分が悪くなったの? どうにか持ちこたえなければ。だが、目の前の縁石に急停車した大きくて黒いSUV《パスファインダー》から二十代前半の男女五、六人がクジラの口から出てくるように歩道に吐きだされて、自分たちを取り囲んだときは、わが身を呪った。ああ、ひどい。ディロン、この楽しそうな酔っぱらいたちがいたら、あなたはカーステンにたどり着けない。

となると、カーステンにはわたししかいない。ぶざまにふらつくシャーロックは、カーステンの腕にもたれかかった。激しい差しこみが襲ってくる。カーステンもろとも、かがみこめないだろうか。苦いものが込みあげてきて、一度、二度と呑みくだした。なすすべもなくつま先に吐いてしまうのは、もはや時間の問題だった。これから起こることがわかり、そのことにうんざりした。

さあ、持ちこたえて、つぎに備えなければ。

「もう少しだからね、スイーティ。あたしが一緒だから心配しないで。置いてったりしないよ。酔っぱらいの大騒ぎは、ほっときゃいいんだから。明日になったら、あんたのすてきなコルベットであたしをゆっくりドライブに連れてってくれてもいいよ。ちょっと、そこの人、ちゃんと前見て歩いて!」

周囲に人がいるせいで、カーステンに抱きかかえられるような格好になっていた。シャーロックはようやくこれだけ言った。「そうね、悪くないかも。でも、どうなってるの? ビール三杯で高いハイヒールに吐いちゃいそうなんて、どういうこと?」

42

店の扉がふたたび外に開いて、笑いさんざめく酔っぱらいたちが歩道に流れだした。サビッチやルーシーやクープの姿は見えないが、そもそも周囲があまり見えない。自分たちのただ中に怪物がいるとは思ってもいない、陽気でお気楽な人たちに取り囲まれているからだ。

シャーロックは一瞬気が遠くなったものの、すぐに激しい腹痛と吐き気にみまわれた。靄のかかった目で、店から飛びだしてくるミスター・スパイサーを見た。なにを振りまわしているの？

ああ、バットか。なにか叫んでいる。凶暴な戦士のようにバットを振りまわしながら、人混みに突進してくる。

時間がない、行動しないと。ディロンはどこなの？ 周囲が空いていたので、シャーロックは吐き気を押しやって、カーステンの手をふり払い、体を引いて、彼女の顎を強打した。けれど体が大きくふらついているうえに、距離が近すぎたので、抵抗がなかった。

カーステンが後ろに倒れるのが見えた。その先にいた何人かが声をあげ、驚いた拍子に身を引いた。つまずいたカーステンは悲鳴とともにある男の足元に倒れこんだ。

アイリーンの名前をがなっていた男性のひとりが、大声で言うのが聞こえた。「おい、この赤毛のねえちゃん、なにしてんだ？　なんで彼女を殴り倒す？　どうかしてんじゃないのか？」

シャーロックはカーステンのかたわらに膝をつき、シグを抜いて彼女の口元に押しつけた。「動かないで、カーステン。お楽しみはおしまい。あなたを逮捕するわ」ろれつがまわっていない。逮捕理由を告げたいのに――この女は何人、殺したの？　背後に向かって苦労して声をあげた。「ディロン、ここよ。彼女を倒したわ！」

歌声と叫び声と笑い声があふれている。誰がわたしの声を聞いてくれただろう？　聞いて、内容がわかっただろうか？

カーステンが肘をついて、シャーロックを見あげた。「なんなの？　あんた――」押し寄せる吐き気と闘いながら、シャーロックは叫んだ。「ディロン！」

カーステンにおおいかぶさった。自分の体ひとつ思うにまかせない。手のシグはずしりと重く、周囲の人の輪が縮まる。腹立たしげな声。投げつけられる疑問の声。「この女、銃を持ってるぞ」と、誰かがどなった。もはや陽気な笑い声はない。

すべてが一瞬の出来事、立てつづけに起きた。カーステンが激しく身をよじった。シャーロックはもう一度殴ろうとしたが、うまくいかなかった。気絶する前に決着をつけなければいけないのに、体の調整機能が落ちて、周囲の光景や物音が途絶えたり復活したりしている。それでもカーステンの頭を両手でつかんで、歩道に叩きつけた。カーステンの目から光が消える。意識を失ったのだ。よかった、なんとかなった。

ミセス・スパイサーはビリーがどうのと叫んでいる。戻っておいで、やめるのよ、と。ビリーって誰？　まだなにか言っているけれど、シャーロックには理解できなかった。思考力が落ち、胸がむかついて、気分が悪い。このまま車の下に転がって、死んでしまいたい。ビリーって誰なの？

シャーロックはカーステンにおおいかぶさった。目がまわり、騒々しい人の声が聞こえる。ミスター・スパイサーが振りまわすバットを避けようと、悲鳴をあげて逃げまわっているのだ。あれはビリーだ、あの声が――そのいまいましいバットをおろせ、とミスター・スパイサーに向かってどなっている。

そして、混沌としたなかにサビッチの美しい声を聞きつけた。「みなさん、落ち着いてください！　この場はわたしたちに任せて、なかに戻って！　ミスター・スパイサーを連れてってくれ」

どれぐらい時間が経ったの？　一時間かもしれないし、一分かもしれないし、場合によっては二秒かもしれなかった。人垣をボウリングのピンみたいにかき分けて近づいてきたビリーに、肩をつかまれて、とっさに吐きそうになった。彼の声が霧笛《むてき》のように大きくなったり小さくなったりする。「なにしてる？　強盗なのか？　相手を殴って気絶させて」彼は銃を見て、シャーロックの腕をつかんだ。朦朧とするシャーロックは、男の大きな手のなかに銃――シャーロックは少なくとも銃だと思った――があって、それが自分の頭に押しつけられるのを見た。「おい、聞け、おれは警官だ。つんつん髪のお嬢さんから離れろ。そのでっかいシグを手放して、腹ばいになるんだ」

自分の手のなかにまだシグがあることに驚いた。「待って、違うの――」シャーロックは身分証明書を取りだそうと、チュニックの内側に手を突っこんだが、いくら手探りしても、ジーンズのポケットが別の宇宙にあるようで見つからなかった。男を見あげる。表情はわからないながら、放たれる怒りをひしひしと感じた。サビッチの声も聞こえるけれど、なにを言っているかわからない。この怒っている男に状況を理解させなければ。けれど、くぐもったささやき声しか出ない。「ＦＢＩ、わたし――殴り倒すしかなかった――殺される」

男はシャーロックの髪をつかんで、頭を引っ張った。「おまえが、ＦＢＩ？　警官のおれが言うから間違いない、おまえは銃を持った酔っぱらいのばか女だ。さあ、そいつを放せ。さもないと痛い目に遭わせるぞ。それと、そこのあんた、ここから離れないと、頭をぶったたくぞ」彼の言う〝あんた〟とは誰だろう？

と、サビッチの両脚が見えた。神さま、感謝します、やっと来てくれた。声をあげて呼びたいけれど、サビッチの姿が揺れ、ほかの人たちの脚と重なりあってぼやけている。シャーロックは吐き気を呑みくだした。ビリーは耳が痛くなるほど近くでがなり立て、髪を引っ張っている。カーステンのうめき声が聞こえた。ビリーが髪を放して、激しく肩をこづいた。サビッチのうなる声を聞いた気がする。獲物に飛びかからんとする動物のような声。獲物はビリーだった。

「ディロン」声が出たかどうか自信がなかった。カーステンにつかまれ、脇に押しやられた。だめ、ここで、彼女を取りのがすわけにはいかない。ビリーが腹立たしげにどなる声。そしてサビッチの声。でもふたりがなにを言っているかわからないので、ただの雑音でしかない。

誰かが、その赤毛はＦＢＩだよ、ビリー、ばかなことはやめて、と叫んでいる。あれはミセス・スパイサー？

急速に意識が遠のきつつあった。カーステンがブルース・コーマフィールドの名を叫んだ。ここにいるの？　走る足音に銃声が続いた。たくさんの銃声。間近で大砲のように響いている。コーマフィールドの大声が聞こえる。「走れ、カーステン、逃げろ！」

カーステンをつかもうとしたが、哀れな悪あがきにすぎなかった。肋骨を蹴りつけてきたカーステンの脚にしがみつくと、彼女がふり返った。顔を踏みつけられたシャーロックは、歩道に転がった。目の前に白い炎が燃えあがり、薄暗かった街灯がふいに明るくまぶしく迫ってきて、溶けあった周囲の人たちがぼんやりとした影になった。

走る足音と、悲鳴と、銃声と。撃っているのは誰なの？　たぶん、みんなが撃っている。

みんなと、コーマフィールドが。カーステンは？　彼女も銃を持ってるの？

カーステンを逃がさないで、とサビッチに訴えたいのに、声が出ない。うつぶせに転がって、膝立ちになり、嘔吐しだした。

激しく痙攣しながら、ミセス・スパイサーが亭主をどなりつける声を聞いた。

まだ銃声はやんでいない。コーマフィールドなのだろう。カーステンを逃がすために、援護射撃を続けている。標的になっているのはディロンなの？　もちろん、そう。コーマフィールドは全員を敵にまわしている。

43

シャーロックに見えたのは脚だけだった。何十あるいは何百という脚。ふたりの人物が自分に近づいてきて、かがみこむ。店内に戻ってください、とオリーが叫んでいた。彼の脚が見えてきた。野次馬たちを追い立てようとしている。

銃声が一段落ついたとき、ルーシーがコーマフィールドに叫ぶ声が聞こえた。コーマフィールドが弾切れになったの？　彼の罵り声と、金属製のゴミ缶が鳴る音がする。

ふたたび、大きく短くて鋭い銃声が一発、響いた。ルーシーがコーマフィールドを撃ったのだろうか？

シャーロック自身、意識が朦朧としていた。このまま死ぬの？　クープが叫び、それにルーシーが答える声がして、そのあとさらに銃声が続いた。

サビッチのにおいがする。彼が隣にしゃがむのを感じて、笑顔で体を持ちあげようとした。彼が両手を首の脇にあてて、脈を診ている。「もう心配いらない。これでおしまいだからな、スイートハート、持ちこたえてくれよ。もうすぐ救急車が来る」彼は呪文のようにくり返している。シャーロックは笑顔で夫を見あげて、愛していると言おうとしたけれど、言葉にならずにどこかへ消えてしまう。「ディロン」そうつぶやくや、意識を失った。

ふたたび脈を探ったサビッチは、彼女を抱いて立ちあがった。ルーシーはビリーの上にかがみこみ、肩の銃創を両手で強く押さえている。オリーとデーンは負傷した民間人の世話に追われ、ルースとジャックは見物人たちを店に戻して、落ち着かせようとしている。

前代未聞の大失態だった。

ブルース・コーマフィールドは二発被弾している。クープが膝をついて、コーマフィールドの腹部の傷口を押さえた。

カーステンは？　彼女がとうに逃げだしていることを、サビッチは腹の深い部分で察知していた。

シャーロックを軽く揺さぶるも、微動だにしない。あまりの恐怖に自分で最寄りの病院まで走りたくなった。いったん店に入った人たちが、ふたたび外のようすが知りたくて出てきているが、店内に追い返す元気もなかった。

ミセス・スパイサーの満足げな声がする。「腑抜け野郎を捕まえたね。いいざまだよ、撃たれちゃって。女のほう、バンディの娘のほうはどうなったの？」

サビッチはシャーロックを揺さぶろうとした。救急車はどうした？　声を張りあげた。

「ミセス・スパイサー、できればご主人と一緒にお客さんたちにビールをふるまっていただけませんか。いい考えだと思うんですが」

夫のゲイターが思案顔になった。「そうだな、それがいいかもしれない。ビリーとは古いつきあいだ。一杯飲ませてやっても、ばちは当たるまい。大丈夫か、ビリー？」

警官のビリーが大声で答えた。「ああ、ゲイター、ビールを頼む。ありがたいよ」そして大声でうめいた。

「こんなことで死ぬんじゃないぞ、ビリー、いいか？　おまえには二杯だ。群がってきた野次馬には、バットを振るってやる」ぶつぶつ言いながら、ゲイターは小脇にバットを抱えて、店に戻った。

ビリーがルーシーに言っている。「なあ、捜査官、ボルチモア市警察のおれの同僚たちが、あんたたちにどれほど腹を立ててるかわかってないだろ？　連中がやってくる前に逃げたらどうだ？」

オリーがサビッチの脇にしゃがんだ。「彼女の具合はどうですか？」

「意識がない。撃たれてはいないが、ドラッグの過剰摂取が心配だ。救急車はどうなってる？」

オリーは尻をつけて座りこんだ。「すぐに来ます。カーステンは姿も形も見あたりませんよ。で、これからどうしますか、サビッチ？」

「クープと一緒にコーマフィールドを病院に運んでくれ。カーステンにつながる唯一の手がかりだ。ここで死なれたくない」

クープがルーシーのほうを見ると、彼女はビリーに話しかけていた。「よくやってくれたわね、ビリー。でも、言わせてもらうけど、あなたぐらい運の悪い男もいないわ。夜、飲みに出ておかしな男に撃ち倒されちゃったんだから。お気の毒さま」

「まったくだよ。死者は出たのか？」

「いいえ、歩行者が何人か負傷しただけですんだわ」

「じゃあ、なんであんたたちＦＢＩがここにいるんだ？」

「教えてあげるわ、ビリー。ほら、逃げた女がいるでしょう？」

「ああ」

「あの女、テッド・バンディの娘だったのよ」

ビリーは立てつづけに悪態をついた。痛みに驚きが混じっている。「自由にうろつきまわってるのはわかってたが、まさか、ここボルチモアにいるとは。ほんとに彼女なのか？それをおれが贔屓《ひいき》にしてる地元の酒場で取りのがすとは」

人間とは物見高いもの。客たちはいったん落ち着くと、ふたたび店を出てきて、あたりをうろつき、通行の妨げになっていた。遠くに救急車のサイレンが聞こえ、それにパトカーのサイレンが重なった。近づいてきた車はなにごとかと速度を落とし、ご近所は窓から顔を突きだして、どうしたのかと尋ねている。救急車が近づいてきたときも、自分から進んで道を空けた人は少なかった。

まるで動物園のようなありさまだ。オリーが口に手をあててどなるまで、それが続いた。

「全員なかに戻ってください。逮捕しますよ！」

これでようやく人払いできたので、救命士が近づくことができた。

クープの声が飛ぶ。「こちらを先に！」そしてクープはコーマフィールドの腹を両手のひらで強く押さえた。

サビッチが叫んだ。「かなり悪いのか、クープ？」

「まずいですね、サビッチ。腹に喰らって血と一緒に体液まで出てきてる。それに押しても止血できません。手術になるでしょう。もう一発は腕を貫通してるんで、たいしたことはありません。にしたって、これで死なかったら、儲けもんだ。シャーロックのほうは？」

「意識が戻ったり消えたりしてる」サビッチは口元をぬぐった。

そのとき、彼女がささやいた。「あの女、逃げたの？」

「ああ。だが、当面、そんなことは心配しなくていい。気分はどうだ、スイートハート？」

「しくじったわね」シャーロックは彼の腕をのがれると、ふたつ折りにした体を引きつらせて、吐く物のないままえずいた。

まったくだ。サビッチは妻の言葉に同意しつつ、痙攣がおさまるとシャーロックを抱き寄せた。一斉射撃を控えたのには、人がいたからという理由があるが、そんなこととは無関係に、自分たちは無能に見えていた。

ジャック・クラウンは周囲の人垣を押した。「ＦＢＩだ、通してくれ」しゃがみこんだ。「調子はどうだい、シャーロック？」

「すべてをもう一度やりなおせたらと、心から思うわ」シャーロックは応じた。

「同感」ビリーのかたわらにかがんだままのルーシーが言い、まばたきをした。「そうできたらどんなにいいか」顔を上げて、空を見あげた。「鼻先に雨粒があたったわ。これ以上、望みようもない」

クープは救命士のそばを離れなかった。「いいか、しっかり診てくれよ。必要な人材なんだ。突破口を開くのはこいつしかない」

救命士たちがコーマフィールドを運ぶ段になると、クープは後ろに下がった。車輪付きの折りたたみ式の担架が体の下に差し入れられ、救急車のなかへと運ばれていく。

「ほんとにしっかり頼むよ」クープが声をかけた。「そいつが必要なんだ」

ほかの救急車も続々と到着して、負傷者の世話をするため救命士たちが散らばった。

雨が本降りになってきた。

サビッチはこの大失敗によって死者が出ないことを祈らずにいられなかった。担架に乗せられて、救急車に運ばれるシャーロックに付き添う。彼が救急車に飛び乗っても、文句をつける者はいなかった。

44

ボルチモア総合病院
水曜日の夜

サビッチは眠る妻を見おろしていた。妻の青白い顔や痣《あざ》になったようなまぶたを見るのがつらかった。ちゃんとよくなることが、頭ではわかっている。医者たちも三度はそう請けあってくれた。だが、そんな保証も、彼女になにかがあったら自分はなすすべもなく死ぬしかないと自覚している心の奥深くまでは届かなかった。看護師がやってきて、腕に触れた。

「患者さんより、あなたのほうが病気みたいですよ、サビッチ捜査官。奥さまはよくなられます。喉に殴られたような感覚が少し残るかもしれませんが、それも一日二日で消えますからね」

サビッチはうなずいた。看護師はおれの顔になにを見たんだろう？　恐怖だろうか。いいだろう、シャーロックはよくなる。よくならない理由がない。看護師というのは嘘をつかない、そうだろう？　シャーロックは胃を洗浄され、血圧も平常値に戻った。ドラッグは持続時間の短いタイプで、効果は消えつつある。

カーステンが過去の被害者と同じドラッグをシャーロックに使ったかどうかは、まもなくわかる。症状は一致していた。シャーロックの酒に特別大量に混入されていたかどうかが気になった。

ルースが部屋に入ってきて、ホットティーのカップを渡してくれた。もう一方の手にはホットコーヒーのカップがある。病院のカフェテリアで調達したらしく、むかし懐かしいリプトンのようだ。サビッチはそんなことを思いながら、熱く苦い紅茶を味わい、カップを掲げてルースに敬礼した。ふたりしてシャーロックを見おろした。クリップを外した豪勢な髪が、青白い顔を後光のように取り巻いている。サビッチは緑色の寝間着の肩にシーツを引きあげて、皺を伸ばした。「彼女はよくなる」ルースにというより、自分に言い聞かせていた。「彼女はよくなる」と、もう一度くり返した。

ルースはサビッチの腕に触れた。「ええ、よくなるわ、ディロン。看護師さんにも、あなたが信じるまでくり返しそう言い聞かせてと頼まれたのよ。シャーロックはベテラン役者で、心臓だって金メッキされてる。だから、大丈夫、もう心配しないで」けれど、ルースにはサビッチが心配せずにいられないのがわかった。ルース自身、心配でたまらない。シャーロックを見おろした。いつもエネルギーに満ちているシャーロック、目に見えて触れられるほどの精気に輝いている。その彼女がいまは横たわり、実体を失っている。本人の青白い複製品のようだった。

ルースは言った。「手術室から出てきた看護師をつかまえて聞いたわ。コーマフィールドの腸はひどい状態だったけれど、最善の手術ができたってよ、ディロン。それしか言えないって、心配そうに眉をひそめてた」

「やつは切り抜ける」入り口からクープの声がした。「ああいう連中はそうしたもんです」

ベッドに近づき、シャーロックを見おろして手に触れると、ルースとサビッチの両方にうなずきかけて、手術の待合室に戻った。待合室にルーシーの姿はなかった。彼女は廊下のなかほどで、半ダースほどまとめて置いてある椅子の一脚に腰かけてうつむき、自分のスニーカーでも見つめているようだった。

クープは彼女の前に膝をついて、両手を握った。手がじっとりと汗ばんでいる。「なあ、ルーシー、どうしちゃったんだ？」

彼女がさっと顔を上げた。けれど、ここにはいない。彼女はいま遠く離れたどこか、荒涼として寂しい場所にいる。そこはどこなんだ？　そんな彼女を見るのはつらかった。おれを含むみんなを遠ざけている。彼女と知りあってわずか六カ月半だから、なにかを決められるほど長くはないけれど、その瞬間、彼女に隠し立てをされたくないと思っていることに気づいた。人生を分かちあいたい女性かもしれない。クープはかかとに体重をかけた。どうしてこうなったんだろう？　理由などどうでもいい。実際こうなり、それを自分は受け入れて、味わっている。クープは黙って待った。

クープが案ずるとおり、ルーシーは寂しい場所にいた。なにがあっても、指輪のことを長くは忘れていられなかった。けれど、〈テキサス・レンジ・バー・アンド・グリル〉で撃ちあいをしているあいだは、指輪のことも吹き飛んでいた。疑問が湧いてきたのは、あとになってからだ。指輪を使ってコーマフィールドとカーステンの動きを封じるべきだったの？ みんなが傷つけられたり、撃たれたりするのを阻止することは、ＦＢＩの捜査官である自分の義務じゃないの？

過去は過去、もはや変えられない。おおむねそう考えて生きてきたし、あえて口に出すまでもなかった。ほんの数秒とはいえ、過去を変えられる能力とどうしたら共存できるだろう。ある種のヒーローを目指すべきなの？ 出くわした悲劇や事故をすべてなかったことにして、突然孤児になった子どもに両親を返してやるとか？ だとしたら、どう生きたらいいのだろう？ 八秒間を正しい目的に使えるチャンスを増やすため、四六時中、外を歩いてまわるの？ それとも、もっと気まぐれな使い方をするの？ 自分のわがままを通して、まわりの人を操り人形扱いしたり、面白半分に使うとか。

人生とは、喜びにしろ悲しみにしろ、降りかかってきたものを受け入れて、自分の行動に責任を持ち、それに向きあって最善を尽くすものではないの？

たとえば今夜の一件にしても、向きあうしかないでしょう？

ルーシーは祖父のことを思った。祖父は、祖母が指輪に対して不健全なこだわりを持っていたと手紙に書いていた。けれど、祖母と一緒にいて、異常さを感じたことは、一度もなかった。父は祖母が強迫観念に取りつかれていると感じていたのだろうか。そして、理解していたのだろうか。指輪のことは知っていたにしろ、それがどんなものかもわかっていたのか？　そうは思えない。だが、いまとなっては関係がなかった。みな死んで、答えてくれる人はいない。

父は二十二年にわたって母親をかばうと同時に、娘である自分をかばってきた。その間ずっと父親の死体が屋根裏にあるのを承知で、風化するのを待っていた。おかしいのは、いまも風化していないことだった。風化することなど、ないのではないか。父が早世したのは、この件にまつわるストレスが原因だったかもしれない、とまた思った。わたしが指輪を持つことを父は喜ばないと、祖父は考えていた。けれど、父は指輪で妻が救えたことは知らなかった。

クープが顔の前で指を鳴らした。「ルーシー？　聞いてるかい？」

たちまちルーシーの目の焦点が合った。「今回の大騒動のことを考えていたの。連邦捜査官のしでかした失態を見ようと、地元の警官が群がってきていたわ。彼女はとっくに逃げていて、緊急配備をしても無駄なのが、みんなわかっていた」

きみが考えていたのは、そんなことじゃないだろ？　彼女はいけしゃあしゃあと嘘をついた。だが、クープはそれを責める代わりに、にやりとした。「まったくだよ。連中には言われっぱなしだったな。最悪だったのは、若い新米警官から言われたひとことさ。ほら、十八ぐらいのやつ」クープはその声音を真似た。「でも、あなたたちがこの広い世界で最高だと思ってたんです！」

ルーシーは言った。「まあね、そうでなきゃいけないんだけど。言われて当然だわ」

二度と今夜のような失態に立ち会いたくない。指輪。死者が出なくて運がよかった。コーマフィールドに撃たれた民間人ふたりは、さいわい軽傷ですんだ。

「これは教訓なのよ。よく父が言っていた、教訓はその価値があるほど、痛みを伴うって。今回の教訓が高くつきすぎないことを願うわ。

カーステンはここからどこへ行くと思う、クープ？　怒りくるっているはずよ。彼女は不安定な性格で、そのうえいまは激怒している。わたしたち、なかでもシャーロックに対してね。サビッチが彼女の恋人を撃ったという事実も、忘れるわけにいかない。これからどう出てくるかしら？」

クープが彼女の肩に手を置くと、骨に触れた。さらに体重が落ちたようだ。無理もない。父親が亡くなり、実の父親と祖母が祖父をトランクに隠したのを思いだしたのだから。加えて、わけのわからない指輪のことがある。

業腹《ごうはら》な指輪だ――クープは首を振った。彼女に尋ねられたらどんなにいいか。だが、それよりも彼女を肩に抱き寄せて慰め、冗談のひとつも言ってやりたい。結局、クープはそのどちらもしなかった。

ため息をついて、後ろに下がった。「たぶんきみの言うとおりなんだろう。いずれ解明して、カーステン・ボルジャーを捕まえるさ」いったん口を閉じた。彼女は疲れきったようすをしている。ひと押しする価値がありそうだ。「ルーシー、きみはここでひとり、うつむいて座ってた。なにを考えてたんだい？　今夜のことじゃないだろ？　もうぼくには嘘をつかないでくれないか。指輪のことを考えてたんじゃないのかい？」

クープを見たルーシーは、彼の目のなかに心配を見た。彼がいい人であることは、もうわかっていた。優秀な捜査官でもある。彼になら缶を開けずにサーディンを取りだせるかもしれない。彼には物の本質をとらえる力があるが、それもこの際は問題にならなかった。指輪のことを打ち明けることはできない。彼を巻きこむのはずるい。こんな状態で――先々はわからないにしろ。ルーシーはシャツの胸元に手をやり、そこに留まっている指輪に触れた。ぬくもりを持って、脈動している。

ゆっくりと息を吸いこみ、彼を見あげた。疲れた顔をしている。アドレナリンが放出されつくした彼は、恐れているようだった。わたしのせい？　ルーシーは我慢しきれずに彼の手に手を重ねた。「わたしの心配はしないで、クープ。興奮の一夜は終わって、わたしたちは全員生き残った。みんな運がよかったのよ」

クープは両手で彼女の手を握りしめた。「ルーシー、知っておいてもらいたいんだ。きみになにがあって、なにに苦しんでいようと、きみがひとりだとは思わないでくれ。ぼくはいつもきみのためにそこにいる。そう——きみといたいんだ」ついに言ってしまった。生まれてはじめて、女性にこんな告白をした。相手はルーシー・カーライル捜査官。人生なにがあるかわからない。

ルーシーは長いあいだこちらを見て、彼の発言を嚙みしめているようだった。手を引くと、軽く首を振って立ちあがった。ウォータークーラーで紙コップに水を汲み、乾杯のしぐさをして明るい笑顔を見せた。「ミスター・スパイサーと、彼が手近に置いておいたバットに。あのバットがなかったら、コーマフィールドを逮捕できなかったかもしれないわ。失礼、化粧室に行ってくる」そして二秒とかけずに立ち去った。

クープはその後ろ姿を見つめていた。

45

サビッチはシャーロックの頭の下にさらにもうひとつ枕を足しながら、ルースに話しかけた。「今夜、メートランド副長官はミュラー長官との電話を切ったあと、長官は機嫌を損ねておられると言っていた。よくもまあ、控えめに言ってくれたもんだ。副長官はなにがどうしたらこうひどい結果になるのか、理解できずにいる。わたし自身、わかりません、と伝えたよ。唯一言い訳できることがあるとすれば、あたりをうろついてた酔っぱらいの大軍ぐらいだ。副長官のおかげで担当を外されずにすんで、運がよかったよ」

シャーロックの明瞭な声がして、サビッチの心臓は止まりかけた。「わたしが店内で逮捕すればよかったのよ」

ありえない。サビッチは笑顔でかがみ、妻の頬にキスした。「次回はガスを使って店じゅうの人間を倒そうかと思ってる。カーステンとコーマフィールドを含む、全員を気絶させるのさ。で、気分は、スイートハート？」

シャーロックは少し考えて答えた。「喉が焼けるようよ。それに大きなスコップで胃の中のものをごっそり取りだされたみたい。いったいわたしになにをしたの？」

「あれやこれやさ」サビッチは答えた。「いいから、もう少し眠って。朝には気分がよくなってる」意外にも、シャーロックはそのとおりにしてくれた。ぶつぶつ言ってはいたものの、内容は聞き取れなかった。どうしてドラッグ入りだとわかっていてビールを飲んだのか問いただしたいが、尋ねるのはあとでいい。

サビッチはルースにシャーロックの付き添いを頼んで、待合室で待機している部下たちに会いにいった。みな意気消沈しつつコーヒーを飲んでいた。「いいか、おまえたち、もうここに残ってる理由はないぞ。すでに夜中の二時をまわってる。うちに帰って、寝てくれ。明日またオフィスで会おう。コーマフィールドがこの世に存続しつづけるように、寝る前にお祈りを忘れるなよ。大切な手がかりなんだ。今後の捜査については明日、話しあおう」

ジャック・クラウンが言った。「計画は悪くなかったんです。人が多すぎただけで。みんなぐでんぐでんで、撃たれて死ぬかもしれないことに気づいてなかった」

「これ以上の不手際は望めませんよ」オリー・ヘイミッシュが言った。

ジャックの携帯から陽気なサルサが流れだした。婚約者のレイチェルからだ。ジャックはうっすらとほほ笑みながら電話に出ると、待合室を出ていった。

誰も帰ろうとしなかった。それから一時間かけて、なにがどうなっていたかをこまかに追って、失敗を回避する方法がなかったかどうかを検討した。最後にはみなくたくたになって、意味のあることが口にできなくなった。

午前三時、オリバー・ペンダグラス医師が血の飛び散った緑の手術着姿で待合室に入ってきた。すぐに口を開いた医師は意外にもイギリス訛りだった。「無事、手術を乗り切った」

みな口々に安堵のため息を漏らした。

医師は続けた。「一発の小さな銃弾が人間の身体にあそこまで損害を及ぼせるとは、驚きだったよ。あの金属片によって腸が大幅に損なわれ、遺憾ながら、かなりの長さを切り取らなければならなかった。あとは経過を見守るしかない。当面、最大のリスクは腹部もしくは血液が感染症にやられることだ。これから二、三日が山だろう」

「ありがとうございます、先生」サビッチは言った。「入院中は病室のドアに警官を配備して、監視を実施させてもらいますので、ご了承ください」

医師は言った。「ああ、そこまでは織りこみ済みだ。ところで、麻酔科医から聞いたんだが、ミスター・コーマフィールドはテレビをつければ出てくる女とかかわりがあるそうだね。テッド・バンディの娘だという？」

「そのとおりです」サビッチは言った。「およそ信じられない話ですが」

「それで、どうかかわりがあるのかね？　なんらかの形で関係があるということか？」

ルースが答えた。「ただの関係というより、深入りしてます。ですから、是が非でも生き延びさせたい——彼女の居場所を自供してくれることを期待して」

サビッチが尋ねた。「話を聞けるようになるには、どれぐらいかかりますか、先生?」

医師はサビッチを見た。「気の毒だが、サビッチ捜査官、彼は五分前に回復の途についたばかりでね」大きな腕時計を見おろした。「意識はすぐに取り戻すだろうが、質問に答えられるだけの思考力が戻るとは思えない。なんならきみたちも少し休んで、いまから六時間後ぐらいをめどに戻ってきたらどうかね?」

シャーロックを置いて病院を去るつもりはなかったが、それはサビッチ自身のことで、部下たちには帰宅を命じた。ショーンのことは心配なかった。サイモンとリリーの家で寝かせてもらっている。

捜査官たちがひとりまたひとりと立ちあがって、上着を身につけていく。「さあ、うちに帰るんだ。明日また、しっかり頭の働く状態に戻しておいてくれ。戻るのはここじゃないぞ。昼ごろオフィスで落ちあおう。おれも用事が片付きしだい、本部に向かう。クープ、おまえとルーシーは九時にここへ来てくれ。ただし、来る前にコーマフィールドがまだ息をしているかどうか、確認してからにしろよ」

サビッチはシャーロックの病室に戻り、安定した呼吸の音に耳を傾けた。しばらくすると、ベッド脇の大きな椅子に目をやった。しばらく居眠りをしても、ばちは当たるまい。

一瞬にして眠りに落ちた彼の手には、シャーロックの手が重ねられていた。

46

木曜日の午前中

シャーロックの声はかすれていた。「ドラッグ入りのビールをスツールの脇にこぼすつもりだったのよ。まわりにはたくさん人がいて、踊ったり、歌ったりしてたから、やれると思ったの。でも、そのときコーマフィールドがこちらを見てるのがわかったし、それだけじゃなくて、カーステンも息がかかるぐらい近くまで体を寄せてきた。そんな状態じゃグラスを倒せないし、飲むふりも通用しそうにないから、飲むしかなくなったの。量はたいして飲んでなかったんだけど」

サビッチは、すべてを放棄してその場を離れるべきだった、と言いたかった。だが、口を閉じておいた。彼女がその場で判断を下したことだ。そして、もし各自が本来の役割を果たしていれば、彼女の判断によってバンディの娘は逮捕されていただろう。

シャーロックの話は続いてる。「外に出たときには、かなり気分が悪くなってたわ。あなたが見てたかどうか知らないけれど、彼女を力いっぱい殴ったのよ。へなちょこもいいとこだったけど、不意は衝けた。彼女を殴り倒し、銃を抜いたはいいけど、そこからが大ちょんぼだった。ちょんぼってどこから来た表現かしらね、ディロン。そのあと歩道で吐いて、死にたいと思ったのを覚えてる。いまならほんの数秒の出来事だったとわかるけど、そのときは、何時間にも感じた。実際にはなにがあったの？」

ベッドをはさんで両脇に立っていたクープとルーシーは、四時間ほどしか眠れなかったであろうことを思うと、わりあいまともな顔をしていた。クープは大惨事と大争乱のようすを実況中継風に語り、シャーロックが警官のビリーにのしかかられようと、死にそうな気分になっていようと、銃を手放さなかった場面まできた。クープは口を閉じ、シャーロックに向かって眉をうごめかした。

「さっさと言いなさい、クープ。さもないと殴るわよ。明日になるかもしれないけど。それで、どうなったの？」シャーロックは喉を撫でおろした。カエルのような声だが、痛みは引いてきたし、病院で出されたタピオカが空っぽの胃に心地よくおさまってくれている。さっき看護師から胃洗浄をしたのだと聞かされた。たぶん胃洗浄も、夫が語った〝あれやこれや〟のなかに入っていたのだろう。それでふと、胃の中のタピオカが心配になった。

クープはコーマフィールドが路地から飛びだしたあと発砲した話をした。周囲に人がいたために拳銃の使用を控えていたが、サビッチが逃げだした彼の腹部にかろうじて一発ぶちこんだのだ。

みんなの顔をまっすぐ見たくて、ベッドを起こそうとしたシャーロックは、ボタンを押すというたったそれだけの動作に痛みを覚えた。サビッチが手を貸そうとしてくれたが、首を振って断った。自分でできる。上体が起きると、シャーロックは言った。「警官のビリーはどうなったの？　ベレッタを振りまわしながら、わたしに向かってわめいてたのは、覚えてるけど」

ルーシーが答えた。「彼はフルネームをウィリアム・ベネディクトといって、ボルチモア市警察に勤める古株の殺人課刑事です。彼は近所にある〈テキサス・レンジ・バー・アンド・グリル〉の常連でした。そして、あなたを追って店を出て、あなたがカーステンに銃を突きつけているのを見た。ですが、ありがたいことにそのあと状況に気づいた。一発浴びましたが、よくなります。今朝もわたしが廊下を歩いていたら、彼の笑い声が聞こえました。ゲイターと彼のバットのことを話していたんです。同僚に話す武勇伝ができたってとこです」

サビッチはミッキー・マウスの図柄のついた腕時計を見て、シャーロックの手に触れた。「九時になった。おれはブルース・コーマフィールドのところへ行ってくる。クープ、ルーシー、熟慮の上で決めたことだ。彼にはおれがひとりで会ったほうがいいと思う。おまえたちはここに残ってくれ――手を貸してもらいたいときは、連絡する」

ふたりが反論したがっているのを見て取り、サビッチは手を挙げた。「いいか、おれたちが必要としているのは情報だ。しかも、いますぐ、面倒なことなしに手に入れたい。やつにはおれが尋ねる。おれを信じてくれ。いいな？」コーマフィールドに投与するモルヒネの量を減らしてくれと、あらかじめペンダグラス医師に頼んであることは、言わなかった。医師にはその理由も告げてある。痛みにのたうつような状態で起こしておくのが望ましい。

ブルース・コーマフィールドは三階のＩＣＵのなかにある、表側がガラス張りになった小部屋に入れられていた。ＦＢＩの捜査官がひとり、ドアの脇に腰かけている。脚を組んで、膝に雑誌を広げていた。

「やあ、ジョン」サビッチはフリッシュ捜査官に挨拶した。「なにかいいことはあったか？」

「いいえ。カーステン・ボルジャーが口封じのためやつを撃ちにきたかって意味なら、いまのとこなにも」

サビッチはほほ笑んだ。「ああ、そういう意味さ」

「彼女の影も形もありませんよ」

「目を光らせてろよ、いいな」

「任せてください。あんないかれ女にやられたら恥ですからね」

サビッチはしばらく入り口に立ったまま、コーマフィールドをながめた。腕にも掛け布団の下にもチューブが走り、鼻には酸素クリップが挿入されている。起きてはいるが、目を閉じたまま、平らな枕の上で頭を転々としながら、うめいていた。

いいぞ。幸福な国にはいないらしい。

サビッチは黙ってベッドサイドに歩き、彼を見おろした。コーマフィールドは徐々に存在を感じ取って、頭をこちらに倒し、目を開いて、サビッチを見あげた。

そしてつぶやいた。「〈ウィラード〉までランスフォードに話を聞きにきた捜査官だな」

「ああ、そうだ。覚えていてもらえて、嬉しいよ。念のために名乗っておこう。FBIのサビッチ捜査官だ」

「おまえに撃たれた」

「そうだ。よく生きていてくれたな、ブルース」

「長くはないさ。連中はぼくを痛みで殺すつもりだ。頭を外に向ければ、でっかいカウンターの向こうに大勢の看護師が見えるのに、何度ボタンを押したって、誰ひとり来やしない。まったく、ひどい話さ。痛み止めがいると伝えてくれ」

サビッチは腰をかがめて、顔を寄せた。「カーステンの居場所を教えたら、モルヒネをもっと投与させてやる」

コーマフィールドは愚かにも唾を吐きかけようとした。頭を上げる力はなく、けれど上げようとしただけで痛みが誘発されたうえに、唾が自分の頬を伝うしまつだった。唾を罵り、サビッチを罵り、運命を罵った。「おまえのことはカーステンも知ってるんだぞ、クソ野郎。おまえは彼女に殺される。処刑されるんだ。ぼくたちはお互いにささやかな誓いを立ててた。ぼくたちのどちらかが倒されたら、倒したやつを生かしておかないという誓いだ。だから、おまえは死んだようなもんさ。見てろよ、そのうち彼女にやられる」

「彼女はどこにいる、ブルース？」

「彼女を見つけたきゃ、ふり返るがいい。いずれ彼女がおまえを探しだす」

「そう都合よくはいかないさ、ブルース」

コーマフィールドは口を閉じて、淡い緑色の壁のあるベッドの反対側を向いた。

顔を近づけたサビッチは、彼の目に痛みの影がちらついているのを見て取った。「もっとモルヒネが欲しいんじゃないか、ブルース？　手に入れる唯一の方法は、カーステンの居場所を自供することだぞ」

コーマフィールドは茶色の瞳を怒りに黒ずませ、震え声でささやいた。「そんなことが許されると思ってるのか？　ばかにするなよ。法の執行官であるおまえには、ぼくを拷問することなどできない」

「おまえはカーステンに女たちすべてをなぶり殺しにさせた。おまえも手伝ったのか？　彼女が使用したドラッグのせいで無抵抗になった被害者たちの首にまわしたワイヤを引っ張るのを？」

「それは違う！　だいたい、どうしてぼくのことがわかったんだ？」

「とても聡明なニューヨーク在住の男性がおまえの風貌をことこまかに描写してくれたのさ。ほら、〈エンリコのバー〉でカーステンが逮捕させようとしたあの男性だ」

　コーマフィールドは覚えていた。当然ながら。

　サビッチはふたたび身を寄せた。「髪があったほうが、おれはいいと思うぞ。ただ、その外見にすっかり騙されたよ。ちゃんと見ていたにもかかわらず、おまえが店に入るのに気づかなかった」

「そりゃそうさ。楽しげなグループにまぎれこんで、小柄なブロンド娘にくっついてたら、あっさり入れたよ。いまじゃ、いつだって細心の注意を払ってる。ニューヨークのあとはとくにそうだ」

　彼はなんとか痛みをやり過ごしている。サビッチは腰をかがめた。「わかるよ。急に痛みが襲ってきて、つらくなってきてるんだろ？　カーステンの居場所を教えたら、モルヒネ急行の切符を進呈するぞ」

　コーマフィールドは黙りこみ、サビッチは顔をそむけた。ひとつきりの窓に近づき、駐車場を見おろした。朝の九時をまわったところだというのに、早くも満車になりつつある。灰色の日で、雲が低く垂れこめ、強い風が吹きすさんでいた。ポルシェの幌を閉めてきてよかった。サビッチは口笛を口ずさみだした。

　とはいえ、コーマフィールドがふたたび罵り声をあげたときに、内心、胸を撫でおろしたのは確かだった。コーマフィールドはついにうなずくと、ささやいた。「わかった。モルヒネを、ぼくにモルヒネをくれ」

サビッチはコーマフィールドをじっくりながめてから、ハーモニー看護師——看護師にしてはかわいい名前だ——をつかまえた。彼女は、できることならあんな殺人鬼は腐るに任せておきたいんだけど、と言いながらもうなずいた。コーマフィールドの見守るなか、彼女は点滴スタンドに注入器を引っかけ、十五分ごとにボタンを押せるわ、と彼に伝えた。看護師が立ち去るや、コーマフィールドは大急ぎでボタンを押し、目をつぶった。

サビッチはふたたび窓辺に移動して、待った。

先にしゃべりだしたのは、コーマフィールドだった。「さっきも言ったとおり、おまえには彼女は見つけられない。彼女のほうがおまえを見つけるんだ。だから、ぼくたちの滞在先を教えたって問題にはならない。チェストナットの〈ハンドラーズ・イン〉だ。ちなみに部屋番号は一五一。部屋の梁まで探したって、なにも見つからないぞ。それに、カーステンには痛くも痒くもない。とっくに引き払ってるからな」

悪意にゆがんだ笑みをサビッチに向けて、モルヒネが効いているのを証明してみせた。

「だいたい、どうだっていいだろ？　あんたはどうせ死ぬんだから」

「ボルチモアのあとどこへ行くか、ふたりで相談してなかったのか？」

「ああ、彼女はまだ決めてなかった」コーマフィールドはあろうことか小さくほほ笑んだ。「父さんが順を追って手引きしてくれる、と言ってね。そのあと大笑いしてから、そうね、おもに父さんってことだけど、とつけ加えた」

「どういう意味だ？」

「正確なことはわからないが、彼女はたまに携帯で話してた。相手が誰かは教えてもらえなかったが」

「彼女がワイヤで絞殺するあいだ、おまえが女たちを抑えつけてたのか？」

「いや、その分野は彼女の担当だ。父さんはつねに単独行動だったから、大団円の部分は少なくともそうしたいと言っていた。そう、彼女は大団円と呼んでた。脚本を書くだけじゃ足りないと強調してね。自分が主演俳優であり、たとえぼくだろうと、それを他人と分けあう気はないと。大団円の場面はつねに彼女と、彼女がダンスの相手に選んだ哀れな女性とのふたりきりだった。

ぼくがランスフォードのもとで働いていたときは、彼女から連絡があって、会う場所を指定された」肩をすくめたものの、痛かったのだろう、そのあとはじっと動かなくなった。

数分後、ふたたび話しだした。「日曜にニューヨークで会って、その夜は〈エンリコ〉の下見に出かけた。月曜の夜、カーステンがジェニーを片付けたあと、車でこちらに来た。たったふた晩しか一緒にいられなかった。もう彼女はいない」

ジェニーか。コーマフィールドはカーステンの手にかかった被害者を、友人かなにかのようにファーストネームで呼んだ。

「ぼくはランスフォードを嫌おうとした。カーステンが嫌ってたから。でも、彼が政治家と

して の将来がもはやないことを受け入れたときは、さすがに気の毒になってしまった。あの困った年寄りがさ。カーステンはあいつが彼女を怖がってると言って、大笑いしてた。目を見ればわかるって」

「それが縁でカーステンと出会ったのか？」彼女の義理の父親を通じて」

「あれは三年前のことだ」しばらくじっとしてから、再開した。「それ以前にも一、二度、オフィスで彼女を見かけたことがあったけど、会ってはいなかった。すでに彼女は自宅を出てたのに、たまに遊び半分に押しかけてきた。母親がむかしの自分の部屋に入って、不思議がるのが愉快だったから、と彼女は言っていた。

でもある日、もう深夜だったのに、眠れない日があって、窓から外を見てたんだ。そしたらカーステンが裏口のドアを開けて、忍びこんできた。そっと下の彼女のところへ行ってみたら、血まみれの彼女が奥歯が見えるほど満面の笑みを浮かべてた。それで、どうなったと思う？　彼女から名前を呼ばれたとたん、ふたりでぼくの部屋に駆け戻ったのさ。ぼくは血に染まった服をむしり取って、つぎの日の朝、世間の人が動きだすまでやりまくった」

「その夜、彼女が誰を殺したか知ってるか？」

「ファーストネームはアーネッテ。カーステンがくり返し、舌の上で味わうように言ってた。ラストネームはうちに関係があった気がするけど——そう、カーペンターだ。アーネッテはカーステンと同じモデルで、えせアーティストだとカーステンは言っていた。偽物でスノッブで我慢がならないから、きれいさっぱり消してやった、当然の報いだって。それ以来、ぼくたちは可能なかぎり一緒にいた」

「ほかの女たちを殺したときもわかるか？　そのあとおまえに会ったとか？」

「誰かを殺したとしても、彼女はぼくには言わなかった。殺した直後の彼女に会うことはなかったよ。そう、彼女がサンフランシスコを出るまでは。ぼくはそういうことを渇望するようになった。計画を立てることも、彼女が酒場で女に話しかけることも、髪型や役柄を変えて、もうひとりの女性のダンスカードに自分の名前を書き入れるのを見ることも。ぼくは表向きの仕事の担当で、下調べをしたり、彼女が仕事中に周囲に気を配ったりするのが役目だ。彼女は決してミスしなかった。昨夜の、あの赤毛までは。あの赤毛に引っかかったのが運の尽き、彼女は舞いあがった。彼女があんなに入れこむのを見たのははじめてだ。興奮しすぎてぶんぶんと音がしそうだった――」

「彼女を殺すことを考えてか？」

「もちろん」

サビッチは彫像のように動かずにいた。コーマフィールドから点滴のチューブを引っこ抜かないでいることが、信じられなかった。この男が淡々とシャーロックのことを語るのを聞かされているというのに。静かな声で言った。「あの赤毛はおれの妻だ。胃洗浄になった」

コーマフィールドはしばらくこちらを見ていたが、そのうちにたりとした。「びっくりだな。あの女があんたの奥さんだって？　じゃあ、彼女も罠の一部だったわけだ」それきりふたたび黙りこんだ。

サビッチはわが身を顧みた。なぜコーマフィールドにそんなことを話したのかわからない。口から飛びだしていた。「ランスフォードのもとで働いていたら、彼女がサンフランシスコを離れてからは、そうそう会えなかったろう？」

「ああ、ランスフォードに張りついてなきゃいけなかったから、彼女にはめったに合流できなかった」声が細くなって途絶えた。薬のせいで意識を失ったかもしれないとサビッチが思いだしたとき、ふたたび、ささやき声が聞こえてきた。目は固く閉じられていた。「クリーブランドで会ったとき、彼女が言ったんだ、わたしはたまに炎で手を温めるのよ、と。なんの炎かと訊いたら、地獄の、だって。彼女はその地獄で父親の隣に脚を組んで座り、どうしたらいちばん楽しめるかを教えてもらうんだと。そして、父親から尋ねられるんだそうだ。いつになったら自分と同じように、みずからの仕事に向きあって、遠征に出かけるんだ、と。

そして、父親が死者について語った話を聞かされた。死んだ人間はセクシーだ、ただし、その命を自分で吹き消したときにかぎるって。そうすれば、死者をわがものにできる、自分の作品をくり返し見に戻るのは、いいものだって。やがて死者は分解されて、作品からただのゴミになりはてる。ぼくは、彼女が言っていることをわかりたいとは思わなかった。でも、奥深い部分でわかってた」

口調があいまいになってきて、意識を失いかけている。「そりゃ、わかっただろうとも。テッド・バンディの書いたものをすべて読んで、死体愛好症《ネクロフィリア》であったことも知っていたんだろうから」

「ああ、たくさん読んだよ。それで少し怖くなったのかもしれない。彼女は肩をすくめて、ぼくのほうを見た――」ふたたび目を閉じる。痛みのせいか？　それとも映像が浮かんでいるのか？

「おまえにケチャップを塗りたくりそうな顔でもしてたか？」

その発言に反応して、コーマフィールドがぱっと目を開いた。「いや、ばかなことを言うなよ！」唾を呑みこむ。モルヒネのせいで、口調だけでなく脳の動きまで鈍くなってきている。「そうかもしれないけど、彼女は絶対にぼくを傷つけない。それはわかってた。殺しが終わってホテルに戻ってきた彼女は、空高く舞いあがってた。セックスと酒を求めて、踊ったり騒いだりしたがった。ほかにもある。いつも殺したばかりの女の格好を真似た。彼女は主役と同じように、やられる役も演じたがったんだ。カツラがたくさんあって、その日殺した女にいちばん近いやつをかぶった。彼女たちのことを、時の女《ウーマン・オブ・ザ・アワー》と呼んでいた。ときにはぼくにもやられ役を演じさせて、彼女は――」口ごもる。

「なんだ？」

「――ワイヤでぼくを絞め殺すふりをした。でも、ぼくを痛めつけたことは一度もなかった

――」声が細くなって、途絶えた。

「ブルース、おまえは彼女の侍者《じしゃ》だったのか?」

コーマフィールドの目がサビッチの顔をとらえた。「彼女の侍者? まるでぼくが黒いローブをまとって祈りでも唱えてるみたいだね。いや、全然違う、わかってないな。ローブなんか着ないし、ラテン語の祈りも唱えない。ぼくは彼女の拠《よ》り所なんだ。彼女がこの惑星から飛び去ってしまわないように、ぼくがつなぎとめてたんだ。ぼくは必要な人間だった。彼女はぼくのことを愛してくれてる」

「おまえはどうなんだ? 彼女を愛してるのか?」

コーマフィールドはささやいた。「ああ、それはもう。ぼくには逆立ちしたってできないことが、彼女にはできる。つむじ風みたいに激しくて、いつも父親の背中を見てる。彼女は指折り数えてるんだ。父親に追いつくには何人殺さなきゃならないのか、訊いたことがある。そしたら、百人だって。どうしてその数字が出てきたのかは、教えてくれなかったが。

いまとなってはどうでもいいことさ。彼女にはもう二度と会えない」サビッチを見る目が、ふいに厳しくなった。ささやき声で続けた。「でも、彼女があんたを殺すことはわかってる。彼女の目標がなんだろうと、それはいったん中断だ。あんたを殺さなきゃならないからね。ああ、心やさしきイエスさま、ぼくは死に、彼女にはもう会えない」

「おまえは死なないよ、ブルース」

「いや」とても静かな声だった。モルヒネのせいで歌うような調子だった。「わかるんだ。感じるんだよ。もう一度だけ、カーステンに会えたら言うことないんだけど、会えないのもわかってる」

ブルース・コーマフィールドは頭を反対側に倒した。

サビッチはシャーロックの病室に戻った。動きまわるのをやめて、静かに横になり、黙って話を聞けと命じた。そして、彼女とクープとルーシーを前にして、こう切りだした。「とても奇妙で悲しいカップルの話をさせてくれ」

47

ふたりは〈ハンドラーズ・イン〉の小さな受付カウンターで、直立不動の姿勢をとる痩せていて長身のミスター・リッキー・レバインに話を聞いていた。サビッチの目には、彼がまだ高校生といっても通りそうに見えた。顎にはニキビ。黄褐色の制服のズボンの腰は、ベルトで締めあげている。ふたりが名乗ると、緊張のあまり手を震わせていた。しきりに下唇を噛み、ろくに目も合わせられない。彼は、ブルース・コーマフィールドなんていうお客さんは知りません、と答えた。ただ、似たような名前のおしゃれなお客さんがいたことを思いだし、コンピュータに登録されていないかどうか調べましょうか、と申しでた。

ルーシーは愛想のいいやさしい笑みを浮かべて、すっと彼に近づいた。このままだとサビッチとクープに気圧《けお》されて、ぶっ倒れたり挙動不審になったりしそうだ。

「ミスター・レバイン、月曜の夜、一五一号室に泊まったお客さんを調べてもらえますか?」

レバインの不安げな指がコンピュータのキーボードを叩く。「この方です――ミスター・

ケーン。奥さまは遅くに合流されるといって、チェックインされました。ケーン――コーマフィールド。ああ、やっぱり近いですね。ええ、感じのいい方でしたよ。若くて。雰囲気も都会的で、ゴールドカードをお持ちでした。財布のなかにあるのが見えたんです。でも、ひと晩めの支払いは現金でされましたが。何泊されるか尋ねたら、二、三泊とのことでした」

「彼がこちらに来たのは、月曜の夜の何時ごろでしたか？」

「夜中の一時近くですね」

ルーシーはうなずいた。では、コーマフィールドとカーステンはニューヨーク市からここへ車で直行したのか。そしてつぎの夜にはさっそくパーティをはじめた。

クープは密かに幸運を祈って、心のなかで指を重ねた。「こちらのホテルでは、車のナンバーを控える方針ですか？」

「はい、そうです。ですが、お客さまにはわからないよう、ぼくが自分で調べています。ミスター・ケーンはライトブルーのシボレー・コバルトに乗っておられました。ほら、ここ、彼の車の番号です。白地に黒文字のメリーランド州のプレートで、ＣＴＨ６２５です。ちゃんとしてますでしょう？」

「すばらしいわ、ミスター・ケーン」ルーシーはにっこりとほほ笑みかけた。

クープが尋ねた。「彼の奥さんは見かけましたか、ミスター・レバイン？」

レバインはうなずいた。「この二日間、朝はうちのダイニングルームでふたり揃って召しあがってました。ぼくも勤務中は賄《まかな》いとして朝食がついてるんで、ふたりを見かけたんです。それでわかったんですよね。奥さんは山盛りのプルーンに、大量のマフィンを食べてました。マフィンっていうのは脂肪の多い食べ物なのに、彼女がすごく痩せてたんで、記憶に残ったんです。不思議ですよね。ご主人のほうはうんとヘルシーで、シリアルと、たしか、バナナだったかな。ご主人は引き締まった体つきで、身なりもぴしっとしてました。彼のことをすてきだって言ってるウェイトレスが何人もいました。髪がふさふさしてて、とくにパイロット用のサングラスをかけてるとたまらないって」

「彼女はどんなふうでした、ミスター・レバイン？　服装を覚えてますか？」

「髪は長くて豊かなブロンドで、背中で軽くカールしてました。ブルージーンズに、ぴったりしたニットのトップを着てたんで、それで、ものすごく痩せていることがわかったんです。そんな服装で外に出たら寒いと思いました。彼女は、なんていうか、アーティストっぽい感じだったんですよね。口紅は血みたいに真っ赤で、見たときそんなふうに思いました。顔のほうは真っ白なんです。たぶんお化粧のせいだと思いますけど」

ルーシーは言った。「ほかに覚えていることはありませんか、ミスター・レバイン？　なにか、ほかのお客さんとは違う行動とか？」

レバインは考えてみて、ゆっくりとうなずいた。「奇妙な話なんです。昨日の夜、ぼくはダブルシフトだったんです。それでたまたま外を見てたら、車に歩いていく彼が見えました。

さっきも言いましたけど、ぼくが見かけたときはだいたい、粋《いき》に着こなしてたんです。ところが昨晩は、ぼくのオタクの兄貴みたいな格好をしてて。眼鏡は太い黒縁だし、ズボンは短すぎて白いソックスがのぞいてるし、それにダサいツイードのジャケットですよ。しかも、おかしな帽子を深くかぶって。そのうち彼女も出てきたんですが、いつものブロンドじゃなかったんで、カツラだとわかりました。全体に短くカットした黒い髪に、赤いブレザーを着てました。仮装パーティにでも出かけるのかと思いました――」レバインはなにか言いたげに、唾を呑んだ。

「それで、どうなったんですか？」

レバインはカウンターに身を乗りだした。「それで、ふたりは出かける前にガムを買いにここに寄って、そのとき彼女からまじまじと顔を見られたんです。あのときの彼女の顔は、そりゃあもう気持ちが悪くて……ぼくの顔にフォークを突き立てたそうな顔で舌なめずりをしたんです。あれには震えあがりました」

この青年には人を見る目がある、とクープは思った。「彼女になにか言われましたか？」

「いいえ。でも、彼女は車に戻りがてらぼくをふり返って、げらげら笑いだしたんです」

ルーシーは言った。「テレビのニュースをご覧になりますか、ミスター・レバイン？」

彼は自信なげにうなずいた。「多少は。ただ、しょっちゅう中断が入るから、どうしても適当な見方になっちゃって」

「ここボルチモアの〈テキサス・レンジ・バー・アンド・グリル〉で、昨夜、発砲事件があったのをご存じですか？」

「ええ、なんか騒動があったみたいですね」レバインは首を振った。「なにがあったかは知りませんけど」

「ニュースで女の写真が出たんですが、ご覧になっていませんか？」

レバインはじっくりと記憶を探って、答えた。「ええと、そうですね、たしかにテレビで女性の写真を見ました」

ルーシーが言った。「ここに宿泊した女性と同一人物、つまりミセス・ケーンです。彼女はテッド・バンディの娘です、ミスター・レバイン。チャンスがあれば、実際あなたの顔にフォークを突き立てていたかもしれません」

レバインは頬に手をやった。首をかしげて、腑に落ちない顔で尋ねた。「テッド・バンディって誰ですか？」

一五一号室へ向かう廊下で、サビッチはブルーのシボレー・コバルトに広域指名手配をかけた。

クープが言った。「メリーランドで車を盗んだってことですね。死者が出てないといいんですが」

「すぐにわかるわ」ルーシーは言った。「まだカーステンが別の車を盗む気になってないといいんだけど」

「彼女の父親は娘をどこへ導いてるんだ？」クープは疑問を呈した。

「サビッチよ、ブルースがそう言ってた」ルーシーは答えた。「怖くてたまらないわ」

「ブルースの言ったことを信じられますか、サビッチ？」クープは尋ねた。

「いや、どうかな」

ルーシーは眉をひそめた。「ブルースが滞在先を漏らすことを彼女が想定してると思いますか、サビッチ？」

「カーステンはとうに逃げているから、話しても問題にならないというのは、ほんとうだと思う。だとしても、危ない橋は渡りたくない」

ルーシーは言った。「カーステンが電話をしていた相手は誰なんでしょう？」

サビッチは肩をすくめた。「コーマフィールドも知らなかった」

錠を開けたサビッチは、ドアを勢いよく内側に開いた。三人でなかに踏みこむなり、シグを周囲に向けた。だが、カーステンはとうにいなかった。当然、指紋は残っているだろうが、いまさら役に立たない。

カーステンは櫛のひとつも残していなかったが、カツラの髪が落ちていないともかぎらないので、サビッチは鑑識班を呼んだ。

サビッチはシャーロックの病室に舞い戻った。今日のうちは休ませる――ちゃんとベッドで――という条件付きで、自宅に帰る許可が下りた。シャーロックは苦もなく車椅子に乗り移り、「本物の食べ物をお腹に入れたら、いつだって動きだせるわ」とのたまった。

「そうだろうけど、指示に従ってもらうぞ。おれは上司なんだから、ごちゃごちゃ言うなよ。まずはチキンヌードルスープにして、そのあとは追い追い考えよう」彼女の目が輝いたのを見て、サビッチはほくそ笑んだ。

チキンヌードルスープね。シャーロックの口に唾が湧いてきた。夫の横顔をながめ、車椅子のハンドルにある彼の手をそっと握った。「あの女を見つけださなきゃね、ディロン」

そうだ、彼女を見つけださなければ。だが、自分の犯した失敗のせいで、さらに何人の女性が命を落とすことになるだろう？　カーステンがつぎに現れるのはどこだ？

サビッチが車椅子を押して廊下を進んでいると、ペンダグラス医師から呼び止められた。

「サビッチ捜査官、残念ながら、ブルース・コーマフィールドが死んだぞ。突然、敗血症にかかって、そのあと腹部で出血した。手を尽くしたんだが、どうすることもできなかった。若いだけに、生き延びるチャンスはあると思っていたんだがね。無念だよ」

シャーロックはサビッチが一瞬、眉をしかめるのを見た。ささやかな動きだった。そして感情のこもらない声で言った。「ありがとうございます、ペンダグラス先生」

医師はうなずいて、背中を見せかけたが、ふたたび顔をこちらに戻した。「サビッチ捜査官、きみの捜査手法と患者が亡くなったことに因果関係があると思うなよ。ないからな」

サビッチは黙ってうなずき、青白い顔の妻を見た。「もはやこれまでだ。うちに帰ろう」

48

メリーランド州
木曜日の正午

ルーシーは病院の駐車場からレンジ・ローバーを出して、九五号線に向かって走りだした。その後ろをブルーのコルベットに乗ったクープが追ってくる。車まで送ってくれながら彼が言ったことを思いだすと、頬がゆるんでしまう。「デュポンサークルの近くにすごくうまい中華料理屋があるんだ。街一番の四川料理を出すんだけど、土曜日の夜、食事でもどうかな？」

クープと食事。デートってこと？　本物のデートに誘ってるの？　忙しいデートのスケジュールにわたしの分も入れてもらえるのかと混ぜ返しそうになったけれど、その冗談は言わずに消えた。ちっとも言いたくなかったからだ。代わりに笑顔で応じた。「中華料理は大好きなの。とくに四川が」言葉を切った。「同じ課内の捜査官が交際することを禁じる規則があるんじゃないの？」

「サビッチとシャーロックは同じ課にいて、ぼくが思うに、たんなる交際以上のことをしてるんだけど」

不思議なことに、鼓動が速くなって、口からこんな言葉が飛びだしていた。「わたしをひとりきりにして、飛びかかりたいってこと？」

クープは眉を吊りあげた。「なにを言うんだか。ただの最初のデートだよ」

心臓が大きく打って、声が半音下がった。「そうか、そうね。わたしと話がしたいのよね、わたしの——思いについて」

彼は手を挙げてルーシーの頬に触れた。手を下ろし、彼女の顔に視線をさまよわせた。

「この際だから言うけど、妙なときにきみのことを心配してることがあるんだ。ひげを剃ってるときとか、ノンファットミルクをパックからそのまま飲んでるときとか。シャワーを浴びながら歌ってて、ふときみとデュエットしたらどうなるだろうと考えてたこともある。そういうわけだから、ルーシー、きみともっと親しくなりたい。それには話をするのがいいと思わないか？」

ルーシーは精気に満ちた笑い声をたてた。「わかったわ。だとしたら、わたしは会話を楽しみにしてればいいのよね？」

「そうはいくかよ」

「だったら、一緒にシャワーを浴びながらなにを歌うか考えておいて」

彼はルーシーの頰をつついた。「考えておくよ。考えなきゃならないことが、山のようにあるんだけどね」

ルーシーは小さく手を振って、自分の車に乗りこんだ。

ワシントンに戻るべく、彼女を追って九五号線の南向き車線に入ったクープは、口笛を吹いていた。シンディ・ローパーの「ガールズ・ジャスト・ワナ・ハヴ・ファン」なら、シャワーのときのデュエット曲にいいかもしれない。

クープとの夕食は、四川だろうとそうじゃなかろうと、ルーシーも大歓迎だった。昨日の夜は、病院で彼に言われたことを思いながら眠りについた。彼が自分を気遣ってくれることがわかり、慰められた。彼になにを言おうと、指輪のことを内緒にしようと、あんな呪われた物体に人生を売り渡すつもりも、愛しあえるかもしれない人と親しくなる機会を投げ捨てるつもりもない。指輪の件を人に話すことと、人を愛することあるいは愛さないことを秤《はかり》にかけて、どちらか一方を選ぶことはできない。だいたい、クープみたいに申し分のない男性から中華料理店での食事に誘われて、断れる女などいるだろうか？

混雑してきた道路を縫って進むうちに、疲れがのしかかってきた。睡眠のわずかさに比べて、刺激が強すぎた。ラジオをつけ、ソフトロックの局に合わせて、眠らないように一緒に歌った。ピーターバラにさしかかるころになると渋滞がひどくなったので、九五号線から二車線の田舎道である三五号線に入っていったん西へ向かい、何度か角を曲がって、九五号線とほぼ並行に走る南向きの道路に入った。これは知る人ぞ知る美しい田舎道で、あとはチェビーチェイスまでまっしぐらだった。そこからはいつもの通勤路を通って本部に向かえばいい。そういえば、クープが道を折れるのを見なかった。どこかで追い抜いたのかしら？

気を引き締めたいので、窓を下ろして顔に冷たい風を受けた。あたりにはこれといって見るものがない。ほぼ緑一色の牧草地と、馬と牛、それにたくさんの樹木があって、その合間に家々が散らばっている。あとはときおり北へ向かう車とすれ違うぐらいだった。

クープのコルベットを探してバックミラーを見たが、宅配便《フェデックス》のトラックと同じくらいの大きさの白い業務用のバンが一台、走っているだけだった。バンはスピードを上げるでも、脇に折れるでもなく、背後を淡々とついてきているようだった。速度を落として追い越させようとしたが、バンは数分にわたって同じ距離を保ちつづけた。ひょっとするとバンの運転手も自分と同じように九五号線を避けて、チェビーチェイスまでののんびりドライブを楽しんでいるのかもしれない。

背後のバンがスピードを上げて、レンジ・ローバーまで二十メートルほどに迫った。顔を上げると、背後のバンとうりふたつの白いバンがもう一台、百メートルほど先に現れた。ただ、あろうことかそのバンは後退してきており、窓から顔を突きだした運転手が黒い髪を風になびかせながらこちらを見ていた。心拍数が上がって、アドレナリンがいっきに放出される。ルーシーは深呼吸をして、車のスピードを一定に保った。腰に差し入れていたシグを取りだして、脚の下に敷いた。

あの男、どういう了見なの？　自分は怪我をしないでいいよう、後部バンパーでわたしの車に衝突するつもり？　そこではたと気づいた。二台ではさみ打ちにするつもりだ。

クープの短縮番号を押した。

「やあ、ルーシー、どうかしたか？」

背後のバンが迫ってくる。ルーシーは叫んだ。「クープ、いま九五号線のピーターバラ出口の南にある三五号線にいるんだけど、二台の白いバンにはさみ打ちにされそうなの。わたしを殺したがってる！」

レンジ・ローバーのリアウィンドウに一発撃ちこまれて、ガラスが砕け散った。

クープが自分の名前を叫ぶ声、彼の車のタイヤのきしむ音が聞こえた。ルーシーは車を対向車線にそらしたが、前方のバンもそれに合わせて移動して背後からのがしてくれず、その間にも後方のバンは距離を詰めてきていた。道路には二台のバンのほか、車一台、人っ子ひとり、見あたらなかった。割れたリアウィンドウからさらに銃弾が撃ちこまれ、そのうち何発かは助手席のシートの裏に命中して、シートをずたずたにした。ルーシーを狙っていることはもはや疑いの余地がなかった。

一発の銃弾が頭をかすめ、フロントガラスを蜘蛛の巣状に砕いた。ルーシーはとっさに首を縮めた。

脚に敷いたシグの銃把を見おろしたが、背後のバンの運転手を狙うのは、得策とは言えなかった。ほんの数秒で片をつけなければならない。

　左に急ハンドルを切り、アクセルを踏みこんだ。助手席側のフェンダーをバンの後部に当て、跳ね返されつつタイヤをきしませてさらに左に曲がりつづけると、これまでの人生でもっとも鋭角なUターンを成し遂げた。背後にいたバンはレンジ・ローバーと正面衝突になるのを恐れて、右によけていた。フロントフェンダーがこすれて金属が悲鳴をあげたが、その甲斐あって解放された。

　アクセルを踏んでレンジ・ローバーのほぼ最高速まで加速し、道路の真ん中を逆方向に疾走した。

　ありがたい静けさに包まれた。

　ふり返ると、バンが二台揃って追ってきていた。各車線に一台ずつ、どちらの運転手も窓から腕を出し、やみくもに撃ってきている。ここまで届かなければいいが。その願いもむなしく、つぎつぎと飛んでくる銃弾が路面を削ったり、車の金属フレームに当たったりしている。このまま幸運が続くとは思えない。あと何発当たらずにすむだろう？　大きくなった自分の呼吸の音が耳につき、恐怖で口がからからになっていた。

　クープはどこなの？　携帯をつかんで、911を押した。「こちらFBI捜査官、事件発生」そして、必要な情報をすべて通信指令係に伝えた。察しのいい通信指令係は質問することなく、「無事を祈ります、カーライル捜査官。いますぐ救援が向かいます」と述べた。

クープや警官の到着を待ってはいられない。反撃しなければ。ルーシーはシグをつかみ、背後に腕を突きだして、砕け散ったリアウィンドウから片方のバンを狙い、つぎにもう片方を狙って撃った。片方の車体が一瞬、ふらつき、すぐに戻った。とはいえ、相手を警戒させてやることはできた。

かっとした片方の男がむきになって発砲し、弾倉を空にした。新しい弾倉をセットするには少し時間がかかるが、そのあいだも、もうひとりが発砲を続け、銃弾が金属に当たったり、ガラスを砕いたりする音がしている。そして、頭部にひやりとした感触があって、頭が横に倒れた。頭を起こすや、銃弾がフロントガラスを突き破って飛び散ったガラスが顔や腕に降りかかるが、それほどの勢いはない。ジャケットを着ていたことに感謝した。

美しいレンジ・ローバーはいまや満身創痍だった。だが、自分を救ってくれる車があるとしたら、これしかない。いまも時速百三十キロ近い速度で田舎道を疾走してくれている。

このままでは自分が死ぬか、この先にいる罪のない運転手が死ぬ。反撃しなければ。

急ブレーキを踏み、タイヤが悲鳴をあげた。横すべりする車の運転席側の窓から身を乗りだし、近づいてくるバンにしっかり狙いを定めて、引き金を引いた。男の腕がはずみ、銃が宙を舞った。制御を失ったバンが、路面いっぱいにふらつきだす。レンジ・ローバーにぶつかると思って身をすくめたら、それより先に背後のバンが追突し、道から突き飛ばされた。何度か回転したあと反転するや、幅の広い側溝に尻もちをついたような格好で止まった。

一瞬、完全な静寂に包まれた。と、もう一台のバンが後退するやUターンして、逆方向に走り去った。ルーシーはレンジ・ローバーを停めて、運転席側のドアから外に飛びだした。

側溝のバンが爆発した。

火の玉が宙に上がった。ルーシーはその衝撃に倒され、肺の空気が押しだされた。黒い煙がもくもくと空をおおい、ゴムの燃えるにおいがあたりを満たして、白いバンの欠片《かけら》が吹きあげられている。ほんの二メートル先に金属製のドアの一部が落下し、擦過音を立てながらアスファルト面を横すべりした。ルーシーはふらふらと立ちあがり、レンジ・ローバーの下に潜りこんだ。深呼吸をしたが、空気が薄くなっている。バンの運転手が死んでいるのは間違いなかった。彼のためにしてやれることはもはやない。

クープはレンジ・ローバーの背後に車を急停車させた。彼女の車は見るも無惨なありさまだった。窓はすべて撃ち壊され、修復不能の傷を負っている。

「ルーシー！」すぐに車を飛びだして、彼女に駆け寄った。車の後部から身をよじって出てくる彼女を見て、両腕の下側をつかんだ。彼女を引きずりだして、立たせる。「おい、どうしたんだ、なにがあった？」

遠くにサイレンの咆哮《ほうこう》が聞こえる。

二台のパトカーがコルベットの隣にすべりこんだ。揃って身分証明書を掲げつつ、ルーシーが叫んだ。「襲撃者がもう一台の白いバンで南へ逃走中よ！」

しかし、白いバンはどこにも見あたらなかった。年代物のピックアップトラックが一台、荷台に載せた家具を固定して、のんびりとこちらに向かってくる。

先着したパトカーに乗っていた警官ふたりは外に出て、拳銃を抜き、もう一台はサイレンをとどろかせて南に向かった。ルーシーはいまだ身分証明書を掲げていた。「連邦捜査官です！　あのバンの男に殺されかけました」側溝で燃えているバンを指さした。「犯人はもう跡形もないでしょうけど」

警官の片方が無線機を取りだした。「大丈夫ですか？　救急車を要請しましょうか？」

「いえ、わたしは大丈夫よ」

警官はルーシーに向かってうなずくと、あらためて身分証明書を見た。首を振りふり、いまだぐずぐずと燃えているバンのほうに歩み寄った。

「ルーシー、なに言ってるんだ、大丈夫なわけないだろ。撃たれてるんだぞ」クープは彼女をつかんで引き寄せ、頭を調べた。ハンカチを取りだして、傷口にあてがった。「よし、いいぞ、出血はひどいかもしれないが、傷は深くない。よかったよ、さもないとぼくが怒りくるってなにかしでかすところだった」

「ええ、ひどくないのはわかってるの、クープ。大丈夫だから、心配しないで」顔に手をやったら、手が血に染まった。理解しがたいものを見るように、それを見つめた。「変ね」彼を見あげた。「診てもらったほうがいいかも」

クープは警官に話をして彼女をコルベットの助手席に押しこむと、運転席に乗りこんで、ふたたび九五号線を目指し、ハンカチを頭にあてておけとうるさく言った。軽いふらつきはあるけれど、それがなに？　わたしは危機を切り抜け、敵を叩きのめした。生きているのよ。

クープが携帯で話す声がした。「ええ、サビッチ、これから彼女を病院に運びます」彼はスピード違反を犯していた。はじめてコルベットを駆り立てて、先を急いだ。「クープ」彼女が小声で言った。「違反切符を切られるわよ」

クープは笑った。「しっかりつかまって、動くなよ、ルーシー。病院への到着予定時刻はおよそ十分後だからな」

ルーシーは頭に触れて、ハンカチを外してみた。まだじくじくと血が出てくる。真っ赤な血。それが自分から出ている。傷口に強くハンカチを押しつけた。痛い。

「銃弾がかすめたんだ。大事にはならない」彼は自分に言い聞かせているようだった。

「だったら、わたしが大出血を起こして死にかけてるみたいに飛ばしてるのはなぜ？」

「怖いから」さらに速度を上げる。

「警察がもう一台のバンを捕まえてくれるといいんだけど。相棒を見捨てて逃げたのよ」

彼女はしっかりとした口ぶりで、筋道の通ったことを話している。だが、それでもクープの動悸はおさまらなかった。「ルーシー、なにがあったか話してくれ」

「二台にはさまれたの」罠にはめられたこと、Uターンをしたこと、そして発砲のチャンスをとらえて、背後にいた運転手の片方を撃ったことを話した。

満面の笑みでつけ加えた。「お手柄はレンジ・ローバーよ。あの二台のバンの挟撃《きょうげき》から逃がしてくれたの」表情を曇らせた。「でも、めちゃめちゃにされてしまったから、名前をつけてやれないわ。ひどいわよね、がんばってくれたのに、不公平よ」

背後からサイレンが聞こえてきた。これで救急治療室まで伴走してもらえる。クープは顔と手を血に汚したルーシーを見た。死んでいてもおかしくなかった。

49

バージニア州ホートルベリー
木曜日の午後

カーステンは盗んだシボレー・シルバラードのラジオのダイヤルをつぎの局にまわして、ふたたび耳を傾けた。テッド・バンディの娘であるカーステン・ボルジャーの男性共犯者が、本日早朝、広範囲にわたる手術を受けたのち、死亡しました。ボルチモアでＦＢＩと撃ちあいになり、そのとき負った銃創が致命傷と……。

カーステンはこぶしを振るってラジオを黙らせると、田舎道の路肩に車を寄せ、ハンドルに顔を伏せた。頭のなかでおぞましい現実が延々と再現されていた。ブルースが死んだ。ほんとうに死んでしまった。けれど、ブルースが身を挺して自分を守ってくれたおかげで、連邦のあほどもはまたもや手がかりを失い、自分の尾を追ってる。

アクセルを強く踏みこむと、シルバラードが飛びだした。すぐに浮遊感に包まれ、ブルース・スプリングスティーンの「明日なき暴走《ボーン・トゥ・ラン》」を思いきり大声で歌いだした。笑ったりわめいたりして、胸のつかえを吐きだそうとした。

これからは誰に父さんのことや、父さんが恋人《レディ・ラブ》たちにしたことを話したらいいの？　いつもひと仕事終えて彼のもとへ戻り、その夜のレディ・ラブの格好を真似たのを思いだした。卑猥なポルノを観るうちにブルースがその気になり、ふたりしてシーツがはがれるほどベッドを乱した。彼くらい自分のことを理解してくれる人はいなかった。ワイヤを引き絞る瞬間になにを感じるのかを、聞いてくれる人はもういない。そのとき、その命が永遠に失われるのだと魂の深い部分で理解することもだ。すると彼は自分を抱きしめ、手の乾いた血液を親指ではがしながら、愛を語ってくれた。

ブルースが罠を見のがすなんて、考えられない。そもそもあの店に自分たちが出没するのを、警察はどうして知ったのだろう？　そうか、あの髪を大きくふくらませたウェイトレスだ。あのビッグヘアはやけに自分を見ていた。けれど、けばけばしいブロンドの髪をして店で働いているだけの、うざったいクソばばあだとしか思わなかったので、たいして気にしていなかった。そんな女にどう思われようと、知ったことじゃない。だが、いまさらだけれど、ブルースに話しておくべきだったのだ。

あの小生意気な赤毛も捜査官だった。あの赤毛はみごとに役割を演じていた。けれど自分は状況を把握していたから、うまくすれば、いまごろ赤毛は死んでいた。そう、ブルースが死んだように死んで、足の親指に認識タグをつけられていた。あんな女、自分の反吐《へど》を詰まらせて死ねばいい。だが、それはたいした問題じゃない。ブルースを撃ったのはＦＢＩの男の上司、ブルースからテレビに出ていたと聞かされた男のほうだ。名前は知らないけれど、約束どおり、わたしが倒すからね、ブルース。どこにいたって、その点は安心してて。

カーステンはすすり泣きの声を聞いた。その声の主が自分で、自分の深いところから絞りだされた声だったことに、衝撃を覚えた。

ブルースは死んだ。またひとりぼっちに逆戻り。耐えられない。

でも、父さんには誰もいなかったんだよね？　ずっとひとりぼっちだったんでしょう？わたしのことを知ってて、会うことができたら、賢い子だ、ハイスクールの気取った女子どもを殺したのは正しかった、と褒めてくれただろうに。ところが実際は父さんと同じように、自分ひとりで学んで練習を重ねなければならなかった。そして自信がついたとき、はじめて遠征に出た。父さんと同じように。

それでも、わたしにはブルースがいた。うちのばか母親と一緒にいたときだって、父さんは寂しさを抱えていたはずだ。あの女には理解できない、信頼がおけない、計画も勝利も共有できないと、父さんにはわかっていただろうから。ブルースと自分は違った。彼は自分を愛し、自分の行為を称えてくれた。そうよ、わたしのことを知っていたら、父さんがそうしてくれただろうように。父さんはきっと、自分をあの売女《ばいた》から引き離してくれた。父さんとなら、どんなに楽しくやれただろう。父さんのことを教えてくれたセントラ叔母さんには、感謝してる。じゃなきゃ一生気づかなかったし、ほかの人に対して自分がどんな感覚を持ちうるか、知らないままだったろう。これまで読んだ父さんに関する本は、たいがいくだらなかった。愚かな作家たちには生命に満ちあふれる感覚、力がみなぎる感覚が、理解できない。でもわたしには理解できる。そしていまは父さんと同じ、ひとりだ。

カーステンは通行量の少ない細い田舎道を使ってバージニア州に入った。ボルチモア郊外で大型オートバイのゴールドウィングを盗んだのだけれど、目立ちすぎたので、人目がない場所まで来ると、エンジンをかけたまま崖から落とした。バイクは車体をはずませ、低木や木立にぶつかり、徐々にばらばらになりながら、谷底まで落ちた。朝まだきに、回転する車輪をながめた。そのあとピンカートンの近くの袋小路で、私道のすぐ外に停めてあった古いシルバラードを見つけたので、キーを使わずにエンジンをかけて走り去った。

いまカーステンは前方に食堂を見ていた。なんてみっともない店だろう。みずからの重みで崩れつつあるようなその店は、ホートルベリーとかいう、地図上では点にしかすぎない田舎のわりにはごたいそうな名前の町の外れにあった。さもありなん、正面には車一台停まっていない。古くて傷みのひどい、細長い食堂で、連邦捜査官を呼びこんだあの髪をふくらませたウェイトレスを思わせる風情があった。あのウェイトレス、なんという名前だろう？知らないけれど、その気になれば調べられる。そう、いつか、ボルチモアにお礼参りに行きたくなったときには。もう一度、食堂を見たが、やはり客がいる気配はなかった。

みすぼらしい店だった。バーガンディ色のビニールカバーにおおわれたブース席が長い窓際に並び、その窓の外が空っぽの駐車場だった。周囲に人がいないのは、好都合だ。そうしてみると、自分のためだけにここに食堂が用意されていたような気がしてくる。

シルバラードを降りるや、冷たい風が頬にあたったので、革ジャンの前をかきあわせた。ドアを押し開けると、ふざけたベルが頭上で鳴った。案の定、店内はがらんとして、女がひとりカウンターに座っていた。かたわらにコーヒーのカップを置き、背中を丸めてペーパーバックを読んでいる。そして入ってきた人間を見ようと彼女がふり返ると、メッシュの入った長くてまっすぐなブロンドが肩に落ちた。カーステンはその顔を見た。女と思ったのがまだほんの子どもで、いかれた制服を着ていた。

カーステンはドライビンググローブを外しながら注文した。「コーヒーちょうだい」

少女はこちらを見て立ちあがり、ひとつきりの胸ポケットから白いハンカチがあほみたいにのぞいている赤い制服を撫でおろすと、安っぽいラミネート加工のカウンターの奥に入って、空になりかけのポットから見るからに古そうなコーヒーを欠けたマグについだ。

カーステンは言った。「ここじゃたいして商売にならないだろうね」

「そうでもないよ」少女はマグを突きだした。「でも、今日はだめ。ほかに注文は？」

失礼な子。カーステンは首を振った。五分過ぎても、客は来なかった。カーステンは時間を見ていた。その可能性をまったく想像しなかったと言ったら嘘になる――若くてかわいい物体が足元に転がり、行儀の悪い小さな売女が来世へと旅立っていく図を。少女はさっきの席に戻り、ふたたび小説を読みだした。客などいないかのようだ。

「奥に料理人はいるの？」

カーステンのその質問でダムが決壊し、少女がいっきに不満を漏らした。「あのばかならうちに帰ったよ。昨日の夜、くだらないフットボールの試合を観ながらナチョスを食べ過ぎたらしくて、気持ち悪いとか言っちゃって。で、あたしだけ店に出させられたの。常連さんはあたしが調理できないのを知ってるから、彼が帰ってくるまで店に来ないのにね」

「で、あんたがコーヒーを淹れたわけね。まっずい」

「そう、あたし。でも、全部飲んだとこみると、あんたの味覚も相当みたいだね。お代わりいる？」

これが笑わずにいられようか。この少女は一丁前の口を利く。昨夜の赤毛、zがふたつのスージィと同じ。繊細な顔立ちをしたきれいな少女だった。こんなに濃い緑色の目は、見たことがない。この瑞々《みずみず》しい感じは、父さんが好んだタイプだ。若くて、おそらくはまったくの文無し。そしてこの子には、やりたいことが山のようにあるのだろう。カーステンは首を振って、手でマグに蓋をした。「コーヒーはいいわ。なんで学校に行ってないの？」

「五月に卒業したから。このゴミ捨て場から出てくためにに、いまお金を貯めてんの。ねえ、チップをはずむって約束してくれたら、パイを出したげるよ」

「なんのパイ？　それと、誰がつくったの？」

「ストロベリーパイ。できたてなんだから。デイブが朝、つくったのよ。そのあと気持ちが悪くなって、帰っちゃったんだけど。とびきりたっぷりのチップに、とびきりでっかいひと切れでどう？」

カーステンは少女に笑いかけた。本人にはわからないけれど、恐ろしげな笑みになる。少女は後ずさりをし、肩をすくめて、警戒心を押しやろうとした。

カーステンは言った。「いいね」事実だった。気がついてみたら、やけに空腹だった。最後に食べたのはいつだっけ？　もうずいぶん食べていない。この数時間はパニックに怒りと痛みで意識が混濁していた。だが、人生は続く、と父さんなら言うだろう。だからストロベリーパイを食べて、先のことはそれから考える。

アン・マリー・スラターは薄気味悪い女に笑いかけられたとき、背筋を冷たいものが走るのを感じた。びくついているせいでストロベリーパイを切り分けるのに使っているナイフを床に落としてしまった。拾いあげて、エプロンでぬぐう。パイのほぼ四分の一を女性に出して、デイブには、いつだか知らないけれど彼が戻ったときに文句をつけられるようにほんのちょっぴりだけ残した。デイブはストロベリーパイが、しかも自分でつくったやつが大好きで、帰ってきたら食べるのを楽しみにしているのをアン・マリーは知っていた。

「このくらいでいい？」

「気前がいいね」カーステンはパイを切って、口に運んだ。おいしい。最後まで黙々と食べつづけた。椅子の背にもたれて、腹を撫でた。「チップの額に驚かないでよ」

アン・マリーは無関心を装って、また肩をすくめた。だが、骨の髄までびびりあがっていた。店を飛びだして、この女には二度と会いたくない。女の赤い髪を見た。太い毛束が、つんつんと立っている。顔は死人のように真っ白――なにかが引っかかったけれど、ほんの少し届かず、正体をとらえることができなかった。

食堂のドアが開いた。安堵のあまり、アン・マリーは叫びそうになった。

カーステンはぶらっと店に入ってくる年配の男ふたりを見た。ジャケットを脱いで、ブースの席に座った。ひとりは太鼓腹、ひとりは痩せぎすの農家らしく、どちらも色褪せたジーンズにフランネルのシャツ、それにカーステンよりも年上そうなブーツをはいていた。窓枠のように痩せた禿頭《とくとう》の男が声をあげた。「やあ、アニー、フランクとわしにコーヒーを頼む。デイブは便所に住んでるんだってな」続いてフランクに話しかけた。フランクは二重顎に、豊かな白髪をいただいている。ところが口ひげを真っ黒に染めているせいで、ちぐはぐな印象がある。「残ったナチョスなんか食うもんじゃないってデイブに言ってやったんだが、あの野郎、むしゃむしゃ食いつづけやがって、冷えたチーズが糸になって顎にぶら下がってたんだぞ」

フランクは大笑いした。

カーステンは沈黙したまま、アン・マリーがコーヒーのマグふたつを運ぶのを見ていた。

こちらのマグは欠けておらず、コーヒーも奥から出してきた入れ立てのポットからついだ。このクソガキ。

禿頭の男はアン・マリーに礼を言った。「おい、さっきフランクに話してたんだがな、バンディの娘、ほら国じゅうで女を殺しまわってるあのぶっ壊れた女だよ、その女とつるんでやがった男、知ってるだろう？　そいつが死んだそうだ。ＦＢＩがボルチモアの酒場の外で撃ったんだとよ。少なくとも、ぶっ壊れコンビの片方は退治できたわけだ」

フランクはコーヒーに砂糖を入れて混ぜた。「ぶっ壊れてたっていやあ、その男、そんな変態女にくっついてること自体がどうかしてるよな。悪辣さにかけちゃ、父親に負けちゃいないって、みんなが言ってるぞ。おい、男の名前はなんだっけか？　その女とつるんでた男のさ」

禿頭が答えた。「ちょっと変わった名前だったがな——思いだせないが」

カーステンが静かに言った。「彼の名前はブルース・コーマフィールド」

「そうだ」と、フランク。「女の父親の部下だったんだよな。父親はカリフォルニアから国政に打って出ようとしてた金持ちなんだろ？　義理の娘の正体が明るみに出るまでのことだけどな」

禿頭が言った。「その男も、おったまげただろうよ。義理の娘と部下の両方だもんな。そいつの寿命が尽きて、おやじさんは喜んでんじゃないか？　なんて名前だっけな。そう、ブルースだったな」

カーステンは息ができなくなっていた。理由はわからないながら、禿頭がフランクに向かって細い指を振って見せている。

そのうち小さなすすり泣きのような音が聞こえてきた。それは自分の声、深い傷口から漏れている声だった。その傷ゆえに死ぬかもしれない、と思った。ブルースが死んだように。

男ふたりに話しかけた。「あんたたちがしゃべってた、バンディの娘と旅してまわってた男だけど。ブルース・コーマフィールドっていう。彼はぶっ壊れてなんかいないよ」

男ふたりはいまや彼女を見つめていた。アン・マリーもだ。そして少女の口から取り乱した大声が飛びだした。「思いだした！　あたし、あんたの写真、見てる！　あんたでしょう！　ああ、神さま、あんたがバンディの娘なんだ！」

フランクと禿頭は身動きできなくなった。

カーステンは三人全員に笑いかけながらゆっくりと立ちあがり、革ジャンの内ポケットから小型のリボルバー――スミス・アンド・ウェッソン３４０――を取りだした。フランクの額を撃ち抜き、依然笑顔のまま、禿頭のほうを見た。禿頭は悲鳴の形に口を開けていたが、声が出ることはなかった。心臓に銃弾を喰らったからだ。どちらもテーブルに突っ伏して、コーヒーのマグを押し飛ばし、こぼれたコーヒーに血が混ざりこんだ。

アン・マリー・スラターは声をかぎりに絶叫した。けれど、叫ぶだけで、動くことはできなかった。ショックに凍りついて、手も足も出せないまま、カーステンの顔を凝視していた。すすり泣きは聞いていたが、それがカーステンのものであることにも気づかなかった。

カーステンは醒《さ》めた目で少女を観察していた。「ねえ、お嬢ちゃん、あんたにはチップをはずんだげるよ。この肥だめみたいな町から出られるといいね」

50

ワシントンDC、ウェスリー・ハイツ
木曜日の午後

クープは古い赤煉瓦の三階建ての前にある駐車スペースに車を入れた。芝生と低木と樹木を組みあわせて景観が整えてある。冬の来訪を控えて木々も身をこごめていた。

ルーシーに目をやったクープは、こめかみの包帯を見て、怒りに駆られた。あとほんの少し内側にずれていたら、死んでいたかもしれない。いま彼女は目を閉じている。もう痛みを感じていないといいのだが。「ルーシー、起きてるのかい?」

彼女は目を開き、ゆっくりとこちらに頭を倒して、ほほ笑んだ。「ええ、元気よ。心配しないで」周囲を見まわした。「このあたりはむかしから好きなの。この界隈が一九二〇年代に開発されたって、知ってた? 国内で最初に計画された住宅街のひとつなのよ。だからきれいな住居がたくさんあって、羨ましいわ」

クープは言った。「この建物だけど。四年前にひとめ惚れして、住みたくなったんだ」

「うちに帰りたいわ、クープ」

「いいかい、もう一度だけ言うよ。なにが起きたか解明できるまで、きみを守れとサビッチから命じられた。あんな広い屋敷にきみをひとり置いておけない。どうやらきみの頭はコンセントが外れているようだから、ゆっくり言う。おそらくはプロの男ふたり組が、今日、きみを消そうとした。だから自宅に帰るという選択肢はない」

ルーシーは車内でもう一錠、痛み止めをのまなければならなかった。痛むのは頭だけではない、全身だった。筋肉が痛み、そこらじゅうに痣ができていた。アドレナリンが大放出されたあとだけに、疲労感が重くのしかかっている。

クープは助手席のドアを開けて、ルーシーを見おろした。ようやく彼女が手を差しだしたので、それをつかんで車から引きだした。足元のあやしい彼女を支えて小道を進み、ガラスの正面扉の錠を開けた。ルーシーが見たところ、アールデコの装飾が施されたカラフルなガラスだった。導かれて入った先は広々としたロビーで、一面の壁には郵便受け、別の壁沿いには、イタリア製の植木鉢に元気そうな椰子の木が三本植わっていた。

クープは郵便物を回収し、彼女の肘をつかんで、エレベーターに向かった。四階のボタンを押した。

通路は広く、ダークブルーに緑色のまだら模様が入った品のいい絨毯が敷きつめてあるが、レール式の照明がルーシーにはまぶしすぎて、頭痛がひどくなった。

「もう少しの辛抱だからな、ルーシー。なかに入ったら、水を持ってくるから、痛み止めをもう一錠のんだらいい。いまのきみには昼寝がいい薬になるかもしれない。目を覚ましたら、四川料理を注文するよ」

ルーシーはうなずいたが、悲惨な状態だった。その反面、とりあえず命はあり、いまはそれだけで満足だった。

当然、最大限に頭を働かせて考えようとしてきた。クープの言うとおり、今回のことは自分を殺すべく綿密に計画された犯行だった。プロだろうか？　でも誰が差し向けたのだろう？　ルーシーは身を震わせた。いままで人から命を狙われたことはなかった。それがなぜ、今日になって、そんなことになったのか。指輪以外の原因は考えられない。

サビッチもクープもみんなも、すべてを知りたがっている。でも、なにが言えるの？　誰が自分の命を狙っているか、名指しすることはできないけれど、大叔父のことを考えないわけにはいかなかった。祖母は指輪とその魔力について大叔父に話したのだろうか？　大叔父だか誰かだか、遠いむかしに指輪のことを知った人物がいて、その人物が、祖父が指輪をわたしに残したことを知ったってこと？　でも、どうやって？　それに、実行犯たちはわたしが指輪を身につけていると聞かされていて、死体から奪うつもりだったの？　そんなことを考えたら、また大きな身震いが起きた。

それから、祖父の手紙のことを考えた。いまは祖母の書斎にあった本の一冊にはさんである。祖父からの遺品を法律事務所の誰かが知っているのだろうか？　ミスター・クレイモアが知らないことは間違いない。それとも、書斎にあった手紙を見つけた人がいるとか？　マッグルーダー夫妻は鍵を持っているし、それを言ったら大叔父も持っている。体内に残っている痛み止めが、脳内の思考を転がしたり、つまずかせたりしている。

クープが通路の行き止まりにあったドアの錠を開けて、ルーシーをなかに押し入れた。いまにも転びそうだけれど、不安な思いを脇に押しやって四角形の玄関ホールに入った。磨きあげられたオーク材の床に、赤と青の二色で織ったギャベが敷いてある。無垢《むく》の家具は、ルーシーが見たところスペイン製らしく、淡いレモン色の壁には鮮やかな色彩の絵画が飾ってある。その多くがイタリアの風景画だった。静謐《せいひつ》さがある。ぱっと浮かんできたにしては変わった言葉だけれど、そう感じたのだからしかたがない。

「きれいだわ、クープ」

「ありがとう。まあ、イメージどおりの部屋にするために時間も頭も使ったからね。ここが二年前に分譲になったんで、いまは所有者だ。庭仕事はない。というわけで、サビッチの家までショーンとバスケットボールをしに行ってるよ」

「この絵だけど、見てるとトスカーナに迷いこんだみたい」

「夏に何度か、イタリアを旅してまわってね。寒村に立ち寄っては、懐が許す範囲で絵を買った」

「オートバイ？」

クープは大きな張りぐるみの椅子に彼女を導き、そっと押して座らせた。「いや、バイクは危険すぎる」

「イタリア語を話せるのね？」

「少しね。話すときは、よりスムーズに言葉が出てくるように両腕をばたばたさせてるよ。きみにオレンジジュースを持ってくる。足首のねんざから頭部の銃創まで、なんにでも効くと、ドクター・マムのお墨付きだ」

イタリア語が話せて、趣味がよくて、プレイボーイではない。ルーシーはいつしか眠りに落ちていた。

腕をやさしく撫でられているのを感じる。ルーシー、と呼ぶ低い声がした。ぱっと目を開いて、シグをつかんだ。

クープがその手に触れた。「いや、大丈夫だ。ぼくしかいない。ほら、これ」

痛み止めをオレンジジュース半分でのむと、椅子の背もたれに頭をつけた。クープは窓辺に移動し、両脇にゆったり手を垂らして、黙って外を見ている。そのまま時をやり過ごすうちに、気分がよくなってきた。ただ、銃弾にキスされた部分にはまだ疼《うず》くような痛みがある。時間が経つにつれてほかの部分の痛みがひどくなるのが怖かった。

「カーステンがシボレー・コバルトを乗り捨てたって、ディロンから聞いたわ。いまはオートバイに乗ってるって」

「それを見た警官が、連絡を入れてくれるといいんだが」

「どうせすぐにバイクを茂みに突っこませて、別の車を盗むわ」オレンジジュースの残りを飲みほした。

「たぶんね。さあ、きみはベッドの時間だ」

ルーシーはそれから夕方まで、ぶっ通しで眠った。目覚めるなり中華料理のにおいがして、笑顔になった。

あくびをしながら、キッチンまで歩いていった。クープが皿やカトラリーを用意している。

「ありがとう、クープ。世話をしてくれて」

「きみは手のかからない患者さんだよ。さあ、座って食事にしよう」

「あなたの言うとおり、自宅に帰るのは、いい考えじゃないかもね」

「なんにしろ、ぼくの家を見せたかったんだ」クープからチャーハンの入った紙の器を手渡された。テーブルには、四川牛肉、ルーシーの大好物のキクラゲ炒め、餃子が並んでいる。嫌いなものはひとつもない。ルーシーが酸辣湯《サンラータン》をスプーンで口に運ぶなか、クープが話しだした。「きみが寝ているあいだにサビッチと、きみの殺害を企てる可能性のある人物を検討してた。鑑識はまだ三五号線に残してきたバンを調べてる。あのバンをたどれば、いずれ、運転手の身元が割れる。そうしたらもう一台のバンとその運転手も探しだせる。どうせ前科のある連中だから、簡単に見つかるはずだ」

「わたしもあのふたり組はプロだと思う、クープ。手際がよすぎるもの」

「これまでに、命を狙われる原因になるような事件を手がけたことは？」

ルーシーはゆっくりとかぶりを振った。

ループは彼女の手を取った。「考えるだに頭が痛いが、家族は除外できない。そこからはじめるしかないんだ。きみの大叔父さんと、いとこのコートとミランダは、もしきみが死んだら大金を相続するんだろう？」

「でしょうね、遺書がないから。でも、わたしがその気になれば、明日にでも遺書をつくって、すべてをアニマルシェルターに遺すこともできるのよ。ねえ、クープ、大叔父は大金持ちなの。お金の問題だとは思えない」

彼は椅子にもたれて、腕組みをした。「となると、いちばん引っかかってきそうなのは、ルーシー、五日前に屋根裏できみがおじいさんの死体を発見したことだ。殺人事件について隠しごとのある人物がいて、それをきみに知られたくないと思っているか、すでに知っている可能性があると思っているか。おじいさんがきみに遺したという、奇妙な指輪のこともある」

事情を知らないクープにもわかるほど、明らかなのか。ルーシーはキクラゲ炒め包みを噛みしめながら、そんなことを思った。指輪が鍵を握っているのは間違いなかった。誰かが自分が指輪を持っているのを知っており、命を奪おうとするほどにその重要性を認識している。

どうしたらそれを証明できるだろう？　手紙のことをみんなに秘密にしていて、自分や自分の周囲の人たちを守れるだろうか？　そう、クープにまで黙っている。彼にはまったく話さないわけにはいかない。前に進むには、それしかないからだ。手紙のこと、そしてその内容を。けれど、指輪を掲げてあの言葉を言うと起きる現象については、とりあえず、誰にも話さない。できれば一生、話さずにおきたい。

「クープ、まだ誰にも話していないことがあるの。祖父とわたしのあいだの、とても私的なことだと思ったからよ。貸金庫に入っていたのは指輪だけじゃなかった。祖父がわたし宛てに書いた手紙があったの。たぶん、殺される少し前に書かれたものだと思う。アラン叔父さんと話をするべきときが来たみたい」

十分後、クープはルーシーについて自宅を出た。万が一に備えて、その手は彼女の肘に添えられていた。

51

ワシントンＤＣ
木曜日の夜

ずいぶん広い庭だな。クープは思いながら、シルバーマン家の私道に車を入れた。そうとう手がかかるはずだ。ミスター・シルバーマンも同意してくれるのではないか。庭にも石畳の遊歩道にも、濡れ落ち葉が厚く散り敷いて、最後の雨のときから腐るにまかせてある。少なくとも、いまは雨が降っていない。

クープは玄関のポーチでブーツについた濡れ落ち葉をぬぐった。

ルーシーは呼び鈴を鳴らし、そわそわしながら待った。交通事故に遭ったこと、けれど心配いらないこと、元気にしていて、立ち寄りたいと思っていることは、クープのほうから彼らに伝えてくれてある。あのサビッチですら、ルーシーさえいやでなければ、シルバーマン家を突撃訪問すれば、なにかしら手がかりがつかめるかもしれないと認めてくれた。ただなによりも重要なのは、ＦＢＩが指輪の件を知っていて、シルバーマン家の面々に注目しているという事実をそれとなく伝えられることだ。それがルーシーの保護につながるかもしれないとサビッチは考えた。ルーシーにとっては避けたいことであり、それをしなければならないのはつらかったけれど、家族が関与している可能性に向きあうしかなかった。

ヒールの音が聞こえた。大叔母のジェニファーがドアを開けた。「まあ、ルーシー、かわいそうに！」ルーシーを抱きしめて、体を揺さぶった。「マクナイト捜査官が無事は請けあってくださったけれど、それでも、吐き気がするほど心配していたのよ。まあ、頭に包帯を！」

「大丈夫よ、ジェニファー叔母さん。嘘じゃないわ」

「さあ、入ってちょうだい。席についたら、暖かいお茶でも運ぶわね。あなたがマクナイト捜査官でらして？」焦げ茶色の美しい眉が吊りあがった。「そうよ、思いだしたわ。ジョシュの葬儀にいらしてたでしょう？ 彼が亡くなったなんて、いまだに信じられない。でも、いま大事なのはあなたのことだわ。さあ、入って入って。ありがとうございます、捜査官、ニュースで観る前にご連絡いただいて」

コートは、リビングの出入り口に立ち、ルーシーに笑顔を向けていた。

クープはコート・シルバーマンのことを、ルーシーから聞いていた。三十六歳。結婚歴はなく、サプリメントの専門店を複数持って、たいそう成功している、と。長身でたくましく、てかてかした男だった。そう、いまいましいカワウソのように。クープはうっかり笑いそうになりながら、コートのことをじっくり観察した。偉そうに小首をかしげたようすが、白いシャツと高そうなグレーのウールのズボンによく似合っている。手はポケットに突っこみ、気だるそうに小銭をいじっている。その日の午後、ルーシーが殺されかけたことなど、たいして気にするふうもない。なかなかのうぬぼれ屋らしいな、コート？

ミセス・シルバーマンはこぼれんばかりの笑みを息子に向けている。コートは、差しだされた手に応じる形でしぶしぶ——と、クープには見えた——握手に応じた。手を出すだけの価値もない相手と思っているようだ。

クープは言った。「いわゆるいとこじゃないんですよね？　親のいとこだから、いとこ違いというのかな？」

コートが答えた。「ええ、そうです。ただ、残念なことに恋人になってもいいほど遠くもなくて。だろ、ルーシー？」

「わたしなんか、あなたにしたら堅苦しくて退屈でしょ、コート。ずっとそうだったわ」続いてクープに話しかけた。「コートはスリルのあることが好きなのよ。バンジージャンプとか、スカイダイビングとか、アルプスでスキーとか、その手のことならなんでも。そのチャンスがあれば、試しに首の骨を折りかねない人よ」

全員が席に着いた。ひとりだけみんなと向かいあわせに座ったコートは、美しいフランスのアンティークチェアでイタリアンレザーのローファーをぶらつかせている。話の口火を切ったのはジェニファー・シルバーマンだった。「あなたが退屈だとは思わないわ、ルーシー。ただ、要は連邦捜査官だということよ。そんなことより、今日のことを話してちょうだい！　マクナイト捜査官からは、車の制御が利かなくなって、あなたが怪我をしたとうかがったけど。あなたがあの怪物を買ったとき、独身の女の子が好きこのんで乗るような車じゃないって、アランにも言ったのよ」

ルーシーはにこりとした。「現実には、レンジ・ローバーが奇跡のUターンをやってのけて、わたしを助けてくれたのよ、叔母さん。悲しいことに、ぼろぼろにされてしまったから、公的にはいま自分の車がない状態だけど。レンジ・ローバーとはまったくタイプの異なる車を買ってもいいわね。少しは刺激的な女になれるように。赤のコルベットなんて、しゃれてると思わない？」

コートがぴくりとして、焦げ茶の眉をそびやかせた。「おまえは警官だからな、ルーシー。それでも、そんな車に乗ってたら、おまえと親しくなるためだけに、鼻をかむたびにほかの警官に車を停められるぞ。ボンネットの指紋を拭くのに大忙しになるのが関の山だ」

その発言にクープは粘着質なものを認めた。コート・シルバーマンとは一生バスケットをしたり、ビールを飲んだりしたくない。「わたしはおふたりにルーシーが事故に遭ったかのように語りました。そうではないことは、じかに会ってお話ししたかったからです。何者かが彼女を殺そうとしました。しかし、聡明な彼女は、危機を切り抜けた。関与した男のひとりは死亡し、もうひとりは尻尾を巻いて逃走。いまその男を捜しています」クープはまっすぐコートを見た。

衝撃に満ちた沈黙がしばらく続いた。ジェニファーが言った。「あなたにも、あなたのお父さんにも、口が酸っぱくなるほど言ったはずよ。あなたがFBIの捜査官になることを選ぶなんて、ばかげているわ。そんな仕事をしていたら、犯罪者からも狙われる。あなたがFBIに入ると決めたのは、あなたのお母さんが――」

胸にちくりとした痛みを覚えつつ、ルーシーは落ち着いて応じた。「いいえ、それは全然関係ないわ、叔母さん。わたしが捜査局に応募したのは、父から母のことを聞かされる前だったのよ」

「声が聞こえたような気がしたよ。来たのか、ルーシー。無事でよかった」

ジェニファーははじかれたように立ちあがった。「ああ、アラン、入ってらして。ルーシーとご同僚がいらしてるわ。事故じゃなかったんですって――」

アラン・シルバーマンは手を挙げた。「ああ、知っているよ、ジェニファー。ルーシーの上司のサビッチ捜査官に電話をしたら、なにがあったか教えてくれた」ルーシーのほうにのしかかるようにすると、頭の包帯を気にしつつ、そっと抱きしめた。「なあに、FBIが犯人を突きとめてくれるさ。それまでは捜査局のほうでおまえを守ると、サビッチさんが約束してくれた。たいへんだったね、ルーシー。痛みがひどくないといいんだが」

「ええ、銃弾で頭が少し削れただけ、たいした傷じゃないのよ」ルーシーは笑顔で大叔父を見あげた。「いずれ真実は突きとめます」そして、クープを大叔父に紹介してから、尋ねた。「ミランダは？」

ジェニファーが答えた。「あなたが来るのを知らなかったから、今夜はブッククラブで読書会の世話役をしているの」

「本はなんなの、叔母さん？」

「本人が言わなくてね」アランはあっさり言うと、ルーシーの顔に目を注いだまま、後ろに下がって息子の隣にある、揃いの椅子に座った。口角の皺が深くなっている。「官能小説でも読んでるんじゃないかとからかったら、それはないと言っていたがね」

コートが笑い声をあげた。練習で身につけた偽物の笑い声に、クープは黒板に爪が引っかかれた音を聞くような不快感を覚えた。「先週はフィリップ・ロスの『ポートノイの不満』を読んでたから、当たらずといえども遠からずかもよ、父さん」

ジェニファーが手を叩きあわせた。「そこまでにしてちょうだい、ふたりとも。マクナイト捜査官がいらっしゃるのよ」

クープはそのブッククラブに興味を持った。「娘さんはこちらにお住まいですか？」

ジェニファーが答えた。「ええ、そうですけど。三カ月ぐらい前に引っ越してきたんですよ。でも、それも気に入った場所が見つかるまでのことですわ。あたりの環境まで考えると、家探しもむずかしくて。どこも犯罪が多すぎますものね」

クープはシルバーマン家の面々を順番に見た。「今日ルーシーを殺そうとした犯人に、どなたか、お心当たりはないですか?」

三人ともすぐさまクープを見て、怯えた口調で口々にしゃべりだした。アランが言った。「なんでそんなことをわたしたちに? ルーシーにはもう家族と呼べるのはわたしたちしかいないんですよ。みな彼女を愛してる。それを傷つけるとでも? 冗談はよしてください」

クープはこともなげに答えた。「これがわたしたちの仕事でして。答えがうまく合わさってパズルが解けるまで、質問をくり返します。ルーシーの命を狙った今回の事件は、彼女のおじいさんの遺体が見つかったことに、直接関係しているようです」

「よしてくれ、ルーシー」アランが言った。「まさかおまえは、哀れなおじいさんの遺体を見つけたことと、頭のおかしい連中におまえが道路で殺されたことに関係があると、思っていないんだろうな? 理由がないだろう?」

「実際は、頭のおかしい連中ではなかったみたいなの、アラン叔父さん。統制が取れていて、まったく同じ白いバンを運転していたわ。その二台のあいだにわたしをはさんで撃ってきたのよ」指先で包帯に触れた。「あれはプロよ。誰かがわたしを殺すために雇ったんだわ」

「二台の白いバンだって」コートが困惑げに顔をしかめた。「いったいどこのどいつがおまえを二台の白いバンで殺そうとするのさ? 凶暴化した郵便配達員か?」

こいつの右の肝臓に蹴りを入れてやりたい、とクープは思った。

ルーシーはきまじめに答えた。「そうじゃないみたいなの、コート」

クープは言った。「さっきも言ったとおり、片割れは尻尾を巻いて逃げました。白いバンの所有者はまもなく判明するでしょう」

コートが言った。「できたらコーヒーが飲みたいんだけど、ママ」

ジェニファーが跳ねあがった。「ええ、もちろんよ」コートの腕に触れ、歩きながら背後に言った。「みなさんにお持ちするわ。なにか召しがりたい方は？」

ルーシーが殺されかけた直後にクッキーの心配か？　クープは言った。「けっこうです、ミセス・シルバーマン。それより、コーヒーは少し待ってもらえませんか。ルーシーのおじいさんが殺されたことについてどうお考えか、お聞かせいただけると、助かります。それぞれ思っておられることがあるはずです」

ジェニファーはゆっくりソファに戻って腰かけ、組みあわせた手をじっと見つめた。

沈黙の末にアランが口を開いた。「あの悲劇についてはすでにルーシーと話しあったし、警察からも時間をかけて話を聞かれた。わたしの姉と甥のジョシュが関与していたという、避けがたい事実を受け入れるほかないのだろう。胸の痛むことながら、それ以外の結論はない。ヘレンは亭主を殺し、その理由は永遠の謎となった」

「あなたは理由がおわかりになりますか、ミセス・シルバーマン？」

「わたしの義理の姉のヘレンは――感情に波のある人で、ルーシーの母親が亡くなったあとは、よく沈みこんでいました。怒りも溜まっていて、ときには爆発することもあって。でも、ミルトンを殺すかと訊かれたら、それは考えられません。わたしにはミルトンを殺したのは誰かほかの人だとしか思えないわ」

クープはジェニファー・シルバーマンの青ざめた顔を見つめた。頬骨が高く、率直に言って、年齢のわりにきれいだった。腕のいい美容整形外科医がついているのは間違いなく、体つきもすっきりしている。この女性なら九十歳になっても美貌を保っているだろう。

コートは言った。「いや、お母さん、誰かほかの人じゃないよ。ヘレン伯母さん以外に考えられない。それにただ死んだんじゃなくて、殺されたんだからね。つまり、ミルトン伯父さんは自分でスチーマートランクに入ったわけじゃない。おまえが発見者なんだよな、ルーシー。伯父さんの浮気に伯母さんが気づいたってことだってありうる。父さん、そういうことがあったら、伯母さんは一線を越えそうな人だった？」

「あのころのことを思いだしてるんだが――」アランは言った。「もう二十二年になるのか――わたしには、なぜミルトンが誰にもなにも言わず、書き置きのひとつも残さずにいなくなってしまったのかが、単純に理解できなかった。ただ消えてしまったんだ。ふだんとなにかが違ったかどうかは、よく思いだせない。おまえのおばあさんについては、ルーシー、ミルトンがいなくなると、ひどく動揺していた。理解できない、と姉さんも言っていた。わたしと同じさ。それでわたしは姉さんを慰めた、いや、慰めようとした。そのうち姉さんは心を閉ざして、よそよそしくなった。それから姉さんのことが心配な時期が長く続いた。

おまえのお父さんのことだがね、ルーシー、ジョシュは口の固いところがあって、父親のことを話したがらなかった。わたしたちがミルトンの家出した理由を探ろうと話題にしたら、部屋から出ていってしまったこともある」アランはため息をついた。「ところがヘレンが彼を殺していた。理由はわたしにはわからない。ミルトンが不実だったからだとは、とうてい思えないが。彼はそういう男じゃなかった。あの悲惨なときから、二十二年になる。彼は死に、ヘレンは死に、ジョシュが死んだ。だったら、掘り返すことになんの意味があるだろう？　なにがあったにしろ、彼らとともに墓に埋めておくべきじゃないか。家族であるわたしたちぐらい、多少の自由を認めてやるべきじゃないかね？　これ以上、なにを語る必要がありますか、マクナイト捜査官？　あとはあなたが、ルーシーの命を狙った男たちが、彼女の祖父の殺人になんらかの形で関係していると思っておられるだけの話だ。率直に言って、わたしにはそのつながりが見えない」

クープは言った。「実は、彼らの狙いがルーシーが祖父から譲り受けた指輪にあることがわかっています」

アランが当惑に顔をゆがめた。「指輪？　なんの指輪だね、ルーシー？」

「おじいさんがわたしに指輪を残してくれていたのよ、叔父さん」

「わけがわからんな。指輪の話などはじめて聞いたぞ。その指輪はいまどこに？」

ルーシーは笑顔でゆっくりと立ちあがった。「FBIの金庫よ。ひじょうに貴重なものだと思っている人がいるようだから。貴重な理由？　はっきり言って、それはどうでもいいの。わたしが気になるのは、そのために何者かがわたしを殺そうとしたことよ」

アランも立ちあがり、ルーシーの顔をつくづくながめた。「まさかおまえが、おまえを殺そうとした男ふたりとわたしたちのあいだに関係があるかもしれないと疑っていないといいんだが、ルーシー。おまえのおじいさんが持っていて、おまえに遺したという指輪だが、わたしにはまったくわからない。ジェニファー、きみは？」

ジェニファーが首を振る。

コートが続いた。「誰にとっても心ざわつく一日になったね。もしこれでうちに来た〝公式〟の用件が済んだんなら、マクナイト捜査官、ゆっくりさせてもらいたいんだけど。ルーシー、おまえは残ってくれていいよ。ぼくたちで守る」

ルーシーはお礼を言って断り、三人全員にキスをして、家を出た。頭がずきずきしている。クープに手を取られ、グロリアの助手席におさまった。ウェスリー・ハイツにある彼の自宅に戻るまで、眠りっぱなしだった。

52

ジョージタウン
木曜日の夜

サビッチはレッドスキンズの子ども用フットボールをリビングの入り口から玄関ホールに向かって投げた。玄関のドアに向かって走るショーンが両手でキャッチして、父親から教わったとおり、ボールを胸に引き寄せた。

「よくやった、チャンプ」

壊されるものは少ないほうがいいので、ホールに置いてあった小型のテーブルはダイニングにしまってあった。外は暗く、けれどもフットボールシーズンなので、ショーンとできるのはこんなことになる。サビッチはアストロに笑いかけた。サビッチからフットボールを投げてもらえなければ、ショーンから奪うのが自分の仕事だと思っている。ぴょんぴょんと跳ねあがって、歯でボールをつかもうとしていた。

シャーロックがぼそぼそと言った。五歳の誕生日を境にショーンが聞き耳を立てるようになったからだ。「アン・マリー・スラターが言うには、カーステンは男ふたりが死んだブルース・コーマフィールドをあざ笑ってるのを聞くと、ジャケットから拳銃を取りだして、食堂のその場所で撃ち殺したそうよ」

サビッチはもうひとつのフットボールをショーンにトスしてやった。「はっきり言って、彼女がしなかったことのほうに、おれは驚く――」

「アン・マリーを殺さなかったことでしょ。彼女が正気に戻りしだい警察に連絡が行くのは、カーステンにもわかっていたものね」

「そのとおりだ」ショーンの不安定なパスを受け取り、パスを返した。ショーンはボールを取り落とした。どうもわざとくさい。驚喜したアストロは、けたたましく吠えながらボールを取りに走った。まもなく一匹とひとりは床で組んずほぐれつ、ボールの取りあいになった。

シャーロックが言った。「わたしたちにメッセージを残すためにアン・マリーを生かしておいたのかしら？　わたしたちをあざけ笑うために」

「どうかな」そう言いつつ、考えていた。おれに対するメッセージか？　カーステンを騙してたらしこみ、もう一歩で逮捕というところまで持ちこんだのはシャーロックだった。コーマフィールドはカーステンがサビッチを追うと言っていたが、あの狂気のサイコパスがシャーロックを狙う可能性が頭に取りついて、恐怖に縛りつけられている。サビッチは立ちあがると、息子とアストロのよだれでべたべたになったボールをすくいあげ、アストロを引き連れながら息子を肩に載せて階段を駆けのぼった。「ショーンはおれがみるから、きみはクープとルーシーに電話をして、彼女の具合と、シルバーマン家訪問の首尾を聞いておいてくれ。で、スープの残りを平らげたら、ベッドに入るんだぞ。ルーシーと同じように、きみもできるかぎり休まないとな」

三十分後、ようやくショーンがダウンすると、シャーロックはサビッチが自分のために特別に淹れてくれた——好みのサプリメントで味付けしてある——ぬるくなったお茶の最後のひと口を飲み、チキンヌードルスープの残りを食べた。気分はいい。どこかのサディストに抑えつけられた喉が少し痛むくらいだ。それを思いだすと、身震いが走った。

椅子に身を委ね、目をつぶった。カーステンはつぎにどう出るだろう？　サビッチのことが心配だった。カーステンがテレビで彼を観ているのは間違いないし、〈テキサス・レンジ・バー・アンド・グリル〉の外で彼がコーマフィールドを撃つ場面を目撃していた可能性もある。カーステンはその彼を追うだけの狂気をはらんでおり、そのことがシャーロックを骨の髄まで震えあがらせた。

けれどその夜は熟睡した。彼の肩を枕に、胸にしっかりと腕を巻きつけて。

53

ウェスリー・ハイツ
木曜日の夜

わたしが横になっているのはセメントの床。そうね、ほんとはそんなに硬いマットレスじゃないのかもしれない。でも、レンジ・ローバーのなかで打ち身や痣や筋肉痛だらけになったいまの体には、セメントのように感じた。

痛む体でぎくしゃくと苦労して起きあがり、バスルームに行った。アスピリンを何錠かのんで、少し動いた。三錠のアスピリンで何度か左右にストレッチできたが、肩に痛みが走るので、無理はできない。体を起こしたついでに、運悪く鏡を見てしまった。鳥の巣のような頭に、オートミール色の肌、それに顎に大きな紫色の痣のある女がそこにいた。あの別嬪さんはどこへ行っちゃったの？

ベッドには髪を編みこんだまま入った。それをほどいて、指でもつれをほぐした。祖母の家で急いでまとめてきた小さなお泊まり用バッグにはブラシが入っているが、わざわざ取りだすのも面倒くさい。クープがこめかみに貼ってくれた小さな絆創膏のほうが、病院で巻かれた包帯より、ずっと見た目がいいけれど、どうしても顎の青痣に視線が行く。

よりによって寝間着を忘れてきたので、クープの白いTシャツを借りた。男性のTシャツは着たことがなかったけれど、なかなかキュートに見える——顔から下は。

石膏のような顔をして、厳しく殺伐とした目つきでこちらを見返している哀れな女に話しかけた。「命はあったんだから、ぶつぶつ言わないの。少なくとも、クープのTシャツを着てたらそこそこセクシーに見えるんだから」

「まったくだよ。肩が見えてるとこが、ぐっとくる」

ゆっくりとふり返ると、バスルームの戸口にこのうちの主《あるじ》が立っていた。上半身にはなにも身につけていない。ズボンのファスナーは上がっているが、ボタンは外れたままだ。瞬時にそれだけ見て取るなんて、わたしもやるわね。上半身裸のクープ・マクナイト捜査官は、ジムででも見たことがなかった。すてきな胸板、すてきな腹筋と胸筋。それに、外れたままのズボンのボタン——

ズボンのボタンを見るのをやめなさい。「あら、Tシャツを返しましょうか？　あなたのほうが必要みたいだから」

彼はぼんやり胸を掻いた。「きみが動きまわる音がした。痛いのか、ルーシー？」

「さっきアスピリンをのんだから、すぐに効いてくるわ。この顎の痣を見てよ。前からあったの？」

クープは彼女に近づくと、そっと手を顎にあてがい、まっすぐ自分のほうを向かせた。だが、見ていたのは痣ではなくて彼女だった。やめておいたほうがいいと、とっさに思った。

でも、誰に遠慮がいる？

かがんで彼女にキスした。

ルーシーは青痣のことを忘れた。頭の痛みも、筋肉の引きつりも、吹き飛んだ。この数カ月、ふたりは相手を避けてきた。彼の悪い噂を聞き、うさんくさい男だと思っていたにもかかわらず、胸に手をあててふり返ってみると、ずっと前からこのキスを夢想していたのがわかる。着手するのに最適な時期とは言えないけれど、こともあろうにふたりはいま客間のバスルームにいる。

誰に遠慮がいるの？

わたしはここにいて、彼はそこにいる。彼は心のこもったキスを浴びせてくれて、自分は彼に腕をまわして背中を撫で、彼の感触を味わっている。それは文句なしにすばらしい体験だった。

心のなかにはひとつの警戒信号も灯っていない。身を引こうとする彼にしがみつき、顎から鼻から首にキスを降らせ、そのあとふたたび口に戻った。こんどはふたりとも口を開き、恐ろしいほどの情熱をつぎこんだ。

「あなたのTシャツを返すわ」

そんなことを言うのは、どのお口？　間違いなく自分だった。でも、その口は彼のものと密着しているんじゃないの？

「ああ、それがいいね」クープが頭からTシャツを脱がせてくれた。ことをはじめるのにベッドが近いのは都合がいい。ふたりしてベッドに倒れこんだ。クープは彼女に体重をかけまいと精いっぱい気をつかい、ルーシーは痛みに子犬のような鳴き声をあげて、笑いだした。「今夜はお手柔らかにね、マクナイト捜査官。まだ痛みがひどいみたいだから」

ついに眠りに落ちたルーシーは、彼の肩を枕にしてかたわらに張りつき、彼の腹に手を置いていた。悪夢も痛みもなく、自分がいるべき場所にいるという感覚は、かつて味わったことのないものだった。

そしていまやマットレスまでが雲のごときやわらかさだった。

54

金曜日の午前中

朝の七時ちょうど、ルーシーは裸足のまま踊るような足取りでキッチンに入った。すでにシャワーを浴びて着替えをすませ、まだ濡れている髪は耳にかけて、背中に垂らしてある。

昨日ふたり組に殺されかけたのに、今日は活力に満ちていて、三十分前にバスルームで鏡をのぞいたときの満面の笑みを思うと、幸せな気分になる。コーヒーのにおいに鼻をくすぐられ、嬉しくて体が震えそうになった。思いもよらない出来事がきっかけで、人生でもっとも特別な瞬間がやってくる。その不思議に、自然と笑い声がこぼれた。殺されかけるという体験が、クーパー・マクナイト捜査官とのあいだに横たわっていた最後の大きな一歩を踏み越えさせた。

ルーシーは声を張った。「あなたはコーヒーの神さまよ。わたしにも飲ませてくれたら、お参りさせてもらうわ」

クープは携帯で話をしていた。ルーシーを見て笑顔になったが、期待外れの、おざなりな愛想笑いだった。すごかったよ、いますぐまたしよう、という顔で見てくれると思っていたのに。彼は言っている。「ええ、サビッチ。ちょっと待ってください」

彼はキッチンのカウンターにあったペンを手に取り、耳を傾けながら買い物メモに走り書きして、携帯を切った。「炎上したバンの車両識別番号《VIN》を追跡したら、最後の所有者が判明した。クローデット・ミンスクという、メリーランド州ウェリング在住の女性だった。チェビーチェイスにあるきみのおばあさんの家から七キロほどだ。花屋の経営者で五、六店舗所有していたが、いまは家族によって売りに出されてる。御年七十九歳、残念ながら、アルツハイマーを発症しているそうだ。

息子から話を聞いたら、そのバンは数日前に、そっくりのもう一台とともに初対面のふたり組の男に現金で売却したそうだ。バンにはまだ花屋のロゴが残っていた。大きく鮮やかなひまわりの絵の下に金色の文字で〈ミンスク〉と派手派手しく書いてあったそうだから、上からペンキを塗って消したんだろう」

「死んだ男についてもなにかわかったの、クープ？」

「彼の不完全指紋がヒットして、そのあと同じ人物の顔写真で首のタトゥーが一致することが確認できた。名前はベン・エディ・デュークス。殺人未遂で刑務所にいたから、第一級殺人未遂犯にステップアップしても、おかしくないよな？　年齢は三十七、ブライアーウッド州立刑務所から仮釈放されて二年になる。メリーランド州じゅうの高級住宅地で多発している盗難事件の犯人じゃないかと疑われていた。

サビッチはいま彼の写真をウェリングに送って、バンを買った片割れであることを確認しようとしている。きみを殺すために雇われたとみて、間違いないようだ。ベン・エディ・デュークスはひじょうにたちの悪いプロだ。もうひとりについては、いま息子から風貌を聞きだそうとしている」

ルーシーは言った。「ええ、思ったとおりだったわね。雇い主を見つけるのは、もっとたいへんよ。にしても、前進だわ」

彼はじっとこちらを見ていた。手を伸ばして、痣になった顎に手のひらをあてた。「昨日の夜まで、きみが髪をほどいたところを見たことがなかった。濃淡があって、すてきだよ。もう包帯はないし、傷口に貼ってある小さな絆創膏も目立たないし、顎の痣は薄れてきてる。もう出かけたって恥ずかしくないよ、ルーシー」

彼は手を下ろして、回れ右をすると、背中を見せたまま言った。「これがきみのコーヒーだ。クリームも砂糖も入れてない」ルーシーがひと口飲むのを待って、尋ねた。「痛がってたところだけど、今朝はどう?」

痛がってたところ？　あなたのおまじないで、消えたみたいよ。「あちこち、少しずつ痛むけど、昨日よりうんとまし。それより、おいしいコーヒーね。ディロンに負けてないわ」

「十代のころ、〈スターバックス〉に勤めて、コーヒーに熱中してた。そのとき覚えた軽くシナモン風味を利かせたノンファット・モカ・ラテをきみに飲ませなきゃな。両親は神の飲み物《アンブロシア》といって、褒めてくれた」

すぐそこに彼がいるときに、ノンファット・モカ・ラテ――シナモン風味――のことなんか、誰が考えてられるの？　大きくジャンプしたら、彼に抱きついて腰に足を巻きつけられる。

クープはトースターのほうを見て、パンを二枚セットした。「スクランブルエッグをつくるよ。動脈が詰まらないように、黄身は半分しか使わない」

食事なんかしたい？　「いいことね」

さらにコーヒーを飲みながら、ルーシーは彼によって皿とカトラリーがセットされた食卓についた。弱々しい朝日のなかでも明るく、広さもたっぷりある台所だった。

「調理器具がたくさんあるのね。みんな使ってるの？」

背中を向けたまま、クープは答えた。「いや、そんなことないよ。両親が料理好きなもんだから、ぼくにまでくれるんだ。いちばん最近もらったのがパニーニ・プレスなんだけど、まだ使ってない。昼もここにいるようなら、試してみてもいいね」

「クープ？」

「うん？」クープは厚手のフライパンを見たまま、こちらをふり返らない。ベーコンの焼けるにおいがした。

「ディロンはほかになにか言ってた？」

「ああ」彼は言った。「きみのおじいさんの手紙を見たがってた。それを言ったら、ぼくもだけど。朝食がすんだら、きみのおばあさんの家に立ち寄って、手紙を持って出勤しよう」

しゃべりながらクープは近づいてくると、ブラウスの内側に手をすべらせて、指輪のついた鎖を引っ張りだした。凍りついたルーシーに向かって、クープは静かに告げた。「夜、きみが外すのを見てたんだ。このシンボルがなにを示すか、まったくわからないと言ってたよな。それにこの言葉――なんて発音するんだ？」

彼が小声ながらほぼ正確に発音するのを聞いて、心臓が止まりかけた。

「ＳＥＦＹＬＬ」

彼の反応に注目した。サビッチがその言葉を口にしたとき、身をこわばらせて反応を見守ったのと同じだった。だが、クープが言ったときには、なにも起こらないことがもうわかっていた。案の定、時間はそのまま過ぎていった。

彼の指を指輪から引きはがし、ブラウスの内側に戻した。

「わたしがこれを持っているのを誰がどうしたら知りうるか、ずっと考えてるの」

クープが深刻な顔でこちらを見た。「ぼくは昨日、きみが動きまわる音を聞いて、きみのようすを確認に行こうという、一世一代の決断を下した。その前は眠れずにベッドで横になったまま、きみと同じことを考えてた。もしこの指輪が原因できみのおじいさんが殺されたとしたら、これをなにがなんでも欲しがってる人間がいるってことだ。きみが貸金庫を開けたのを知っている誰かから耳打ちされたか、さもなければきみをつけるとか、場合によってはきみのおばあさんの家に盗聴器をしかけた可能性もある」

「わたしもそれを考えたわ。でも、自分が被害妄想になっているような気がしてきて。昨夜のことだけど、あなたはいい決断を下してくれたわ、クープ。だって、わたしはゲストなんだから、主《あるじ》たるものその無事を確認してくれなくちゃ」

彼がわたしを見てる。いえ、わたしではなくて唇を。

ルーシーは言った。「わかった、朝食がすんだらすぐに立ち寄りましょう。盗聴されているのを前提に会話をするのは楽しいかもしれない。なんの話をする？」

クープはコンロからフライパンを外すと、カウンターにもたれて、にんまりと笑いかけてきた。「そう急ぐことないよ。こっちにおいで」

55

ホートルベリー
金曜日の午前中

アン・マリー・スラターは、華やかなテレビ・レポーターがカメラマンを引き連れてバンに乗りこむのを見ていた。ブロンドにはメッシュが入り、ピンヒールにもかかわらず、まったくぐらつかない。顔色の悪い若い運転手が彼らを運び去ったときも、アン・マリーの震えは止まっていなかった。すてきに見えるようにメイクはばっちり決めたし、レギンスにかわいい黄色のチュニックを合わせた。それに名前もちゃんと言ってもらうように気をつけた。マリーが入っているほうが、都会的な感じがする。ボスのデイブは、持ち札を上手に使えば雑誌とか、ケーブルテレビのトークショーとかが、お金を払って話を聞かせてもらおうとするかもしれないと言っていた。

両親の家に帰るのは、気が進まない。母さんも父さんも命があったのは奇跡だ、やっぱり教会に帰らなければ、と延々とくり返した。昨日、命を救ってくださったのは、ほかならぬ神さまだからね。

アン・マリーはマツダのおんぼろSUVに飛び乗って、猛スピードで私道から走り去った。あんな話を聞かされるぐらいなら、デイブや保安官と一緒にいたほうがましだ。テレビのインタビューのあいだは泣かなかった。施したばかりのアイメイクを台無しにして、ひどい顔でカメラに映りたくなかったからだ。それがいまになって涙が込みあげ、がたがたと震えてきて、車を停めるしかなくなった。誰もいないので、思いのままに泣いた。

背後から車がやってくる音がして、バックミラーを見た。やんなっちゃう。道路の脇で目を泣き腫らしていたのを見られてしまう。

車が近づいてきた。いや、ふつうの車じゃない、白くて汚いピックアップトラック、シルバラードだ。アン・マリーの心臓が止まった。誰が運転しているかわかっている。昨日、いかれ女がルーとフランクを殺したあと、食堂から出ていくのを見ていたが、彼女が乗って走り去ったのがシルバラードだった。

だからテッド・バンディの娘、間違いない。涙が頬で凍りついた。

マツダをぶっ飛ばしたが、そう遠くまでは行けなかった。二分もするとカーステンが追い抜いて、前方で道を塞いだ。

そこでマツダを後退させたが、カーステンはポケットからあっさり拳銃を取りだして、フロントタイヤの両方を撃った。運転席側にやってきたカーステンは、ウィンドウを叩いて、ドアを開けようとした。さいわいドアだけはすべてロックしてある。アン・マリーはテッド・バンディの娘を見つめて、その異様な目のなかに自分の死を見た。

「ハイ」カーステンは言った。「さあ、あんたを閉じこめてやったよ、ベイビー。タイヤもふたつパンクしてるから、どこにも逃げられない。〝デイブ食堂での大虐殺〟を免れたおかげで、一身に注目を浴びて楽しんだんだろ？　ニュースのキャスターがそう言ってたのを聞いたよ。ずいぶん陳腐だけど、あんたを取材するマスコミならそんなもんだろ」

アン・マリーはささやいた。「あんた、言ってくれたよね、この町から出られるといいねって――」

「窓を閉めたままじゃ声が聞こえないよ、お嬢ちゃん。ちゃんと聞こえるように窓を下げな」

アン・マリーは叫んだ。「この町から出られるといいねって言った――」

「ああ、そうだね、わかってる。でも、わたしの父さんは期待を裏切るのが趣味だったことを思いだしたんだ。それに、あんたがテレビでわたしのこと、恐ろしいいかれ女だとか怪物だとか言ってたのが、気に入らなくてさ。もう少し感謝したっていいんじゃないの？　でも、あんたがどうのっていうんじゃないんだ、ほんとは。あんたにそう価値を置いてるわけじゃないから。わたしには自分の思うとおりにやる力があるってことを、ＦＢＩの連中に見せつけるためなんだ。

さあ、出ておいで、おちびちゃん。ふたりでダンスを踊ろうじゃないの」

「いや！」

カーステンは背筋の凍るような笑みを顔に貼りつかせたまま、後ろのポケットからゆっくりとワイヤを引っ張りだした。「フランクの脳みそが全部、頭の後ろから飛びだしてたのを覚えてるかい？　額にはちっちゃな赤い点があるだけでさ。なんてことない点なのに、後ろにあるビニール製のブースには脳みそが飛び散ってる。そうさ、考えてみたら、少なくとももうあれの掃除をしないですむよ。さあ、おちびちゃん、ショーの巡業に出よう。ドアを開けて！」

アン・マリーはフロントシートをさっと動いて助手席のドアを開け、外に飛び降りるや転がり、立ちあがるなり走りだした。背後に銃声を聞きながら、身を隠すもののない平地を一心不乱に走った。

56

FBI本部ビル、犯罪分析課
金曜日の午後

サビッチはベンの言葉にじっくりと耳を傾けて、ため息をついた。「ミセス・パティルが浮気してたか——驚いたと言えたらいいんだが、それがそうでもなくてね。みんなどうして分をわきまえないんだ？　どうして表の顔どおりの人物でいられないんだろう？　浮気してるのは間違いないのか？」

ワシントン首都警察のベン・レイバン刑事が言った。「おれも驚いたと言えなくてね。ああ、間違いない。手がかりがないから、捜査の進展を願って、彼女を尾行させたんだよ、サビッチ。そしたら案の定、クリシュナ・シャマ——覚えてるだろ、ミスター・パティルの子ども時代からの親友だっていうアマル・アービンの甥さ——と、マクリーンの南にある〈ホリデイイン〉で落ちあって、三三五号室で二時間過ごしやがった。まさかミスター・パティルのための祈りの会でもあるまい。そのあとふたりは遅いランチをとりにレストランにくりだした。で、昨日の夕方五時、ミセス・パティルは入院中の夫を見舞うのにちょうどいい時間に帰宅した。調べてみたら、この数カ月のうちにミセス・パティルとミスター・シャマはその〈ホリデイイン〉を十回以上利用してた」

サビッチは思案した。「ただな、ベン、不倫に走る人間は多いが、それが離婚につながるケースは少ないし、殺人未遂となればなおさらだ。ミスター・パティルが襲われたことと関係があるかどうか、まったくわからない。もうしばらく泳がせておいて、材料が増えるのを待たないか？　手を貸したいのは山々なんだが、カーステン・ボルジャーが引き起こした大惨事のせいで、首までワニに群がられてる」

ベンが言った。「気にするな。じっくり構えて、ミセス・パティルに目を光らせるよ。クリシュナ・シャマも重要参考人のリストにつけ加えないとな」

サビッチが携帯を切って部屋を出ると、課内の会議室に向かうルーシーとクープの姿が見えた。そのあとを歩きながら、デーン・カーバーがルースとオリーに話しかけるのを聞いた。

「あの少女は走りに走って、カーステンの手をのがれたらしいな。ストーバル保安官はいまだに信じられないと言ってた」

「ほんとなの？」ルーシーは訊き返した。

デーンはクープとサビッチに会釈してから、ルーシーを見て笑顔になった。「きみが歩きまわる姿を見られて嬉しいよ、ルーシー。わりとまともじゃないか。顎の痣がいいアクセントになってる」

「紫が好きなら、わたしこそあなたの夢の女よ。それで、カーステンがアン・マリー・スラターを殺しに戻ったってこと？」

デーンが言った。「まさにそういうこと。その邂逅《かいこう》をアン・マリーは無傷で切り抜けた。ストーバル保安官に聞いたんだが、アン・マリーはハイスクール時代、陸上部にいて、優秀な中距離ランナーだったそうだ。で、その少女が死にものぐるいで走った。彼女をつかまえられなかったカーステンは、発砲しつづけるしかなかったわけだが、距離が離れていたうえに、アン・マリーが左右に体を振るもんだから、命中させることができなかった。アン・マリーは数キロという距離を全速力で走りきり、保安官事務所までたどり着いた。保安官たちはすぐにカーステンを追ったが、当然ながら、とうに逃げたあとだった」

クープが言った。「その少女に会ってみたい」

デーンが言った。「おれもだよ。アン・マリーはカーステンが逮捕されるまで、錠のかかる監房に入れておいてくれ、監房で丸くなって休ませてくれないと、もう話をしないとストーバル保安官に訴えたらしい」

ルースが言った。「賢いわね」

サビッチは先を続けてくれと、身ぶりでデーンをうながした。「ストーバル保安官はまもなく町に雪崩《なだ》れこんでくるであろうマスコミ対策に追われている。アン・マリー・スラターはいまじゃすっかり有名人、ホートルベリーのヒロインさ。保安官としては事務所にふたつある房のひとつを彼女に提供するわけにはいかないそうなんで、マルベリー通りにあるうちのアパートのひと部屋にアン・マリー本人と母親のリビーをかくまって、カーステンを逮捕するまで警護することになった。それにしても若いやつの回復力にはまいる。アン・マリーは自分の経験を映画化したいからって、エージェントを雇いたがってるよ」

これには一同、腹を抱えて大笑いした。

デーンが言った。「シルバラードはいまごろ、町近辺のどこかに乗り捨てられてるはずさ。ストーバル保安官は町じゅうに部下をやって、住民に車を調べさせ、シルバラード探しを手伝わせてる。結論として、カーステンはこれまでの手口を捨て、自分の思いどおりに殺しだした。そんな自分をおれたちに見せつけたいのかもしれない。いまじゃすべての人間にとって危険人物になった。そのなかにはおれたちも含まれるし、とくに狙われてるのは、おまえだよ、サビッチ。彼女を追ってる人間たちの代表がおまえってことだ」

サビッチはうなずいた。「助かった、デーン。引きつづきなにかあったら知らせてくれ。一同、身辺に気をつけるように」サビッチはそれからしばらくルーシーを見ていたが、納得の表情になると、クープに尋ねた。「いいだろう、つぎにルーシーの件だ。その後の進展状況を報告してくれ」

クープはすらすらと話しはじめた。「貸金庫には指輪と一緒に一通の手紙が入っていたとルーシーが話してくれました。祖父から彼女宛ての手紙です。その手紙を取りに彼女の家に寄ったんですが、サビッチ、どうなったと思います？　手紙が消えてました」

手紙だと？　初耳だぞ。沈黙の罪は嘘と同じ。おれは嘘が大嫌いなんだ。そんなサビッチの思いが、顔に指を突きつけられて口で言われるのと同じくらい、ルーシーの胸に迫った。また彼から信じてもらえるようになるだろうか？　それでも、口を開いたサビッチは、なめらかな口調で穏やかに話した。「じゃあ、きみのおじいさんは指輪の説明を書き残してたんだな。それで話がわかった。それで、その手紙が消えたのか？　どこにしまってたんだ、ルーシー？」

「手紙のことですけど、ディロン。うちにいらしてくださったときに話すべきだったのかもしれません――」

サビッチは手を挙げて、制した。「もう知ってるんだからいいさ。それより、しまった場所を教えてくれ」

「二日前、祖母のデスクの近くの棚にあったＵＦＯの本の奥に、きちんとたたんで忍ばせておきました。安全かどうか考えもせずに。もう長いあいだ、誰かがそこを見たとは思えなかったので」

サビッチはペンでテーブルをかつかつやった。「つまり、誰かが手紙の存在を知っていたか、あると踏んでいたかだな。そして、きみの命を狙う前に盗みだした。きみが死んでいたら、ルーシー、手紙があった証拠さえないわけだから、手紙のことで足がつく心配はない。

じゃなきゃ、指輪を探していて、偶然手紙を見つけ、指輪のほうはきみが持っているとみなしたか」

クープが言った。「押し入られた形跡はとくにありませんでした。こちらのことがあまりに知られているんで、うちに盗聴器がしかけられているんじゃないかとも思ったんですが」

「盗聴されていないかどうか、作業班の連中に調べてもらう手もある。それなら、きみのおばあさんの書斎が調べまわられた手がかりも、念入りに探してもらえる。ルーシー、手紙のことを知っていそうな人物に、思いあたる節はないのか？」

「銀行か弁護士事務所の誰かかもしれません。それ以外だと、昨日クープに話したのがはじめてです。大叔父家族に昨夜会ったときも、話していません」

サビッチは身を乗りだして、ルーシーを直視した。「手紙があることを認めるのに、なぜこんなに時間がかかったんだ、ルーシー？」

クープが手を握ってくれた。ちょっとしたしぐさだけれど、それで気持ちが落ち着き、延々と続くであろう謝罪の言葉のひとことめを口にせずにすんだ。率直に述べた。「手紙の内容を公にするべきではないと思ったからです。わたしの家族に遠いむかし起きたことについて書かれていました。祖父殺しの犯人については疑いの余地がなかったので、手紙の件はほかの人には関係がないと考えていました」

サビッチはうなずいた。「わかった、ルーシー、きみがそう言うのももっともだ。ただし、いまは事情が変わった。手紙の内容を最大限そのままに、教えてくれ」

ルーシーは捜査官ひとりずつを順番に見てから、口を開いた。「つまり、こういうことです。わたしの祖母は、わたしの母が亡くなるとすぐに、指輪のことを祖父に話した。祖父の手紙によると、祖母は指輪のことばかり話し、もしあのとき持っていたら指輪が母を救ってくれたかもしれないと言って、祖父に指輪を見せたそうです。失意のあまり、祖母は指輪に取りつかれたようになり、妻が正気を失うことを恐れた祖父は、指輪を盗んだ。指輪を受け継ぐ資格があるのはわたしなので、祖父には指輪を捨てることはできなかったけれど、わたしに指輪が渡ることを父が嫌うのを知っていたので、父の死後開封するように指輪とともに手紙を残したのです。もちろん、父がこんなに若くして亡くなるとは祖父も思っておらず、中年期に入ったわたしが手紙を読むと想定していたようです。これがお伝えできる精いっぱいです」

「受け継ぐ資格か」ルースは言った。「なにか特別なもの、あなただけに許されたものという印象を受けたわ」

オリーが尋ねた。「きみのお母さんには、実際はなにがあったの、ルーシー?」

「酔っぱらった運転手に正面衝突されたのよ。祖父母は母の車の後ろを別の車で走っていたの」

サビッチは言った。「もしきみのおばあさんが指輪を持っていたら、きみのお母さんを救えたのか？　どうやったら指輪で、酔っぱらいの車がきみのお母さんの車にぶつけるのをやめさせられるんだ？　おじいさんの手紙にはそれがどういう力なのか、書いてあったのか？」

「書いても信じてもらえないだろうと書いてありました」

そのあとサビッチは、当然ながら、肝心な質問を放った。「いまはそれがどういう力だかわかってるのか？」

自分が知るかぎり、指輪にはなんら特別なところはありません。もしあったとしても、わかりません。嘘じゃありません、どうして自分の命を狙うほど指輪を欲しがる人がいるのか、自分も必死に考えました。

そんな真っ赤な嘘を堂々と口に出せたらどんなにいいか。だが、それはできなかった。彼を見つめて押し黙っていた。顔は青ざめ、顎に紫の痣をくっきりと浮かびあがらせながら。

ルーシーはさらっと嘘をつこうと、おもむろに口を開いた。「いいえ、どうして指輪がそれほど特別なんだか、わたしにはさっぱりわかりません。さっきも言ったとおり、祖父はわたしが信じないだろうという理由で、なにも言い残しませんでした。でも、指輪にはある種の力があると信じている人物がいて、その人物は祖父がそれを知っていたと思っているんだと思います」

もちろん、ルーシーは知っており、そのことに骨の髄まで震えあがっている。サビッチはそんな内心の思いとは裏腹に、黙ってうなずいた。彼女がこれ以上話すとは思えないし、事実、話さなかった。ひょっとしたら、禁じられていて、話せないのかもしれない。サビッチは心のなかで首を振った。いつしか突拍子もないことを考えていた。

「ルーシーの言うとおりだ。彼女のおじいさんは指輪の力のなんたるかを知っていると思う人間がいて、それは人を殺すだけの価値のあることだと考えたんだろう。まだ首から下げてるのか、ルーシー？」

彼女はうなずいた。

「見せてもらえるか？」

ルーシーはブラウスの内側から、指輪を通してある金色の鎖をゆっくりと引っ張りだした。会議室じゅうの視線が、目に見えないワイヤに引っ張られるようにその指輪に集まる。鎖から指輪を外して、サビッチに手渡した。

サビッチは手のなかで転がしてから、デーンに渡した。「ほら、ウェールズ語がひとことだけ刻まれてる。ＳＥＦＹＬＬ——動きを停めるとか、固定されるといった意味だ」

「動くのをやめるって、なにがですか？」オリーが尋ねた。

「わからないわ」ルーシーは言った。

デーンはその言葉を一度、二度とくり返し口に出した。一瞬、ルーシーの心臓は締めつけられたが、なにごともなかった。すべての捜査官がその言葉を口にし、なかには正確な発音に近いものもいたし、ルースなどぴったりだった。ルーシーは思わず身をすくめた。サビッチに見られているとわかっているのに、どうすることもできなかった。クープはといえば、手を握ったまま一貫して沈黙を守っていた。

ルーシーはオリーから指輪を返してもらい、金色の鎖に通して、ブラウスの内側におさめた。温かく肌に触れている指輪の小さなふくらみを、全員が見つめていた。

「あなたの親戚のシルバーマン家のことだけど」ルースが言った。「家族全員が指輪のことを知ってるの?」

「指輪があることすら知らなかったと言ってて、昨日の夜、わたしが話したときも、まったく興味を示さなかったわ」ルーシーは会議テーブルを囲む面々を見ながら言った。「こんなことが起きて、疑うとしたら彼らなのはわかっているんだけど、どうしてもそんな気になれないんです。生まれたときからずっと一緒だったし、わたしに残された唯一の家族だし」

家族とはやっかいなもの、とサビッチは思った。客観的に見れば、それが事実だった。

「ルーシー、きみがむずかしい立場に立たされているのはわかるが、きみには平常心でいてもらわなきゃならない。いまきみは沼に腰まで浸かってる。しばらくはクープにくっついてろ。彼とは一本のジーンズの左右の脚ぐらいに思ってくれ」

ルーシーには自分のベッドの隣にクープのズボンが落ちていて、満面の笑みでこちらを見る彼の顔が見えるようだった。素知らぬ顔で応じた。「すごくいい考えですね」

みな大笑いになった。

サビッチはふたたびルーシーを見た。「シルバーマン家の人間を個別、あるいは全員一緒にここへ連れてきて、話を聞くこともできる。だが、きみとクープとですでに聞ける話は聞きだしてる。彼らときみを殺そうとしたふたり組のあいだに共犯関係があったことを示す証拠はないから、捜索令状の請求に相当する理由がない。この時点では弁護士を同席させないかぎり、おれと話すことも拒否するだろう。だから、決定的な材料が見つかるまでは彼らをきみの家族として扱う」

サビッチは言葉を切って、ルーシーの表情を探った。「ただし、アラン・シルバーマンの金融取引や、ワシントン連邦銀行での長期にわたる頭取職については、すでに調べてみた。きみは彼のことを大金持ちで、銀行業から引退したと言っていたな？」

「はい、引退してもう二年ぐらいになります。それにわたしが知るかぎり、大叔父はつねにお金に恵まれてきました」

「ルーシー、彼はきみが言うようにワシントン連邦銀行からみずから身を引いたんじゃない、大きな経営上の失敗があって、理事会に辞職させられたんだ。彼のせいで銀行は最近の金融危機で大金を失った。銀行は破綻の危機にあり、連邦預金保険公社《FDIC》によって閉鎖されれば、彼は残っていた持ち分をすべて失うばかりか、訴えられる可能性すらある。そういうわけだから、彼が事件にかかわっているとしたら、その動機から金銭を外すことはできない」

そんな状況は指輪でも正せない。おかしい、とルーシーは思ったが、意外だとも思わなかった。昨夜、アランの家を訪ねて以来、大叔父のことを新たな目で見るようになった。大叔母とコートに関しても同じだ。アランやその家族のことを、ほんとうに知っていたと言えるのだろうか？ 実の父のことすら、わかっていなかったではないか。「誰も真実を教えてくれなかった理由はなんとなく理解できます。コートとミランダも実際はどうだったのか、知らないのかもしれません」

「もうひとつある、ルーシー」サビッチは言った。「きみを殺そうという試みは華々しい失敗に終わった。そのことにびびりあがって、かえって捨て身の攻撃をしかけてくる可能性がある。きみとクープはくれぐれも注意してくれ。いいな、一本のジーンズのように一緒にいるんだぞ」

57

ジョージタウン
金曜日の夜

サビッチは下になった妻の体からすっかり力が抜けて、リラックスしているのを感じた。首筋に鼻をすりつけて、彼女のにおいを吸いこむ。それでようやく体を起こし、肘で体を支えたが、もう一度彼女にキスせずにはいられなかった。彼女の口も舌も大好きだった。頭が朦朧とする。「おれがきみを守るために、くっついてたことがあったろ。覚えてるか？　いまのルーシーとクープみたいにさ。そのとき、きみは偶然にも悪夢を見た」

シャーロックの胸の奥から声が漏れた。「それであなたが白馬に乗って、わたしを助けにきたのよね。いえ、ちょっと待って、白いボクサーショーツだったかも。そして、そのままあなたは留まった。そのことには、いくら感謝しても感謝しきれないくらい。ほんと、すてきな瞬間だったわ、ディロン」彼をぎゅっと抱きしめた。「わたしの人生でもっとも幸運な日を挙げろといわれたら、あなたをホーガンズ・アレイで撃った日ね」

サビッチは相変わらずキスをしていた。「あの日破ったズボンをいまだに持ってるのを、知ってたかい？」

「クロゼットの奥にかけてあるのを見たわ。なんなら繕《つくろ》うけど」

「だめだよ、そんなの。大切な思い出が台無しになる」彼は笑いながら、ころんと仰向けになり、妻をかたわらに引き寄せた。「おれたちが一緒になって六年以上になる。いまじゃショーンも授かったけど、でっかいやっかいごとを抱えてるのは、当時と同じだな」

「でっかいやっかいごとね。いまにはじまったことじゃないけど」夫にキスして、胸板をやんわりと撫で、彼の肩に顔をつけた。「わたしたちの生活って、いわゆる、ふつうじゃないわよね。たとえばお隣のペリー家なんかだと、会計士と弁護士助手の組みあわせだけど」

「その手の専門職がよかったかい？　九時五時で勤めるようなさ」

「ちらりとも考えたことがないんだから、そうは思ってないんでしょうね。だって実際には、ディロン、わたしたちふたりは仕事のうえでも、性格的にもぴったり合ってて、おかげでほんとうに幸せに暮らさせてもらってるわ。たまに思うの。もしあなたに出会ってなかったら、どうなってただろうって。いい結果にはなってなかったはずよ」

彼はシャーロックのお尻に手をやり、押したり、つかんだりした。「きみはすてきにひねくれた頭脳の持ち主だって、言ったことあったっけ？　漠としてつかみどころのない問題のなかを、きみが道を探しながら進んでいくのを見るのが、大好きなんだ。ついでに言っとくと、きみに危なっかしいことをされると、びびりあがるけどね」

「自分だけ苦労してるみたいな言い方しないでよ。でも、それも仕事のうちなんでしょうね。それがわたしたちよ、ディロン。わたしは毎日そんな生活が続くことを祈ってる。そう、シグの狙いがつけられないほど年を取ったら、しかたないけど」

「おれはたまに、山のなかにある湖に釣りに出かける生活を夢想してる。八十とか、それぐらいになったらだけどね。それで、どうにか舟を漕いで湖畔まで戻ると、ショーンとその家族が待っててくれるんだ。そう、孫がたくさんいてさ」

「すてきな夢想ね。でも、わたし、釣りが嫌いなんだけど」

「汚れ仕事はおれがやるから、心配いらないよ」

彼女がにやにやするのが、感触でわかる。シャーロックが伸びあがって、こちらを見た。

「警官と結婚した人を何人か知ってるけど、みんないつも危険に怯えてて、夫の身になにか起きるんじゃないかという恐怖が結婚生活を規定するようになるわ」

「それが多すぎる離婚の原因になってる」

「少なくとも、わたしたちは一緒にいられて、互いに助けあったり、世話を焼きあったりできる。ふたりともいなきゃいけない場所にいるのよ、ディロン。世の中をよくできていると感じられるあいだは」

「ああ」サビッチは静かに答えた。「世の中のためになっていると信じたいよ」

シャーロックはふたたび夫にしがみついた。「ディロン、クープとルーシーはそういう関係だと思う？　わたしたちに似てるような気がして、成り行きが気になるのよね」

「もうお互いを嫌ってないのは確かだな」

「ふたりを組ませたのは、あなただったわね。うまくいってないからっていう理由で。クープの噂があったから。それも、もうどうでもいいみたい。ふたりの距離が二メートル以内になるたびに、赤いランプが点滅するみたい」

「おれはそんな噂を信じてなかったからね」サビッチは言った。「そういう男じゃない」

シャーロックはため息をついた。「指輪と手紙にまつわる今回の事件だけど。少なくとも、彼女はクープに手紙のことを打ち明けたわ。だから、それももはや大きな秘密ではなくなってる」

「あの呪わしい指輪にどんな力があるのか探りだしたくて、頭がおかしくなりそうだよ。どうしたらルーシーの母親が救えた？　救えたとしたら、奇跡を起こす力がある。そこには確信があるんだが、どうやって？」

「あの〝ＳＥＦＹＬＬ〟っていう言葉だけど。動きを停めるとか、固定するっていう意味なんでしょう？　なにを停めるのかしら？」

「さあね」

「そのうちわかるかも」

「可能性がないとは言わないが、おれはあまり期待してないよ。ルーシーは口を固く閉ざしてる。必要からそうしてるかもしれない——じゃなきゃ、義務感から」

「もしあのふたりが結婚したとして、ふたりとも同じ課に留まれるの？」

「長官と副長官の胸三寸で決まるだろう。おれはまったく問題ないけどね。おれがあると言ったら、おかしいだろ？」

「わたしたちがなんと言われるか想像つかない？　捜査局内の結婚相談所扱いされるようになるでしょうね」シャーロックはひと息ついて、言い足した。「忘れてた。ショーンとお休みのデュエットをしに二階に上がる前に、デーンから電話があったの。逃走した白いバンの運転手の手がかりがつかめたって。アンドリュー・〝ホス〟・ケネンって名前の男であることに賭けるそうよ。再犯歴のある重罪犯で、死んだベン・エディ・デュークスと同時期にブライアーウッド州立刑務所にいて、ほぼ同時期に仮釈放になってる」

重くなった口調から、彼女がそろそろ限界なのがわかった。サビッチもだ。

妻にキスをして、こめかみに話しかけた。「明日は最高の天気になるらしい。午前中、一緒に公園に行かないか？　クープとルーシーにも尋ねてみよう」

「いいわね」シャーロックはつぶやくと、体をすりつけてきて、眠りに落ちた。

58

デレーニー公園
土曜日の午前中

サビッチがショーンにフリスビーを投げた。奇声とともにキャッチしたショーンは、それをクープにさっと投げた。驚いたことに、クープは三メートルほど後退しないと空中でつかめなかった。

ルーシーが口笛を吹いた。「ナイススロー、ショーン。クープを追い抜いちゃった」

「新たなフリスビー・チャンピオンが生まれたみたいね」シャーロックはクープが投げてよこしたフリスビーをさっそく落とした。

「ママ、なんで落としちゃうんだよ！　また最初っからだ！」

シャーロックは謝り、もっと注意すると約束して、ルーシーにフリスビーを投げた。そこからは全員で安定した気持ちのいいリズムを刻んだが、こんどはショーンが取りそこねる番だった。ショーンはフリスビーを拾って胸に抱くと、その場で踊りはじめた。「ぼく、落としちゃったけど、いいんだ。記録が更新されたよ。二十一回、落とさずキャッチできたんだ。

ぼく、間違えないように注意して数えてたんだ、ママ。マーティ、信じないよね。ほんとに二十一回だったって、ママからも言ってくれる？」

「ええ、必ず」

マーティ・ペリーはぶすっとするでしょうね。シャーロックは思いながら、息子の黒髪をかき乱して、輝くような息子の顔を笑顔でのぞきこんだ。

なんにしろ、天気予報官は嘘をつかなかった。明るい陽光が降りそそぐ気持ちのいい朝で、気温も十五度近くあった。それからさらに十回ほどフリスビーを投げあったが、みな上着を脱ぎ捨てていた。公園内の野原は彼ら五人だけで、ほかに人がいなかった。もう少ししたら、家族連れがにぎやかな子どもたちを引き連れてやってきて、フリスビーをする人の輪が大きくなる。新しい友だちをつくるのが大好きなショーンが、最後には大混乱になるのもかまわず、子どもたちやその両親を招き入れるからだ。やがて大人たちがそつなく身を引いて、子どもたちだけのフリスビー大会になる。

けれどいまのところ、ショーンはフリスビーをより遠くまで投げることに夢中だった。記録を更新した直後なので、落としても問題にならない。

と、サビッチは息子が顔を真っ赤にして、肩で息をしていることに気づいた。「休憩にしよう」サビッチは声を張ると、シャーロックにフリスビーを投げ、大きなオークの古木の根元に置いてあるクーラーボックスに向かった。ショーンが、パパは疲れちゃったみたい、とクープとルーシーに報告するのを聞いて、にやにやした。

彼がレモネードのボトルを両手で持ちあげて、笑顔でふり向いた、ちょうどそのときだった。ぽんと、なにかがはじけるような音が大きく響いた。

サビッチが後ろに吹き飛ばされ、その胸から血が噴きだした。

59

ルーシーはサビッチが後ろに投げだされ、持っていたレモネードのボトルが宙に舞うのを見た。血が噴水のように噴きだしている。ああ、サビッチが死んだ。彼のほうへ駆けだしながら、とっさに指輪を握りしめ、「SEFYLL!」と叫んでいた。

すべてが停止した。

つぎの瞬間、クーラーボックスのそばに立つサビッチがまた見えた。八秒が経過してしまう前に彼のもとにたどり着かなければならない。ルーシーは必死だった。夢のなかで走っているようだった。脚は糖蜜をまぶしたようにもったりとしか動かず、波にあらがって腕をかいているようだった。時そのものが押し寄せてくるようだ。刻まれていく八秒に負けまいとけんめいに走った。サビッチのもとまでたどり着けなければ、また彼が死んでしまう。ホワイトノイズに頭を満たされ、体じゅうの細胞が彼のもとに駆けつけようともがいている。八秒たったら、現在はふたたび過去になり、彼はカーステンに胸を撃ち抜かれる。危ない、と叫びたかった。けれど、こちらの声が届かないのはわかっていた。離れて立つ彼は、これから数秒のうちに死につつあることを知らない。

クーラーボックスにかがみこんでいたサビッチがまた立ちあがり、手にレモネードのボトルを持って笑顔でこちらをふり向こうとしている。ルーシーは彼に向かって叫んだ。彼が驚いてこちらを向くのと、ルーシーが彼に体当たりしたのは同時だった。それから一秒としないうちに、一発の銃声が響き渡った。

叫び声と銃声が近くで立てつづけに起きた。サビッチはルーシーを下に敷いて、最大限おおった。間に合った――ルーシーにはその思いしかなかった。神よ、感謝します、時間内に彼のもとへ来ることができました。シグを抜いたサビッチが、ルーシーの上から転がり落ちて、反撃を開始した。ルーシーはとっさに自分をかばってくれたサビッチに感嘆した。

「伏せてろよ、ルーシー！」

だが、ルーシーはうつぶせになると、シグを抜いて撃ちだした。ほかのみんなも銃を抜いている。全員が公園の奥の木立に向かって発砲していた。

カーステンはショーンを狙うだろうか？　いや、シャーロックは反撃をせずにショーンを守ることに徹している。

はじまったときと同じように、唐突に終わった。なにかが動く音も、雑音も、鳥のさえずりすらしなかった。自分の荒い呼吸の音だけだった。サビッチに体を揺さぶられた。彼はせっぱ詰まった声で言った。「オークの木の陰に隠れてろよ、ルーシー。ショーンはシャーロックが守ってるから、心配ない。おれは彼女を追う」

クープはゴミ容器の背後にしゃがみこみながら911に通報し、シャーロックは木陰で抱えたショーンを揺すりながら、ようすをうかがっていた。

公園に向かって歩いてくる人たちが、なにごとかと声をあげているのが、遠くに聞こえる。けれど、ちゃんとは聞こえていなかった。衝撃によるくらっとした感覚と、泣きたくなるほどの安堵感とがない交ぜになって、呆然としていた。

顔を上げると、ベルトのクリップにシグを戻して携帯で話をしながら、こちらに走ってくるサビッチが見えた。ルーシーは彼に駆け寄り、「よかった無事で、よかった」とくり返して、彼の胸を撫でまわした。彼が彫像のように立ちつくし、無言で見おろしていることにも気づかなかった。やがてサビッチはルーシーの手を遠ざけて、その手を自分の手で包みこんだ。

しばし目をつぶって、衝撃を遠ざけようとした。成功した、指輪をうまく使えた、カーテンにサビッチを殺されずにすんだ。でも、あと二メートル離れていたら、もう少し動きが鈍かったら、サビッチは死んでいたかもしれない。サイコパスによって、命の炎を吹き消されていた。

「ああ、全員無事だよ、ルーシー」サビッチは淡々とした、穏やかな声のまま言った。「彼女はもう行ってしまった」

「ええ、行ってしまった」

「ルーシー――」

ルーシーはサビッチから離れて、オークの木にもたれかかった。笑い声が口をついて出た。なにかに取りつかれたように、なすすべもなく笑った。

サビッチはその笑い声を聞き、震える彼女を見た。瞳孔が開いて、顔から血の気が引いている。彼女の腕をさすりながら、自分のことを忘れて、ゆっくりとこう話しかけた。「きみはシャーロックとクープと一緒に離れたところにいた、ルーシー。おれがレモネードのボトルを持って起きあがったら、突然きみが現れて、おれに突進してきた。そのあと銃弾が飛んできた。どうやってあんなに早く駆けつけられたんだ？」

彼女の笑い声はか細くなって、やがてやんだ。

「カーステンがここにいること自体、どうやって知ったんだ、ルーシー？」

「あなたが無事でよかったです、ディロン」ふたたび言うと、手を伸ばして彼の顔に手のひらをあてた。

「助かった！」クープだった。息を切らしながら、眉をひそめてふたりを見た。「なにがあったんだ、ルーシー？　きみがサビッチに突っこむのを見た。彼女を見たのか？　どういうことだ？　どうしたんだよ、がたがた震えて」彼はジャケットを彼女の肩にかけた。

泣きじゃくるショーンを抱きしめたシャーロックが、クープの背後に現れた。まず夫を見て、続いてルーシーを見た。心臓が早鐘を打っており、恐怖で喉が詰まって、彼の名前を絞りだすのがやっとだった。「ディロン――」

サビッチはシャーロックに手をやってから、ショーンの頭を撫でた。「おれは無事だ、スイートハート。やあ、ショーン、心配いらないぞ」ルーシーを見ると、足元を見つめていた。

サビッチはふたたびシャーロックを見た。ふたりのあいだで、言葉には出されないながら、これ以上ないほど明確なメッセージが共有される。二度とショーンをこんな目に遭わせてはならない。

シャーロックとショーンを強く抱きしめた。「ルーシーが目を光らせていて、おれを押し倒してくれた。おれは無傷だ。さあ、ショーン、ママが車に運んでくれるぞ。おれもすぐに行くから、いいな？」

それでも、シャーロックが立ち去ろうとしないので、サビッチはフリスビーをぎゅっと握りしめたままのショーンに話しかけつづけた。サビッチはルーシーに言った。「まだおれに発砲してもいない段階で、どうやってカーステンを見つけたんだ、ルーシー？」

ルーシーはただ首を振るばかりで、刻一刻と大きくなってくるサイレンの音がするほうをふり返った。

クープが言った。「ミスター・ランスフォードがカーステンにライフルの撃ち方を教えてやったと、自慢げに話していたのを思いだしました。彼女が外してくれて、助かりました」

「ああ、たしかに外れた」サビッチは言った。「だが、それもこれもルーシーのおかげだ」と、彼女を抱き寄せた。「きみは命の恩人だよ、ルーシー、ありがとう」

あなたは知らないから、とルーシーは思った。サビッチの手がゆっくりと離れた。ルーシーは無言で立ちつくしたまま、落ち葉の散り敷いた地面をじっと見つめていた。やがて、銃弾が突き刺さったオークの木を見やって、クープのジャケットの前をかき寄せた。

ルーシー・カーライル、経験豊富な捜査官が、ほかの誰よりも動揺している。

サビッチはオークの木まで歩き、銃弾をほじりだした。ルーシーがもうあと一秒——ほんの一瞬——遅かったら、おれの命はなかった。

60

ティーンエイジャーの少年三人が派手なお姉ちゃんを見たとクープに語った。ジャケットにくるんだなにかを小脇に抱えて、ダークブルーの汚いシボレー・モンテカルロに飛び乗った。助手席側の後ろのフェンダーにへこみがあったよ。

口々にしゃべる三人のなかで、最後には痩せて背の高い少年が勝ちをおさめた。声の大きさがものをいった。「パンクみたいに短い赤毛をつんつんさせててさ、背が高くて、痩せた女だった」

三人はカーステンの〝派手さ〟まで見て取っていた。

「でね、捜査官、飛んでるみたいだった。ここにいるポンスが声をかけたら、指で撃つ真似をして、そのあと行っちゃった」

「消火栓にぶつかりそうになりながら、公園からクロッター通りに出てった」

「クロッターは一方通行だから、ポトマック方面だね」

「古いモンテカルロのアクセルを思いっきり踏みこんで、砂利を巻きあげてったよ」

クープはいま犯罪分析課《CAU》にいる。会議テーブルを囲む半ダースの捜査官たちを見まわして、言った。「誰か彼女の行き先に思いあたる節は？　いまや破れかぶれのはずだ。金はないし、こちらが知るかぎり、支援者もいないから、必要なものを手に入れるには奪うか盗むしかない」眉をひそめた。「といっても、それも確実な話じゃないんだが」

サビッチは迷いのない口調で言った。「おれの息の根を止めるまで、彼女はどこへも行かない。今日はあやうくやられかけた」ルーシーを見た。クープの隣に黙って座る彼女は、心ここにあらずといったようすだった。彼女以外には見えない世界にひとり入りこんでしまったようだ。

ルースが言った。「ブルース・コーマフィールドの発言はただの脅しじゃなかったわね、ディロン。あなたを殺したい一心だったのよ。公園まであなたをつけて、捜査官四人を敵にまわして自分のほうから発砲したんだから。

だから、彼女が逮捕できるまではひとりにならないで。公園でフリスビーなんてもってのほか。正直言って、あなたにはここに泊まりこんでほしいと、みんな思ってる。ベジタリアン向けのピザを運ばせてもらうわ」

実際、そうなりかねない。と、サビッチはしばらく食べていないことに気づいて、空腹を覚えた。〈ディジー・ダン〉のピザなら文句ない。

デーンが言った。「なんできみにあんなことができたのか、いまだ理解できないんだ、ルーシー。カーステンが撃つより先にどうやってサビッチを押し倒したんだ？　なにか見たのか？」

ルーシーが口を開き、そのまま閉じた。クープはテーブルの下で彼女の手を握りしめた。皮膚が冷たい。無理もない。今朝、死に襲いかかられたのだから。それに対して彼女は、サビッチを押し倒して、クープの肝を冷やさせた。サビッチにしてもオークの木から銃弾をほじりだしながらショックを隠せずにいたが、彼は息子のことを最優先した。怯える息子をあやし、こんな大冒険をしたら、マーティが羨ましがって何日か口を利いてくれないかもしれないな、と励ました。それでもクープには、サビッチもシャーロックもショーンのことが心配でならないのが手に取るようにわかった。まだ幼いショーンのすぐかたわらを死がかすめていったのだ。

「ルーシー？」サビッチがうながした。

エリック・クラプトンの「ティアーズ・イン・ヘヴン」が流れだした。

「サビッチだ」

短い沈黙のあと、彼は明瞭な口調で言った。「早口すぎるぞ、カーステン。もう一度言ってくれ」

オリーが椅子から立ち、逆探知するため走った。

会議テーブルにいる全員がサビッチのほうに身を乗りだした。クープは彼の顔が怒りに紅潮しているのを見た。だが、声には怒りが出ていない。

「どうやっておれの番号を手に入れたんだ、カーステン？」

全員がサビッチの携帯を見つめた。カーステンの会話が長引いて、位置の特定ができることを祈っている。サビッチに向かってわめき散らす声が漏れ聞こえた。ブルース・コーマフィールドがどうのと言っていた。

「ブルースが死んだのは、おまえといたからだぞ、カーステン。恨むんならおれじゃなくて、自分を恨むんだな」

わめき散らす声。

「実際問題として、おれはやつが亡くなって残念だと思ってる。やつを生き餌《え》にして、やつを助けようとするおまえを病院におびき寄せたかったからだ。だが、そうはいかなかった」

わめき散らす声。一瞬の静けさをはさんで、サビッチが言った。「おまえがおれなら、同じことを考えたはずだぞ。違うか？」

クープは感心した。うまい話の持っていき方だ。彼女に反論の余地を与えている。ガラスのドアをはさんで、オリーがこちらに向かってうなずきかけている。デーンとルースは席を立って、エレベーターに走った。オリーは携帯をかけながら、ふたりに合流した。

サビッチは少し置いて、穏やかな声でゆっくりと話を再開した。「もしそうだったら、おまえは病院までブルースに会いにきたか？」

クープには、彼の母親をぎょっとさせるほど辛辣《しんらつ》な罵声が聞こえた。

カーステンがひととおり罵りおわるのを待って、サビッチは言った。「アン・マリー・スラターにはもうちょっかいが出せないぞ。彼女は安全な場所にかくまった。いや、お祝いをするのはまだ早い。あの赤毛も死んでない。おまえの盛ったドラッグでは死ななかったんだ。ぴんぴんしてるし、アン・マリー・スラター同様、今後もそうありつづける。

聞け、カーステン、こんなことはもうやめるんだ。おまえがしてることは、本来、彼らには関係のないことだ。おれとふたりきりで会って、決着をつけよう。それがおまえの望みでもあるんだろう？　それとも、また身を隠して、百メートル先からおれを撃つか？　ああ、おまえがしゃがんで、おれを撃つチャンスを狙っていた場所は見つけた。で、狙いを外したんだな？　なんでだ？　おれが思うに、それだけの腕がないからじゃないのか？」

金切り声がひどいので、サビッチは携帯を少し耳から離した。

「これからもおれの命を狙うことはできるさ、カーステン。だが、次回はうまくいくと考えられる材料があるのか？　おれの携帯の番号をどうやって手に入れた？」ひと息置いて、彼は言った。「ああ、たしかにこの課の秘書には、電話してきたのが女性なら番号を教えていいと言ってある。もう一度、尋ねる。また同じことになるんじゃないのか？」

カーステンは答えずに、電話を切った。サビッチは携帯のボタンを押した。「デーン、彼女はどこだ？」

「アーリントン国立墓地の近くを車で移動中だった。彼女が携帯を切ると同時に見失ったがな。警官が現場に向かってる。いまもモンテカルロを運転しててくれることを祈るよ」

サビッチは胸ポケットに携帯を戻した。「あとは待つだけだ」ほかの捜査官にというより、自分に向かって言った。「シャーロックは、ショーンを祖母とモンロー議員に預けたら、戻ってくる。ショーンをなるべくカーステンから遠ざけておきたい」言葉を切った。公園での出来事と、そのときの恐怖を思いだして、深呼吸をする。「よほど運に恵まれていないかぎり、彼女の運転している車はわからないだろうが、一段落ついたら、またおれに電話してくるはずだ」

「一段落って、なにがですか?」クープが尋ねた。

サビッチが無感情な声で言った。「彼女は激しい怒りゆえの殺意に駆られている。バージニアの誰かしらがまもなく殺されることになるだろう」

61

ウェスリー・ハイツ

ベッドに脚を組んで座ったルーシーは、明るいブルーのギャベのフリンジをいじっている。クープはなにも言わず、コーヒーを飲みながらそんな彼女を見ていた。そしてついに言った。「今日の午後は、サビッチにカーステンから電話が入ったおかげで、きみは今朝の公園での件を説明しないですんだ。あれから考える時間があったから、ぼくに説明してみないか？　公平な耳で聞かせてもらうよ」

軽い皮肉の響きが漂ってルーシーの脳まで達したものの、影響を与えることなく遠ざかっていった。彼女は顔を上げて、にっこりした。「なんて日なのかしらね」

クープの黒い眉の片方が吊りあがった。

「そんなことより、クープ、あなたを寝室に引きずりこんで、あのめちゃ硬いマットレスに押し倒したいわ」

クープはしれっとした顔で彼女を見た。「気をそらすという意味では、満点だね」

彼女は相変わらず、全神経をフリンジをいじることに集中している。大きく息をついた。

「わかった、あなたの公平な耳を貸して。カーステンが見えたの。ライフルが煌めいて、ディロンを狙ってるのがわかった。それで、手遅れにならないように必死で走ったの」

クープは立ちあがって、彼女を見おろした。「いいだろう、判決だ。その場にいなかった人にならもっともらしく聞こえるだろうが、ぼくには無理、サビッチやシャーロックにも通らない。あれだけの距離があったら、それだけのことは絶対にわからないし、サビッチのもとへ走ったって間に合わない。虫の知らせみたいなものがあったのか？」

「わたしは足が速いのよ、知らなかった？　アン・マリー・スラターと同じで、ハイスクールのときは陸上部だったの。大学では男の子とつきあうのに忙しくて、やらなかったけど」

ルーシーはからからと笑った。

クープの携帯が鳴った。一分後、携帯をポケットに戻した。「残念ながら、サビッチの読みが当たった。カーステンがまた人を殺した。フェアファックスの自宅で若い女性が殺された。絞殺だそうだ。死体の発見者は恋人。行かなきゃならない」

彼女に自分のジャケットを投げ、ドアに向かいながら言った。「また電話に救われたな」

62

ジョージタウン
土曜日の夜

静かな寝室に「ティアーズ・イン・ヘヴン」が鳴り響いたのは、真夜中のことだった。

「やあ、カーステン。待ってたよ」サビッチは急いでボタンをふたつ押し、「了解」という小声を聞いて、スピーカーフォンに切り替えた。

カーステンは興奮して甲高い声を出していた。「へえ、そう、眠れなくてさ。あんたみたいな人殺しのクソ警官が、いまだ息を吸ってると思ったらね」

「おれがか？　へえ、おもしろいことを言うな、カーステン。おまえこそ、今日絞殺しようとした女性の名前すら知らないんだろう？」

「まあね、マリーとかなんとか、くだらないやつだろ？　そんなの、誰が気にすんの？　やけに用心深い女でさ、あたしがにこにこしながら、新しい掃除機のお試しをただで申し出てんのに、車に入れようとしなかったんだ。で、蹴りを入れてやったら、わっと泣きだして逃げようとしたんで、早々にとっ捕まえてやった」

サビッチはおなじみの恐怖感を覚えた。この女が狂気に駆られているのはわかっているが、いまや自制心のかけらすら失っている。

刺激して、追いつめろ。「さてはおれに会うのが怖いんだな、カーステン？　それで、おまえがどんなにぶっ壊れてるかまったく知らない罪のない人を襲って、自分の力を感じたいんだろう？　自分の強さを？」

「あたしはぶっ壊れてなんかないよ！」またもや罵りだした。

「だったらなんだ？」

彼女は黙りこみ、そのまま時が刻まれた。こちらが携帯を追跡していることには、気づいていないはずだが。

「じゃあ、これならどうだ——おまえは、史上最高に頭のぶっ壊れた男、道を踏み外した変態の娘だ。おまえの父親は被害者の多くを明かすことなく死に、被害女性の人数すら謎のままだ。だとしたら、父親に肩を並べられたかどうか、どうやって判断するんだ？　父親を真似て、サンフランシスコで殺した女たち全員をもてあそんだのか？」

「黙れ！　父さんのことを言うな！　おまえを痛い目に遭わせてやる、絶対、絶対、絶対——」息苦しそうな声になっている。「公園でそのどす黒い心臓にとどめを刺してやれたはずだったんだ。狙いは完璧だった。なんであんなことになったんだか——」

「そうだろうとも。で、こんどはいつおれを狙いにくるんだ、カーステン？　狙いやすいよくにいくか？　もし森に潜ませるつもりなんだ？　どうせおまえもやったみたいに、あの女を殺してるあんたを、そうだな、明日の早朝、おれはディア・クリーク公園に走りにいく。なんだったら、おまえも来ないか？　もう一度、おれの命を狙ってみたらどうだ？」

「ばかにしてんのかよ？　大量の警官を投入して、茂みに潜ませるつもりなんだろ？　いいや、つぎはあの赤毛の売女を殺してやる——ほら、生きてるってあんたが言ってたあの女を、あんたがブルースを殺したみたいにやってやる。たんなる捜査官じゃなくて、あんたの奥さんなんだってね。なんでわかったかって？　あんたの動画はユーチューブにまでアップされてるんだよ。ねえ、携帯を彼女に渡してみたらどう？　どうせあの女も聞いてるんだろ？」

サビッチが首を振っているにもかかわらず、シャーロックは大きな声ではっきり応じた。

「あら、カーステン、ボルチモアの酒場で飲んだくれたときは、まともな人だと思ったのに。話だっておもしろかったし。みんながあなたをおもしろがったわけね。でも、わたしたちってずいぶん違うと思わない？　だって、あなたはオザーク山脈の洞窟からぶら下がってるコウモリみたいに、頭がぶっ壊れてるもの。また、わたしと遊びたい？

それにしても、なんでうちの夫よりわたしのほうが簡単に片付けられると思ってるの？　彼、そう、うちの夫はいい人だけど、わたしは性悪なのよ、カーステン。穴に潜んでる毒へビも真っ青なくらい。あなたの背中から痩せたケツを蹴りつけておいてから、首筋に噛みついて、肉を噛みちぎってやるわ。あなたが泣いて頼んだって、地面に押さえつけて、歯を全部引っこ抜いてやる。どうぞ、好きなだけ罵って。どうせあなたなんか、それしか能がないんだから。ディア・クリーク公園まで来たらどう、カーステン？　わたしも行くから」

サビッチがベッドからがばっと起きあがり、シャーロックから携帯を取りあげた。怒り心頭に発した顔をしているが、カーステンに話しかける声は、判事のように淡々としていた。

「明日会おう、カーステン。がっかりさせるなよ。そのときはあの男の娘だとはみなせなくなる。わかってるんだ、おまえはたんなる目立ちたがりで、いざとなると根性なしの落伍者だってな」

罵声とともに、電話が切れた。

一分後、ランディ・マクダウェル捜査官から電話が入った。「彼女はバージニア州ハイタウン近辺を移動中です、サビッチ。地元警察に信号を追わせてます。DCに向かっているようですが、進展があったらまた連絡します」

サビッチは携帯を切ると、くるりと向きなおって、膝を曲げてベッドカバーの上に座っているシャーロックを見た。豊かな乱れ髪に顔を彩られたシャーロックは、喧嘩腰で指を振っていた。「いいこと？　この件でわたしにがたがた言ったら、ただじゃおかないわよ」

「へえ、たとえば歯を引っこ抜くとか？」

「ぐっとくる光景でしょう？　カーステンにはお似合いよ」

「いいか、二度ときみを彼女のそばには近づかせるつもりはないからな」

「あなたも知ってのとおり、体はもう元気なの。だからそんなこと言ったって無駄よ」

「上司の言うことには従ってもらう。嘘をつくな、きみはまだ完全には復調してない。あのおかしな女のそばには二度と近寄らせないとおれが言ってるんだ。縛ってでも、ここにいさせる」

悲しいことに、シャーロックの手元には枕しかなかった。それを思いきり投げつけると、サビッチは空中でキャッチした。

「なによ、偉そうに。試してみたらいいわ。それより、聞いて、問題はうまくいくかどうかよ。早朝、ディア・クリーク公園に人を配備するんなら、その手はずを整えないと」

サビッチは妻に向かって大声を出した。飛びかかって押し倒し、のしかかって、頭の横に両方の手首を固定した。思ったとおり、シャーロックは抵抗しなかった。サビッチは言葉を失って、彼女を見おろした。彼女は一瞬、反撃の意志をあらわにしつつも、つぎの瞬間には、笑いを含ませて言った。「いつまで押さえつけてるつもり?」

「ほかの手を考えつくまでずっとさ。おれの首筋に歯を立てて、肉を嚙みちぎるんだろ?」

「そうよ。これまたいい光景でしょ?」

自分がにっちもさっちもいかずにじれてきているのを、シャーロックは知っている。彼女が知らないのは、胃洗浄をされたあとの彼女が身じろぎひとつせず真っ青な顔をして病院のベッドに横たわっているのを、自分が見ていたことだ。そのときのことはいまだ記憶に新しく、生々しすぎた。

その瞬間、直感と経験が頭のなかで組みあわされて、サビッチはあることに気づいた。カーステンは日曜の朝、自分がひとり公園で走るのを待ってはいない。

そして、もうひとつ、シャーロックはたとえ病院の寝間着を着たままでも、カーステンの追跡に同行させろと要求するであろうことにも気づいた。サビッチとしては気に入らないが、勝ち目はなかった。彼女の手にキスして、起きあがらせた。「これしかない。彼女の出方がわかったぞ」

63

満月間近の、月が明るい、よく晴れた寒い夜だった。厚手の革のジャケットを着ていてよかった、とサビッチは思った。シャーロックも革のジャケットに身を包み、ウールのスカーフをぐるぐる巻きにして、手袋をはめている。ふたりはいま家の前の花壇に沿って植えられている密生したイチイの茂みの奥にしゃがんでいた。

サビッチは携帯が振動しだすと、身をこわばらせた。「なんだ？」

「クープです。カーステンの携帯だけが見つかったそうです。フェアファックスで電源が入ってからふたたび追跡をはじめたんですが、そこから動かなかったそうで。携帯はメアリー・カートライトを殺した家から通りに向かって投げ捨てられてました。現場保存テープを尊重したんでしょうね」

クープは少し間を置いて、続けた。「彼女があなたを追ってくると思ってるんですよね？つまりいまこのときだと、家までってことです」

「いまおれは外で待ち伏せしてる。おれの勘だが、外れるかもしれない。カーステンがこのまま現れないこともじゅうぶん考えられる。そのときは、きみにここまで来てもらっても、莫大な時間の無駄に終わる」

だが、電話は切れた。サビッチは電話をかけなおしたが、クープは出なかった。

十二分後、彼らが家をめぐって背後から忍び寄ってくる音が聞こえた。サビッチは言った。

「こっちだ、茂みの裏にいる」

四人ともしゃがみこみ、体を押しあって暖を取った。サビッチはカーステンからの電話の内容を伝えた。挑発に乗ってくるといいんだが。

ルーシーが言った。「おふたりからそれだけ言われたら、おっしゃるとおり、怒りくるってやってくるとわたしも思います。それを迎え撃てればいいんですね」

暖かな羊毛のコートにくるまったクープがささやいた。「ええ、彼女は来ますよ、あなたの勘に賛成です、サビッチ。こんどはライフルを使わないんじゃないかな。カーステンは近距離で標的と密接な関係になるのを好む。今夜もそれを願ってるはずです。あなたと対峙《たいじ》するためにね。彼女は来ますよ」

ルーシーが尋ねた。「ショーンはどこに預けたんですか？」

シャーロックがささやいた。「あの子の祖母の家よ。今回の事件が片付くまで、預かってもらうことにしたの」

ルーシーは、公園でカーステンが放った一発のことを意識から遠ざけるように心がけていた。「カーステンの動きを見ていて気がついたのは、彼女がひと筋縄ではいかないことです。あなたとシャーロックを念頭に置いて、特別な計画を練ってきます。こちらの裏をかこうとするはずです」

クープが言った。「きみの言うとおりだ。そろそろ二手に分かれたほうがいいな」クープは時計のボタンを押して、小さな緑色の明かりをつけた。午前二時ちょうどだった。動きだそうとして、ふと止まり、唇に指を立てた。四人は息を殺して、耳をすませた。

家の脇から軽い足音が近づいてくる。誰も動かなかった。

サビッチがささやいた。「アラームは解除しておいた」

残る三人は耳を疑った。窓を割る音がした。やり口が単純すぎる。こんなやり方をするだろうか？　カーステンはアラームがセットされていると思わなかったのか？　だが、彼女はここ狼の家にいそいそとやってきた。いままで逮捕できなかったせいで、みんなしてカーステンを怪物に仕立てていたのか？

なにかがおかしい。それはサビッチにもわかった。みなそう思っているはずだ。

つぎの瞬間、四人は立ちあがって、家の側面に走った。

64

クープはカーステンの肩をつかんでこちらを向かせ、シグを喉元に突きつけた。ヒッと悲鳴があがり、少年の甲高い震え声が続いた。「待って、殺さないで！　ぼく、ここのセキュリティを調べなきゃならなかったんだ。ひどいね、ここ、全然なってない。ぼくを撃たないで。あの女にやれって言われてやってるだけなんだよ」

クープは少年の耳にささやいた。「どうして？」

「ぼくたちのママを殴ったんだ。縛りあげて、クロゼットに閉じこめられてる。ぼくたちはあの女に無理やり連れてこられたんだ」

「ぼくたちっていうのは？」

サビッチが叫んだ。「かがめ！」

クープは少年もろともしゃがみこみ、サビッチはルーシーとシャーロックを茂みに押し戻した。つぎの瞬間、静かな夜の住宅街に半ダースほどの銃声が鋭く大きく響いた。家の側面に当たる音が聞こえる。すぐ近くだ。

彼女が見えないので、反撃はしなかった。銃声を聞きつけた近隣住民が外に出てきて、巻き添えになりやすい位置に立たないことだけを祈った。

サビッチがささやいた。「全員、その場を動くなよ」

銃弾は通りの向かい側のどこかから放たれていた。近くにいる。恐らく車は隣のブロックに停めてあるのだろう。サビッチは物影を目にした。その物影がいったん止まって、さっと動いた。カーステンにちがいない。

住民たちが家に留まってくれることを祈りながら、けんめいにあとを追った。また発砲されたら……ジョージタウンの閑静な住宅街では避けたいことだ。

彼女もサビッチと同じように深くかがんで、必死に走っていた。車に向かっているのだとサビッチは思った。シャーロックが全速力で追ってくるのがわかる。カーステンもふり返って発砲することなく、走ることに集中していた。

サビッチはその腰に腕をかけて、彼女を引き倒した。彼女を仰向けにして、押さえつけた。抵抗もなにもなかった。彼女の手から楽々と銃を奪った。それでも彼女はあらがうことなく、横たわったまま息をはずませていた。

「捕まえたぞ、カーステン、お遊びはおしまいだ」彼女の上にのしかかった。なにかがおかしい。そう、すすり泣いている。「お願い、わたしを殺さないで。なにもしないから、お願い、立たせてください。こんなことになるなんて。彼女に嘘をつかれて。ああ、ママを殺されちゃう」

少女の怯えた顔を見おろした。十二歳か、せいぜいいって十三歳。シャーロックが隣に膝をついた。「いいのよ。あなたは誰なの？」

「メロディ。あの女に連れてこられて、言ったとおりにしないとママを殺すと言われたの。わたしたちが失敗したらわかるからって。ボビィにはガラスを割れって命令して、わたしにはボビィが捕まったのが見えたら引き金を引いて、銃が空っぽになったら走って逃げろって。本物の銃弾じゃない、撃たれることなんてないからって」

シャーロックはグロック17から、空になった弾倉を取りだした。

クープがボビィを引きずるようにして、走ってくる足音が聞こえた。そのあとからルーシーがついてきている。

サビッチは周囲を見まわしたものの、動くものは見あたらなかった。とはいえ、いつカーステンが撃ってきてもおかしくなく、こちらは全員が標的にされやすい場所にいる。さっき実弾を撃ってきたのは、この少女でなくて、カーステンなのか？

静かだった。彼女はどこだ？　皮膚がむずむずする。「身を隠せる場所に戻ろう」子どもふたりを家のほうに追い立てた。

サビッチは小声でルーシーに指示した。「きみはこの子たちを連れてうちに入ってくれ。向こうがどう出てくるかわからない。ふたりを守ってやるんだ」

「彼女はどこなんでしょう?」ルーシーが尋ねた。「わたしたちが走りでたときに、なんで撃ってこなかったんだか」答えはなかった。ルーシーは周囲にシグの銃口をめぐらせながら子どもたちを家に押し入れ、玄関を閉めて、しゃがんでいるように指示した。その隣にルーシーもしゃがんだ。「あなたたちのお母さんを助けてもらえるように、人を派遣するから、住所を教えて」住所を伝えて、携帯を切ると、ルーシーはふたりに言った。「あなたたち、よくやったわね。あとはお母さんが無事だという連絡が入るまで、ここで待ちましょう」メロディはすすり泣く少年を抱き寄せて、揺すってやっていた。

屋外では、クープがサビッチとシャーロックに小声で言っていた。「うちの連中と警察がこちらに急行中です。音は立てるなと言ってあります。相手が誰だかわかってるから、細心の注意を払うはずです」

シャーロックはうなずき、シグの照準をクープに合わせた。彼は通りを渡って、サビッチ家の真向かいにあるマクファーソン家の脇で配置についていた。

カーステンはどこなの?

65

一台の車がゆっくりと角を曲がってきた。ヘッドライトの明かりを落とした、クラウン・ビクトリア――先着したパトカーだ。

クープが思っていたより、ずっと早い現着だった。少なくとも静かにやってきてくれた。車はかなり向こうで速度を落として停まった。クープはサビッチに手で合図をしてから、銃を握ったまま車に駆け寄った。

開いた運転席側の窓から見ると、制服に制帽の若い巡査だった。

巡査は銃を掲げて、まっすぐクープの顔を狙った。その口から、こんな言葉が飛びだした。

「へえ、嬉しいねえ、小走りにあたしのところまで来てくれるなんてさ。マクナイト捜査官だよね？　一瞬、デカ犬に見間違えて、ラッキーと思ったんだけど。あんたがちびのボビィを引き倒すのを見たよ。そのあとデカ犬がメロディを捕まえたろ？　あの小娘、ちんたら走りやがって」

クープは影が近づいてくるのを見た。サビッチか？

淡々と言った。「すっかり騙されたよ、カーステン。おまえが運転してるクラウン・ビクトリアはパトカーにそっくりだし、制帽も効果があった。ただし、警官の扮装をするときは、目のメイクだけは落としたほうがいいな」

「あんたには死んでもらうよ、捜査官。でも、とりあえずここを出なきゃね。さあ、車に乗って。さっさとしないと、ここで殺すよ。銃をよこしな。あんたに運転してもらう」

銃口を揺るがすことなく、彼女は助手席に移動した。いまシグを抜いたら、撃てるだろうか？　地面に伏せたらどうだろう？　だめだ、銃口はまっすぐ自分に向けられているし、彼女が近すぎる。クープは車に乗って、シグを差しだした。

「さあ、ちょっとしたドライブとしゃれこもうか、マクナイト捜査官。車を出しな！」

ぐずつくことは許されなかった。冷たくて硬いスミス・アンド・ウェッソンの銃口がこめかみに押しつけられている。クープはアクセルを踏んだ。バックミラーにサビッチの姿が映りこんだ。シグを手にしている。だが、そのときひとりの老人が玄関のポーチに立った。サビッチはシグをおろした。

「さあ、行くんだ！　さもないとあの年寄りを殺すよ」

クープは車を出した。大急ぎで。

サビッチはシグを太腿に押しつけて、道の真ん中で立ち止まった。「心配ありませんよ、ミスター・マクファーソン。さあ、うちに戻って」

二分後に現着したオリーは、助手席にシャーロックを乗せたサビッチのポルシェが私道から飛びして、高速で遠ざかっていくのを見送ることになった。

ルーシーが怯える子どもたちと残されていたので、オリーはその隣に並んだ。

ルーシーとともに顔を上げると、またもやミスター・マクファーソンが玄関のポーチで見物していた。

66

日曜日の早朝

死ぬんじゃないわよ、クーパー・マクナイト。さもないと、本気で怒るからね。

夜明けが近かった。ルーシーはクープのコルベットをウェスリー・ハイツにある彼のコンドミニアムの駐車スペースに入れた。クープがあの女の手の内にあるという恐怖で、感覚が麻痺している。もう殺されてしまったの？　いいえ、クープは賢いもの、大丈夫よ。それがいまやルーシーの呪文《マントラ》になっていた。ハンドルにもたれかかったとき、携帯が鳴った。

シャーロックだった。「まだふたりの姿は確認できてないいんだけど、クラウン・ビクトリアに広域指名手配をかけて、両方の州の全捜査機関に通達を出してあるわ」

そうでしょうとも。そんなことで捕まる相手じゃないけど。ルーシーは平板な声で言った。

「ご存じのとおり、彼女はこれまでも車を変えてきました」

「ええ、その可能性はいなめないわ。でもね、こちらには切り札がある。カーステンはクープの携帯を取りあげてないの。携帯の電源は入ってて、ＧＰＳ信号が南のノースカロライナへと移動してるんで、わたしたちもそれを追ってるわ。彼らに追いつくまで、信号を追いつづける。これがあれば大丈夫よ、ルーシー。クープは訓練を積んだ捜査官だから、なにをすべきかわかってる」

でも、携帯を取りあげられたらどうするの？　ルーシーは尋ねたかったけれど、希望がついえてしまう気がして、言わなかった。「カーステンは彼に運転させながら、どうやって支配下に置きつづけるつもりなんでしょう？　彼女だって寝なきゃならないから、いつまでも運転させておくわけにはいきません。そのときは、彼をどうするつもりでしょう？」

答えたのはサビッチだった。「もっともな疑問だが、シャーロックが言うとおり、こちらにはGPS信号がある。しかも、向こうより速い速度で移動してる。いいか、ルーシー、カーステンにはクープに薬をのませることもできるし、縛っておくこともできる。手はいろいろある」そして、撃ち殺すことも。だが、サビッチはあえてそれを言わなかった。

しばしの沈黙ののち、シャーロックが言った。「彼女にとって、クープは生かしておくだけの価値のある男よ。ルーシー、あなたがわたしたちをここまで追ってくるのは意味がないから、少し休んで。オリーの指示で、まもなくケッペル捜査官がそちらに行くわ」

「知らない男性です」

「ケッペルは女性よ。気が強くっておもしろい人だから、きっと気が合う。それに彼女なら、あなたをベッドに入れてくれる。身を潜めてて――追いついたら電話する」

「カーステンが引き返してきたら？　そのときは――」

「そんなことにはならないから。お茶でも淹れて、何時間か休むのよ。いいわね？」

ルーシーは携帯を切った。クープのコルベットに乗ったまま、新しい革の心地よいかおりを嗅いで、明るい見通しを立てようとした。

窓を叩く音がした。

人の足音は聞いていなかった。ケッペル捜査官なの？　さっとふり返ると、閉じた窓の向こうでミランダがほほ笑んでいた。

「ルーシー？」

ルーシーはボタンを押して窓を開けた。ミランダもシルバーマン家の人間だし、ルーシーもそこまでお人好しではないので、右手の下にシグを置いたままにした。

彼女を見あげた。「ミランダ、こんなところでなにしてるの？　なにがあったの？」

「いいえ、べつに。あなたのボディガードはどうしたの？」

「いま手が塞がってて」

「あら、それはさいわいだこと」ミランダは古いケルテックの九ミリ口径を持ちあげ、ルーシーの顔に突きつけた。「少なくとも、あなたはひとりでいてくれる。二時間ぐらい前からここで待ってたのよ。あきらめかけたんだけど、彼の車はないし、彼と一緒なのはわかってたし。そしたら、あなたがひとりで帰ってきた。銃を持ってるのを見たわよ。床に投げてもらわないと。じゃないと、いまここであなたを撃たなきゃならない」

ミランダのことは物心ついたときからずっと知っている。本気だ。ルーシーはシグを助手席の足元に投げた。

「それでいい。指輪ははめてないのね。でも、持ってるはずよ。あなたがそんなことするかどうか知らないけど、取りだそうとするそぶりがあったら、問答無用で撃つから。いいわね？」

指輪？「どうしてわたしが指輪を持ってると思うの？　あなたになんの関係があるの？」早朝の光を浴びるミランダの顔を見あげた。黒いウールのコートを着て、腰をかがめている。黒い髪はひとつにまとめて、クリップで留めてある。ルーシーは言った。「あなたって修道女みたいね。むかしからそう思ってた。いったいどういうことなの？」

「修道女？」ミランダは笑い飛ばしつつも、ケルテックをルーシーの鼻に突きつけた。「そうね、修道女は神やほかの人たちや、より善きものに仕える。そんな退屈なこと、わたしには想像もつかないけど。わたしがここへ来たのは指輪のためなのよ、ルーシー。わたしの指輪の。あなたから受け取るの。でも、その前に、ここを出なきゃ。倉庫街を走るカンバーランド通りの中程に、小さくてきれいなモーテルがあるから、そこへ行くのよ。

これからわたしは助手席側に歩くけど、ちょっとでも声を出したり、指を動かしたりしたら、殺すからね。両手はハンドルを握ってなさい。そうよ、ぎゅっと握って動かないこと」

「でも、どうしてあなたが指輪を欲しがるの？　叔父さんのため？　どういうことなの？」

ミランダはげらげら笑った。「なに言ってるの？　わたしが父親のために指輪を？　父が指輪でどうするのよ？　なぜわたしが指輪が欲しいか、あなたにはよくわかってるはずよ。言われたとおりにして、ルーシー。そうしないかぎり、死ぬしかないのよ」

アーティスト気取りでエキセントリックなミランダが、昨日の一件の黒幕だったってこと？　魔法使いとしての名前を持ち、だぼっとした服を好み、世俗的な成功にまったく興味を示さなかったミランダが？　ルーシーは思わず笑いだしそうになった。もう何年も前にミランダにかかわろうとする努力をやめてしまった。私的な関心を示すと、彼女がいやがったからだ。もっと近しい関係なら、ミランダという人物を見誤らなくてすんだかもしれない。

喉元にいまやおなじみとなった指輪のぬくもりがあった。生地の上から握りしめたとして、ミランダに撃たれる前に使えるだろうか？　手で握らなくても、使えるの？　使えたとしても、八秒前にはもう彼女は銃を構えていた。成功するあてがないわりに、リスクが大きい。

ミランダを見たルーシーは、彼女の目の険しさに、ハンドルを握りしめた。ミランダが迷わず殺すことに、疑問の余地はなかった。

ミランダが隣に乗りこみ、ドアを閉めた。「いい車ね。新しい革のにおいって、好きだわ。あなたの彼氏の車でしょ？」

「ええ」

「で、マクナイト捜査官はどこなの？」

「別の捜査官と一緒に、なにかを確認に行ってるわ。もう帰ってくると思うんだけど」

「連邦捜査官にしては、ルーシー、嘘をつくのが下手ね。さあ、人が出てくる前にここを出るわよ」

コルベットのエンジンがかかる。クープの駐車場からバックで車を出した。

ミランダが緊迫した小声で道順を指示する。ケルテックはルーシーの頭に向けられていた。

カンバーランド通りの〈アレンビー・モーテル〉の前まで来ると、ミランダは裏にまわるように指示して、ポケットから鍵を取りだした。「二階の二二号室よ。あなたを前にして行くから、鍵はあなたが持って。ほら」

ルーシーが助手席側を向くと、ミランダが首にかけてあった金色の鎖をつかんで、引きちぎった。ルーシーは悲鳴をあげて、ミランダの手に取りついたものの、つぎの瞬間には耳にケルテックを突きつけられた。

切れた鎖と指輪を握りしめたミランダは、笑顔だった。「そこまでよ、ルーシー。それ以上なにかしたら、頭をぶち抜くから。なにかがシャツを押しあげてる気がしたら、やっぱりね。いい子にして、言いつけに従えば、死なずに切り抜けられるかもよ」

67

ノースカロライナ州フォートグラントの外

クープは半端でなく疲れていた。このままでは、いざというとき、頭脳が鋭敏に働かない。日が昇って二時間になり、一時間前、カーステンの指示でハイウェイをおりて、二十四時間営業のドライブスルーに立ち寄った。ふたりで朝食用のビスケットを食べ、そのときクープは大量のコーヒーを胃に流しこんだ。注文を取りにきた少年をカーステンが傷つけそうで、気が気ではなかった。そばかすだらけの顔をした怖いもの知らずの少年は、黒い髪をパンクロッカーみたいに立たせてるのに、なんで警察の制服なんか着てるのかと尋ねたのだ。だが、カーステンは少年をあほかす呼ばわりして、笑い飛ばした。

ドライブスルーの向かいが靴修理店だった。カーステンはその駐車場にあったぼろいダッジ・マグナムの点火装置をショートさせてエンジンをかけると、ナンバープレートをクラウン・ビクトリアのトランクにしまってあったバージニア州の錆びたプレートにつけ替えた。クラウン・ビクトリアのほうは、通りを曲がった先に放置した。

いつ撃たれてもおかしくない状態が続いていたにもかかわらず、クープは希望を捨てていなかった。カーステンが取りあげるのを忘れている携帯電話がポケットにあって、電源が入っているかぎりは、サビッチに追跡してもらえる。救援隊が駆けつけるまで、なにがなんでも生き延びるしかない。

カーステンも疲れているにちがいなく、その点ではどっちもどっちだった。クープは彼女のほうを見て、車を発進させた。

カーステンはこちらを見ている。凝視する目の、黒いマスカラが滲んでいる——この女はまばたきしないのか？　クープの脇腹に突きつけているのは、彼のシグ。重たい銃なのに、彼女の手が震えることはなかった。彼女が好む白いファンデーションはほとんどなくなり、それは血のように赤い口紅も同じだった。刺々しい朝の光のもとだと、老けて見える。

「ねえ、ちょっと、ハンサムさん。ずっと無言であたしのこと見てるけど、なにを見てんの？　ブルースはあたしを見たり、触れたりするのが好きで、猫を撫でるみたいに撫でてくれたわ。あたしは猫みたいに背中を丸くして、喉を鳴らしたもんよ。あんなふうに見てくれる男がいるのって、いいもんだよね。ひとりで運転してまわるより、気楽に顔を見あわせたり、話しかけたりできる相手がいるってさ。

ねえ、クープって呼んでもいいかな？　あの捜査官のちっこい女がそう言ってたのを聞いたんだよね。あんたたち、寝てるの？　当たり？　そんな感じがぷんぷんしてた。ねえ、なんにも言わないのは、紳士を気取ってるわけ？」

「どうぞクープと呼んでくれ、カーステン。楽しんでもらえて嬉しいよ」

「そりゃそうでしょ。あんた、ひげ剃らないとね。でも、黒いぼつぼつがちょっとセクシーかも。ねえ、彼女のことでも考えてるの？」

「どこに連れてかれるんだろうと思ってたよ、カーステン。もうサビッチからはずいぶん離れたよな？　もしそれがきみの目的ならだけど」

「あの男を料理する時間はたっぷりある。いまはあたしを捜してる人間が多すぎるからね、相棒」笑い声をたてた。「この小旅行のことは、あたしの父さんのルーツを探って南へ戻る巡礼だとでも思ってもらうといいかも。それまでもゆっくりと海岸を下ってたんだ。父さんがよく言うんだよね、歩くときは速く、計画変更は素早く果敢にって」

「だったら、きみは自慢の娘だな」

「そう思いたいんだけど」眉をひそめる。「父さんはそんなふうに賢い人だった。ほらアスペンでも、二階の窓から飛びおりて、逃亡したんだよ」

「ああ、でも、おかしな運転をしていて、ふたたび逮捕されたんだぞ。道路の幅いっぱいに使って、蛇行運転してたんだ。そんなに賢い人なら、なんでそんなことをしたんだ？」

「疲れと、たぶん空腹で、まともに考えられなかったからだよ」カーステンが脇腹の銃を強く押しつけた。「父さんのせいじゃない。田舎町の住民を駆りだして、父さんを捜させたんだから、父さんには勝ち目がなかった」

「なんで南下するんだい、カーステン？　父親のルーツをたどる巡礼だとかって言ったが――レイフォードのスターク刑務所でも訪問するのか？　父親がいた死刑囚監房を見たいのか？　でも、なんで父親が〝オールドスパーキー〟に固定されて、二千ボルトの電力を流された場所が見たいんだい？」

彼女は大きく息を吸い、目の涙をこぶしで拭いて、マスカラをひどく滲ませた。「あのけだものたちが父にしたことは、残酷だよ。しかも、信念にもとづいて厳粛にそんなことするなんてさ。だいたい、〝オールドスパーキー〟なんて名前、信じられる？　けだものどもを全員固定して、かりかりのフライにしてやりたい」

「きみの意見に賛同する人は多い。〝オールドスパーキー〟は遠いむかしに引退させられて、いまじゃずっと人道的になった。注射器を使って、瞬時に薬殺するんだ。それでも、注射を打たれるときに痛みがあるとか、まだ残酷で非人道的だとか言う人もいるけどね。なにをかいわんやだよ」

カーステンが彼のシグで脇腹を強く突いた。「FBIの連中にあたしが捕まるなんて、一分でも本気で信じたの？　あたしが死刑囚になるって？」しゃべりながら首を振り、やがてげらげら笑いだした。「あんたが生きてるあいだはありえないね、坊や」

「ぼくがいつまで生きられるかはきみにかかってるようだけどね、カーステン。ぼくがきみの父親のスイッチを入れたわけじゃないんだから、そうむきになるなよ」

彼女はふたたび笑い声をあげたあと、考えこむような顔になった。「あのね、クープ、前から父さんのお墓参りをして、お祈りの言葉でも唱えてあげられたらいいなと思ってたんだ。だって、そんな人、ひとりもいなかっただろうから。でも、父さんは土葬じゃなくて、火葬されちゃったんだよね。フライにしたあと、燃やしたってわけ」

クープは少し速度を落として、スポーツカーに追い抜かせた。サビッチのポルシェじゃなくて残念だ。バックミラーをちらっと見たら、道が混んできているが、ポルシェはどこにも見あたらない。それを言ったら、パトカーも。あせりは禁物。とにかく生き延びないことには話にならない。

クープは尋ねた。「それで灰はどうなったんだい？」

「確かなことはわからない。カスケード山脈にばらまいたって説もあるけど、全然信じられない。マスコミ向けの神話として、でっちあげたんだよ。そうだよ、たぶん、父さんの灰を捨てちゃったんだよ」

腹が立ってきたらしく、息遣いが荒くなっている。撃たれたくないクープは、低く穏やかな声で尋ねた。「父親のことはすべてインターネットで仕入れたのかい？　そうやって、彼のことを調べたのか？」

彼女がうつろな目を向けてきた。「ああ、たしかにあたしは父さんの専門家だよ。でも、父さんに会ったことがあって、抱いてもらったり、愛してるって言われたり、褒められたりするのと同じにはならないよね。父さんとあたしが組んだらなにができたかなとか、こういうことは父さんに助言がもらいたいなとか思っちゃう。たとえば、あたしに敬意を払わなかったあのちび売女の命は消すべきだったのか、とかさ。たまに答えてくれた気がして、そんなときはすべきことがはっきりわかる。でも、うちの母親のせいで、ほんとの意味であたしのそばにいてくれたことはないんだよね」話を中断しつつ、目はクープから離さなかった。「スターク刑務所に行ってみるとか、レイフォードをうろつくとか、それも考えたんだけど、やっぱりやめたほうがいいかなと思ってる。とことん考えたよ、いつもそう。それで運を引き寄せてきたんだよね、思考力をフルに使って。あのばか女じゃなくて、父親譲りのね」

クープは彼女に笑いかけた。「ぼくもスターク刑務所には行ったことない。それも悪くないかもな」

「ひょっとして、まぬけな看守が助けてくれると思ってんの？　万にひとつもないって」低くうめいて、シグを脇腹に押しつけた。「父さんはきっと冷たくてじめじめした監房に入れられてたんだろうね。ほら、わかるだろ、息もまともにできないようなさ」

「いや、わからない。きみにもわからないはずだよ、カーステン。そろそろきみは寝なきゃならない。ぼくもだ。じゃないと、事故を起こしかねない」

「その危険はある程度受け入れないとね、クープ」周囲の車を見まわした。「フォートグラントの駐車場から距離を稼いどきたいし。万が一にもＦＢＩの連中に手がかりを与えたくないからね」

「この車のことが誰かにわかるとは思えないよ」

「あのサビッチってやつには、わかるはずのないことがわかるみたいだから」

それは言えている。

カーステンは黙りこみ、クープの顔を凝視した。「すごく変な感じだったよ、あたしがサビッチをまっすぐ照準にとらえたら、あんたの彼女がサビッチに体当たりしたんだ。わけがわかんない。あいつはひとりきりで、周囲には誰もいなかった。撃ってくれと頼まれてるような状態で引き金を引いたのに、もう向こうは倒れてて、弾がかすりもしなかった」

「カーステン、たんに撃ちそこなっただけだろ？　きみなら顔を見せたうえで彼を殺したがると思ってた」

彼女は肩をすくめた。「あのときは狙撃するのが名案に思えたんだよね。そうだ、どこに行きたいかわかった。あたしに妹がいるの、知ってる？　三十近いはずだけど」

「ああ、なにかで読んだことがある。母親違いのだろ？」

「どこに住んでるかは知らない。彼女の母親が八〇年代のなかばにレイフォードから連れ去ったとき、名前を変えてるだろうしね。妹のことはよく想像するんだよ。父親が誰か知ってるのかなとか、あたしみたいに、母親から父親の存在を消されてるのかなとか」

クープはうっかり口をすべらせた。「妹さんのために、そうであることを祈るよ」

シグで脇腹を殴られた。その痛みに息を奪われ、手が勝手に動いてハンドルが左に切れた。クラクションが鳴り響くなか、カーステンがハンドルを戻した。「口に気をつけな、坊や。いい子にしてないと、脇腹に三発ぶちこむよ」

「そのときは、きみも道連れだ。約束するよ、カーステン」

「ああ、あんたのやりそうなことさ。あたしを道連れにする——なんのために？　ああ、そうか、よりよい世界のために」つぎの瞬間には話題が移っていた。「腹違いの妹の名前がかるといいんだけど。母親はその子にメアリー・ルーってつけたんだよね。くだらない名前。でも、さっきも言ったけど、レイフォードを出たときに、親子揃って名前を変えてるはず。メアリー・ルーがその後どうなったか知りたくてさ。つまんない郊外にあるお粗末な家に住んでんのかなとか、子どもが四人いて、亭主は退屈な会計士なのかなとか。アーネッテ・カーペンターの亭主と一緒。あんな男、生かしとくだけ無駄って感じ。実際、そう思ったんだよ。アーネッテを片付けてから、彼と飲んだときに」

クープは会ったときのロイ・カーペンターの姿を思い浮かべた。あれからまだ一週間か？　サイコパスに妻を殺されて三年になる彼は、ひどくやつれて、目に深い苦しみをたたえていた。「アーネッテ・カーペンターのことを話してくれよ」

「そう？　アーネッテは才能のある雌牛だったよ。うぬぼれ屋で自信家で、あたしに対しても得意げで、だめ亭主を敬愛してた」

「彼女をどこに埋めたんだい、カーステン？」

彼女は笑った。「あんたにはただで教えてあげるね、クープ。退役軍人病院の敷地に植えてやったんだ。海に面した大きなオークの古木の根元さ。ながめがいいんだよ。本人にはもう見えなくて残念だけど」脚を指で叩いて、眉をひそめた。「でも、父さんがあたしの母親じゃなくて、あのばか女と結婚したことには、ちょっとむかついてる」

「きみの父親の同僚だった人だよな」

「うん、そう。うちの母親も同僚だったのかもよ。どうやって父さんと出会ったとか、そういう話をしてくれないけど。父さんはたぶん、うちの母親と知りあう前に、その女と知りあってたんだと思う。知ってる？　フロリダの法律って変なんだよ。父さんに法廷で結婚を宣言させて、そりゃもう大騒ぎになったんだけど、通っちゃったんだよね。しかも、何度となく彼女を刑務所に入れて、父さんと寝させてるの。それで、あたしより四年遅れて、一九八二年に妹が生まれたってわけ。ふたりには、ほんとに会ってみたい。ふたりのこと、好きになると思う？」

クープは沈黙を守った。

「ねえ、どう思う？」

「なれるさ。当然だろ？」

彼女は下唇を噛み、かろうじて残っていた口紅がついになくなった。「いろいろ聞かせてくれるんじゃないかと思うんだよね。うちの母親はまるで話してくれなくて」

「彼女からどんな話が聞きたい？　首を切るのに弓のこを使ったとか？」

彼女は肩をすくめた。「そんなのどうだってよくない？　死者には関係ないし」

「交際中だった女性の暖炉で被害者の頭のひとつを燃やしたのは知ってるかい？」

クープのシグがまたもや肋骨に突き刺さった。うめき声をのんだものの、実際はひどい痛みだった。

「父さんは楽しもうとしただけ、ちょっとした楽しみを求めただけだよ。さっきも言ったけど、殺されたほうは死んじゃっててどうせ気にしてないんだから」

「きみは何人殺したんだい、カーステン？　きみの父親はたしか三十五人まで自供したんだったよな」

「あんたをこの世から蹴りだしたら残りはあとひとりだよ、マクナイト捜査官」

「いいや、ぼくは数に入らないよ。男だから」

「いいから運転してなよ、ぼんくら。あたしは電話しなきゃいけないとこがあるから」

見ると、カーステンは短縮ダイヤルを押した。ブルース・コーマフィールドが死んだいま、誰に電話してるんだ？

カーステンは一瞬たりともクープから目を離さなかった。「そう、あたし。フロリダに向かってるから、知らせとこうと思って。いまは話せないんだけど、あっちに着いたら電話するね。楽しんでるよ。ＦＢＩのでっかい捜査官に車を運転させてる。あたしの専属運転手ってところ」

しばらく話を聞き、またしゃべった。「わかってる、気をつけるって。じゃあね」

「誰なんだい？」

「あんたには関係ないでしょ。あたしにはお友だちがたくさんいるの」

「少なくとも、きみが死んだあとに灰を撒いてくれる人には困らないな。で、誰なんだ？」

「あんたたちが殺さなきゃ、ブルースに撒いてもらえたのにさ。彼はあたしを愛してくれてたんだよ！」

「かもな。でも、もういない」

「黙れ！　いいさ、灰なら母親に撒かせれば。そしたら——ま、いっか。この出口を出て、人目につかない道を行くよ。このあたりには車も家もないし」

おれを殺すつもりか？

つぎの出口で九五号線をおり、高速の出口沿いにあるガソリンスタンド二軒とファストフード店を通りすぎた。田舎道の両側には平らなタバコ畑が広がり、刈り取った茎が地平線に敷き詰めた金色の絨毯のようだ。ちらほらある家屋や納屋は、道から離れて立っていた。

「停まって。ふたりともおしっこするよ」

クープは心臓の鼓動が少し遅くなるのを感じた。

背後から見られているのはわかっていたが、かまっている余裕はなかった。ふり返ろうとしたとき、後頭部を強打された。

つぎに目を覚ますと、彼女が「カントリー・ロード」を口笛で吹きながら、上から見おろしていた。

「男と違って、女は両手を使うからね。さあ、遅くなるから、行くよ」

彼女の手にはクープのシグがある。だが、彼女はクープが傷ついているのを知っているし、警戒のためにあたりを見まわしていた。チャンス到来。クープは彼女を蹴りあげにかかり、彼女は引き金を引いた。

68
アレンビー・モーテル

ルーシーは身をこわばらせた。「指輪を返して、ミランダ。おじいさんがわたしに遺してくれたものよ」

ミランダは高笑いした。鎖から指輪を外して、ポケットにしまった。「でも、あなたがもらったからって、彼のものじゃなかったのよ。ヘレン伯母さんから盗んだんだから」

モーテルの部屋の錠を開けたルーシーは、ミランダに強く背中を押されて、ベッドに倒れこんだ。ミランダは距離を保ったまま、ルーシーの胸に銃口を向けていた。「あなたのこと嫌いだったことはないのよ、ルーシー。あなたがみんなからお姫さま扱いされてるのを見ても、少なくとも最近まではあなたが幼すぎて嫉妬《しっと》する気になれなかったし、ミルトン伯父さんと指輪が消えてからは、どうでもよくなっちゃって。ただの年下のいとことして、大きくなるのを見守ってきたわ。いまだって、あなたのことが嫌いなわけじゃないの。ただそうするしかないっていうだけ。そう、必要とあらばあなたを殺すってことよ。じっとしててね」

書店のロゴが入った大きな黒いトートバッグから、細いロープの輪をふたつ引っ張りだした。「椅子に座ってもらえるかしら」

選択肢がないのがわかる。死にたくなかった。ここでクープが戻ってくるのを待ちたかった。ルーシーはひとつきりの椅子に腰かけた。

「手首を固定するから、椅子の肘掛けに手を置いて」彼女は警戒をゆるめることなく、ロープをぐいと引っ張って、結び目をつくった。「コートからあなたがジムで武道の練習をしてるって聞かされてるのよ。だから、用心しないとね。じっとしてて」

こんどは右手だった。ルーシーは手を握った。これで肘掛けから少しだけ手が浮く。ミランダはそのままロープを巻きつけた。思ったとおり、左手首ほどはきつくならない。ルーシーはさっそくロープをゆるめにかかった。ミランダに気取《けど》られないよう、ゆっくりと、さりげなく。

ミランダは黒いトートバッグをベッドに置き、黒いコートを脱ぐと、ルーシーと向かいあわせに座った。

「ミランダ、どういうことだか話して。指輪があなたのものだって、どういうことなの？」

ミランダは答えなかった。ポケットから黙って指輪を取りだし、愛おしそうに触れた。胸に強く押しあててから、手元に戻して、ためつすがめつした。そして小声で話しだした。

「この指輪を最後に見て、触れてから、もうずいぶんになる。ミルトン伯父さんが盗んで放浪の旅に出てから――父はそう言ってたのよ――二十二年以上になるんだもの。ミルトン伯父さんが失踪したって、いつになったら受け入れるんだろうと思ってたわ。息子と妻とかわいい孫を残してね。当時のわたしはティーンエイジャーで、そのぐらいの年頃の子の例に漏れず自分のことしか考えてなかったけど、父さんがくり返し言っていたのが耳に残ってたの。『でも、どうしてなんだ？ 理屈が通らない。なんでそんなことを？』って。母さんとコートはいなくなったんだって信じていたから、わたしもそう信じた。家出したって信じるほうが簡単だったからでしょうね——なにが簡単じゃなかったかが問題だけど。あなたはまだ小さすぎて、なにもわかってなかった。結局、父さんが正しかったわけよ。理屈が通らなかった。ミルトン伯父さんは家を出たわけじゃなかった。

あなたがヘレン伯母さんの屋根裏で伯父さんの白骨化死体を見つけたとわかったとき、放浪の旅というのが真っ赤な嘘だったことにうちの家族全員が気づいたの。ヘレン伯母さんは伯父さんを追いやったんじゃなくて、殺してたのよ。そしてあなたのお父さんは死体の隠匿を手伝ったにちがいなかった。ふたりして口裏を合わせてたのよ。ほかにも嘘があるんじゃないか、とわたしは思った。わたしはヘレン伯母さんから、伯父さんが指輪を盗んで出てったと聞かされてた。だからその間ずうっと、指輪はなくなったんだと思ってた。でもある日突然、事情が変わったの。

わたしは警察が帰るとさっそく、ヘレン伯母さんの家で指輪探しをはじめた。あなたが出勤するのを見計らっては、探したわ。あなたが書斎を探しまわってた話は父から聞いた。そしてそこでミルトン伯父さんが、目に入れても痛くないほどかわいい孫娘であるあなたに宛てて書いた手紙を見つけたの。ヘレン伯母さんの本のあいだからね」

「ミランダ、あなたが手紙を持ち帰ったの？」

「当然よ。ほかに誰がいるの？　父、それともコート？　ふたりとも指輪のことなんて、これっぽっちも知らないのよ。母だってそう。手紙を読んでみて、あなたが指輪を持ってるんだと確信したし、指輪の力を知れば、絶対に手放さないこともわかったから、あなたから指輪を取り戻すために、あのばかな犯罪者どもを雇ったの。よくやったわね、ルーシー。運がよかったんだか、あなたがきわめつけに優秀だったのか知らないけど。あなたはまんまとのがれて、片方の息の根まで止めた。ＦＢＩが犯人の身元を割りだすのはわかってたし、そこからわたしに足がつくのは時間の問題だわ。わたしは逃げる準備を整えたけれど、なにはなくとも、この指輪を手に入れるまで、逃げるつもりはなかった」

「ミランダ、指輪についてどの程度知ってるの？」

「すべて知ってるわよ」

ルーシーは恐るおそる尋ねた。「でも、どうやって？」

ミランダが笑った。「ヘレン伯母さんは、あなたの母親が死んだときに、心が壊れてしまったの。秘密主義の人だったし、父からもそう聞かされてたけれど、クローディーンが死んだあとは、ひどい落ちこみようだった。どこを見るともなしに、むっつりと虚空を見つめてたわ。まだ二歳だったあなたは、気づいてなかったけどね。伯母さんに書斎に入れてもらって、身を寄せあって話をした日のことは、一生忘れられない。十二になったばかりだったわたしに、伯母さんは指輪を見せて、一族の各世代ひとりだけの女の子が受け継げる特別な指輪だと教えてくれた。男の子じゃなくて、女の子。だからいつかわたしがいいと思った時期に姪のあなたのものになる、と言ってくれたのよ。最初はそれだけしか話してくれなかったけど、訪ねるうちに指輪を見せて、それにまつわる話をしてくれるようになった。伯母さんが母親から聞いた話や、伯母さんが指輪を使ったときのことなんかをね。そんな話をするあいだじゅう、近くに人がいないかどうか、始終部屋のなかを見まわしてた。

やがて、ヘレン伯母さんから、すべての話を伝えおえた、と言われたわ。ふたりだけの秘密で、もしほかの人に知られたら、なにが起きるかわからない、指輪が消えるかもしれないし、効力がなくなるかもしれない、って。嘘だったんだけれど、最初はわたしもわからなかった。伯母さんのこと、頭がおかしいんだと思って、怖くなった。でも、指輪に関しては一度もそう思わなかったのよ。なにが起きるかわたしに見せるため、伯母さんが指輪を持って呪文を唱えたときも。伯母さんにはいつも、妙なことが起きるのを予告できた。指輪の力なくしてはわかりようのないことをよ。それがわたしと伯母さんとの遊びになった。でも、まだ準備ができていないからと言って、わたしには指輪を使わせてくれなかったけど。

わたしはわずか十二歳にして、力がみなぎるのを感じた。ほかの誰でもない、わたしのもの、わたしだけのものになるのを知ったからよ。いつくれるのかと何度も尋ねたわ。そのたび伯母さんはほほ笑んで、その日が来たらわかると答えた。

それから四年して、ミルトン伯父さんが消え、ついでに指輪もなくなった。わたしたち、老いた女とティーンエイジャーとのあいだには切っても切れない絆ができていて、怒りや絶望をふたりで共有したわ」

ルーシーはそろそろと口をはさんだ。「祖母の直系はあなたじゃなくて、わたしよ。わたしの母が死んだせいで、ひどく錯乱して、心の均衡を失ってたんでしょうね。でも、そうじゃなかったら、あなたに指輪の話をしてその力や秘密を打ち明けたとは、思えないの。あなたにだってわかるはずよ。そして、時期を見て、わたしに指輪を譲ったでしょうね」

「いつまでも寝ぼけたことを言ってるがいいわ、ルーシー。伯母さんがわたしを選んだ理由なんて、問題じゃないのよ。どんな理由だって、伯母さんは現実にわたしを選んだの。あなたを選んだのはミルトン伯父さんで、伯父さんにはそんな権利がないのよ。だって、指輪は伯父さんのものじゃないもの。わたしは伯母さんに指名された。あなたは手紙を読んで、伯父さんが書いたことが事実なのを知ってるわ。ヘレン伯母さんがおかしくなっていたのは事実で、指輪に取りつかれていたけれど、そのせいでわたしを選んだんなら、それはそれで受け入れるしかないのよ。

あなたはまだ小さかったから覚えてないでしょうけど、わたしは学校帰りにあなたの家に寄って伯母さんと過ごし、指輪のことを教わったの。あれから二十年以上になるけど、この指輪があったらなにができて、どんなふうに人生を変えられるか、ずっと考えてきたわ。

いまわたしは三十八よ。あなたがミルトン伯父さんを発見したのは、運命だと思う。そのおかげで、わたしの手元に指輪が戻った。これでやっと、計画されていたとおりわたしのものになったわ」

「おばあちゃんから指輪を見せられて、その力を教わったとき、あなたは十二歳だったのよね。両親にはなにも言わなかったの？　お兄さんにも？」

「ええ、言わなかったわ。逆に、なんで言わなきゃならないの？　父は存在すら知らないだろうし、知ってたとしても、関心なんてないし。わたしが指輪を持って失踪したら、父とコートはびっくり仰天するでしょうけど、あのふたりには指輪の威力がまったくわかってないからよ。そして母のほうは、人生において大切なことはふたつだけなの。父の妻であることと、そして魅力的に見えること。父にとっては完璧な妻ね。父の望みはより多くのお金を手に入れることと、美しい妻をはべらすことだもの」目つきが鋭く、ずるそうになった。親の両方をくさすのは、自分のほうが優れていると思いたいから？

ルーシーはそっと手首を動かしつづけていた。ロープがゆるんできている。

「わたしはずっと夢見てきたのよ、ルーシー。このすばらしい指輪があったら、なにができるかをね」指輪をぐっと握りしめ、眉をひそめた。「いつも冷たいものなの？　変ね。でも、冷たかったか温かかったか、覚えてないわ」

冷たいってどういうこと？　ルーシーは言った。「ええ、いつも冷たいわ。ミランダ、それでなにをするつもりなの？　たった八秒しかないのよ。なにかを変えるには、短すぎる時間だと思うけど」

「あなたはなにをしたの、ルーシー？」

「殺人鬼に撃ち殺された上司の命を救ったわ。どうにか銃弾が当たらないように彼を突き倒すことができたの」

「興奮したでしょうね。で、あなたの上司は自分が死んだことにも気づいていない」ミランダが笑顔になった。「ルーシー、あなたって欲のない人ね。あなたに指輪を持たせたら、過ちを正すことに生涯をかけて、真実と正義のために終わりのない闘いを続けるんでしょうね、ミズ・スーパーウーマン。少し想像力を働かせてみたらどうなの。この指輪でどれだけ儲けられるかわからない？　ラスベガスに旅行して、ブラックジャックをしたらどうなると思う？　ディーラーがカードを配ったところで、〝SEFYLL〟と言ったら、デッキからどんなカードが出てくるか確実にわかってるのよ。ルーレットだってポーカーだって、どんなゲームだって思うがまま。少し想像力を働かせれば、そのすべてに自分の思いどおりに勝てるのよ。大金持ちになれるのがわかる？　しかも気をつけていれば、誰にも疑われないんじゃないかしら？」

「そんなこと、考えもしなかった」ルーシーは正直に言った。でも、もっと時間があったら、考えただろうか？　ミランダのように？

「なにができるか、ありとあらゆることを考える時間があったの」ミランダは言葉を切り、目をつぶって、指輪を握りしめた。ルーシーにはその顔が輝いて見えた。

「そうよ、大勢の人をほぼ思いどおりに動かせるわ――なんの努力もなしに」

「どういうこと？」

「自分の言ったりしたりしたことを、取り消したいと、何度思ったかしら。ここぞというときに、それができるのよ。思ったようにことが進まなかったときとか、他人に期待を裏切られたときは、ただ〝SEFYLL〟と口にして、やり方を変えればいい。ヘンリー・キッシンジャーと交渉したって、やりこめられやしないわ。だって、あらかじめ彼がなにを言うかわかってる、いえ、なにを言うか確認できてるんですもの。こんな安直なことってある？」

人を操るということだ。「それじゃ、生きていることにならない。あなた個人のテレビゲームのなかで生きているみたいなものだわ」

「わたしには自分がなにを望んでるかわかっててね、ルーシー、しかも頭がいいの。うちの家族は、あなたを含め、わたしのことを無能だと思ってる。でも、実は頭がいいのよ、聞こえてる？」

「そんなふうにどなられたら、いやでも聞こえるわ」

「わたしは父が母を見て、首を振るのを見たわ。今回うちに戻ったら、父から仕事を見つけてやろうかと言われてね。前にもあったのよ、わたしの時間や才能を無駄にする退屈な仕事をね。この指輪を手にしたら、給与の計算をしたり、どっかのまぬけの手当を勘定したりできると思う？

そうよ、父がぐだぐだと株式と債権の話をして、自分のすばらしさを得意げに語っているあいだ、わたしは八秒間に可能なことを考えていた——その八秒を売買に使うこともできる。わたしが望めば、世界一の大金持ちになることだって夢じゃないわ」ミランダは指輪にキスし、勝利の印に腕を突きあげ、狭い室内をワルツのステップでまわった。声をあげて笑っている。

ルーシーは手首を動かしながらそのようすを見ていた。あと一分。祖母から指輪を見せられなかったら、ミランダはどんな人になれただろう？「ミランダ、男たちふたりにわたしを殺して指輪を奪うように指示したぐらいだから、わたしはべつにいらないんでしょう？なのになぜここまで運んだの？」

ミランダはまだ指輪を握ったままだった。「正直に言うと、お金を払ってあの男たちにあなたの殺害を依頼したのを後悔しててね。だって、わたしが欲しいのは指輪だけだもの。でも、武器を携帯したＦＢＩの捜査官を襲うとなったら、なにを奪うにせよ、証人を残しておくことはできないとあいつらに言われたのよ。わたしが自分でやるべきだった。

あなたは気がついてるかしらね、ルーシー、この指輪のほんとうにすごいところは、誰も――ただのひとりも――八秒のあいだになにかが変わったことに気づかないことよ。時間はただの時間で、起きたことはただ起きたことなの。そんなとてつもない力を手にしながら、ほかの人にはそれと気づかれないのよ」ミランダはしばし黙って、眉をひそめた。もう一度指輪を握りしめ、笑顔を輝かせた。「でもあなたになら、ルーシー、わたしがこの指輪を使ったらわかるんじゃない？　わたしと一緒に八秒間を経験することはないけど、あなたにならわかるだろうし、わたしが言えば、自分で経験しているから信じてくれる。この世界で、なにが起きたか知って、力を理解してくれるのは、あなただけなのよ。

最初の実験はなににしたらいいと思う？　あなたを撃って、それを取り消そうかしら。あなたにはわからないけど、わたしにはわかる。そしてあなたが死ぬ八秒前だとわたしが言えば、あなたは信じるでしょうね」

ええ、そうでしょうね。ルーシーは唾を呑んだ。「別の実験にしない、ミランダ？　時計を床に叩きつけてから〝SEFYLL〟と唱えたら、またナイトスタンドに戻ってるかどうかとか？」

「あなたを撃ったら、輝かしい証明になるんだけど」ミランダはため息をついた。「でも、いいわ、わたしが使うのははじめてだから、どうでもいいものからがいいかも。そうね、この置き時計にしましょう」ミランダは床に時計を叩きつけて、「SEFYLL」と叫んだ。

69

ノースカロライナ

彼女が引き金を引いた。クープは脇腹に鋭い痛みを感じて、ショックに悲鳴をあげた。息を切らして転がり、自分を取り戻そうとした。脇腹に血があふれてシャツに浸み、羊革のコートにまで広がるのがわかる。まさかカーステンがERに運んでくれるとは思えないので、止血しなければ、命にかかわる。

カーステンは笑顔で見おろしていた。「もうでかい口を叩くんじゃないよ、ミスター・捜査官。いいざまだよ、ぶっ倒れて、血を流して。さあ、これで血を止めな。運転なんて真っ平だからね」彼女は後部座席に山積みにしてあった衣類から、黒いTシャツを放ってよこした。「ブルースの服が残っててよかったね。このTシャツなら使える。そう汚れてないし。ああ、がっかり。とっておくつもりだったのにさ」

クープは自分のシャツをはいで、傷口を確認した。さいわい傷は浅くて、貫通していた。ただ、出血は続いている。Tシャツを丸めて銃弾の出入り口にあて、ベルトを使って固定した。これでいい。深呼吸をして痛みを受け入れ、それを脇に押しやった。羊革のコートの内側に血が溜まっているが、不思議なことに、穴は開いていない。コートのことを考えただけで、自分がほほ笑んでいるのに気づいた。

「なにをにやにやしてるんだ？　ばっかじゃないの、あたしに撃たれたんだよ！　さあ、とっとと動いて！　運転する気がないんなら、ここで死んでもらう。自分で選びな」

クープはゆっくりと立ちあがった。体を動かすことはできるが、機能が落ちている。けれど、彼女がまだ自分を生かしておきたがっていることは証明できた。人質、少なくとも運転手としては使いたいのだろう。だが、彼女を止められるかどうかは、ほかの誰でもなく、自分にかかっていた。「運転するよ」

「だろうね。さあ、こんなとこでのんびりしてられないんだから、行くよ。あと二時間もしたら、モーテルに入って少し休もう」

ハイウェイに戻ったとき、クープの視界に一瞬、赤いものが映った。ポルシェ。そう、サビッチのポルシェだった。

70

シャーロックは前方を見ていた。ふたりを乗せた車が前方の車列にまぎれこむ。「クープよ。ダッジに乗ってるわ！」

サビッチは即座に反応して、大型のＳＵＶ車の背後にポルシェを入れた。「おれにも見えた。後ろに下がって、ダッジが停まるのを待とう」

そのときふいに、ノースカロライナ・ハイウェイパトロールの巡回パトカーがポルシェをまわりこんで前に出ると、そのまますっ飛ばしていった。銀色の車体に幅広の黒いストライプと州警察のロゴは、見落としようがない。

「まずいわ、ディロン。あの人たちカーステンを停めるわよ」

巡回パトカーはダッジに向かってまっしぐらだった。無線を手にして通話をしている警官が見える。その相棒は窓から頭を突きだして、どなっている。ナンバープレートが汚すぎて読めないとでも言っているのだろう。

サビッチはアクセルを踏んだ。周囲のドライバーたちが注目して、首を伸ばしてうかがっている。車の流れが遅くなった。

巡回パトカーのサイレンが鳴りだした。

シャーロックは携帯で、ノースカロライナ・ハイウェイパトロールに電話をかけた。

ダッジが巡回パトカーを振りきろうと速度を上げ、車間を縫って遠ざかるのをただ見ているしかなかった。幸運を祈るしかない。いまやクープがはっきりと見えた。カーステンが背後を確認して、ふたたびクープを見る。そして銃を振りまわすと、背後に狙いを定めた。そのとき、巡回パトカーの助手席にいた警官がにわかに発砲しだした。

71

助手席のカーステンは、腰をすべらせて頭を下げ、またもや肋骨に銃を打ちつけた。「あのあほ警官たちが撃ってきた！　なんでこの車のことがわかったんだ？　さあ、ここから抜けだすんだよ！」

クープはアクセルを踏んだ。巡回パトカーの背後からサビッチのポルシェが追ってきている。二台揃ってダッジとの距離を詰めつつあり、カーステンは罰当たりな言葉をわめき散らしていた。と、ふいに一発の銃弾が後ろの窓に当たって、ガラスを砕いた。一発また一発と飛んできて、助手席側のバックミラーに命中した。標的はカーステンで、クープのほうには撃ってこない。警官たちの射撃の腕がいいことを祈るしかなかった。

見ると、カーステンが体をひねって、窓を下げていた。そこから身を乗りだし、警官たちに向かって撃ちだした。

千載一遇のチャンス。

クープは右に急ハンドルを切った。路肩の砂利を横すべりし、フェンスを押し倒してタバコ畑に突っこみ、刈り取られた茎のなかを進んでいく。その衝撃でカーステンは後ろに飛ばされ、後頭部を打った。気絶することはなかったものの、しばらくは口が利けず、青ざめて目がどんよりとしていた。と、起きあがって、銃を撃ちだした。クープにではなく、窓の外の巡回パトカーに向かってだ。パトカーは畑のなかまで追ってきていた。幅の広い畝《うね》に車体がはずむので、カーステンはグリップをつかんだ。彼女はクープが列のあいだを通らず、わざと茎を突っ切るように進行しながら、速度を落としていることに気づいて、シグの銃口とともに彼のほうをふり向いた。カーステンの銃はどこなんだ？　クープはこぶしを突きだして、あらんかぎりの力で彼女の顎を殴った。

　彼女が背後に倒れてグローブボックスで頭を打ち、その反動でまたシートにぶつかってはね返された。意識を失って、ぐったりしている。

　クープは畑の真ん中で車をすべらせて停まった。カーステンの落としたシグが床にあった。彼女の銃を探していると、巡回パトカーがすぐ後ろで停まる音がした。警官たちがこちらに向かって叫んでいる。

　答えなければ、撃たれるかもしれない。全身に響く脇腹の痛みを無視し、カーステンを視界の片隅におさめたまま、ドアを開けた。両手を挙げる。

「ＦＢＩの捜査官ですか？」

「ええ。クーパー・マクナイトです。彼女を、カーステン・ボルジャーを車のなかで殴りました。意識を失ってます」

サビッチとシャーロックが、こちらに近づいてくる。こんなに嬉しいことがあるだろうか。サビッチは刈り取った畝のあいだをそろそろとやってくる。みごとな塗装に傷をつけたくないのだ。

「ポルシェに撃たないでください。FBIです！」

クープは手を振って合図し、警官たちをふり返った。片方が携帯に出てうなずいたあと、クープを見て、言った。「彼女はほんとに気絶してるんですか、捜査官？　どこが悪いんです？　おっと、撃たれてるじゃないですか！」

クープは手を振り、車内に目を戻した。信じられないことに、カーステンが消えていた。走って車の前にまわると、彼女がタバコ畑を這って十五メートルほど先まで行っていた。

「あの家に向かってる！　カーステン、撃たれたくなければ止まれ！」

カーステンはこちらをふり返り、よろよろと立ちあがって、前方の家へと走りだした。

クープは脇腹の痛みを忘れて、彼女を追った。背後から、警官ふたりが彼女に向かって発砲しながらついてくる。サビッチが叫んだ。「クープ、彼女があの家にたどり着く前になんとかするぞ！　ためらうことはない——できることなら、彼女を倒せ」

ああ、わかってるさ。クープは息をあえがせ、血で皮膚が濡れるのを感じながら思った。もういい、もうじゅうぶんやった。立ち止まると、シグの狙いを定めて、引き金を引いた。

72

アレンビー・モーテル

ルーシーとミランダは小さなナイトスタンドの隣に敷いてある古ぼけたラグの上で粉々になっている電気時計を見つめた。

「二回壊したんじゃないのよね？」ルーシーは尋ねながらも、安堵のあまり喝采をあげそうだった。

ミランダは首を振っていた。「どういうこと。なにも起きないなんて。ヘレン伯母さんはわたしにならできると言ってたのに。あなたと同じよ、直系の親族だもの。伯母さんは父の姉だもの、できるはずなのに！」

こんどはベッドの枕をつかんで、ドアに向かって投げつけ、「ＳＥＦＹＬＬ」と叫んだ。お願いです、なにも起こらないで。

ふたりして、モーテルのドアの前でじっと動かない枕を見つめた。

ほっとしすぎて涙が出そうだった。けれど、なぜなにも起きないのかわからないのは、ミランダと同じだった。ありがとうございます、心やさしき主よ、わたしが撃たれたのでなくて助かりました。

指輪はミランダには反応しない。

ミランダは深いうめき声を漏らすと、うろうろと歩きまわりながら罵り、指輪を振っては、「ＳＥＦＹＬＬ」とくり返した。

その間にもロープはゆるくなり、手が抜けるようになった。ミランダはまだ指輪を持っていないほうの手で銃を握っているが、こちらを見てはいない。指輪を取り戻せようと取り戻せまいと、行動しなければならない。このままだと、嫉妬心と絶望に駆られたミランダに殺されてしまう。

ミランダがくるっとこちらを見た。「ヘレン伯母さんが約束してくれたんだもの、わたしにも使えるはずなのよ。だから、やり方がおかしいんだわ。どこがいけないのか教えてちょうだい、ルーシー」

ルーシーはミランダを見据えた。「わたしが指輪を持ったり、首から下げたりしたときは、とても温かいの。やり方に違いはないわ」

ミランダがゆっくりと言った。「あなたが持ってもすごく冷たいって、さっき言ったじゃない」

「わたしの嘘もまんざらじゃないみたいね」

ミランダが吠えた。トートバッグを遠くの壁に投げつけて、「ＳＥＦＹＬＬ！」と金切り声で言った。トートバッグは床に落ちたままだった。

ルーシーは言った。「あなたに指輪が使えない理由はひとつしか考えられないわ、ミランダ。あなたにはその資格がないのよ」

ミランダがにらむ。首をしきりに振りだした。「いいえ」つぶやくように言った。「そんなはずない。わたしはアラン・シルバーマンの娘なのよ！」指輪を振りまわしながら、ルーシーに向かって走ってきた。自分を見失って、わけがわからなくなっている。「アラン・シルバーマンの娘なんだから！」

ルーシーは距離が詰まったのを見定めると、右手を引いて勢いよく椅子から立ちあがり、ミランダの顔を強打した。

彼女が倒れた隙にふり返って、大急ぎでロープを外した。ミランダが起きあがろうとする音を聞いたのと、ロープがほどけたのは同時だった。自分のシグもミランダのケルテックも見あたらないけれど、指輪は見えた。床から拾いあげて、モーテルの部屋から駆けだした。

ミランダが叫んでいる。止まらないと、撃つわよ！

ルーシーはひた走った。煌々と明るい日差しに驚き、目を焼かれそうになりながら走った。モーテルの階段を下る。クープのコルベットに視線を投げたが、それも一瞬のこと、バッグを持っていない。銃弾が腕をかすめる。くるっとふり返り、「ＳＥＦＹＬＬ！」と叫んだ。

時が止まり、ルーシーはモーテルのほうに引き戻されていた。ミランダの叫び声を背中に聞きながら、また走った。こんどは左に折れ、スチール製のゴミ容器を盾にした。何発も銃声が聞こえるが、かすめもしない。携帯はないけれど、脚と指輪がある。ひた走ることでカーステンの手をのがれたアン・マリーにならって、自分もそうした。乾いた空気を肺に突き刺さるように感じながら走り、適当に角を曲がりつつ倉庫街を突き進み、駐車場を突っ切った。そのうちにさびれた商業地区にたどり着き、ショッピングモールに入るパトカーが目に入った。

それから二十分後、ルース・ワーネッキが愛車のシルバラードで警察署にやってきた。上から下へ、じっくりとルーシーを見た。「よかったわ、銃弾の穴がどこにも空いてないみたいで」純粋な安堵感から、ルースはルーシーを抱きしめた。「シャーロックから電話があったわよ」

ルーシーが身を引いて、ルースの腕をつかむ。「ようすがわかったの、ルース？　ディロンとシャーロックは彼らに追いついて、カーステンを倒したの？　クープは無事？」

ルーシーの目が恐怖に濁っているのを見て、ルースは即答した。夫のディックスが正気を失った犯罪者に連れまわされているのを想像したのだ。「ええ、元気よ」ほんとうは確認できていないが、いまのルーシーにそんな不安を押しつけるのは酷というもの。「シャーロックがまた電話をくれるから、詳しいことはそのときに。いいから、心配しないでね」

「よかった！　ルース、お願い、いますぐシルバーマン家に連れていって！」

73

　ほとんど遮蔽物がないにもかかわらず、カーステンは走りつづけた。前方、五十メートルと離れていない場所に小さな白い家がある。クープは一発の銃弾が彼女の頭の脇をすり抜けて、その前にある刈り取ったタバコの茎に当たるのを見た。彼女が白い家に向かっているのは疑いの余地がなかった。そこには人がいて、彼女の指示に従わなければ、殺されるだろう。

　なんとしても倒さなければならない。クープはふたたびシグを持ちあげて、引き金を引いた。彼女がびくんとして、左腕をつかむが、速度は落ちない。クープは一歩踏みだすごとに痛みに襲われながらも三発めを放ち、またもや外した。汗が流れる。なにも考えず、羊革のコートを脱いだ。警官たちが追ってくる足音がする。みな撃つのをやめ、彼女が家にたどり着くより先に追いつくことを最優先していた。

　そのとき小さな男の子と女の子が畝をまっすぐカーステンに向かって走ってきた。クープは警官たちをふり向いた。「子どもがいる、撃つな」

　子どもたちはなにかを叫びながら、まっすぐ彼女のほうに向かっている。どうしたんだ？

子どもたちが銃を持った三人の男に追われるかわいそうな血まみれの女の人を助けようとしているのだと気づいて、心臓が締めつけられた。

クープは叫んだ。「彼女から離れろ！　うちに戻るんだ！」けれど女の子は怯《ひる》まなかった。全速力でカーステンに向かい、幼い男の子が必死にあとをついていく。

警官のひとりが大声を出した。「おれたちは警官だ、戻ってろ！」

女の子は急停止して、男たちのほうを見た。だが、遅すぎた。カーステンが女の子の首に腕を巻きつけて、前に引き寄せた。男の子は息をはずませながらもカーステンに体当たりして脚を蹴ったが、実害を与えるには小さすぎる。カーステンはびくともしなかった。

十メートルほどの距離があっても、カーステンの手に銃があるのがわかる。

「スミス・アンド・ウェッソンだ」クープは言った。「あの女なら、躊躇なく使う」ズボンの腰に忍ばせていたのか？　なんにしろ、自分のミスだ。警官から撃たれないことを確認できしだい、必要とあらば彼女を裸にしてでも調べるべきだった。

男三人を前にして、カーステンは銃把で男の子を殴り倒した。警官のひとりが携帯を取りだし、汚い言葉を吐き散らしながら、救急車と応援を要請した。

カーステンは幼い女の子を人質にしている。抱き寄せて引きずり、家まであとわずか二十メートルほどだった。カーステンの視線の先にあるものに、クープは気づいた。私道に古くて白いピックアップトラックが停まっている。

まずい。このままだと、こんどは女の子を人質にして逃走してしまう。そんなことをさせてなるものか。クープは走りだし、カーステンの頭を狙って発砲した。カーステンがふり返った拍子に、女の子の顔が青ざめているのが見えた。首が絞まっているのだ。カーステンは反撃しつつ、女の子をピックアップへと引っ張っていく。

そのときだった。目に鮮やかな赤い髪が目に入った。シャーロックが深くかがんで、カーステンに近づいていく。

ドアがバタンと開く音がして、取り乱した女の高い声が響いた。「アマンダ！　どうなってるの？　あんた、誰？　ちょっと銃を持ってるじゃない！　うちの娘が苦しんでるわ！」

カーステンが放った銃弾は当たらなかったものの、女は膝をついて、茂みの背後に逃げこんだ。そしてまたすぐに立ちあがった。「娘を放して！」

カーステンは狙いを定めたが、アマンダと呼ばれた女の子がその腕に取りつき、激しく身をよじってわめいた。「だめ！　ママを撃たないで！」

74

ルースはシルバラードのアクセルを踏みこんで、日曜日の公道をチェビーチェイスへとぶっ飛ばした。ルーシーの手には指輪が握りしめられている。「ねえ、ルーシー、その指輪がなんでそうも貴重なのか知らないけど、そろそろ話してくれてもいいんじゃない？　ミランダはその指輪のためにあなたを殺そうとしたんでしょ？　なんでなの？」

「ミランダは喉から手が出るほど指輪が欲しかったのよ、ルース。わたしの祖父が書いたとおり、指輪にある種の力があると信じ、それが自分のものだと考えたから。そして、その力をよみがえらせようとしたんだけど、思ったようにいかなかったの。たぶん彼女はそのことで母親を問いつめて、腹を立てる。そうなったらなにをしでかすかわからないわ」

ルースがハンドバッグを投げてくれる。ルースは続けて携帯を取りだすと、オリーの短縮ダイヤルを押した。

「ううん、ルース、応援を呼ぶのはもうちょっと待って」

ルースはいぶかしげにルーシーを見た。「あなたにとっては家族なんでしょうけど、ルーシー、あの人たちは異常よ。はっきりそれを感じるの。だから、あなたもわたしも通常の手順を踏まないとね」そう言って、オリーに電話した。

シルバーマン家の私道に入ると同時に、一発の銃声が響いた。

ルーシーはシルバラードを飛びだし、ルースはその背中に叫んだ。「ひとりで入らないで、ルーシー。聞いてくれないと、ぶつわよ！」

だが、ルーシーは止まれなかった。玄関のドアを開け、優美なエントランスホールを突っ切って、リビングに突進した。重厚な木のドアを開けるや、ぴたっと立ち止まった。大叔父夫婦とコートが、アランのお気に入りであるバーガンディ色の革張りソファのかたわらで身を寄せあっていた。ミランダを前にして、立ちすくんでいる。

アランが妻の前に出た。「やめなさい、ミランダ、いいか、その銃を二度と撃つんじゃない。おまえのお母さんなんだぞ、母親に銃を向けるやつがあるか！」

ミランダは重いケルテックを持ちあげ、銃口を父親に向けた。「お父さん、どうしてこの女をかばうの？　お父さんを裏切って、ほかの男性の子を身ごもった女なのよ。この女のせいで、わたしはもらうべきものを奪われたわ。わかる？　この女はわたしからすべてを奪ったの！」

ルーシーは言った。「ミランダ、もうやめて。母親を傷つけるなんて、よして！」

ミランダがぐるっと向きを変えた。「ルーシー、出てって。このうちに入ってこないで。

どういうつもりなの、ルーシー？　わたしを撃つ？　そこの女もそうなの？　やっぱりわたしを撃ちにきたの？」

ルーシーは諭すように言った。「いいえ、あなたを撃つわけないでしょう、ミランダ。ルースだってそんなことしないわ。こんなことを終わりにしたいだけ。さあ、銃を放して、ミランダ。それですべて終わりにできる」

「いいえ、終わりになんかならない。わたしのもののはずだったのに、この女のせいですべて台無し。わかる？　この女のせいでわたしにはなにもなくなっちゃった。なにもよ！」

「そんなわけないじゃない、ミランダ。誰だってそうなのよ。よく考えてみて、ただの指輪、本来あってはいけないくだらない指輪なの。あなたはこれまでずっと、指輪なしで暮らしてきたわ。ちゃんとやってきた。指輪なんて必要ないの。さあ、銃を放して。そしたら、あなたが納得するまで話をしましょう」

ミランダは取りつく島のない声で言った。「アラン・シルバーマンはわたしの父親じゃなかった。尋ねたら、母が真実を吐いたわ。母はコーヒーハウスで出会ったアーティスト崩れと寝たのよ。信じられる？　父が――アランが――仕事にかまけて会えないから寂しかったからって。わたしを守りたくて黙ってたと言うけど、母が守りたかったのは自分よ。

わたしに指輪が使えなかったのは、そういうわけ。シルバーマンじゃなかったから。わたしもコーヒーハウスで出会ったアーティストを好きになったなんて、皮肉だと思わない？

ひどいだめ男だった。わたしの父も、きっとそうだったのよ。わたしもそう。いまならそれがわかる。それに引き換えあなたはどう？　ちゃんと大人になって、ＦＢＩの捜査官として働き、指輪を持ってて、あなたになら使えるんでしょう？　誓ってもいい、わたしはモーテルの外であなたを撃った。でも、あなたはわたしが思ってた場所にいなかった。あなたが死んで当然だってわけじゃない。実際、そうじゃないもの。結局、あなたがすべてを手に入れた」

彼女は声をたてて笑った。「それなのにまだあなたはわたしを追ってきたの、ルーシー？　わたしを逮捕したくて？」そして笑い声とともに、引き金を引いた。

75

ふたたび母親を撃とうと銃を構えるカーステンの腕に、女の子が取りついて暴れる。カーステンは女の子を殴った。その右肩にサビッチの放った銃弾が命中した。カーステンは悲鳴を上げてよろめき、女の子もろとも地面に倒れた。

「シャーロック、母親を見てくれ！」

カーステンのもとへ走るサビッチとクープに対して、シャーロックは母親のもとへ急いだ。女の子が甲高い悲鳴をあげている。女性のかたわらに膝をついた。生え際に血が細い線を描いていた。「もう大丈夫ですよ。ＦＢＩです。アマンダは保護しました。娘さんは無事です」

「でも、テイラーは？　テイラーはどうなの？　わたしの坊やは？」

シャーロックが叫んだ。「坊やは――坊やは無事なの？」

クープが叫び返した。「ええ、無事だと警官が言ってました。全員、無事です」

「テイラーは大丈夫です。さあ、血を拭かせて。よかった、かすめただけだから、すぐによくなりますよ」

「あの女がアマンダをこちらに引きずってて、テイラーが見あたらなかったんで、てっきり――」子どもたちの母親は言葉に詰まると、しゃくりあげるようにして泣きだした。シャーロックは額の血にハンカチを押しあてた。「わかります」彼女に話しかけた。「よくがんばりましたね」

カーステンともども地面に倒れるや、女の子は体をよじって彼女から離れた。よろよろと歩きだしたものの、横倒しになり、空気を求めて大きく何度も息を吸うと、首をさすって声をたてずに泣きだした。

サビッチはクープが女の子を抱き寄せるのを見た。体を揺さぶって、話しかけている。「大丈夫だよ。きみのママも弟さんも、よくなるからね。弟さん、テイラーっていう名前なのかな?」女の子のぎこちないうなずきを受けて、彼は続けた。「そう、テイラーは無事だからね」しがみつく少女の額にキスし、体を揺さぶりつづけた。サビッチが脇を駆け抜け、カーステンのかたわらにしゃがんだ。肩の高い位置から出血しているが、意識は失っておらず、うめき声を漏らしながら、目を閉じて左右に首を倒している。サビッチは彼女の古いスミス・アンド・ウェッソンを拾いあげた。

クープは最後にもう一度アマンダの額にキスして抱きしめると、警官の片方に託した。カーステンのもとへ向かい、サビッチの隣に膝をついて、顔を近づけた。「カーステン、聞こえるか?」

カーステンが目を開いて、まずクープを見つめ、続いてサビッチに視線を転じた。「人殺し」小声でサビッチに言った。「あんたがあたしを殺したんだ」

「いいや、おまえは死なない」サビッチは応じた。自分のシャツを引きちぎり、それで彼女の肩を強く圧迫した。

カーステンが唾を吐きかけようとする。「あんたはブルースを殺した。そんなこと間違ってる、しちゃいけなかったんだ。あんたなんかうんと痛みに苦しめばいいんだ」

サビッチはクープに尋ねた。「彼女はなにを言ってるんだ？」

「彼女に脇腹を撃たれました。いえ、心配いりません、大丈夫ですから」

サビッチは顔を注視してうなずくと、カーステンの肩の傷口からシャツを持ちあげて、出血が減ってきているのを確かめた。

カーステンが唇を舐める。死体のように青ざめ、口紅もファンデーションもすっかりはげている。激痛のはずなのに、声ひとつたてない。沈黙の末に、ふと彼女が漏らした。「父さんはなんて言うだろう」

サビッチとクープはサイレンの音を聞いて、顔を上げた。二台の救急車がバサバサと音を立てながらタバコ畑をこちらに向かってくる。その背後には半ダースのパトカーが追従していた。

76

ルーシーとルースは揃って床に身を投じて転がった。ミランダの撃った銃弾が窓に当たってガラスを砕く。ミランダは人に向けて撃っていなかった。ルースがシグを抜くのを見て、ルーシーは叫んだ。「やめて、ルース、彼女を撃たないで！」

ルーシーはゆっくりと立ちあがった。ミランダは三メートルほど先で彫像のように立ちつくし、ルーシーと父親を——実際にはまったく血のつながりのなかった男を——交互に見つめていた。そして、いよいよ母親を見ると、静かに告げた。「お父さんはあなたを愛してる。それにあなたはわたしの母親だもの、やっぱり殺せない。殺したかったけど」ふたたび父親を見ると、目に深い悲しみをたたえて小さくうなずいた。ゆっくりと銃を持ちあげ、口に

——

「やめて、ミランダ！　だめ！」

「これがわたしの望みよ、ルーシー。選ぶのはあなたじゃなくてわたし。指輪を使うのはなしよ」

静かな部屋に銃声がまがまがしく響いた。

ルーシーは倒れるミランダに駆け寄り、ルースがあとに続いた。ジェニファーは悲鳴をあげ、夫から離れて娘のもとへ走った。手に銃を握ったまま、横向きに倒れている。アランもコートもその場に釘付けされたかのようだ。彼らの知っている世界が終わりを告げたいま、新たにはじまった恐ろしい世界でどうふるまったらいいかわからないのかもしれない。

ルーシーは指輪を取りだしかけたが、ふと手を止めて、損なわれたミランダの顔を見おろした。髪は赤く染まり、そこらじゅうに血が飛び散って、背後の壁も天井際のモールディングまで血飛沫《ちしぶき》が飛んでいた。ジェニファーは娘の上に身を乗りだして体を前後に揺すり、力を失った娘の手を両手で握って、泣き濡れていた。彼女がなにも理解できずにいるのが、ルーシーにはわかる。なぜこんなことになったのか？　言えることがあるとしたら、遠いむかしに彼女がそんな男性と寝なければ、そしてミランダがその男性とのあいだにできた子でなければ、まだミランダが生きていたであろうことだけ。けれど、指輪のことを彼女に明かすことはできない。

コートの声が聞こえる。「妹はここに駆けこんでくるなり、父のケルテックを振りまわして、母に会わせろとどなった。母のことを〝あの売女〟呼ばわりして。問いつめられた母は、ミランダを産む前に不貞行為を働いていたことを明かした。母は黙っていたことを詫びて許しを請うたが、ミランダは手に負えなくなってた。わたしの人生を台無しにした、わたしのものを奪った、おまえのせいで指輪が使えないと母を責め立てて、天井に向かってケルテックを撃ったんだ。そのあと笑いだしたが、これがまた恐ろしい声で、笑いでもなんでもなかった。死ぬまであの声を忘れられそうにない。でも、ミランダはなにを言ってたんだろう？　指輪がなんだっていうんだ？」

アランは動かなかった。彫像のように立ちつくして、亡くなった娘とそのかたわらで体を揺すっている妻をながめている。胸を掻きむしられるような彼女の泣き声が静かな部屋を満たしていた。

ルーシーが口を開いた。「こんなことになってほんとうに残念だわ、アラン叔父さん」

アラン・シルバーマンは肩にかかっていた息子の両手をふり払って、ルーシーを見た。

「おまえのせいだぞ。おまえのせいで死が引き寄せられ、痛みがもたらされたんだ。おまえとその邪悪な指輪のせいで」妻のそばまで行き、隣にひざまずいて、腕に抱えた。ジェニファーは夫の胸に顔をうずめて、むせび泣いた。

ルーシーは我慢しきれずに涙をこぼした。ルースが抱き寄せて、背中を撫でてくれる。

「叔父さんはつらくて気が動転してるのよ、ルーシー。あなたのせいじゃないって」

ルーシーはルースの手にしがみついた。死のにおいに取り囲まれているようだった。大叔父を見ると、妻の頭上越しにこちらを見ていた。ゆがめた顔が涙に濡れている。

ジェニファーが身を引き、夫を見あげた。「ルーシーのせいじゃないわ、あなた。すべてわたしがいけないんです。あんな男とつきあわなければ——この指輪が、あの子にはどうしてそんなに大切だったのかしら。わからない」

ジェニファーは夫の胸に戻って、すすり泣いた。

玄関のドアが乱暴に開けられる音がした。男女のどなり声。荒々しい足音。オリーの大声が聞こえた。「全員、動くな!」

周囲に渦巻く声はどれが誰のものだか聞き分けられなかった。せわしげな声や、疲れた声。そのすべての声の主が動きまわって、銘々の仕事に精を出している。彼らにしても大叔父にして、誰もルーシーのことなど見ていない。彼らの目はミランダの死体に向けられていた。

77

ワシントンDC
ワシントン記念病院
日曜日の夜遅く

ドクター・レイバーンが脇腹の銃創の手当をしてくれているあいだ、ルーシーはクープの肩にやんわり手を置いていた。痣になった皮膚に黒い縫い跡が浮かび、黒い糸のあいだからじくじくと血が滲みでている。レイバーンは新しい包帯を巻いて傷口をカバーした。彼の腹部を貫通していたかもしれないと思うと、足の先まで怖くなる。カーステンに連れ去られたとき、もし自分が一緒だったら――

医師が体を起こして、歯をむきだしにしてクープに笑いかけた。「さあ、いいですよ、捜査官。しばらくは傷口が疼くでしょうが、二日もしたら新品同様によくなる。いや、二週間かな。あなたは運のいい男だ。数日後に抜糸ができるまで、運動は控えてもらいます。いや、三週間かな。二日間はなるべく歩かないように。いや、負担のかかる行動もいけないかな。縫い跡が開いたらまずいですからね」ルーシーに一瞥を投げた。

「ええ、ほんとうに」彼女は答えた。

「なんだって?」クープが尋ねた。

医師の話は続いた。「ノースカロライナのERであなたを治療した外科医は上手に修理してくれましたね。きちっとしたきれいな縫い目で、感染症の心配もないようです。ですが、帰宅前に念のため、ここへ立ち寄ってくれてよかった。主治医には明日、会えますよ」

「いや、明日はけっこう、火曜日にうかがいます。気分はいいんで、ドクター、どうもありがとう――」

「麻薬の舟に乗ってるからそんな口が利けるのよ、クープ」ルーシーは彼の手をぽんぽん叩いて、医師のほうを向いた。ルーシーと同年配ながら、目の下にスーツケースのように大きい袋ができている。「先生の言ったとおりにしますから、ご心配なく。わたしがちゃんと監督します」

「ぼくがいい子にすればね。でも、ルーシー、負担のかかる活動については相談の余地があるぞ」

「そうか、おふたりともFBI捜査官なんですね」

「はい」ふたりは声を揃えた。

「ご夫婦なんですか?」

「彼のことはろくに知りません」ルーシーは言いつつクープの頬にキスして、医師に笑いかけた。

医師はストレッチャーを囲っていたカーテンを開け、出がけに待っていたサビッチとシャーロックに握手すると、白衣をはためかせて足早に立ち去った。

サビッチとシャーロックは小個室に入って、クープの顔をしげしげとながめた。「ルーシーの言うとおりだ」サビッチは言った。「これから二日間のほうがいまよりつらいぞ。しっかり休息しろ、クープ。おまえには水曜まで職場で会いたくない」

「ですが——」

「水曜だ」サビッチは朗らかに念を押すと、ルーシーを見た。「きみの無事が確認できたときは、ほっとしたよ。いとこの件に関しては、みな気の毒に思ってる」

ルーシーにはうなずくことしかできなかった。ミランダが自殺したという事実がふたたび重くのしかかってきた。

「きみにも休みを取ってもらいたい、ルーシー。クープについててくれ。起きたことについてはあとで詳しく聞かせてもらう。捜査責任者のマイロ・ドワイヤー刑事は悲劇的な結末しか見ていないんで、なにがどうなったらそういう結論になるのか知りたがってる。刑事は、ミランダが激怒したのは、アラン・シルバーマンが生物学上の父親ではないと母親から聞かされたせいだと言っていた。指輪の話も出た。いずれあらためてきみから話を聞きたいそうだ。ただ、この点だけは聞かせてくれ——ミランダからどうやって逃げた？」

「手首を椅子に固定されていましたが、どうにか片手が使えるようになったんです。自分のシグや彼女のケルテックは手近にありませんでしたけれど、走ることはできました」

「ミランダがそうも指輪を欲しがった理由は？」

ルーシーは彼の目を直視した。「とても由緒のある、うちの一族に伝わって数百年になる指輪なんです。彼女はそれを自分のものにしたかったんでしょう」

きみを殺そうとするほど？　あるいは本人が自殺するほどに？　サビッチがシャーロックをちらっと見ると、妻はショーンが怪我をしたときのようにクープを撫でていた。

サビッチはルーシーに言った。「たぶんここにいるジョン・ウェインの世話で、きみは手いっぱいになる。きみたちはここで再びペアを組んで、すべてが終わったいま、のんびりと事実を把握してくれ。水曜まで、こいつを見張っててくれよ、いいな？　ふたりともまずは休むこと。水曜には遠くまで出かけなきゃならない」

実はクープはまだタバコ畑でしゃがみこんでいる時点でビンセント・デリオンに連絡していた。カーステンから聞いたアーネッテ・カーペンターを埋めたという場所を伝えるためだ。で、彼女が見つかった。ロイ・カーペンターが木曜日にサンフランシスコで行われる葬儀にはきみたちふたりに参列してもらいたいと言ってきた。奥さんを見つけてくれたお礼が言いたいそうだ。ただし、きみにその元気があれば、だが。おそらく向こうに行ったら、ノブヒルにもまわることになる」

クープは言った。「水曜には余裕で飛行機に乗れますよ。ノブヒルのことは、どうしてわかったんですか、サビッチ？」

「それ以外に説明がつかないからな。カーステンが携帯からかけた電話の相手を調べる時間はたっぷりあった。ところで、カーステンは一時間ほど前にノースカロライナで手術を終えた。これで負傷による死亡の心配はなくなったそうだから、あとは州と国と、どちらが先に裁判にかけるか決めるだけだ」

「ご苦労なことです」クープはおとなしくシャーロックにシャツのボタンをはめてもらっている。そして腑抜けた顔でサビッチに笑いかけた。「全員が無事に切り抜けられて、ほんとによかった。しばらくは危険な目に遭いたくないですね。あの母親ですが、子どもが無事だったことに大喜びしてるんで、ぼくたちを訴えないでくれるかもしれない。あの親子には一生ものの武勇伝ができた。テッド・バンディの娘を倒したんですから。あの子たち、学校で大人気になりますよ」

ぴたっと口を閉じて、唾を呑みこんだ。死と対面しつつ家族のひとりを失ったルーシーの前で、自分がいい気になってしゃべっていたことに気づいたのだ。サビッチやマイロ・ドワイヤー刑事と同様に、ミランダがどうしてルーシー殺害を企て、そのあと自殺に至ったのか、クープにも皆目、理解ができなかった。アラン・シルバーマンが父親ではないことが、そんなに問題だろうか。だが、どうやら彼女には重要なことだったらしい。そしてあの指輪。ロを開いてしゃべりかけたら、ルーシーにさえぎられた。「肩の力を抜いて笑うのよ、クープ。お医者さんに処方された薬を味わって、痛みがないことを味わうの。いいことなんだから」

シャーロックはつま先立って、彼の頬にキスした。「よくやったわ、クープ。あなたがカーステンの逮捕をたぐり寄せたのよ」ルーシーの肩をつかんでほほ笑みかけ、「あなたが無事で、どれだけほっとしたか」と、抱きしめた。

シャーロックは待合室に向かうふたりを見送った。薬ですっかりハイになったクープが鼻歌を口ずさみ、ルーシーの肩に腕をまわしている。「ワイオミングで羊革のコートを着て家畜でも追いまわしてそうね。コートがだめにならなくてよかったわ。内側に血の跡がついただけですんだそうよ」おどけた顔で夫を見た。「あのコートを着たクープって、黒い革ジャンを着たあなたと同じくらいセクシーだもの」

サビッチは眉をそびやかせ、遠ざかるふたりに声をかけた。「ルーシー、なにがあったか話したくなったら、電話してくれよ」

ルーシーは速度を落とすことなく、肩越しに答えた。「なにもお話しすることはないと思います、ディロン。でも、お心遣い、ありがとうございます」

クープは鼻歌を口ずさむのをやめた。「ぼくには指輪の話をしてくれるだろ、ルーシー?」

彼女はクープを見なかった。まだ自分の身のまわりで起きたこと、そしてその無残さに対する恐怖が生々しすぎる。ミランダの損なわれた顔や、死が膜となっておおったその目が、まぶたの裏に焼きついていた。それを脇に押しやって、クープを見あげ、脇に抱き寄せた。

「わたしにとって大切なことはすべてあなたに話したいわ、クープ。これからもずっとね」

78

ジョージタウン
日曜日の夜

シャーロックがキッチンのカウンターを最後にもう一度拭いたそのとき、ジェリー・リー・ルイスが「火の玉ロック」を歌いだした。「遅い時間に電話が鳴りだすのって、いやよね」

「サビッチだ」

「ベンだ、サビッチ」言葉を切って、深呼吸した。「ミセス・パティルが亡くなった」

「なんだって？　ジャスミン・パティルがか？　旦那のほうじゃなくて？」

「そうだ。彼女はジョージタウンの〈ショップン・ゴー〉に置いてあったミスター・パティルの署名が必要な書類を取りにいったんだ。店員として働いているパティルの遠縁のリシ・ラムが銃声を聞いてオフィスに走ると、ミセス・パティルが机に伏せて、書類が血だらけになっていた。彼はすぐに９１１に電話して、勝手口に走った。閉まっているはずが、開けっ放しになってた。で、外に駆けだすと、車が走り去っていくところだったそうだ」

「どんな車だ？」

「キアだと思うと言ってる。色は黒、ナンバープレートと運転手は見てない。リシ・ラムはそこまで話すと、自分は車に詳しくないからキャデラックだったかもしれない、母親の車がキアなんで、ついそう言った、と泣きだした。どうしようもない」

「ミスター・パティルはまだ病院なのか？」

「いや、昨日退院して自宅に戻った。すっかりよくなったそうだ。そこへきて、この一件だ。最初は彼がやられ、こんどは奥さんがやられた」ベンは深々と息を吸いこんだ。「彼にはまだ連絡がいってない。遠縁の男はまだ警察で事情聴取中だ。ミスター・パティルのところへ行くのに、ついてきてもらえないか？」

「ああ、行くよ」

「向こうで落ちあうんでいいか？」

「二十分後に」サビッチは携帯を切った。

シャーロックは夫の手を握りしめた。「ディロン、ミセス・パティルが撃たれて、亡くなったの？」

サビッチはうなずいた。けれど言葉にはせず、シャーロックとふたりでハロウィーンのために彫っていたふたつのカボチャを見つめた。床に種がふたつ落ちていたので、かがんで拾った。「そうじゃないことを願ってるし、祈ってもいる。だが、なにが起きたか、どうしようもなくわかる。いろんなことがありすぎて、こちらの対応が後手にまわった。だからベンに頼んで、ミスター・パティルに護衛をつけてもらったんだが。見とおしが甘かった。おれがばかだったんだ」

シャーロックは夫の頬に触れた。「あなたはばかじゃないわ。まずはあったことをすべてよく考えて——そのあとやるべきことを話してみて」

「ああ、そうだね。ただ、もう少し考えてみないと」

「考えたらいいわ。そして行動する」

うなずいたサビッチは、食卓をこぶしで叩いた。塩入れが小さくダンスを踊る。「この仕事がたまにいやになる」

シャーロックはそんな夫を抱きしめた。「ほかの人の選択まではコントロールできないわ、ディロン。あなたにできるのは正しく後始末することだけ。なるべく早くわたしたちの待つうちに帰ってきて」

79

サビッチはパティル家の前まで来ると、ベンのピックアップの後ろにポルシェを停めた。

ベンはピックアップから降りて、開いたポルシェの窓から頭を突っこむなり言った。

「やってられないよ」

サビッチはシートに頭をつけて、目をつぶった。「おれはこの件を突きつめて考えてなかった。それが悔やまれるよ、ベン」

「どうやらおれと同じ筋書きが頭にあるみたいだな」

サビッチはうなずいた。

ベンは窓枠を叩いた。「おれも残念だよ。正直、こんなことは考えもしなかった。こんなのあるかよ」

サビッチはぐったりしていた。死の重みと、人生という名の生地がばらばらにほどけて、拾いあげようにも、もはや糸くずしか残されていないことに、疲れを感じていた。「片付けてしまおう」

ナンディ・パティルは自宅のリビングで、美しい赤い革張りのリクライニングチェアに座っていた。ざっと数えただけでも、十人近い息子や娘、親類や友人に取り囲まれている。血色のいい顔で友人のアマル・アービンの話にうなずいていた。サビッチから見たアービンは、パティルよりもさらに華奢《きゃしゃ》で、いまにも倒れそうだ。今夜は脇の下あたりでズボンのベルトを締め、白髪は前回会ったときよりもさらに少なくなったような印象がある。あれからまだ二週間と経っていない。サビッチは部屋にいる人たちを順番に見た。クリシュナ・シャマはズボンにシャツ、ほっそりしたイタリア製のローファーという気楽な格好で干からびた伯父の隣に座り、どうやら退屈しているようだった。

パティルがこちらを見て、笑顔を輝かせた。「善き友人のサビッチ捜査官と、レイバン刑事、さあ入ってください。ジャスミンもすぐに戻ります。店から書類を持ってきてくれるように、頼んだものですからね」

「気分はどうですか、ミスター・パティル？」サビッチは尋ねながら、暖炉の前に移動した。

「それが驚いたことに、まだ生きてましてね。先週よりも、ずっといい気分ですよ、サビッチ捜査官。こんな名誉を与えられるとは、どういうことでしょうか？」

ベンが尋ねた。「ホーン巡査はどこに？」

「ああ、彼ならキッチンでできたてのおいしいナンを食べていますよ。うちの料理人はナン作りの名人なんです」

ベンは言った。「たいへんお気の毒ですが、あなたの奥さまが一時間前にジョージタウンの店で撃たれて亡くなりました」

彼のショックは見間違いようがない、とサビッチは思った。強く激しく、見ていて痛々しいほどのショックだった。そのあとに不信と失意、疑問と怒り――さまざまな感情が続く。サビッチはナンディ・パティルだけを見ていた。サビッチはベン同様、パティルを殺そうとしたのはその妻で、それに彼がやり返したのだと信じて疑っていなかった。

だが、違ったらしい。いや、パティルじゃない。彼は苦しみ、涙で目を曇らせている。パティルが突然、胸をつかんで、苦しげにうめいた。医者を連れてこなければ、とサビッチは思った。傲慢にも、パティルが復讐として妻を殺したのだと信じこんでいたので、医者が必要になるとは思っていなかった。

パティルのもとへ急いだ。戸口から声がする。「どいてください。わたし、救命士なんです。診せてください」豊かで長い黒髪をポニーテールにした体格のいい若い女性が走ってきて、薬の入った金属製の容器を彼の口にあてがった。

ようやくパティルが深い息をついた。

「気管支痙攣を起こしてました。こんなになるなんて、いったいなにを言ったんです?」

「今夜、彼の奥さんが殺されてね」ベンは若い女に淡々と告げた。

「ジャスミン叔母さんが殺された?　なんなのこのうちは?」

またもや怒りと不信と失意がくり返された。こんどはFBIとワシントン首都警察が藪《やぶ》から棒にもたらした悲惨なニュースによって、ミスター・パティルがここ、彼の自宅のリビングで死にかけたことに対するものだ。

サビッチは一、二分やり過ごし、パティルが落ち着くのを待って手を挙げた。室内が静かになると、話しだした。「ミスター・パティル、心からお悔やみを申しあげます。あなた方全員に聞いてもらわなければならないことがあります」ベンにうなずきかけた。

ベンが言った。「たいへん申しあげにくいのですが、サー、警察では、あなたの奥さまが男女ふたりを雇い、物盗りに見せかけてあなたの殺害を企てたとみています。サビッチ捜査官がひとりを殺し、もうひとりは逮捕されましたが、いまだ黙秘しています。おそらくこの男女による最初の試みが失敗したあと、奥さま自身が店に出かけていき、背後からあなたを撃ったのでしょう」

パティルは首を振りつつ、呆然とふたりを見つめていた。「いや、まさか、ありえない。ジャスミンはわたしを愛してくれているんですよ。正直に言って、わたしが彼女に捧げるよりも深い愛情を捧げてくれている。妻は輝く光そのもの、わたしの殺害など企てられるはずがありません」

「ほんとうにお気の毒です、サー」サビッチは言った。「彼女が今夜殺されたと聞いて、わたしもレイバン刑事もあなたを疑いました。彼女に殺されかけたことに気づいて、仕返しをしたのだと思ったんです」

パティルが息を吞んだ。「いや、そんな」

サビッチはクリシュナ・シャマを見た。「あなたとミセス・パティルは不貞を働いていましたね、ミスター・シャマ。わたしたちは気づいていました。終わりにしたかったのですか？　あなたの伯父さんとミスター・パティルが親しいから？　それともジャスミンのほうがうんと年上だから？　理由はなんです、ミスター・シャマ？」

シャマはベン・レイバンからサビッチに視線を戻した。「ええ、ジャスミンとぼくは恋人同士でした。もう一年ほどになる。関係を終わらせたいと思ったことはありませんよ。ぼくから彼女を離れるなど、考えられない。彼女を愛してたんです。でも、死んでしまった。殺したのはミスター・パティルに決まっている」

パティルは涙で頰を濡らしていた。この十分のあいだ、魂の底まで揺さぶられ、目がうつろになっている。

クリシュナ・シャマが言った。「聞いてください。ぼくはジャスミンを殺していない。彼女がご主人の殺害を企てたことも知らなかった。知らなかったんです」

サビッチはミスター・アービンを見た。「あなたとナンディは幼なじみだ。ただ、あなたのほうが年上でしたね？」

「十二歳上です。この年だと一生分ぐらいの違いがある」老人は言った。まばたきひとつせずに座っている。

「ナンディのことを弟のように愛しておられるのでは？」

「もちろんだとも。わたしにとって大切な存在だ。死にかけたときは悲しみで胸がいっぱいになった」

「そのあとあなたは、甥とジャスミン・パティルが愛人関係にあることを知った。あなたもナンディも裏切られたわけです。激怒されたのではないですか？」

「そのとおりだよ。強盗事件のときレイバン刑事から話を聞かれたのがきっかけで、疑いが芽生えた。たんなる疑いだった――ジャスミンとクリシュナのあいだにやりとりされる目配せや言葉の端々から感じ取ったのだが、わたしは無視することにした。そしてナンディが二度めに撃たれたとき、すべてが明らかになった。裏を取るために、わたしは彼の弁護士を通じて犯罪者であるミスター・ウェンケルに大金を払い、雇い主がジャスミンであったことを内々に確認した。

ナンディとは血のつながりこそないものの、兄弟にはちがいなく、この無明《むみょう》の世にあって重要な存在だった。彼には妻がどんな人間になったか見えておらず、その所行にも気づいていなかった。もし、彼女に裏切られていて、その相手がわたしの血を分けた甥、いまわたしの横で偉そうにしているこの不届きな食わせ者であると伝えたとしても、ナンディは信じなかっただろう。現にいまも、あの女が金のために彼を殺そうとしたことを信じようとしていない。あのままではジャスミンとこの卑劣漢の思う壺だった」

室内は水を打ったように静まり返った。みな息をすることも忘れているようだった。

ベンが言った。「あなたはミスター・パティルが怪我で死なないのが確実になって退院するのを待ってから、彼女を殺す人間を雇って決着をつけることにした。妻に裏切られた友人のかたきを打つために」

アービンは黙ってうなずき、顔を上げると、サビッチとベンに向かってとびきりやさしい笑顔を浮かべた。「おたくの地方検事がわたしをどう処分したがるかわかっているがね、それを案ずるにはわたしは死に近すぎる。裁判で納税者の金を使うほどの価値はない」

「伯父さん、やめてくれ！」

「クリシュナ、黙りなさい。おまえはわたしの名誉を汚し、この世におけるわたしの親友の名誉を汚した。おまえとは二度と口を利かんぞ。おまえなどいまやわたしにとって石ころ同然。糞と同じぐらい無価値だ」

クリシュナ・シャマはうなだれた。

ふたたび室内がしんとなった。

パティルが言った。「クリシュナ、よくもそんなことができたものだな。わたしの理解を越えている。だが、そうは言っても、わたしは老人だ。もはや欲望らしきものの記憶しかない。それが男女を不名誉な行為に走らせ、大切であるはずの人を傷つける。クリシュナ、わたしは妻がわたしに対する欲望を失ったことを知っていたが、さして気にしていなかった。きみの伯父さんは復讐に走った。わたしはそれを残念に思う」パティルはつぎに友人を見た。「アマル、わたしなら裏切ったジャスミンを殺さなかっただろう。彼女のほうが殺そうとしてもだよ。彼女と離婚し、いっさいの財産を奪ったうえで、通りに蹴りだしてやっただろう。名誉だと、アマル？　彼女を殺せば、わたしの不名誉がそそがれるのか？　ありえない。きみはわたしの家に死を招き入れただけだ。

さあ、もし許されるのであれば、ひとりにしてもらえませんか、サビッチ捜査官、レイバン刑事。この男たちの顔は二度と見たくない。だとしても、夢では見るでしょうが。やりきれない話です」

サビッチはパティルの両手を握った。「今回の一連の騒動に、心からお悔やみを申しあげます、ミスター・パティル」

パティルは苦しみの溜めこまれた目をサビッチの顔に向けた。「あなたはやさしい。そういう人です」

80

サンフランシスコ、ノブヒル
水曜日の夜

ビンセント・デリオン刑事は好奇心を刺激されつつも、息子が中古のホンダに払ったよりも高額であろう優雅なウイングチェアにゆったりと腰かけて、クリフォード・チャイルズのリビングの特大のガラス窓からサンフランシスコ湾の絶景を楽しみ、クーパー・マクナイトとルーシー・カーライルの捜査官コンビが、セントラ・ボルジャーに諜報レーザーを向けるのを見物していた。

セントラ・ボルジャーは青系統の錦織を張った美しいソファで見惚れるような脚を組み、手には緑茶の入ったカップを持っていた。とびきりヒールの高いオープントウをはき、フレンチネイルにした美しい足先を見せている。頭のてっぺんから足の先まで金がかかったスタイルだ。白い肩が片方むきだしになった黒のロングドレスをまとい、黒っぽい髪は艶やかなシニョンにまとめている。王国を統《す》べる女王として、配偶者に背後を守られているようでもあった。

クリフォード・チャイルズは彼女の背後に立ち、わがもの顔でその裸の肩に手を置いていた。チャイルズはいらだちに声をガラスのように尖らせた。「突然の来訪にもかかわらず、お会いしたが、ほどなくデイビス・ホールに出かける。交響楽団が今夜、セントラが大好きなメンデルスゾーンを演奏するんでね。それで、どういう用件なんだね？ なぜ彼女に話がしたいか、聞かせてもらおうか」

クープはポケットから携帯を取りだした。その動きで脇腹が少し引きつったが、ありがたいことに、日に日によくなってきている。

セントラ・ボルジャーとクリフォード・チャイルズはともに紫色の携帯を見てから、クープの顔を見た。

ルーシーが言った。「ミズ・ボルジャー、この二カ月のあいだ、カーステンはあなたに何十回と電話をかけていましたね。最後に電話したときは、マクナイト捜査官もカーステンの人質として車に乗っていました。彼女に助言されたのではないですか？」

セントラのたおやかな白い手はゆったりとして動かず、表情もまったく変わらない。彼女はため息をついた。「心配させたくないから、クリフォードにはなにも言ってないのよ。でも、正直に言うと、あなた方がいつ来るかと思っていたわ。ほんとうのところ、カーステンがどんな状態なのか、あなた方に電話して尋ねようかと思ったくらい。だってマスコミはくだらないことばっかり流してるんだもの」

チャイルズが口をはさみ、嫌悪のこもった声で言った。「そうだ、無償で彼女の弁護をしようという、有名弁護士のインタビューも含めてね。ペテン師どもめ。事実なのかね?」

「わたしが知っていることは包み隠さずお話ししますよ、ミズ・ボルジャー、ミスター・チャイルズ」クープは言った。「実のところ、カーステンの傷は治療の甲斐あってよくなってきています。精神的には傷ついているかもしれませんがね。この数日間、ひとこともしゃべらず、うちの精神分析医が働きかけていますが、反応がありません。撃たれたうえに逮捕され、恋人のブルース・コーマフィールドが殺されたのですから、抑鬱状態に陥るのも無理からぬことかもしれません。彼女が最後にしゃべったのはフロリダで逮捕されたときでした。『父さんはなんて言うだろう』と言ったのが最後です」

セントラは首を振り、悲しみに湿った声で言った。「かわいそうに。父親を偶像化して、ときには話ができると信じるようになったのよ。エリザベス、つまり母親に対する反発が原因だったのかもしれないわね。どうしてバンディのことをカーステンに言わなかったのかしら。父親が誰だか言わないままでいて、結局は事実を知ったカーステンに責め立てられたのよ」

ルーシーが椅子にかけたまま、身を乗りだした。「あなたが彼女に話したんですよね、ミズ・ボルジャー? あなたがカーステンにテッド・バンディのことを教えた」

セントラはうなずいた。「カーステンは二十五歳でした。彼女は子どものころ、エリザベスに父親のことを尋ねたの。エリザベスは海軍のSEALで訓練中に死んだとかなんとか、でたらめな話でお茶を濁したわ。それはともかく、そうよ、わたしが真実を話したの。彼女には知る権利があるものね。どの本にも彼がハンサムで魅力的な人物であったことは書いてあるけれど、テッドの実像をとらえることはできない。輝く星のような人だった。彼になら同室の囚人のタトゥーだって魅了されるくらい」首を振って、ほほ笑む。「彼女の母親がどんなに彼にのぼせあがり、結婚したがっていたか、話してやったわ。ええ、多少のあてこすりはあったわね」そのことを考えこむように、しばし黙った。「ふたりが別れたあと、わたしも彼をデートに誘ったことがあるの。でも、断られたわ。同じ顔の女はもうじゅうぶんだって。あとですごく後悔するわよ、と言ってやったのを覚えてる。わたしのほうがエリザベスよりうんと賢くて、きれいだからって。彼は『遠慮しておくよ』と言って大笑いすると、あの皮肉っぽい笑みを浮かべて、いつかまた連絡するかもしれないと言ったわ。

もちろん、エリザベスにもわたしにも、二度と連絡はなかったのよ。彼はエリザベスがカーステンをみごもっていたことを知らなかった。彼が戻ってこなくてよかったんでしょうね。そのころ、つまり一九七七年には、もう人を殺しはじめて短くても三年めになっていたんだもの。もし戻ってきていたら、エリザベスを殺していたかしら？　わたしも餌食《えじき》になってた？

ふたりとも彼が逮捕されるまで、彼が何者でなにをしでかしていたか、知らなかった。ほんとに驚いたわ。テッドが若い女性をさらって、レイプし、痛めつけてから、殺すだなんて。それが彼のしたことだとしたら、訪ねてこられなくてよかったってことよね？」

クリフォード・チャイルズが言った。「きみたち姉妹はとても運がよかったと、セントラには言ってるんですよ。もしバンディがふたりに興味を示して、殺そうとしたら、どうなっていたか。たくさんの女性がその犠牲になった」ぶるっと身震いして、セントラの肩をぎゅっと握った。「コロラドだかなんだかで彼が逃走したというニュースを聞いたときのことは、死ぬまで忘れられそうにない。ありがたいことに再逮捕されたが、それまでの時間の長かったこと。フロリダでついに処刑されたときは、うちのワインセラーでいちばん高価なシャンペンを出してきた。一九八〇年産のクリュッグ・クロ・デュ・メニルだ。セントラ、きみは、かくなる美酒もあまり飲みたがらなかったね。つらかったんだろう？」

彼女はうなずいた。「いよいよおしまいだとわかったのよ、クリフォード。永遠に彼がいなくなってしまうことが。その期《ご》に及んでもまだ、わたしにはテッドが女性たちにしたことや、わたしたちの知っている彼が、無残にも惨殺した女の人たちになんの感慨も持っていないことが、受け入れられなかった。彼には被害者を人として見ることができなかった。生きて、精いっぱい人生を謳歌し、将来を楽しみにする、そんな人としてよ。彼には良心が欠落していた。魂そのものを失っていた、と言えるかもしれない。そもそもそうした一般的な感覚が少しでもあったらよかったんでしょうけど。邪悪な成分が彼の脳を怪物のそれに変えてしまったと言ったらいいのかしら。彼の奥さんにしても、結局はそのことに気づいて怖くなり、自分と娘のためにならないと考えたんでしょうね。数年後に彼女がフロリダを離れたと知ったときは、ほっとしたものよ」彼女は両手を握ったりゆるめたりをくり返していたが、やがて、腹をくくったように彼らを見た。「これ以上もうお話しすることがないわ。かわいそうに、カーステンは彼に似たのね」

ここではじめて、ビンセント・デリオンが口を開いた。「カーステンがもう何年も前に、ここサンフランシスコ周辺で少なくとも六人の女性を殺したことをご存じでしたか、ミズ・ボルジャー？」

「いいえ」セントラは即答した。

嘘だとしたらみごとなものだ。そう思いつつ、クープはやり過ごした。「カーステンはスターク刑務所で父親になにがあったのか、よく知ってました。わたしが一緒にいて逮捕されたときは、そこへ向かっていたようです」

「あの子はまた話すようになるでしょうか、マクナイト捜査官？」

「ええ、いずれ必ず」クープは答えた。「放浪に出る前、サンフランシスコにいるあいだに殺した少女たちの埋葬場所を自供してもらいたいと思っています。ある日ぷいっと出ていったきり戻ってこない十五歳の少女の親御さんの気持ちを想像してみてください。できたら、あなたのほうからも彼女たちを埋めた場所を話すようにカーステンに言ってもらえませんせんか」

「あの子がそんなことをわたしに話すとは思えないわ、捜査官。死者の眠りを妨げないほうがいいんじゃないかしら」

クープには彼女を見つめることしかできなかった。「教えてください、ミズ・ボルジャー、あなたはカーステンの母親なんですか？」

「わたしが？　いいえ、母親はわたしの姉よ。あら、そういうことね。わたしとカーステンがとても近しいから」

デリオンが身を乗りだした。

「彼女は落ち着きのない子で、わたしを必要としていたの。わたしにはあの子の気持ちがよくわかる気がしたの」

クープが訪ねた。「バンディの指輪とお揃いの指輪を彼女に贈ったのは、彼女がいくつのときだったんですか？」

「あら、ご存じなのね。あの指輪。カーステンは知っていて、これまでもらったなかで最高のプレゼントだと言っていたわ。わたしが知るかぎり、どちらの指輪も外したことがないのよ。どちらも彼女に父親のことを話してやったときに渡したの。

それで、サンフランシスコの少女たちのことだけれど。ここを出る前に少女や女性を殺していたのはまるで知らなかった。でも、知っていることを踏まえていまふり返ってみると、驚きはないの。彼女がブラックベレーであることはすぐにわかった。そうとしか考えられなかったわ。でも、そのときどきに彼女がどこにいるかは、わかっていなかったの。あの子から電話がかかってくるたび、自首するように言ったんだけど」

そこで口をつぐみ、彼らが大嘘を信じるかどうかようすを見ていた。信じられるわけがない。少しして、言葉を継いだ。「FBIがブルースの死を発表したときは、胸が痛んだわ。彼を。あの子が打ちひしがれるのがわかっていたからよ。ええ、カーステンは彼に頼っていた。彼なしでは人生を切りまわしていけないもの。あのふたりはひとつのパズルを形作るふたつのピースのようなもの、ふたりで新しいものをつくりだしていた――ええ、人智を越えた悪をつくりだしていたと、あなた方なら言うでしょうね。あなたたちは奇妙だと思う？　あの子が殺しをはじめたのが、自分の父親の正体を知る前だったことを」

クープが言った。「まるで変わった癖のことを語るような口ぶりですね。クラスメートを殺したとき、彼女はたった十五だった。もっと早くから殺人に手を染めていたかどうかは、わからずじまいになるかもしれません。ミズ・ボルジャー、あなたにはカーステンのことを通報する法的な義務があった。どうして通報しなかったんです？　なぜこちらからカーステンの携帯の通話履歴をたどり、あなたのところへ来なければならなくなったんですか？」

セントラは黙って手を挙げると、チャイルズの手にそっと重ねた。すぐに彼が助け船を出した。「うちの弁護士と話をしたんだが」ソファをまわりこんで、セントラの前に立った。

「あなた方はセントラに対していっさい手出しができないそうだ。さっき彼女が言ったとおり、彼女にはカーステンがどこにいるか、つねにわからなかった。それ以上の説明はない」

「彼女の携帯は――」

「セントラの通話履歴から、犯罪にかかわる証拠は出てこない」

セントラがチャイルズの背後から言った。「ほかにもなにかお知りになりたいことがあって、捜査官？」美しくて華奢な腕時計を見おろした。「メンデルスゾーンの演奏が得意な交響楽団なのよ。いくらなんでも、もう出ないと」

「カーステンに会いにいってもらえませんか、ミズ・ボルジャー」ルーシーが頼んだ。「そして話をするように言ってください」

セントラ・ボルジャーはゆっくりと立ちあがった。クリフォード・チャイルズがその手を握る。ふたりはクープの両親と同年配だが、大きく異なっていた。ゆうに三十年は関係を続けながら、なぜ結婚しなかったのだろう？　クープは広大なリビングに一列になって入ってきていたクリフォード・チャイルズの息子たちとその連れあいを見た。まるで女王を見送るため、招集された家来のようだ。この全員がセントラを守りたがっているのか？　ジョージ・ランスフォードの言葉がよみがえる。チャイルズ家の一同はセントラ・ボルジャーをあがめ奉っているらしい。当主のチャイルズ自身、ことあらば彼女のために喜んで人を殺すのではないか。クープはそんな印象を抱いた。

クープたちは立ちあがった。

「わたしなら大丈夫よ」セントラは一同に言ってから、クープとルーシーに向きあった。「カーステンはわたしを必要としていません。わたしにはあの子がわかる。来週にはまた口を開くわ。ひどく腹を立てながらね。そして責任能力があると認められ、裁判の末、死刑の宣告を受ける。そう、あの子の父親のあとをたどるように。たとえみずから立候補した弁護士たちが束になってかかったとしても。でも、彼女は上訴をくり返して延々と生きながらえ、わたしが死んで忘れられたあとも生きつづけるでしょう」

「あなたが忘れられるわけないよ！」若い男のひとりが手にカシミヤの美しいショールを持ってセントラに駆け寄った。彼女から笑顔で見あげられながら、肩にショールをかけてやる。父親に生き写しだ。「やさしいのね、バジル」セントラは周囲の人たちにほほ笑みかけた。「では、みなさん、ごきげんよう。わたし、今回の悲劇を通じて、自分がどんなに恵まれているかに気がつきました。こんなにすばらしい家族は、どこを探してもありませんもの」かすかに異常さを感じさせる笑顔が、広大なリビングで護衛よろしく彼女を取り囲む者たちの心をとらえた。

81

サンフランシスコ、ノースビーチ
セイクレッド・マウント共同墓地
木曜日の午前中

アーネッテ・カーペンターの埋葬式には、百人を上回る参列者が墓地に集まった。その多くは報道関係者だった。彼女の死体は三日前に発見され、検視の結果、撲殺されたことが判明した。白骨化した死体は、カーステンがクープに語ったとおりの場所から発見された。ルーシーはロイ・カーペンターの顔を見ていた。目元と口元にうつろなこわばりがあったが、それだけではなかった——いくらかの平穏らしきものが表れている。アーネッテは見つかって帰宅した。カーステンのほかの被害者たちは、まだどこにいるかわかっていない。FBIのプロファイラーの尽力によって、なんらかの結果がもたらされることを祈るばかりだ。やがてはカーステンが取引に応じて、死者にも安らぎがもたらされるかもしれない。

墓地の端にある小さな山の上にひとり立つバグパイプ奏者が、埋葬式の終了にあたって「アメイジング・グレイス」を演奏した。参列者の全員がその印象的な音色のほうを向いた。

この曲には、聞くものを内省させずにおかないようなところがある。と、最後の音色が煙のように消えて、ゴールデン・ゲートから流れこんだ厚い霧に呑みこまれた。気がつくと、ルーシーは涙を流していた。アーネッテ・カーペンターと、つい最近亡くなったばかりの父のことを思い、そしてむなしくこの世を去ったミランダのことを思った。そして、激変してしまった自分の人生を思って、目がまわりそうになった。クープの手を強く握ると、彼がこちらを見おろした。不快な症状がないかどうか気になって、彼の目をのぞいてみる。口には出さないけれど、さっきも脇をさすっていた。

バグパイプの演奏をもっと聞きたかった。けれど、演奏者までがゆっくりと霧にまぎれて、消えてしまったようだ。アーネッテ・カーペンターの墓地の近くにいる人たちから、口々につぶやきが漏れた。クープとルーシーは棺の上に赤いバラを置いた。

クープはルーシーを脇に抱き寄せた。セントラ・ボルジャーとクリフォード・チャイルズが離れてぽつんと立っている。真っ黒な喪服に身を包んだふたりは、手をつなぎあっていた。

エピローグ

一週間後

ルーシーはマーカム橋の歩行路に立ち、ポトマック川を見おろしていた。早朝だった。空は灰色の厚い雲におおわれ、川面を渡る風が顔に突き刺さった。ルーシーは橋の一端にいて、ほかにはひとりジョギング中の人がいるだけだった。一台のバンが通りすぎてしまうと、いよいよひとけがなくなった。

のっそりと流れる暗い川面《かわも》を見つめる。どれぐらいの深さがあるのだろう？　タートルネックの下からネックレスを引っ張りだし、金具を外して、手のひらに指輪を受けた。

指輪を握りしめる。わたしの指輪。とうに死んでいた祖父から譲り受けた品。いまは自分ひとりの肩にかかっている。大叔父家族のことを思った。悲しみに打ちひしがれて、真実を理解しようせず、これからもそれは変わらないだろう。いまもルーシーのせいにして、話すことを拒んでいる。大叔父は大叔母を捨てなかった。ミランダが自殺したのはルーシーのせいではないと、いつか大叔父にもわかるだろうか？　そして、どんな形であれ、家族に戻ることができるだろうか？

ミランダのための正式な葬儀は行われなかった。ごく内輪の人間だけを呼んで、墓地の脇でひっそりすませた。大叔母は墓地に誘ってくれたが、ルーシーは後ろに下がって見守った。アーネッテ・カーペンターの埋葬式のとき、セントラ・ボルジャーとクリフォード・チャイルズが嘆き悲しむ残された家族を一歩下がって見ていたのと同じだった。

手を開いて、つくづく指輪をながめ、手の中でそれが温かく脈打つのを感じた。指輪にささやきかけた。「あなたが存在しなかったら、すべては起きなかったことよ」

サビッチは死んでいたかもしれない。自分だってわからない。ミランダの手からのがれたとき指輪を持っていなければ、こうして生きていないかもしれないのだ。

三つの赤いカーネリアンを見た。灰色の朝日のなかだと、曇って見える。そして〝SEFYLL〟の文字――これは呪いなの、それとも救済？

この指輪のせいで祖父は命を落とし、ミランダがそれに続いた。

長い年月のあいだに、この指輪によって何人が命を落としたことか。指輪のせいで、よくなるにしろ悪くなるにしろ、歴史自体が変わるようなことはなかったのか。ルーシーにはわからないし、わかりようもなかった。

ミランダがみずからを撃ったとき、ルーシーは彼女が願ったとおり指輪を使わなかった。仮に使おうとしても、役に立たなかったかもしれないが。ミランダはみずからの決断を尊重したがった。けれど、誰にでもそれと同じ権利が――つまり生きるにしろ死ぬにしろ、みずから決断する権利があることには、思い至らなかったようだ。ルーシーはそんなミランダを通じて、未来はひとりの人間にではなく、複数の人間によって決められるべきものであることに気づいた。それが正しいことをしようとする善意の人物であろうと、ミランダのように想像のつかない悲劇的な方法で世界を変えようとする危険な人物であろうと、ひとりの人間にそこまでの力を付託するのは間違っている。

指輪を強く握りしめ、下を流れる川を見つめた。「さようなら」指輪を水に落とした。飛沫すら上がらない。

ふり返ると、五、六メートル先にコルベットがあってクープがいた。ここまで送ってくれたのだ。なぜここへ来たのか、彼ならば絶対に尋ねない。彼は自分を受け入れて、愛してくれている。そしてふたりで人生を築く。願わくは、それが幸多きものでありますように。

ルーシーは彼に手を振り、背後をふり返ることなく歩きだした。

訳者あとがき

キャサリン・コールターのＦＢＩシリーズ、第十一弾『閃光（原題*Split Second*)』をお届けします。第一弾の『迷路』が出版された十二年前には、まさかここまで続くと思っておりませんでした。これもサビッチとシャーロックを愛して支えてくださったみなさんのおかげ、ありがとうございます。

さて、このシリーズは毎回、ふたつの事件が並行して起こるのがほぼパターンとして定着しつつありますが、今回はそれがさらにてんこ盛りの、三つ巴の展開に！　コールターも慣れたもの、いつもどおり、さっくり読めるおもしろい作品にしあがっています。

ここで簡単に三つの事件をご紹介しておきましょう。

まずは全体を牽引していくいちばんの大事件――これは、酒場で飲む若い女性のひとり客ばかりが自宅で殺される事件で、犯人が黒いベレー帽をかぶっていたことから〝ブラックベレー事件〟と名付けられます。バーテンダーなどの目撃証言によると、犯人は黒ずくめの格好をした男。ひじょうに痩せているせいか、警戒心を起こさせることなく初対面の被害者と親しくなり、レイプドラッグを盛った被害者を自宅まで送り届けておいて、そこで犯行に及んでいます。そんな犯行が何件か続いたのち、かろうじて被害をまぬがれた女性の爪に残された犯人の皮膚組織から、にわかには信じがたい事実が明らかになります。DNA鑑定の結果、犯人が稀代の連続殺人鬼テッド・バンディの子どもであることがわかったのです。

こうなるとFBIの出番、世間の注目の集まる事件であるため、サビッチ率いる犯罪分析課にお鉢がまわってきました。サビッチが担当に命じたのは、まだ課に入って日の浅いふたり——ルーシー・カーライルとクープ・マクナイトでした。ルーシーはこれまでプレイボーイだという噂のあるクープを避けていましたが、仕事となればそうも言っていられません。実際、組んでみるとクープは好男子で、担当に指名された直後に父親を亡くしたルーシーに対しても、追悼会でそっと手を握って力づけてくれるなど、思いやり深いところを見せます。

ただルーシーのほうは、父親の死をきっかけに図らずも他人に対して心を開けなくなっています。そう、ルーシーが秘密めいた態度を取るのには、理由がありました。これが物語上、ふたつめの謎に関係があります。ルーシーの父親は死ぬ間際、謎の言葉を口走っていました。幼いころ失踪したと聞かされていた祖父は、ほんとうは……？　そのことを誰にも打ち明けられないまま、ルーシーは答えを求めて自分が幼いころ育った祖母の家にひとり移り住みます。そして広い祖母の家を探すうちに、屋根裏でとんでもないものを発見……しかもそれがきっかけで、代々伝わる秘密を引き継ぐことになり、ルーシーの身には危険が降りかかってきます。秘密を知っているとしか思えない襲撃者は、いったい誰なのか？

三つめの事件はサビッチとシャーロックの自宅付近で食料品店を営むパティルにまつわる事件。〈ショップン・ゴー〉に買い物に出かけたサビッチは、そこで偶然、強盗から拳銃を突きつけられたパティルを目撃することになります。サビッチの活躍でパティルは事なきを得たものの、事件はそこに留まりません。サビッチは忙しい合間を縫って、顔見知りのパティルの事件の捜査にも首を突っこみますが、事態は意外な展開に……。

コールターは家族間、親族間の不協和音を描くことに熱心な作家です。今回も三つの事件とも、その端緒は家族内で共有されていない秘密にあり、事件の捜査を通じていままで見えていなかった家族の諸相があらわになっていきます。そういう秘密は往々にして胸の痛むものですが、ルーシーとクープの若さあふれるロマンスと、サビッチとシャーロック夫妻の穏やかな結婚生活の記述が、救いになっています。


さて、毎回あとがきでは、なにかしら自分が訳していて気になったことをネタにして書くことにしておりまして、今回は車の話。アメリカのエンターテインメント小説を訳していると、頻繁に出てくる車関連の用語がいくつかあります。むかしから多かったのはピックアップ。この数年よく見かけるのがＳＵＶです。求めればほぼなんでも与えてくれるインターネットのおかげで、いまではどちらも写真で確認することができますが、翻訳の勉強をはじめたころ、ピックアップとあると、日本の軽トラをイメージしておりました。ただし、軽トラもピックアップの一種と考えていいようですが、アメリカの実社会ではフルサイズのものが主流らしく、フォードのＦシリーズや、シボレーのシルバラードなど、カントリーが似合いそうなちょっと無骨な大型犬といった印象の車が多いようです。この作品にもピックアップは何台か登場し、ワシントン首都警察のベン・レイバン刑事が乗っているのもピックアップの設定。サビッチのポルシェと好対照をなしています。

そのピックアップから派生したといっていいのがＳＵＶ。スポーツ・ユーティリティ・ビークルの略称です。ピックアップ派生のオフロード車のイメージが強いものの、乗用車ベースのクロスオーバーＳＵＶというのもあって、乗り心地を重視したこちらの市場には、ＶＷ《フォルクスワーゲン》やメルセデスベンツなども参入しています。この作品のなかにはトヨタ・レクサスのＳＵＶが登場します。

そして今回のヒロインであるルーシーが乗っているのも、亡き父親がＦＢＩ捜査官なら車にも筋肉がいるといって買ってくれたＳＵＶのレンジ・ローバー。高級乗用車並みの快適性を持つ、けれどマッチョなイギリス車です。対するクープの車は、シボレー・コルベット。こちらは写真などで見ていただけばわかるとおり、かなり人目を惹くアメリカのスポーツカーです。彼女のいない息子を案じて母親が誕生日にプレゼントしてくれたという逸話付き。どちらも親に買ってもらった設定になっているのが、興味深いですね。そういえば、もうひとり、親から車を買ってもらう人が作品中に出てきますから、お金持ちの親だと、定番のプレゼントなのかも？

さて、次作“*Backfire*”を簡単にご紹介しておきます。

「おまえにツケを払わせてやる」という謎めいたメッセージがＦＢＩのサビッチのもとに届けられた夜、サビッチの友人であるサンフランシスコの連邦判事ラムゼイ・ハント判事が狙撃されます。サビッチのもとに届いたメッセージは、このことに関係あるのか？　また、ラムゼイが裁判延期を決めた事件が原因になって起きたのか？　担当検察官は失踪し、事件には外国の諜報機関の関与も疑われています。この事件にはサンフランシスコ市警察と連邦保安局、ＦＢＩが合同であたることになりました。合同捜査チームのメンバーとして出会うことになったイブ・バルビエリ連邦保安官補と、ハリー・クリストフＦＢＩ捜査官。ふたりのロマンスを一服の清涼剤としつつ、国際的な諜報組織までからめて、最後まで息をつかせぬ展開です。どうぞお楽しみに！

二〇一五年七月

ザ・ミステリ・コレクション

閃光《せんこう》

著者　キャサリン・コールター

訳者　林《はやし》 啓恵《ひろえ》

発行所　株式会社 二見書房
東京都千代田区三崎町2-18-11
電話 03(3515)2311 [営業]
03(3515)2313 [編集]
振替 00170-4-2639

印刷　株式会社 堀内印刷所
製本　株式会社 村上製本所

落丁・乱丁本はお取り替えいたします。
定価は、カバーに表示してあります。
© Hiroe Hayashi 2015, Printed in Japan.
ISBN978-4-576-15103-8
http://www.futami.co.jp/

幻影
キャサリン・コールター
林 啓恵［訳］

有名霊媒師の夫を殺されたジュリア。何者かに命を狙われFBI捜査官チェイニーに救われる。犯人捜しに協力する同僚のサビッチは驚愕の情報を入手していた…！

眩暈
キャサリン・コールター
林 啓恵［訳］

操縦していた航空機が爆発、山中で不時着したFBI捜査官ジャック。レイチェルという女性に介抱され命を取り留めるが、彼女はある秘密を抱え、何者かに命を狙われる身で…

残響
キャサリン・コールター
林 啓恵［訳］

ジョアンナはカルト教団を運営する亡夫の親族と距離を置き、娘と静かに暮らしていた。が、娘の〝能力〟に気づいた教団は娘の誘拐を目論む。母娘は逃げ出すが……

幻惑
キャサリン・コールター
林 啓恵［訳］

大手製薬会社の陰謀をつかんだ女性探偵エリンはFBI捜査官のボウイと出会い、サビッチ夫妻とも協力して真相に迫る。次第にボウイと惹かれあうエリンだが……

略奪
キャサリン・コールター＆J・T・エリソン
水川 玲［訳］

元スパイのロンドン警視庁警部とFBIの女性捜査官。謎の殺人事件と〝呪われた宝石〟がふたりの運命を結びつけて――夫婦捜査官S＆Sも活躍する新シリーズ第一弾！

激情
キャサリン・コールター＆J・T・エリソン
水川 玲［訳］

平凡な古書店店主が殺害され、彼がある秘密結社のメンバーだと発覚する。その陰にうごめく世にも恐ろしい企みに英国貴族の捜査官が挑む新FBIシリーズ第二弾！

二見文庫 ロマンス・コレクション